피어클리벤의 금화

5

신서로

장편소설

피어
클리벤의
금화 5

황금가지

피어클리벤의 금화 5 목차

제 1장

그러나 울리케가 용의 뜬금없는 이야기에 반응할 여유는 없었다. 뉘른스에크의 하늘에서 별안간 우레 소리가 나며 빌러디저드의 고개가 돌아가는가 싶더니 성벽 너머로 거센 우박의 너울이 파도처럼 들이닥쳤던 것이다. 비가 곧 그칠 것이라던 용의 예상과 달리, 내리쏟아지는 빗줄기는 오히려 거세어지고 바람마저 불었다. 성벽 쪽에서 경계를 서던 피어클리벤 측 병사들과 고블린 파수병들이 일제히 아래를 향해 소리를 지르는 순간, 울리케는 반사적으로 크누드의 팔을 박차며 날아올랐다.

— 심상치 않군.

"무슨 일입니까?"

울리케가 용의 머리 곁을 스쳐 지나가며 던진 물음이었다. 하지만 빌러디저드의 대답을 기다릴 필요는 없었다. 순식간에 성벽 너머에 도달한 도래까마귀의 넓은 시야에 급변하는 전장의 양태가 포착되었다. 동편 미스미르드 진중에서 꿈틀대던 눈 폭풍이 일순 밀가루 포대를 뒤집기라도 한 듯 낮게 깔리며 서쪽을 향해 진격하는 중이었다. 울리케가 처음 들었던 우박 소리는 이 이번의 여파가 산자락에 스쳐 지나가며 용이 설정한 방어의 경계를 침습한 까닭에 발생한 것이었다. 눈 폭풍의 내부에 와이번과 트롤의 무리가 뒤섞여 질주하는 게 느껴졌다.

"미쳤군!"

울리케는 눈 폭풍이 명확한 목표를 향해 쇄도하는 것을 간파한 동시에 용의 눈앞에서 파닥거리며 소리 질렀다.

"보십시오, 빌러디저드 님! 저들이 린트부름의 엄명을 참으로 같잖게 여기고 있사옵니다!"

검은 용은 대답하는 대신 전장의 추이를 응시한다. 도래까마귀는 또다시 잔망스레 소리 질렀다.

"지고의 포식자께서는 능멸당하는 데 도무지 익숙지 않으십니다!"

"……슬슬 익숙하다만."

부추김에 실패한 울리케는 샐쭉하게 성가퀴 위로 내려앉았고, 뒤늦게 크누드와 몇몇 사람들이 성벽 위로 따라 달려 올라왔다. 아우케트가 산 아래로 향하기 전 미리 일러두었는지 오십장 아난가크도 그 가운데 포함되어 있었다. 모두가 곧바로 상황을 깨닫더니 눈을 크게 뜬다.

"아우스뉘르 진중에서 오는 이들을 노리는 게 아닙니까?"

"맞아요."

크누드의 물음에 착 가라앉아 대답한 울리케였다. 대단히 언짢은 음성이었다. 이로써 싸움을 금한다는 빌러디저드의 명령이 아우스뉘르와 미스미르드 양 진영 모두에게 한 번씩 무시되었다. 게다가 저들이 섣부른 행동을 하지 않을 것이라던 용의 예측마저 틀렸다.

— 왜냐하면 너의 표현을 그대로 빌려, 단지 '소망 어린 낙관적 예상'에 불과했기 때문이다. 인과의 눈이 개입한 판단이 아니었다.

빌러디저드가 눈치를 보듯 마음속으로 건넨 말이었으나 울리케는 대꾸할 여력이 없었다. 지금 발톱을 드러낸 저들이 노리는 목표엔 아룬드와 브륀힐데, 그리고 라그나의 동생이 있다. 상황이 너무 긴박하게 흘러가고 있었다. 뉘르뉴는 도대체 무얼 하고 있지?

"뤼드!"

"빙하의 따님을 모시는 소조가 그분의 친우 앞에 대령합니다."

귀찮기는 해도 의연하게 빗줄기를 무시하고 있는 도래까마귀와 달리, 작은 너설지빠귀는 이 우중의 비행이 참으로 괴로운 눈치였다. 그럼에도 충실하게 따라붙어 울리케의 부름에 응답하는 꼴이 기특하기까지 하다. 울리케는 묻는다.

"뉘르뉴는 언제 오는 거야?"

"저는 그분의 의중을 헤아리도록 허락받지 않았습니다."

울리케는 다시 난감해졌고, 이 너설지빠귀의 괴상한 화법을 처음 대한 아난가크가 곁에서 '그냥 모른다고 하면 될 걸 도대체 왜 저따위로 길게 이야기하는 건가.' 하는 불평을 덧붙이며 크누드를 비롯한 다른 이들에게 둘의 대화를 통역해 준다.

용의 마법은 저들의 겨울로부터 뉘른스에크 요새 전역에 걸쳐 충분한 방위력을 제공하고 있었지만 딱 거기까지였다. 아군의 서리심이 없는데 저 바깥에 횡행하는 눈보라를 뚫고 나가 사람들을 구할 수 있을까? 이미르의 팔제주는 어차피 협력할 것 같지도 않거니와, 위계상 육왕의 서리심에 맞서지도 못할 테니 시작부터 논외겠다. 그런데 정말 전혀 맞설 수 없는 건가?

울리케는 순간, 이런 신력이니 마력이니 하는 애초에 불가해한 것들을 고려하며 운신의 폭과 작전의 향방을 결정해야 한다는 게 무척 짜증 났다. 뉘르뉴가 와 준다면 어떻게 해보겠건만 따지고 보면 그 또한 그 신위의 선의에 기댄 바람일 뿐, 울리케에게 그 힘에 대한 통제력이 있다고도 할 수 없지 않은가? 방금 전만 해도 용을 부추기려던 시도가 실패했다. 울리케는 시그리드나 라그나가 무엇보다 먼저 구성원의 능력 파악에 집중한 이유를 이제야 절실하게 알 것 같았다.

용이나 서리심은 아무리 우호적이어도 전략에 있어서 장기말처럼 다룰 수 없다. 무엇을 할 수 있고 없는지가 불명확한 존재들이기 때문이다. 물론, 바로 그 점이 적들에게도 재앙일 수 있다. 하지만 이 전장에서 울리케는 현재 드레스바르프보다 용에 대해 박식하고, 미스미르드인들보다 서리심에 해박하다고 결코 말할 수 없었다. 비록 그 두 존재 모두의 호의를 이끌어 낼 수 있다 하더라도, 상대적인 무지는 분명하게 울리케의 약점이었다.

그러니 그들에 대한 고려는 일단 그만두자.

울리케는 머릿속으로 빠르게 현재 즉시 운용 가능한 여력들을 평가하고 정렬하기 시작했다. 우선 한 가지 문제를 확실히 해 두어야 한다.

"이미르의 군사를 호출한다!"

찝찝한 빗속에서 이 긴급하고 난망한 사태 앞에 짜증 나 있던 까닭일까, 성가퀴 위에서 별안간 안뜰을 향해 내지른 도래까마귀의 호령은 꽤 쩌렁쩌렁했다. 안뜰에서 종사들로부터 보고를 듣고 있던 노아크 피어클리벤 백작마저 깜짝 놀라 올려다볼 정도였다. 뒤늦게 스레이야가 벌게진 얼굴로 달려왔다.

"……무슨 일인가?"

단지 이렇게만 물었으나, 스레이야는 울리케가 자신을 오라가라 하는 게 명백히 불쾌한 눈치였다. 도래까마귀는 아랑곳하지 않고 묻는다.

"팔제주의 힘을 빌릴 수 있나? 이미르의 병력 동원은?"

"불가하다! 이유를 알지 않는가?"

"이미르의 군주는 이미 군사적 협력을 약속하였다."

스레이야의 얼굴이 볼만하게 일그러진다. 그로서는 자신의 왕을 눈앞에서 잃고 지금껏 피어클리벤의 간계에 질질 끌려온 셈이었으므로. 뉘르뉴로 인해 그나마 억눌려 있던 그의 울분이 새어 나온다.

"그건 왕야께서 내게 직접 전하신 명이 아니다! 더구나 위계의 문제를 들어 알지 않는가? 헛된 소모가 된다!"

하지만 울리케는 봐줄 생각이 없다. 울리케에게도 억누르고 있던 울화가 있다. 뉘른스에크의 이 대학살을 주도한 것이 누구지? 실록의 폐장과 미스미르드, 그리고 드레스바르프까지 모두 여기에 책임이 있다. 적극적으로 교섭에 임해도 부족할 판에 모두가 틈만 나면 이빨을 드러내려 하는구나! 울리케는 눈을 돌려 안뜰에 집합한 피어클리벤 측 병사들과 종사들의 얼굴을 보았다. 그들의 눈에서는 적지 않은 공포와, 그럼에도 끝내 잘 비끄러매진 결연함이 읽혔다. 죽음과 광기를 돌파해 낸 생존자들의 눈빛이 거기 있었다. 그 순간 울리케는 단호해지기로 결정한다. 도래까마귀는 차갑게 냉소하며 스레이야에게 물었다.

"제주 간 위계란 게 그토록 절대적인가? 일말의 저항도 불가하단 말인가?"

"그것이 우리의 법도이다!"

아니. 아니다. 도래까마귀의 눈은 여기서 일말의 거짓을 간파한다. 그렇다면 여지가 있다. 너희가 우리에게 저지른 모든 죄가 이 갈등에 있어 나의 최대 자산이자 명분이 될 것이다. 그렇게 마음을 다진 울리케는 생각해 두었던 수를 꺼내어 든다.

"저 안에 너희 왕야가 있어도 그렇게 말만 할 텐가?"

"……뭐라고?"

스레이야의 얼굴이 창백해지며 되물었고, 울리케는 검은 용을 향해 머리를 들며 그를 불렀다.

"빌러디저드 님."

이미 여기까지 울리케의 속셈을 묵묵히 따라잡은 용이 한숨 쉬듯 말했다.

"……가능하다."

"반대하지 않으십니까?"

동시에 울리케는 속으로 이렇게 말한다.

'약간은 잔혹한 일이 될 것입니다.'

— 그럴까? 붙잡힌 왕의 쓸모란 본래 이런 것이지.

검은 용 역시 그렇게 속으로 대꾸하고, 뒤이어 입을 열어 말했다.

"애초에 그를 데려갔던 것과 같은 이유이지 않느냐?"

이제 창백해진 스레이야를 향해 울리케는 말한다.

"그럼 너희 왕야께 직접 명을 받게 해 주겠다, 군사."

그 순간, 피어클리벤 성의 공관 개인실에 연금된 채 아침을 먹고 있던 아힌달이 전장으로 소환되었다.

"누구냐!"

이번이 벌써 세 번째 겪는 원거리 소환이다. 닐뵤른에서 그룬테름으로. 그룬테름에서 피어클리벤으로. 그리고 피어클리벤에서 다시 여기, 뉘른스에크로. 보통 사람이라면 한 번을 겪어 보기도 힘든 이 경험을 짧은 며칠 새 세 번이라니, 그것으로 인해 목숨을 구하긴 했었어도 자신을 둘러싼 세계가 일시에 뒤집히는 체험이란 아무리 잘 포장해도 폭거였다. 아힌달은 엉덩이 아래 차갑게 다가오는 눈밭의 냉기를 느끼고는 천천히 한숨을 내쉬었다. 왼손에 들고 있던 나무 주발의 국은 전혀 식지도 않았다. 새삼 어이가 없었다.

"웬 놈이냐니까!"

아힌달은 손에 든 주발을 바닥에 내려놓고 양손을 들어 올렸다. 그러고는 최대한 무해한 기색을 펼쳐 보이며 자리에서 일어났다. 피어클리벤과 뉘른스에크 사이에 해발 고도가 크게 달랐던가? 왼쪽 귀가 잠긴 듯 먹먹하다. 멀찌감치 그의 눈앞으로 달려오는 서리심의 눈 폭풍이 산사태처럼 다가오고 있었으나, 이미 시간을 잡아두고 용이 모든 정황을 고지한 뒤였다. 때문에 아힌달은 이 가운데 누구보다 이 난데없는 상황에 태평히 임할 수 있다.

"……나는 이미르의 팔왕, 아힌달이다."

자세를 유지하고 천천히 몸을 돌린 그가 말했다. 그의 눈앞엔 수십의 행렬이 설원 한복판에 발이 묶인 채 다가오는 눈 폭풍의 공격에 대비하고 있었다.

"이미르? 팔왕? 무슨 소리지?"

"아, 제가 알아요!"

여태껏 그를 윽박지르던, 아무래도 마법사로 보이는 젊은 여자가 얼굴을 찌푸리며 묻자 그 뒤에서 브륀힐데가 달려 나오며 외쳤다.

"그는 피어클리벤의 포로입니다!"

"나를 아는가?"

아힌달은 뜻밖이라는 표정으로 브륀힐데를 보았다. 브륀힐데는 아힌달을 알았지만, 팔왕은 당연히 그를 처음 보는 순간이었다. 닐뵤른에서 조우하던 당시 브륀힐데는 홀로 매복하고 있었으니까. 브륀힐데가 어떻게 대답해야 할지 말을 고르는 사이, 그의 뒤에서 긴 귀를 펄럭이며 나귀가 종종걸음으로 나타났다. 아힌달을 발견한 나귀는 경악한 음성으로 말한다.

"……아힌달 전하? 우리 아까 만나지 않았던가요?"

"……유세트 경?"

나귀가 시그리드의 목소리를 내는 데 잠시 충격받은 그가 되묻는다. 하지만 곧 빠르게 정신을 차리며 이렇게 덧붙였다.

"그랬지. 아침을 들던 중이었잖은가?"

아힌달은 심지어 허탈한 듯 살짝 웃어 보이기까지 했다. 그러자 시그리드는 나귀의 목청을 빌려 인간은 결코 낼 수 없는 기괴한 앓는 소리를 한차례 뱉어 낸다. 절레절레 머리를 흔든 나귀형 시그리드가 물었다.

"용이 한 짓거리겠죠?"

"그 말고 누가 이런 걸 가능하게 하겠나?"

"단지 배달일 리 없겠고요."

"그렇다."

"……뉘르뉴의 발이 묶였단 말인가?"

나귀가 이렇게 말하며 발트부름 산 능선의 성벽 쪽을 쳐다보자, 아힌달은 놀란 얼굴로 그를 보았다. 그야 물론 용으로부터 설명을 들었으니 정황을 알지만, 시그리드는 단지 그가 소환되었다는 현상 한 가지만으로 여기까지 도출해 낸 것이다. 모두가 설명을 요구하는 얼굴로 아힌달과 나귀를 번갈아 쳐다보는 가운데, 일행 가운데서 한 노파가 말을 끌며 다가왔다.

"이게 무슨 상황이지, 유세트 경?"

"라르그문드 백작 각하."

나귀는 말 안장 위의 그를 향해 대답했다.

"여기는 아힌달 전하입니다. 본래 저 흐리뉼…… 미스미르드의 제후 가운데 한 분이죠."

"포로인가?"

"글쎄요? 이 순간은 아무래도 미끼 같은데요."

아힌달은 미끼라는 단어에 쓴웃음을 지었다. 그 순간이었다. 성벽 위로 검은 그림자가 떠오르더니 전장을 향해 고함을 내질렀다. 그것은 어떠한 기호로도 표기가 불가능한, 맹폭한 야성의 절정에 다다른 노호성인 동시에 아득한 유색(渝色)시대의 마지막 암송처럼 청자로 하여금 저항 불가능한 경외를 강요하는 외침이었다. 전자는 평범한 사람들과 짐승들에게 공포를 주고, 후자는 이 영역의 모든 마법사에게 시무나리의 기원이 유래한 창제의 한 음절을 짐작게 한다. 일순 쇄도하던 서리심의 눈 폭풍이 주춤하며 그 안에서 달려오던 마수들이 휘청였고, 양군의 모든 마필과 털사슴이 공황의 나락에 빠졌다. 브륀힐데는 곁에 두고 있던 흰이리개 사우트가 꼬리를 말자 얼른 그 목덜미를 싸 안으며 주저앉았고, 일행의 모든 이들이 타고 있던 말을 진정시키느라 법석을 피워야 했다.

"신의 음절이군요. 경이로운데요."

행렬의 중앙에서 자신의 말을 달랜 한 청년이 입을 열었다. 몹시 선이 가늘며 앳되어 보여 청년이라기보다는 소년에 가까웠고, 때문에 아힌달은 처음에 그를 여자라고 생각했다. 청년은 고개를 돌려 자신을 바라보는 닐스그림과 아룬드, 이그라를 차례로 보며 말했다.

"각하께서는 필시 웃고 계시겠지요."

"방금 뭐였지⋯⋯?"

아힌달이 얼굴을 찌푸리며 산등성이의 용을 쳐다보고 중얼거리자, 시그리드가 대꾸했다.

"모든 마법사에 대한 경고였어요. 아마 저게 다겠지만. 약간의 시간은 벌겠어요. 아무튼, 전하. 대형 뒤편으로 오시지요. 전하의 군대가 도착하기 전에 적들이 먼저 들이닥칠 테니."

"적들이라……. 할 말 없군."

아힌달은 허탈하게 한숨 쉬듯 수긍하며 발걸음을 떼었다. 잠시 멈춰 있던 행렬은 곧 대형을 구축하기 시작했다. 예종사들이 방패를 들고 결연히 앞을 막고, 맨 처음 아힌달에게 소리 질렀던 마법사 패스트리드 다닐카가 그 뒷줄에 선다. 나귀형 시그리드가 그 곁에 붙자, 패스트리드는 딱딱한 얼굴로 말했다.

"유세트 경은 여기서 도움이 안 됩니다."

"그렇죠. 나는 원거리 빙의를 하는 게 고작이니까요. 그래도 응원은 할 수 있잖겠어요, 다닐카 경?"

시그리드는 어제 새벽 처음 본 이 마법사를 약 올리듯 말했다. 시그리드와 동년배인 마법사는 희귀하다. 그것은 상대가 그와 마찬가지로 천재로 분류되는 인간임을 의미하므로. 비슷한 수준의 천재가 동시간, 같은 공간에서 서로를 맞닥뜨릴 확률 또한 희박하다. 때문에 이 둘은 서로의 존재를 안 순간부터 호승심을 가릴 수 없다. 다닐카는 솔직하게 아랫입술을 깨물며 다가오는 눈 폭풍을 쳐다보았다. 시그리드가 뒤를 돌아보며 소리쳤다.

"황녀 전하, 하그비르크를!"

닐스그림이 고삐를 채근하려다 잠시 고민하더니 말에서 내린다. 그의 손에는 어느새 백금색 지팡이가 들려 있었다. 아룬드와 이그라가 묵묵히 말에 탄 채 그 곁을 지키며 따라 나왔다.

"손을 보태 주셔야겠습니다, 전하."

"그러겠다."

닐스그림은 짤막하게 대꾸했다. 사우트를 끌어안고 있던 브륀힐데가 황녀를 보더니 생각난 듯, 수레 쪽에 두었던 자신의 말로 다가간다. 그는 무장을 챙기는 한편, 수레 위에서 모포를 덮은 채 파리한 얼굴로 거의 죽어가는 한스를 보았다. 그 곁에서 시야프리테의 쪼개진 지팡이를 대신 든 채 지키고 있던 펠윈이 브륀힐데가 다가오자 지팡이를 내밀었다. 브륀힐데는 고개를 흔들며 말한다.

"갖고 있도록 해요. 어차피 그건 쓸 수 없으니까……."

"아니, 이게…… 이것 좀 보세요."

당황한 얼굴의 펠윈이 내민 가지의 끝에 작은 싹이 돋아 있었다.

브륀힐데는 놀라 눈을 크게 뜨고 펠윈을 쳐다보았다. 시그리드에게 알리려 했으나 이미 지척까지 적들이 다다른 상황이었다. 바람 소리에 뒤섞여 울부짖는 와이번과 눈트롤들의 고함이 모두의 등 뒤를 쭈뼛하게 한다. 브륀힐데는 별수 없이 그들을 내버려 두고 자신의 쇠뇌를 챙겨 들며 사우트와 함께 시그리드 쪽으로 다가갔다.

"황녀 전하, 훈기의 방패를! 다닐카 경을 엄호하도록 하세요! 피어클리벤 경, 아트뤼드 경, 두 분 곁에! 브륀힐데는 자유 사격! 사우트는 나서지 마!"

나귀가 카랑카랑한 목소리로 지휘하는 장면은 별나기 그지

없었지만 지금 이 자리에서 그걸 우습다고 여기는 이들은 아무도 없었다. 그렌카나 예종사들도, 마법사는 아니었지만 마법에 대한 조예가 깊었기에 피어클리벤에서 여기까지 원거리 빙의를 해내고 있는 이 마법사가 얼마나 비범한 존재인가를 알고 있었다. 닐스그림은 순순히 지시에 따라 하그비르크를 쳐들었다. 다음 순간 모두의 주위로 굴절된 열기가 터져 올랐다.

"한 놈도 죽지 마라!"

그렌카의 목소리가 호통처럼 떨어지자마자, 최전방에서 방패를 앞세우고 있던 예종사들의 어깨에 힘이 들어갔다. 란미르가 검으로 방패를 두 번 탕탕 쳤고, 뒤이어 예종사들 모두가 짓쳐 들어오는 눈보라를 향해 함성을 내질렀다.

"라르그문드! 드레스바르프! 아우스뉘르!"

최초의 충돌은 급강하한 와이번 한 마리가 백색 장막을 찢으며 이루어졌다. 고막을 태우는 듯한 비명이 쏘아진 화살처럼 사위에 팽배한 냉기의 한중간을 뚫고 들어오자, 그것을 개전의 효시처럼 알아들은 브륀힐데의 쇠뇌로부터 엄정하게 겨누어진 화살 하나가 솟아올라 와이번의 왼편 눈을 후벼팠다. 날개 달린 독사의 거체가 분노의 비명과 함께 휘청인 순간, 패스트리드의 마법이 와이번의 거체를 향해 그것이 원래 감당했어야 할 중력의 곡절을 낙인찍어 버린다. 그러자마자 훈기의 방패 영역 가장자리에 등을 붙인 채 대기하던 예종사 가운데 헤르미르를 포함한 다섯이 글자 그대로 발사되었고, 켜켜이 얼어붙은 설원 위에 다섯 줄기의 핏빛 검격이 교차된다. 그걸로 끝이었다.

"다음!"

하지만 이 엄청난 속도의 도살을 감탄할 새는 없다. 예종사들이 물러서 대형을 갖추자마자 눈트롤들이 달려들어 모두를 에워쌌던 것이다. 호신부로 강화된 예종사들의 완력은 그것들 모두와 개별적으로 합을 겨룰 수 있을 만큼 대단했지만 계속해서 밀려드는 수효를 감당하기엔 한계가 있었다. 군마를 메다꽂는 위력을 가진 털투성이 흰 팔뚝들이 예종사들의 방패를 두들겨 대고, 곳곳에서 간헐적으로 붉은 핏방울이 튀어 올랐다.

"버텨! 지원군이 올 것이다!"

시그리드는 눈보라로 인해 한 치 앞도 보이지 않는 시계를 훑으며 목이 터져라 소리 질렀다. 훈기의 방패가 간신히 확보한 영역이 그들 가시거리의 한계였고, 그 너머에 보이는 것이라곤 몰아닥치는 눈트롤들의 꿈틀대는 그림자뿐이었다. 대단한 강심장인 그조차 지금 이 자리에 빙의가 아니라 스스로의 육신을 가진 채 서 있었다면 제법 두 다리가 후들거렸으리라. 패스트리드와 브륀힐데는 머리 위에서 요동치는 와이번들을 견추하는 데 온 신경을 쏟고 있었고, 아룬드와 이그라 역시 두 사람을 보호하며 훈기의 영역을 종횡무진 날뛴다. 닐스그림은 훈기의 방패를 유지하며 내부로 스미는 사악한 기세들을 격파하는 데 집중하느라 지팡이와 함께 꼿꼿이 선 채였다.

"백작 각하도 그 호신부를 사용하십니까?"

시그리드는 일그러지는 훈기의 경계에서 짓쳐들어온 눈트롤 하나의 팔을 그렐카의 노구가 검을 휘둘러 잘라내는 걸 뒤늦게 발견하고 물었다. 느슨해진 방어선에 호통을 치며 뒤로 물러난 백작이 나귀를 향해 씩 웃었다.

"내가 모르는 속성을 지휘할 수야 없지 않겠소?"

"맞는 말씀이긴 한데요!"

군무관 그리젤과 똑같이 생겼지만 풍기는 느낌은 또 다른 그를 보며 시그리드는 새삼 신기한 기분이 든다. 군무관에게 쌍둥이 자매가 있었다니. 그것도 하필 드레스바르프의 봉신이라니! 하지만 이를 추궁한 시그리드에게 그리젤은 처음으로 별로 말하고 싶지 않다는 기색을 내보였다.

'그 녀석은 타인이오.'

그러는 데야 뭘 더 물을 여지는 없었다. 지난 새벽, 시그리드와 이그라, 브륀힐데, 그리고 펠윈은 패스트리드의 안내로 그렐카와 만났다. 패스트리드의 말처럼 '아직 적이 되기로 결정하지 않은' 그들은 분명히 드레스바르프의 지휘 아래 있었으나 발리위그 후작과는 또 다른 입장인 듯했다. 그렐카 라르그문드 백작은 자신이 특수전대를 양성한 책임자라 밝혔고, 후작이 닐스 그림 황녀와 아룬드 피어클리벤을 용에게 고이 넘길 계획이란 걸 알렸다. 지금 그들이 교섭단을 꾸려 동행하게 된 것에는 그런 배경이 있었다.

'빌어처먹을.'

시그리드는 아우성치는 폭력의 한복판에서 그렐카가 들려준 이야기들을 생각했다. 문제는 용이다. 드레스바르프를 위시한 아우스뉘르의 권신가는 오래도록 용의 부재를 대체할 수 있을 만한 체제를 준비하고 구상해 왔다. 실록의 폐장이 주도한 이 전쟁을 역이용해 그들의 무모함이 낳은 파국을 부풀려 명분을 상실케 하는 한편, 용이 없이도 미스미르드의 외침을 수월하게 방어해 내며 일종의 군사적 시연을 선보이는 것이 그들의 계획이다. 피어클리벤에 난데없이 새로운 용이 나타나지 않았다면 정말로 그렇게 되었을 것이다. 드레스바르프의 계획에는 뉘른스에크의 의도된 대패가 필요하고, 그 와중에 변경백의 죽음 또한 물릴 수 없는 운명이었으리라. 허나 피어클리벤은 다르다. 애초에 피어클리벤에 용이 나타나지 않았더라면 동절기 훈련을 운운해 새삼스레 징집령이 떨어지진 않았을 테니 피어클리벤엔 아무런 직접적 손해가 나질 않았겠지. 하지만 그렇게 되지 않았다. 바로 저 용 때문에.

"시그리드!"

뱀 같은 와이번의 목이 시그리드의 생각을 훑듯이 쑥 들어오자 브륀힐데가 이렇게 외치며 몸을 날렸다. 미처 재우지 못한 쇠뇌 대신 휘두른 단검이 번득였고, 나귀는 깜짝 놀라 옆으로 펄쩍 뛰었다. 사우트가 겁도 없이 컹컹 짖으며 브륀힐데를 감싸듯 달려든 다음 순간 목 아래를 정확히 베인 와이번의 상처로부터 독 섞인 피가 뿜어져 나왔다.

"숨을 끊어요! 피가 안 닿게 해!"

패스트리드의 외침과 동시에 와이번의 몸뚱이가 구겨지듯 진창에 처박혔다. 가중된 중력의 압박 때문인지 와이번의 상처로부터 나오는 피는 마치 터진 둑의 물과 같았다. 닐스그림의 곁에서 안쪽으로 무너지던 경계를 돕던 아룬드와 이그라가 곧장 달려와 와이번의 경추를 끊어냈다.

"아악!"

그 바람에 호위를 잃어버린 닐스그림에게 또 다른 와이번 한 마리가 눈보라의 장막을 찢으며, 고기를 노리는 논병아리처럼 달려들었다. 예종사들이 한발 늦게 뛰어들었으나 이미 황녀는 지팡이와 함께 뒤로 나가떨어진 후였다.

"전하!"

아룬드와 이그라가 경쟁하듯 그에게 달려든다. 하지만 그와 동시에 훈기의 방패를 상실한 그들 모두에게 살의를 품은 냉기가 한여름 폭우처럼 쏟아졌다. 실제로 피부를 깎아 내리는 눈보라는 마치 거울의 파편 같았고, 안구마저 얼려 버릴 듯한 맹추위가 모두의 피를 차게 식혔다. 이 급격한 기후의 폭력에 사방에서 고통에 찬 비명이 터져 나온다. 순식간에 방어 대형이 짓이겨지며 더 이상 어떤 사태 파악도 할 수 없게 되었다. 굴신의 자유를 속박당한 모두가 머리카락 뿌리로 스며드는 흰 죽음 앞에서 헛되이 허우적거릴 따름이었다.

"시니르의 곧은 뿌리여!"

그 순간이었다. 얼어붙은 하늘을 깨트리듯 날아든 외침이 이 혼란의 한중간을 갈랐고, 일순 모두를 무력화한 겨울이 한 발짝 물러섰다. 모두가 이를 악물며 소리가 들려온 방향을 보았다. 어느샌가 나타난 이미르의 서리심이 가로막듯 양팔을 세우고 아힌달의 앞에 서 있었다. 재차 소녀는 소리 질렀다.

"권도를 거두세요! 이것이 자매가 인가한 제위의 참뜻입니까!"

"물러나, 팔매(八妹)!"

그리고 이 외침에 응답하여, 여태껏 소통 불가능한 재해 그 자체였던 시니르의 서리심이 마수들을 뒤로 물리며 나타났다. 시그리드를 비롯한 예종사들은 둘 사이에 낀 채 여전한 추위의 여파에서 간신히 숨을 돌리며 추스를 시간을 번다. 짙게 내려앉아 대지를 갉아먹던 눈 폭풍은 어느새 머리 위로 높아져 있었다. 여전히 멀찍이 꿈틀대는 흰 장막이 사방을 에워싸 흐르느라 그 너머로 아무것도 보이지 않았지만, 경계의 안쪽으로 교섭단 전원과 그들을 포위한 마수떼만은 확실하게 구분할 수 있었다.

"더럽게 많네……."

패스트리드가 창백한 얼굴로 모두의 심정을 대신해 한마디 했다. 하지만 이 모든 사달이 전혀 눈에 들어오지 않는, 이미르의 서리심이 그들 뒤에서 외친다.

"여기 나의 군후(君侯)가 있습니다! 육매는 어째서 그를 해하려 하십니까?"

"그 또한 내가 세운 보위(寶位)의 군명(君命)이다! 팔매는 위계를 받들라!"

"제주 간의 규율이 제위의 수호보다 지엄하지 않습니다!"

서리심들이 한마디를 할 때마다 모두를 둘러싼 대기의 온도가 널을 뛴다. 분명한 것은 이미르의 팔제주가 어떻게든 이 추위에 저항하고 있다는 사실이었다. 시그리드는 아힌달을 던져넣은 울리케의 계획이 먹혔음을 깨달았다. 서리심 간의 힘 겨루기가 불가능하다는 건 결국 완전한 진실은 아니었던 것이다.

"네 임금은 그 자리에 어울리지 않는다! 중요한 것은 권좌 그자체이지 거기 앉은 인간이 아니야! 이미르에 어울리는 다음 군후를 정해줄 테니 팔매는 물러나라!"

"당치 않습니다! 그러느니 이 겨울을 기꺼이 내 종말로 하겠습니다!"

"팔제주!"

자신의 서리심 뒤에 서서 이 대화를 듣고 있던 아힌달이 깜짝 놀라 나섰다. 그는 서리심의 작은 어깨를 잡고 무어라 속삭였으나 소녀는 돌아보지도, 대꾸하지도 않은 채 그저 전방의 자매를 향해 눈을 치켜뜰 따름이었다. 결연한 각오를 담은 그 형형한 눈매가 한결 새파랗게 짙어지자, 육왕의 서리심은 차게 말한다.

"안그라네스가 말라가는 이때에, 자매는 가벼이 만용 부리지 마라!"

"만용은 그대가 부리고 있다!"

흰 장막을 찢으며 나타난 이 목소리의 임자는 울리케였다. 도래까마귀는 이 난장판을 조감하며 한 바퀴 선회하더니 곧장 시그리드의 머리 위에 내려앉았다. 아는 얼굴들이 모두 무사함을 확인하자 안도의 한숨이 나온다. 울리케는 브륀힐데와 시그리드, 그리고 놀라서 눈이 휘둥그레진 아룬드와 차례로 눈을 맞췄다. 다만 인사를 나눌 짬은 없다. 곧바로 경계의 북편으로부터 스레이야가 이끄는 이천의 병사들이 눈보라를 뚫고 나타났던 것이다.

"왕야!"

주군의 모습을 확인한 스레이야가 울먹이는 탄성으로 그를 부른다. 그와 동시에 뒤를 돌아본 울리케는 아힌달을 향해 소리쳤다.

"아힌달! 나머지 원군의 합류를 원한다면 팔제주께 이르라!"

기실 울리케가 아힌달을 대하는 말투는 예법상 문제가 심각했지만, 첫 만남부터 여기에 이르는 동안 그들 사이에 형성된 관계의 역사가 그러했기에 이제 와서 새삼 공대하기도 어색하였다. 스레이야는 이 방자한 도래까마귀의 말본새에 눈을 치켜떴고, 아힌달을 구하기 위해 눈이 뒤집힌 채 달려온 서리심은 아주 울리케를 죽일 듯이 노려보았다. 그러나 정작 아힌달은 울리케가 도래까마귀의 몸에 갇힌 책임이 일부나마 자신에게 있다고 느끼기에 그걸 지적할 생각이 없다.

"무슨 수작이냐!"

이미 팔왕의 군대가 등장한 데 대해 심기가 사나워진 육왕의 서리심이 소리 지르며 이들의 대화를 가로막았다. 무녀는 재차 말한다.

"이 일대의 겨울은 나의 것이다! 팔매, 패륜을 감당할 생각인 가?"

"오, 그래? 이웃 왕의 목을 자르는 것은 패륜에 속하지 않는 가 보지?"

도래까마귀가 이죽거리며 끼어들자, 그제야 육왕의 서리심이 울리케를 쳐다보며 본격적으로 화를 내기 시작했다.

"부리를 다물어라, 이 더러운 파약의 짐승을 섬기는 종아!"

"나는 종이 아닌데? 그대야말로 그대가 지키는 걸상에 퍼질 러 앉은 그 돼지의 어리광을 엄히 단속하는 게 어떨까!"

울리케가 의도적으로 격조를 낮춰 버린 이 비아냥은 지나치 게 효과가 좋았다. 육왕의 서리심이 눈을 크게 뜨고 그 자리에 선 채 한동안 아무 말도 내뱉지 못했던 것이다. 팔제주와 힘을 겨루던 일대의 공기가 빳빳하게 경직했고, 물러선 마수들은 일 순간 숨을 죽였다. 황망한 적막이 팽배한 가운데 아흔달의 딸 꾹질 같은 중얼거림이 작게 들려왔다.

"……걸상?"

제 2장

그 주인이 부재한 숲은, 그럼에도 변함없이 차가운 적막을 어깨처럼 곤두세우고 사람들을 맞이했다. 이미 길이라곤 없어서 병사들을 이끌던 이조엔과 구드위르는 몇 번이나 말을 두고 왔어야 하는 게 아닌가 고민했는데, 그들을 안내하며 숲을 뚫어가는 고블린 기수들이 아니었다면 분명 그 편이 나았으리라. 짙은 수풀이 아무런 장애가 되지 않는 이 고블린들은 별다른 불평 없이 짐 덩어리에 가까운 인간들과 군마들을 위해 길을 내주었다. 분명히 알아볼 수 있는 한심함의 기색까지 거둬줄 만큼 친절하진 않았지만.

"저들과 맞붙는 걸 상상해 본 적 있습니까?"

말없이 입가를 실룩이며 자신들을 아래위로 훑어보던 고블린 오십장 바르바크의 시선에 몇 번이나 울컥하던 구드위르에게 별안간 이조옌이 속삭이듯 물어왔다. 물론 고블린들의 귀에 들리지 않을 만큼 작게 던진 물음이었다.

"⋯⋯왜 아니겠습니까? 늘 해 봤지요. 하지만 오늘 보니, 숲에서만큼은 절대로 맞붙어선 안 되겠습니다."

인간의 기마대는 분명히 체고와 체질량에서 고블린의 늑대 기수보다 우위에 서건만, 지형에 거의 영향받지 않으며 급기동이 가능한 고블린 기수들을 상대로 그 장점이 발휘되기 위한 조건은 매우 까다롭다. 특히나 이런 숲속이라면 인간의 기마대는 그저 잘 포장된 저들의 사냥감이다. 어쩔 수 없이 지휘관이자 기사인 이 둘은 딱히 의식하지 않았음에도 어느새 이와 같은 전략적 결론에 도달하고 만다.

아가스에 머물던 이들 부대는 라펜다시르 공작가의 예방단을 이끌었던 마법사, 하즈바가 실종되었다는 소식을 접하자마자 긴급하게 움직였다. 시우부름 남동쪽 일대에 면한 숲은 광활했고, 때문에 피어클리벤의 영민들조차 숲의 극히 일부에 해당하는 지리만 알고 있었다. 하즈바는 고블린들의 안내를 받아 숲에 사전 정찰을 나간 상태였다. 헌데 하즈바의 길잡이를 수행하던 십장 고블린 하나가 알 수 없는 공격에 의해 정신을 잃고, 그가 정신을 차렸을 땐 이미 마법사가 흔적조차 없었다는 것이다. 구드위르는 보고를 듣자마자 시그리드가 일러 준 경고를 떠올리지 않을 수 없었다. 그와 동시에, 그는 라펜다시르 쪽 사람들의 면면을 주의 깊게 살폈다. 예상할 수 있는 정도의 놀라움 외에 별다른 꿍꿍이가 있어 보이는 이들은 없었다.

"이런 마기는 처음 느껴보는군."

이를테면 이들 가운데 현재 유일한 마법사인 케틸조차 그랬다. 그는 유일한 마법사로서의 책무를 잘 알고 있는 듯, 숲의 초입부터 몸을 사리지 않고 주위를 살피는 중이었다. 물론 그가 정확히 구체적으로 무얼 하는 중인지 알 수 있는 사람은 이 가운데 없었다. 노인은 마치 순찰자처럼 더러 동물들이 다니는 길을 살피기도 했고, 이따금 고개를 들어 앙상한 우듬지들을 쳐다보며 바람의 냄새를 맡기도 했다. 그러던 그가 말했다.

"모든 곳에 낮게 고여 있소. 이토록 오래 흩어지지 않고 쌓인 마력이라니…… 흡사 류그른 같군."

"류그라들의 고향 말입니까?"

로릭스데가 아는 체하며 묻자 케틸은 고개를 끄덕였다. 구드위르는 이들의 대화를 유심히 주시하고 있었지만 역시나 특이한 지점을 읽어낼 수 없다. 하즈바는 정말 독단으로 움직이고 있는 것일까? 구드위르가 아는 한, 먼저 도착했던 로릭스데나 케틸과 달리 후발대인 저 예방단의 일원들은 어떤 식으로든 서리심에 관한 정보를 알고 왔을 수 있다. 그렇다면 하즈바뿐만 아니라 이조엔도 주의해야 할까? 그러나 거구의 기사는 눌러쓴 면갑 너머 찬찬히 빛나는 눈길로 고블린과 늑대들이 안내하는 전방을 살피고 있을 뿐 이런 구드위르의 내적 고뇌에 호응하지 않는다. 다만 그는 자신에게 끊임없이 시비를 걸어 오는 듯한 한 고블린의 눈길에 기어이 인내력을 휘발하고 만다.

"내내 쳐다보는 이유를 물어도 될까, 오십장? 그대의 시선이 도전인지 구애인지 알 길이 없지만. 참고로, 나는 보통 후자의 경우 더욱 잊지 못할 응수를 하곤 했다."

그러자 바르바크의 코에서 이상한 소리가 새어 나왔다. 그는 머릴 흔들더니 투구의 면갑을 젖혀 올리고 낮게 소리쳤다.

"지금 나를 모욕하는 건가? 그대의 외모가 수려하긴 하지만 공사를 구분하지 못하고 수작을 거는 자가 우리 중에서 오십을 지휘할 수 있으리라 말하는 것인가?"

외모가 수려해? 구드위르는 순간 당황한 표정으로 둘을 쳐다보았고, 그것은 자기들끼리 무어라 이야기를 나누고 있던 케틸과 로릭스데 또한 마찬가지였다. 이조옌의 외모를 말함에 있어 수려함이란 아무리 호의적인 수사를 덧댄다 하더라도 그 강건한 육체에 혹시라도 남아 있을 연약함만큼이나 희박한 일면이었던 까닭이다. 굽이친 숲길을 돌파하던 행렬이 잠시 정체되었고, 앞서가고 있던 두카르가 재빨리 뒤돌아오며 소리쳤다.

"바르바크! 실례를 범하지 마라!"

"시끄러워! 작전 중이다!"

바르바크는 오히려 이렇게 질책함으로써 두카르의 말문을 가로챘다. 한편, 이조옌은 뭐라 말할 수 없이 기묘하고 창백한 표정으로 바르바크를 노려보고 있었다. 그를 잘 알지 못하는 사람이라도 지금 그가 얼마나 심각하게 분노하고 있는지 단

박에 알아챌 정도였다. 차마 누구도 나서지 못하는 가운데, 구원의 손길은 의외의 방향에서 뻗어왔다.

"그만! 그만! 무력 충돌이라면 몰라도 이건 문화적 충돌이니 서기관이 개입하겠다!"

선두의 기수들을 헤집으며 걸어 나온 이는 우이라였다. 그의 뒤로 에인달케와 아그니르, 그리고 새끼 그리핀 이트레케르가 따라붙는다.

"……문화적 충돌이라고요?"

육척봉을 짚고 선 에인달케가 새파래진 손등을 문지르며 물었다. 그와 아그니르는 숲에 들어서기 전 그들의 말을 아가스에 맡기고 도보를 선택했기에 우이라와 함께 걷던 중이었다. 우이라는 피식 웃더니 말 위의 이조엔을 향해 말했다.

"오십장의 말을 곡해할 것 없다, 라핀다시르의 기사. 확실히 칭찬이든 비아냥이든 애초에 외양에 대한 언급을 꺼냈다는 점에서 벌써 실책이긴 하지만, 결코 반어법은 아니니까. 우리의 눈에 경은 분명 흠모할 만한 자태를 지녔다."

아닌 게 아니라, 바르바크의 앞선 말에 경악한 것은 오직 인간들뿐이었다. 지근거리에서 따르던 다른 늑대 기수들은 별다른 표정 변화가 없었다. 그제야 사람들은 고블린들이 숲의 초입부터 새끼 그리핀과 이조엔이라는 두 존재에 계속해서 눈길을 주었던 것을 기억해냈다. 두카르와 바르바크는 오히려 이해할 수 없다는 얼굴로 우이라에게 묻는다.

"이게 무슨 말인가? 인간들의 눈이 삐었나?"

"그 차이를 여태 모르고 있으니 마수 취급을 모면하기 어려운 거야! 우리의 이름이 이들에게 욕설로 쓰이는 까닭을 생각해 봐, 오십장! 아무튼, 이야기는 여기까지!"

행군은 그렇게 흐지부지 다시 이어졌다. 이조엔은 결과적으로 뜻밖의 찬양을 받게 된 셈이었지만 그건 다시 말해 '몹시 훌륭하고 아름다운 고블린' 정도의 찬사라고 할 수 있었기에, 그는 가엾게도 좋아해야 하는지 화를 내야 하는지 알 수 없게 된 복잡한 표정으로 말고삐만 추스려야 했다. 약간 조마조마한 심정으로 이 광경을 지켜보던 구드위르는 한숨을 내쉬며 다시 홀로 하던 고민을 이어갔다.

"재밌네요. 아니…… 사실 조금만 생각해 보면 알아챌 수 있었을 텐데."

다시 행렬의 선두로 걸어 나오며, 에인달케가 중얼거리자 우이라가 코웃음 쳤다.

"애초에 미의 기준이 양 성별에 걸쳐 그토록 극단적일 수 있는 너희 종족이 웃긴 것이다."

"오, 이건 기록해 둘 만하겠어요!"

에인달케는 반색하더니 품에서 뭔가를 꺼내려 시도하다 이내 포기해 버린다. 줄곧 추위에 노출되어 곱은 손가락으로 이와 같은 속보의 와중에 뭔가를 적어 내리기란 불가능함을 깨달았던 것이다. 대신에 에인달케는 우이라의 말을 기억하려는 듯 몇 번이고 입속으로 중얼거리며 위의 문장을 되뇌었다. 우이라는 웃긴다는 표정으로 그를 보다 묻는다.

"사관(史官)이라고? 그게 일반적인 직함인가?"

"직함일까요? 우리 같은 소영지에서는 보통 하급 문관이 담당하지만, 상위 영지로 갈수록 중요해지는 일이죠. 황실에서는 특히, 고위 귀족들의 눈치를 보지 않을 수 있는 일이고요."

"아니, 언니. 왜 그렇게 경어를 쓰는 거야? 우리는 동등한 입장이야!"

숲에 들어서자 왠지 신이 나 버린 새끼 그리핀을 눈으로 좇던 아그니르가 끼어들어 왔다. 우이라는 그를 쳐다보고 에인달케에게 말한다.

"피어클리벤 경의 말이 맞다. 사관이 내게 공대할 까닭이 없다."

"아니, 음…… 입버릇이긴 한데. 글쎄…… 마주치는 모든 이들의 상하 관계를 매번 어림해 보는 건 무척 피곤한 일이란 말이야. 그래서 나는 집을 나간 이래 여태 모두에게 이래 왔어. 명백한 노상의 거지에게도 말이지."

에인달케는 어색해하며 대꾸했다. 아그니르는 어이없다는 듯이 말했다.

"언니를 공격하려는 적들에게도 그럴 건가?"

"실제로 그랬어. 에파와 어울려 다니던 시절의 유산이지. 나는 많은 걸 그에게 배웠으니까……."

들뜬 목소리로 이어가던 에인달케의 목소리가 급격하게 주저앉았다. 제대로 인사도 못 하고 에파를 떠나보낸 후, 에인달케는 그에 관한 생각을 거의 하지 않으려 애쓰며 지내왔다. 에인달케가 느끼는 이 심란함이 어디서 비롯되는지 그는 아직 알지 못했다. 아니 좀 더 정확히는, 알려고 애쓰는 일 자체를 두려워하고 있었다.

우이라는 이들에게 뉘른스에크로 떠난 아우케트와 그 휘하 장졸들에 관해 물었지만 에인달케나 아그니르라 해도 북방의 소식은 잘 모르는 통에 시원스런 대답을 줄 수 없었다. 시그리드가 철저하게 정보를 선별하고 틀어쥔 까닭이었다. 모두가 답답한 것은 마찬가지였지만 조바심을 내기엔 아직 그리 오랜 시간이 흐르지도 않았다. 더구나 시그리드가 잠자코 있다는 것은 별일 없다는 뜻일 테다. 이런 말을 입 밖에 내진 않았지만 세 사람은 침묵 속에서 그렇게 합의했다.

"정지."

선두에서 행렬을 인도하던 오십장 소우라케가 말했다. 어느새 모두는 뽀얀 안개가 기묘하게 서린 숲의 심부에 이르러 있었다. 흡사 더께와 같이 쌓인 사방의 눈들은 올겨울이 아니라 아득한 과거로부터 온 것 같았고, 안개는 늘어선 침엽수들이 내쉰 한숨 같았다. 겨울 오전의 햇살이 나무들 사이로 삐딱하게 빛기둥을 뿌리는 이 풍경은 분명 딱히 이채로울 것이 없었건만, 마력을 감지하지 못하는 일반인들이라 하더라도 무언가 석연찮은 경외감을 품게 된다. 케틸은 말할 것도 없이 긴장된 기색을 짙게 띄웠다.

"마법사는 여기서 마지막으로 목격되었다. 저기."

십장의 설명을 듣던 소우라케가 가리킨 자리, 커다란 바위 아래 사람이 쉬던 흔적이 남은 게 보였다. 구드위르와 이조옌이 말에서 내려 그리로 다가갔다.

"태평하게 불까지 피웠단 말인가? 척후의 소양이 아닌데."

"에써 경은 마법사니까, 연기를 감출 방법 정도야 알 겁니다."

혼잣말처럼 중얼거린 구드위르에게 이조옌이 대꾸했다. 구드위르는 머쓱히 그를 보았으나, 이조옌은 단지 눈앞의 단서들에 집중할 뿐이었다. 하즈바와 그를 안내하던 십장은 이곳에서 잠시 쉬던 중 알 수 없는 공격을 당했고, 십장이 기절해 있던 짧은 시간 동안 마법사는 흔적 없이 사라졌다. 그렇게 보고하는 십장에게는 어떠한 외상도 없었다.

"아주 편리한 이야기군."

구드위르가 건조하게 말하며 그 고블린 십장을 흘겨보자, 바르바크가 튀어나오며 소리 질렀다.

"무슨 뜻이지? 호위의 임무를 다하지 못한 것 이상의 비난은 듣지 않겠다! 하물며 동맹의 근간을 흔들 의혹의 제기라면……."

"바르바크!"

두카르가 진저리를 치며 다시 그를 불렀다. 소우라케는 귀가 따갑다는 표정을 지으며 이 다툼에 가급적 휘말리지 않으려는 듯 눈을 돌린다. 바르바크는 아랑곳하지 않고 여전히 제 할 말을 한다.

"왜 또? 이자가 하는 말을 듣지 못했나? 우리가 신뢰를 쌓을 시간이 턱없이 부족하긴 했어도, 인간의 요술쟁이보다 속이 검은 족속들은 결코 아니다! 하물며 우리의 오백장이 지금 어디에 가 있는지 모르지 않을 텐데?"

"……나는 다만 편리한 이야기라고 했을 뿐인데."

구드위르는 한발 물러서며 이렇게 말하지 않을 수 없었다. 그 역시 어차피 하즈바를 의심하고 있는 상황에서 반사적으로 튀어나온 자신의 앞선 말이 경솔했다고 후회하는 참이었다. 하지만 정말이지 고블린 동맹이라니, 머리로는 이해한다 치더라도 고블린의 곁에서 연신 긴장되는 어깨와 불현듯 날뛰고 마는 혓바닥까지 진정시키기란 결코 쉬운 일이 아니다. 본래 그와 같은 용병이었던 라핀다시르의 정예병들 또한 피어클리벤이 아닌 곳에서는 고블린을 적으로 간주하고 도살하는 것이 일상이었으니까. 그런 점에서 오히려 시우부름의 이 고블린들이 보여주는 기꺼움과 담대함이야말로 놀라운 것이라 할 수 있겠다.

"브루니 경의 말을 곡해할 것 없다. 그 마법사, 에서 경은 본래 우리 쪽 사람이니까. 여기에 대해서는 내가 이야기하는 게 좋을 것 같은데."

이조엔이 차분히 이렇게 끼어들어 왔다. 그러자 바르바크는 조금 뻔뻔스러울 정도로 태도를 바꾸어 이렇게 말했다.

"속이 검은 족속들이라 한 것은 어디까지나 일반론이다. 양 종족의 전사(戰史)에서, 저 불가해한 힘의 추종자들은 우리에게 달가운 적이 없었으니까."

확실히 누그러진 어조라 구드위르는 어처구니가 없었다. 하지만 소득 없을 말싸움이 더 번지지 않는 것은 다행한 일이다. 이조옌은 미간을 찡그리고 잠시 생각하더니 하즈바와 함께 했던 십장에게 직접 묻는다.

"여기까지 이르는 동안 마법사가 특별히 보인 행동이나 말이 없는가?"

"……없소. 모르겠군."

모두가 난처해졌다. 마법사가 없다면 오로지 눈과 귀, 근육과 병기에만 기대어 미지의 적을 상대해야 하기 때문이다. 모두의 시선이 어느새 자연스레, 그들 무리의 하나뿐인 마법사 케틸에게 향한다. 하지만 노인은 묵묵히 안개 너머에 시선을 준 채 침묵했다. 결국 조바심을 견디다 못한 로릭스데가 모두를 대신해 묻고야 말았다.

"어떻게 합니까?"

"그런데 애당초, 도대체 우리가 상대하려던 게 뭐지?"

노인의 이 갑작스런 물음에, 로릭스데는 뜬금없다는 표정을 짓고 다른 이들을 본다.

"아니, 그걸 누구에게 물으시는 겁니까?"

아무도 대답이 없자 로릭스데가 다시금 케틸에게 묻는다. 마법사는 대답했다.

"왜냐면 나는 듣지 못했기 때문이오. 나는 도련님의 호위이자 일종의 참관인 역할로 이 파견에 따랐소. 시그리드는 내게 자세한 이야기를 하지 않았어. 서리심이 모종의 권능으로 색적을 해 냈다지. 브루니 경, 내가 아는 것 이상으로 아는 게 있소?"

안다고 대답해야 할까? 구드위르는 선뜻 입을 떼기 어려웠다. 지리상 이곳으로 외적이 들어온다면 동쪽 해안가를 통해서 진입하리라는 추측이 있었을 따름이다. 전날 회의에서는 이 미지의 적들이 드레스바르프나 실록의 폐장 둘 가운데 하나이리라 예상한 게 다였다.

하지만 구드위르는 하즈바를 주의하라는 시그리드의 경고를 들은 오늘 새벽부터 그것에 관해서는 더 생각할 여유가 없었다. 지금 그에게 질문을 던지는 저 케틸 아문세트 역시 라핀다시르의 요인이며 더군다나 마법사이다. 구드위르에게는 하즈바와 마찬가지로 마땅히 경계해야 할 인물이었다.

"……글쎄요, 지금 이 이야기가 왜 나오는지 모르겠습니다만."

구드위르가 어물어물 이렇게 대답하자, 그때까지 땅을 노려보며 묵묵히 듣고만 있던 이조엔이 불현듯 고개를 세우고 물었다.

"서리심의 마목은 어디 있습니까?"

"예? 그건 나도 모릅니다."

구드위르가 당황하여 대답했고 동시에 두카르가 말했다.

"그건 우리 역시 사실상 모른다. 신목의 위치를 확인한 건 오로지 우리의 오백장 뿐이니까. 그런데 그건 왜 묻는가?"

"왜 묻냐니? 우리는 여기 적을 치러 왔지만, 그 적이 누구인지 모른다. 다만 확실한 건 그 적이 마목을 노릴 것이라는 점이지. 당연히 위치를 알아야 방어할 게 아닌가?"

이조옌이 이렇게 묻자, 구드위르가 목소리를 높이며 말한다.

"에바니르 경, 출발 전에 고지하지 않았습니까? 이 작전의 요지는 요격이어야 합니다. 수성은 적들에게 신목의 위치를 알리는 꼴이 되니까요. 오죽했으면 시우부름의 오백장이 오십장들에게도 알리지 않았겠습니까?"

이조옌은 불쾌한 듯 미간을 찌푸리며 입술을 깨물었다. 그러자 우이라와 함께 근처에 선 채 이 대화를 지켜보던 에인달케가 무언가 할 말이 있는 듯 기척을 내며 꼼지락거렸으나, 채 입을 떼지 못하고 주저한다. 어디까지나 사관이라는 기록자의 입장에서 이 파견에 동참한 만큼 의견이 있어도 섣불리 발화할 수 없었던 것이다. 이를 눈치챈 구드위르가 부드럽게 미소 지으며 말한다.

"괜찮습니다. 하실 말씀이라도?"

그제야 에인달케는 고개를 끄덕이고 입을 연다.

"저…… 뉘른스에크에서 알려온 것은 단지 서리심이 자신의 뿌리로 향하는 사악한 기운을 감지했다는 것이었죠? 하지만 그게 꼭 외적이라는 이야기는 아닐 수 있지 않나요?"

구드위르는 여전히 미소 짓는 표정이었지만 상상 속에서 스스로의 이마를 짚는다. 이 이야기가 이렇게 기습적으로 나올 줄 몰랐던 까닭이다. 이조엔은 흠칫하더니 삼엄한 표정으로 에인달케를 노려보았고, 라핀다시르의 기마대 전원의 분위기도 딱딱해졌다. 구드위르의 용병대 역시 마찬가지다.

"아니, 그게 무슨 말이야, 언니? 그러니까 이 안에 우리의 적이 있다는 말이야? 말이 돼?"

주위의 분위기에 아랑곳없이 눈밭을 헤치며 날뛰는 이트레케르만 쳐다보던 아그니르가 고개를 휙 돌리더니 이렇게 물었다. 에인달케는 선선히 말을 잇는다.

"나도 이 파견에 동참하면서 내내 고민하던 거야. 애초에, 유세트 경이 나나 너를 여기 허락한 이유부터 이상하다고 생각하지 않아?"

"아니, 잠깐만요. 아가씨. 서기관님."

구드위르가 다급하게 말을 자르며 들어왔다.

"유세트 경께 어떤 이야기를 들으셨습니까? 아니, 아니지! 도대체 왜 지금 이 이야기를 하는 겁니까?"

이 의혹이 사실이라면 자칫 이 무리의 절반이 적으로 돌변할 수도 있단 말이야! 구드위르는 속으로 그렇게 외치며 에인달케를 향해 이렇게 물었다. 그러자 정작 에인달케는 놀란 표정으로 그를 똑바로 보며 되묻는다.

"예? 부단장께서야말로 뭘 알고 계신가요?"

"……지금 도대체 뭣들 하는 건가?"

지켜보던 고블린 오십장 소우라케가 어처구니없어 하며 입을 연다. 하지만 구드위르나 에인달케는 뭐라 대꾸해야 할지 몰라 멍하니 쳐다볼 뿐이다. 미간을 찡그린 채 이 대화를 듣고 있던 이조옌이 그제야 입을 떼었다.

　"나도 묻고 싶군요. 짐작건대, 두 분은 공유할 수 없는 정보를 각자 알고 계신 것 같습니다. 혹시 에써 경을 의심하십니까?"

　하즈바뿐만이 아니지. 구드위르는 침을 삼키며 그를 본다. 지금 이 자리에 시그리드가 있다면 멱살을 잡고 싶은 심정이었다. 이때, 케틸이 말을 재촉하며 앞으로 나선다.

　"멈추시오! 대화가 부족하면 오해를 하는 법이지. 내가 듣기로는 분명 서리심이 감지한 것은 '한 무리의 적개심'이라 했고, 그건 그를 따르는 짐승들로부터 보고받은 것이라 했소. 시그리드가 둘에게 무어라 하던가? 여기서 결코 말할 수 없소?"

　여전히 구드위르와 에인달케는 섣불리 말하지 않는다. 답답한 침묵과 불길함이 떠도는 가운데, 마침내 늙은 마법사는 신경질을 내고 만다.

　"그 불민한 제자 놈이 내게 아무 이야기도 하지 않았단 말이야!"

　"제가 한마디 해도 되겠습니까? 비록 장차 여러분의 주군이 될 거란 외람된 자격밖에 없지만 말입니다."

　지켜보던 로릭스데가 선명한 목소리로 이렇게 말하자, 케틸은 징그럽다는 듯이 그를 쳐다보았다. 그걸 허락으로 알아들은 라핀다시르의 장남이 말을 잇는다.

"각자 뭘 두려워하시는지 알 것 같으니까요. 그리고 저는 분명 이 자리의 지휘관이 아닙니다만, 유사시에 내 영지의 무사들이 칼을 거두도록 할 정도의 권한은 있습니다. 에바니르 경, 혹시 아버님…… 아니 공작 합하께서 이 예방단의 출발 전, 경에게 개인적으로 하달한 지시가 있었습니까?"

"……없습니다, 도련님. 피어클리벤과의 협력 증진과 우애 도모라는 공적 하달밖에 받지 않았습니다."

"그렇군요. 그러면 우리 모두 사이좋게 하즈바에서 경을 의심해 봐도 되지 않을까요? 나는 그에 관한 혐의가 합리적인 한, 이걸 라핀다시르에 대한 피어클리벤의 공격으로 여기지 않을 겁니다."

로릭스데의 선언이 떨어지자 이조엔은 고개를 끄덕였고, 그때까지 말 못 할 긴장감에 신경을 곤두세우고 있던 구드위르가 뜨거운 한숨을 토해냈다. 정말 다행이다. 유혈 사태는 없을 모양이다.

"잘하셨어요."

에인달케가 말 위의 로릭스데를 향해 웃어 보이며 이렇게 말했다. 그가 로릭스데를 집어던진 이후 처음 보여 주는 미소였다. 로릭스데는 쓴웃음을 짓더니 갑자기 흠칫하며 이렇게 중얼거렸다.

"……유세트 경은 이러라고 나를 보냈나?"

제 3장

아흔달을 돌아보는 이는 없다. 시간마저 멈출 기세로 얼어붙은 공기 너머, 육왕의 서리심이 새파랗게 격노하며 모두의 발 아래서 보이지 않는 빙하의 뿌리가 깨지는 듯한 진동이 울려 퍼졌던 까닭이다. 하지만 이보다 더 놀라운 것은, 모두의 눈앞으로 육박하는 무형의 패기에 맞서 앞으로 한 발짝 나선 나귀와 그 머리 위의 도래까마귀였다.

"즉시 이 군대를 물려라!"

까마귀의 두 눈에 이 일대를 지배하는 신력의 폭풍이 선명히 포착되는 순간, 울리케는 자신도 모르게 외쳤다. 대항할 마땅한 힘이 없다는 것을 알고 있음에도, 그토록 가시화된 신력의 흐름을 확인한 순간 외려 막연한 두려움으로부터 벗어나게 되었다. 저것은 불가해한 신의 섭리 같은 게 아니라 단지 연역적인 힘의 기술일 뿐이다. 그리고 이해는 모든 파해의 실마리가 된다.

"너!"

겉보기에는 그토록 빈약하고 엉뚱해 보이는, 나귀와 까마귀라는 맹랑한 대적자들을 목전에 두고 육왕의 서리심은 단지 이렇게 소리 질렀다. 그저 한 손을 뻗어 그들을 둘러싼 마수들을 풀 수 있었음에도, 빙하의 무녀는 섣불리 그러한 탄압을 선언하지 못한다. 비단 팔왕의 서리심이나 스레이야의 군대가 나타났기 때문만은 아니었다. 신의 유음(遺音)을 추종하는 이 빙하의 딸은 순간적으로 저 작은 날짐승에 켜켜이 깃든 약속들의 무게를 읽어 내었던 것이다. 서리심은 외쳤다.

"너야말로 물러나 관여치 말라! 나는 시니르의 대를 주관하는 자이다!"

"단지 그뿐인가? 미스미르드의 제주들은 그 옥좌의 임자가 패주(覇主)로 전락하건 말건, 상관치 않는가? 지금 시니르의 왕야는 어디 있는가?"

"왕이 선봉에 나서겠느냐!"

"그럼 그대는 무엇이지? 신을 모시고 제위 인가의 권한을 가졌다는 자가 왜 여기서 나와 이야기하고 있지? 내 눈에는 그저 그대가 사악한 병기로 보이는데!"

"나는 여기에 말을 엮으러 오지 않았다!"

하지만 그뿐이었다. 육왕의 서리심이 토해낸 기세는 울리케의 전면에서 봄날 바람처럼 흩어졌고, 그들 주위를 둘러싼 눈트롤과 와이번의 무리 또한 그저 주춤거릴 따름이었다. 좁은 영역이긴 했으나, 울리케는 팔왕의 서리심이 그들 등 뒤에서 아힌달을 중심으로 전개한 성역이 분명히 힘을 발휘하고 있다는 것을 깨달았다. 또한 동시에, 그 스스로에게도 아주 단단한 마력의 방패가 깃들어 있었다. 울리케는 도래까마귀의 눈에 이 모든 마력의 굴절들이 낱낱이 포착될 뿐만 아니라 그 미세한 힘의 흐름까지도 읽어 낼 수 있다는 사실을 깨닫고 잠시 신기해했다. 어쨌든 분명한 것은, 지금 자신에게 위해를 가할 만한 수단이 저쪽의 서리심에겐 없어 보인다는 점이었다.

완전한 교착이다.

— 내가 잘했다.

울리케를 어이없게 한 것은 용의 이 기습적인 자찬이 아니었다. 문제는 그가 이 말을 건네기 위해 주변의 시간을 멈추었다는 점이었다. 일전 닐뵤른에서 소발의 전위대를 맞아 고민하던 찰나에 용이 보여 주었던 그 기예가 지금 이곳에서 재현된 것이다. 울리케를 제외한 천지만물이 얼음장 속의 송사리마냥 멈추어 서고, 주위를 빠르게 스치던 세빙의 결정들만이 나른한 오후의 책 먼지처럼 간신히 부유한다. 아니, 용은 이것이 시간의 정지가 아니라 사고의 가속이라 했던가? 울리케는 그 이야기를 떠올리며 대꾸한다.

'……린트부름의 후손은 자랑할 줄 모른다고, 분명 예전 그리 말씀하시지 않았습니까?'

— 왜냐하면 보통, 우리에게는 숱한 예찬자들이 있었기 때문이다.

머릿속으로부터 울려오는 빌러디저드의 목소리에서 솔직한 불평을 읽어 내며, 울리케는 잠시나마 반성했다. 그러고 보니 자신이 저 대단한 존재를 향해 순수한 찬탄이나 경외를 보인 적이 얼마나 있던가? 불과 채 백 일도 되지 않은 시간이었다. 아트름의 무너진 성터에서 처음 마주했던 저 검은 용은 얼마나 경외로웠던가. 울리케의 시선이 새삼스럽게 뉘른스에크 본성을 향한다. 발트부름 중턱의 검은 산성에 앉아 마치 건축물의 일부처럼 이쪽을 굽어보는 용의 모양새는 위엄과 태평함을 동시에 풍기고 있었다. 원래대로라면 눈의 장벽에 가려 뉘른스에크 방향이 보이지 않아야 하겠지만, 용이 드리운 여름의 폭풍이 서리심의 겨울을 꾸준히 갉아 내고 있었다. 그로 인해 발트부름과 면한 전장의 북쪽에서는 눈 폭풍들이 힘을 잃고 비와 우박들로 허물어지고 있었다. 물론 지금 이 순간엔 그조차 멈추어서 극도로 느린 낙하를 하염없이 그리고 있지만 말이다.

'……그러니 참으로, 애초에 저를 납치하지 마셨어야 했습니다.'

— 내게 필요한 것은 사도이지 신도가 아니었느니라.

'그렇게 장기의 말을 고르시듯 만사를 말씀하시니 제가 드릴 것이 불평밖에 없지 않습니까?'

— 장기의 말이라 여기기는 하느냐? 하지만 나는 내가 하는 일이 파종에 가깝기를 원한다.

'텃밭에 심긴 순무가 농부를 경외하겠습니까만……'

붙잡아 둔 시간은 영원할 듯 느리지만 용의 태평함에 맞춰 줄 수 있는 것은 여기까지다. 울리케는 농담을 집어치우며 용을 향해 묻는다.

'그래서, 두실 훈수는 무엇입니까?'

— 미스미르드의 내부 소요는 육왕과 상서령 사이에 벌어진 것이다. 지금 상서령과 그의 직속 친위대, 아울러 일찍이 너와 마주쳤던 육왕의 전위대가 저들 진중 바깥으로 탈출 중이다. 이미 많은 이들이 죽었구나.

울리케는 잠시 말을 잃었다. 육왕과 앗슈레드 사이에 불편한 기류가 있었음은 그도 기억한다. 피어클리벤과 용이 아니었다면 육왕은 분명 뜻대로 아힌달을 암살했을 것이다. 하지만 울리케 때문에 그 계획은 저지되었고 이제 역으로 그 죄를 밝혀야 할 입장이다. 육왕이 순순히 있을 거라 생각진 않았지만, 울리케는 상서령의 권리와 그가 보유한 병력을 이미 두 눈으로 확인했던 바, 재량껏 헤쳐나갈 수 있으리라 생각했다. 울리케의 오판은 그 부분이었다.

— 너는 모든 이들이 너만큼 합리적일 것이라 은연중 단정한다.

묵묵히 울리케의 사고와 그 너머의 기억들을 주시하던 빌러디저드가 문득 말했다.

— 하지만 퇴로가 마땅치 않은 경우엔 무모를 강요받게 되지.

'……저는 저들이 빌러디저드 님의 선언을 이다지도 무시할

줄 정말 몰랐습니다.'

— 나는 알고 있었다. 더구나 윤나의 무녀들은 더더욱 나를 겁낼 까닭이 없지. 아니 설령, 겁이 나더라도 그걸 드러낼 수 없다. 나는 저들에게 치욕스런 과거를 떠올리게 하는 금기이다. 그리고 너희 제국에 있어서는 이제 버려 마땅한 신위의 해묵은 상징이지.

'……그럼 대체 왜 이 시국에 처녀나 납치하신 겁니까?'

부연하자면, 울리케의 질문은 왜 하필 이 시기에 세상에 모습을 드러냈냐는 물음이었다. 용은 답한다.

— 그 답은 너에게만 들려주기 아깝다. 지금 너와 네 군대가 처한 현 상황엔 완벽한 힘의 교착이 이뤄지고 있지만 이 균형을 네 혀로 깨지는 못할 것이다. 따라서 어느 정도의 충돌은 불가피하다.

용의 상황 설명이 이어졌다. 어느새 익숙해진 도래까마귀의 시야엔 고공에서 내려다보이는 전장의 모습이 환상처럼 아로새겨졌고, 울리케는 아우케트가 이끄는 고블린 부대의 위치를 정확히 알 수 있었다. 서리심의 눈 폭풍을 뚫지 못하는 그들은 뉘른스에크 성하촌의 어귀에서 돌격을 준비하고 있었다. 도래까마귀는 용의 의견을 수긍한다.

'알겠습니다. 그러시지요.'

그러자마자 얼어붙었던 시간이 휙 돌아가며 삼라만상의 모든 미립자들이 본래의 관성을 회복하였다. 울리케는 자신을 향해 내지른 서리심의 마지막 외침을 떠올리며 이렇게 대꾸했다.

"대화를 하러 오지 않았다? 그야말로 그대가 한낱 무기에 지나지 않는다는 고백이로구나! 겁쟁이 왕을 대신해 손을 더럽히는 그대의 어디에 위엄과 약속된 신위가 있을까!"

울리케는 자신의 등 뒤와 전면을 압박하는 힘의 평행에서 움찔하는 파동을 느꼈다. 두 자매 서리심이 장악한 공간은 일견 고요했으나 조금이라도 허튼짓을 하면 깨질 살얼음처럼 팽팽한 긴장감을 이 장소에 속한 모든 이들에게 강요하고 있었다. 여기서 만용을 부릴 수 있는 자는 오로지 도래까마귀 울리케뿐이었다.

"아가씨, 혹시 뭘 착각하고 있을까 봐 말하겠는데 아가씨는 지금 까마귀에 빙의하고 있는 게 아니에요. 까마귀 자신이죠."

아니, 한 사람 더 있다. 울리케의 네 발 달린 횃대인 나귀형 시그리드였다. 그는 투레질을 가장해 이렇게 속삭임으로써 까불면 죽는다는 사실을 상기시켜 주었다. 울리케 역시 나직이 대답했다.

"알아요."

그러자 나귀는 흥 하는 콧김을 내뿜었는데 감탄인지 조롱인지 알 길이 없었다. 울리케의 대꾸에 잠시 짓눌려 있던 육왕의 서리심이 그때서야 입을 열었다.

"네가 감히 나의 역할을 재단하느냐!"

도래까마귀는 조금도 지체 없이 맞받아친다.

"좀 더 품위 있게 구는 게 어떨까? 내가 나의 유별난 이웃들에게 배운 것이란, 모든 것을 압살할 힘을 갖고도 그 폭력을 선택하지 않는 데서 오는 으스스한 공백이 참으로 유효하다는 점이다. 어째서 옥좌의 후견자가 소매 속의 칼을 자처하지? 여기 어디에 그대가 모시는 이름이 있는가! 나는 요격대가 아니라 사자를 요청했다!"

사위의 얼어붙은 공기는 울리케의 목소리를 참으로 잘 전달했다. 그 말뜻을 이해할 리 없는 눈트롤과 와이번들조차 일순 도래까마귀의 기세에 눌려 보였고, 잔뜩 긴장한 채 그의 뒤에 선 모든 이들이 울리케의 한마디 한마디에 움찔거렸다. 실제로는 울리케의 말에 가장 민감하게 반응하는 존재들은 두 서리심 자매로, 그들로부터 흘러나온 격앙의 여파를 그 자리에 존재한 누구라도 느낄 수 있다.

도래까마귀는 다시 호통친다.

"왕의 헛짓거리에 야단칠 수 있는 존재가 그대이다! 아니면, 왕가의 대를 이어 그저 덧없이 추존되다 그 부추김에 응해 사리 분별없이 겨울을 휘두르는 것이 그대가 가진 권위의 전부인가? 물러나 얼어붙은 시체들 위에서 빨아 먹는 공물 사탕이 유일한 보상일 텐데도?"

그를 적대하는 서리심, 그리고 돕고 있는 등 뒤의 서리심 모두의 얼굴이 딱딱해지며 새파랗게 변했다. 아힌달의 입으로부터 감탄 같은 탄식이 흘러나왔고, 자신의 할 일에 집중하던 검은 용조차 한마디 하지 않을 수 없었다.

— 네 막말은 역사에 남을 것이다. 내가 보증한다.

'하지 마세요.'

그가 이렇게까지 말할 수 있는 것은 상서령 앗슈레드로부터 미스미르드의 서리심이 가지는 위상과 역할에 대해 꽤 객관적인 이야기를 들었던 덕분이었다. 저들은 살아있는 신성 그 자체이지만 명백히 정략적으로 이용당하고 있으며, 동시에 훌륭한 비대칭 전력이었다. 아우스뉘르로 치자면 용과 유사하다. 울리케의 이 일갈은 도를 넘어서는 신성 모독이었으나 그럼에도 명백한 사실이라는 점에서 고약했다. 울리케는 말하는 와중에 비로소 아이비레인이 가진 유감, 빌러디저드의 두려움, 그리고 로릭스데가 내비쳤던 용에 대한 안타까움이 절절히 이해되었다. 울리케의 목소리가 한결 내려앉는다.

"돌아가 그대 군주와 숙의해라! 여길 전장이라 정의했다고 해서 우리가 나눌 것이 피와 죽음뿐이겠는가! 그것은 모든 수단을 강구한 끝에 협상의 결렬을 확인하고 이루어도 늦지 않아! 나는 이미 일만의 주검을 파묻고 왔다! 저 성 위의 용이 보이는가? 저 너머 우리 제국의 군대가 보이는가? 더구나 너희 진중의 결계는 이미 깨졌다!"

다시 말을 시작하자 울리케는 짜증이 치밀고 만다. 이들의 내부 소요까지는 어쩔 수 없다 하더라도 닐스그림을 비롯한 아우스뉘르로부터 오던 사자를 공격한 일은 생각할수록 멍청하기

이를 데 없었다. 게다가 저들은 이미 너무 많은 이들을 죽음으로 몰았다. 이게 무슨 짓이지? 대체 왜 기습부터 시작한 거지? 도대체 왜 모든 가능성의 앞에 폭력부터 놓는 것일까?

도래까마귀의 작은 머리가 분노로 혼탁해진 순간, 멀리 성벽 위에서 이쪽을 굽어보던 검은 용이 별안간 우렛소리를 내지르며 두 날개를 활짝 펼쳤다.

— 시작한다.

울리케는 머리를 획 돌리며 아군들을 향해 소리 질렀다.

"모두 퇴각한다!"

검은 용으로부터 시작된 린트부름의 아득한 패기가 산마루를 타고 내려와 곧장 사위를 덮쳤다. 시니르의 서리심이 약속된 권능의 끈을 놓치며 주춤거렸고, 일시에 장악된 마수들의 정신이 도탄에 빠진다. 태고의 불과 습윤한 여름의 태풍이 눈폭풍의 장벽을 두들겨댄다. 그 검은 위악(僞惡)은 아직 어린 신성을 겁에 질리게 만들었다. 도래까마귀는 검은 이정표처럼 하늘을 날아올라 아군이 피할 활로의 방위로 솟구친다.

"나를 따라! 이미르의 팔매, 뒤를 맡아라!"

"감히 나를 그렇게 부르지 마라!"

울리케가 아흔달과 그의 서리심 곁을 스쳐 날아가며 이렇게 외치자 서리심이 왈칵 짜증 내며 되받아쳤다. 하지만 양손을 맞잡고 벌이는 힘 싸움마냥, 육왕의 서리심과 시작한 이 권능의 대결은 섣불리 손을 뗄 수 있는 게 아니었다. 스레이야가 검을 뽑으며 군령을 갈기자 그를 따라왔던 이천의 이미르군이 일제히 방패를 내밀어 혼란에 빠진 마수들을 내리찍었고, 삽시간에 사방은 쇠에 달라붙는 비명을 피로 지워가기 시작했다.

"멈춰라……!"

단지 포효였건만 마치 용의 일격을 얻어맞은 듯 혼란에 빠져 있던 육왕의 서리심이 뒤늦게 상황을 파악하고 노호성을 내질렀다. 그 순간, 기다렸다는 듯 재차 용의 울음소리가 전장을 뒤흔들었다. 이번에는 모두가 이해할 수 있는 인간의 언어였다.

"여기는 너희의 땅이 아니다! 이 전역(戰役)에서, 너희의 보장된 자위권(自衛權)은 의심받으며……"

순간 검은 용의 거체가 성가퀴 두어 개를 박차 무너뜨리며 회색 하늘로 치솟았다. 전장의 모든 눈과 귀가 그 한 점으로 쇄도하고, 용은 몸을 뒤집어 산비탈을 따라 활강하며 재차 소리 질렀다.

"고대의 창은 나의 이름이다!"

이미 터질 듯 팽창해 있던 산성 상공의 여름이 더 견디지 못하고 무너져 내렸다. 여덟 개의 벼락이 연달아 서리심의 눈 폭풍 경계에 떨어지며 지축을 뒤흔든 다음 순간 모두의 머리 위로 손톱만 한 우박들이 산사태처럼 떨어지기 시작했다.

"으아악!"

나귀가 시그리드의 목소리로 질겁을 하며 펄쩍 뛰었다. 닐스 그림 역시 지팡이를 땅에 박으며 비틀거렸고, 사절단 대부분이 타고 있던 말들이 모두 놀라 날뛴다.

"작정했군! 작정했어!"

시그리드가 상황도 잊고 흥분해서 소리 질렀다. 천지에 날뛰는 마력의 기운이 둔하기 짝이 없는 나귀의 몸으로도 저릿저릿하게 느껴져 온 까닭이었다. 같은 마법사인 패스트리드 역시 마찬가지였다.

"대단해!"

"아니, 이럴 때가 아니지 않습니까!"

아룬드가 짜증 내며 소리 질렀다. 마법사가 아닌 이들에게 지금 이 상황은 천재지변 그 이상도 이하도 아니었다. 살을 에던 추위는 어느새 썰물처럼 밀려가고 꾸덕한 더위가 모두를 에워싸 발밑을 녹인다. 겨울의 독려로부터 해방된 마수들이 사방에서 날뛰며 통제를 잃고 아우성쳤고, 이미르의 군대는 그런 마수들을 밀어내며 그들의 왕과 서리심, 그리고 사절단을 보호하기 위해 대형을 전개하고 있었다.

"울리케!"

용의 마법 기예에 넋이 나가 버린 두 마법사를 확인하고 아룬드가 소리 질렀다. 하지만 사방을 두들겨 대는 우박과 비, 그리고 연신 고함을 지르는 여름의 하늘은 그의 목소리를 묻어 버린다.

"겨울 다음엔 곧장 여름인가! 염병할 놈의!"

진창에 바퀴가 빠진 사절단의 마차를 어깨로 밀며 이그라가 소리 질렀다. 그를 돕기 위해 마차에서 내려서던 펠윈이 산기슭 방향을 쳐다보더니 손으로 가리키며 소리쳤다.

"저길 보세요!"

까마귀의 인도를 받은 한 무리의 늑대 기병들이 용의 그림자 아래를 스쳐 가며 질주하고 있었다.

"이걸 도대체 군사 작전이라고 말할 수 있나?"

용의 뒷발에 차여 무너진 성가퀴 너머, 산 아래로 펼쳐진 혼란을 내려다보던 뉘른스에크의 기사, 그리그가 침을 뱉듯 중얼거렸다. 녹아내린 눈의 진창 경계를 따라 고블린 늑대 기수들이 미스미르드 진중의 눈보라를 향해 쏘아진 창처럼 달려들고 있었다. 그 곁에 서서 마찬가지로 상황을 주시하던 크누드가 말했다.

"뉘른스에크도 군사 작전으로 패했다고 볼 수는 없죠."

그리그의 성질머리를 익히 알고 있던 헨릭은 크누드를 향해 달려드는 그를 온몸으로 막아섰고, 역시 한 조각 시래기보다 가벼운 크누드의 혓바닥을 알고 있던 라그나가 재빨리 크누드의 어깨를 밀쳐 낸다.

"이리 와! 다시 지껄여 봐!"

그리그가 시뻘게진 얼굴로 말리는 헨릭의 어깨너머로 고함질렀다. 크누드는 지지 않고 입을 뗀다.

"왜요? 나는 경을 지탄하는 게 아닙니다."

"그만하시오, 선을 넘었소."

이젠 숫제 그의 멱살을 그러쥔 모양새가 된 라그나조차 크누드에게 으르렁댔다. 랄로프는 그저 눈만 끔뻑끔뻑하며 떨어져선 채 뒤엉킨 네 사람을 쳐다본다. 크누드는 모두를 한 번씩 쳐다보더니 한숨을 내쉬며 말했다.

"미스미르드의 기습은 교범에 의해 대응할 수 있는 게 아니었습니다. 이 전장에서 우리가 느끼는 무력감은 다 똑같을 거란 말입니다. 저기, 드레스바르프가 이끌고 온 대응군도 모두 마법사들의 호위에 불과하죠. 나는 여러분이 패전지장이라고 생각 안 합니다. 오히려, 그렇게 기사도에 사로잡혀 흘리는 분루가 이 상황을 굴절되어 보이게 한단 말입니다."

"거참 좋은 말씀입니다. 좋은 만큼 고운 말이었다면 나무랄 데 없었겠지만."

성벽 위로 모습을 드러낸 하슈펠 레미크가 말했다. 뉘른스에크에 입성한 이래 왠지 재물 조사 일을 맡아 사무원처럼 조용히 이곳저곳을 누벼 오며 여태껏 모두의 틈에 잘 스며들어 있던 하슈펠, 처음으로 한심하단 기색을 역력히 내보였다. 그리고 그가 이들을 한심스러워 하는 이유는 등장의 원인과 통해 있었다. 그는 다른 사람들처럼 갑작스러운 드잡이질에 놀랐다.

"제가 무슨 말씀을 드릴 위치에 있지는 않습니다만, 안뜰의 모든 병사들이 아주 잘 보이는 곳에서 이러지 마십시오. 사기가 썩습니다."

그제야 그리그는 씩씩대던 걸 멈추고, 크누드도 입을 닥친다.

이게 군사 작전이냐는 그리그의 빈정거림은 이해할 만한 것이었다. 조직과 규범에 의한 군무에 익숙한 그들에게, 지금 산 아래에서 일어나는 모든 일은 상례에 벗어난 것이었으니까. 책임과 권한을 가진 지휘관을 특정할 수조차 없었고, 군관직이 아닌 일개 행정관이 전장을 휘젓고 있는 데다, 심지어 그는 사람의 모습을 하고 있지도 않다. 고약한 이야기이긴 했지만, 만일 뉘른스에크의 지휘 체계가 살아남아 있었다면 제아무리 용이나 서리심 같은 초월자들이 있다 하더라도 일이 이렇게 전개되긴 힘들었을 것이다. 헨릭은 그렇게 생각하며 안뜰을 내려다보았다. 크게 지펴진 불가에서, 노아크 피어클리벤 백작이 시야프리테와 함께 쪼그리고 앉아 감자를 손질하고 있는 게 보였다. 그 천연덕스러운 뒷모습은 기가 막힐 지경이다.

"……이 판국에 대체 뭘 하고 계신가?"

"적어도 우리가 이해할 수 있는, '인간의 일'이죠."

크누드가 헨릭의 중얼거림에 답했다. 헨릭이 얼굴을 찌푸리며 그를 쳐다보았으나, 저 불굴의 주둥이는 다시 열린다.

"적어도 저 아래 사태보다는 우리가 이해할 수 있는 일이 맞지 않습니까."

"나는 경보다 훨씬 이전부터 피어클리벤 각하를 봐 왔소."

"그래서 우서베르트 경이 생각하시기엔, 각하께서 직무에 충실치 않다는 겁니까?"

아니……. 그렇게 말하긴 무리다. 헨릭은 다시 이 전장의 상황을 떠올리며 눈을 산 아래로 돌린다. 기사로서 그가 존중해온 규범과 조직은, 홀로 대학살을 주도하고 계절과 영역을 지배하는 것들 앞에서 결코 유연한 대응 체계가 아니었다. 뉘른스에크에 집결해 있던 병력 일만 가운데 팔 할은 글자 그대로 그저 얼어 죽었다. 보고하고, 회의하고, 하달하고 수행하는 그 일련의 절차들은 상궤를 벗어난 이 사태 앞에 그 본래의 가치를 증명하기 어렵다. 피어클리벤 백작은 이곳의 최고 책임자였지만, 바로 그런 부분들을 잘 이해하고 있는 듯싶었다. 그렇다고는 해도, 저토록 노골적일 수 있다니. 헨릭은 말했다.

"……아니, 아니오. 하지만 보통 저렇게 할 수 있나……?"

"놀라운 분이죠. 제 주군이십니다."

크누드가 가슴을 펴며 그렇게 말하자, 헨릭과 그리그 모두 동시에 못 볼 걸 봤다는 듯 눈을 피했다. 조용히 선 채 이들의 대화를 듣고 있던 하슈펠이 예의 나긋한 목소리로 크누드에게 묻는다.

"경의 직무는 행정관님의 호위 아닙니까? 여기서 뭐 하는 겁니까?"

"저는 날개가 없습니다."

당연한 사실을 말하는 크누드의 태도에서 한순간 가식적인 평온이 묻어 나왔다. 그리고 그제야, 하슈펠 레미크는 지금 성벽 위에 올라 전장을 주시하는 이 네 사람이 어떤 불만과 자괴감을 공유하는 중인지 깨달았다. 이는 자신의 역할을 다하지 못하는 데서 오는 일종의 무력감, 열패감이다.

울리케는 아우스뉘르의 교섭단 일행을 구출하는 데 있어 철저히 이미르의 병력과 고블린들만을 동원했다. 피어클리벤의 병력은 물론, 뉘른스에크의 몇 안 되는 생존자들은 그에게 있어 단지 보호해야 할 대상으로 간주되었던 탓이다. 실제로 종사장 아드손이 강력하게 출전을 요청했으나, 울리케는 기병이 필요한 일임을 역설하며 단호히 거절하였다. 그리고 지금 산 아래에서 벌어지는 일련의 사태는, 그의 결정이 옳았다는 걸 보여준다. 서리심의 겨울과 용의 여름이라는 두 재해 사이에서 제정신으로 돌격할 수 있는 이들은 결코 많지 않을 테니까.

"여기서는 이제 잘 보이지 않는군요. 게디르!"

고블린들의 검은 궤적을 쫓던 크누드가 소리쳐 부르자, 성벽의 동쪽 끝 망루 위에 자리 잡고 있던 게디르가 손을 들어 올려 보였다. 잠시 뒤, 그가 외친다.

"미스미르드 쪽에서 한 무리의 병력이 출격했고, 고블린들이 그들을 맞이했습니다만 교전은 하지 않습니다!"

그의 보고는 잠깐의 시간을 사이에 두고 계속 이어졌다.

"……아우스뉘르의 사절단은 성공적으로 전장에서 이탈했습니다! 수레와 나귀가 보입니다!"

"……고블린들이 요인으로 보이는 행렬의 후미를 차단하며 본진으로 수행하고 있습니다!"

세 번째 보고의 외침 끝에 또다시 벼락 떨어지는 소리가 울렸다. 용이 한 짓일 테지. 크누드는 여전히 추적대는 빗방울에 흠뻑 젖은 머리카락을 쓸어올리며 용이 만들어 낸 잿빛 하늘을 보았다. 뉘른스에크 성 내부의 기온은 이제 완연히 초여름에 접어들었다. 더 이상 남아 있는 눈은 없었고 급히 해동된 땅은 온통 진창으로 변해 훅훅 찌는 더위와 함께 모두를 더럽히고 있었다. 그럼에도 불구하고 서리심의 가혹한 추위를 겪어본 모두는 이 상황에 아무런 불평을 하지 않는다. 크누드는 새삼 용의 강력함에 감탄하면서도, 그가 아직까지 어떠한 살생도 하고 있지 않다는 데 생각이 미친다. 용이 보여주는 이 모든 장관은 분명 경악스럽지만, 과연 그것만으로 충분할까?

"……끝났습니다! 미스미르드는 추격을 포기합니다!"

게디르의 마지막 보고였다. 다음 순간, 또다시 산을 두들겨 패는 듯한 검은 용의 음성이 하늘로부터 떨어졌다. 그리고 그것은 그대로 크누드의 걱정에 대한 대답이 되었다.

"너희는 린트부름의 시혜를 이토록 가벼이 여기었다!
태궁(胎宮)의 계회로부터 파견된 대전사(代戰士)의 자격으로,
이 전역에 머무는 모든 두발짐승은
타고난 필멸의 처지를 복기하며
용서를 구할 단지 아흐레를 가질 것이다!
내게 호명된 역신(疫神)이 이미 너희의 가운데 있노라!"

동시에 뉘른스에크의 태양이 꺼졌다.

"맙소사……."

에파의 입에서 신음 같은 말이 새어 나왔으나 채 맺어지지 못했다. 발트부름 전역을 뒤덮은 지독한 먹구름은 세상의 종말 같은 그림자를 모두에게 드리웠다. 어느새 사방 천지는 불길한 안개로 뒤덮여 불과 몇 걸음 너머의 사람도 식별하기 어려운 수준이다. 동족들의 목숨을 빌어 종신의 아득한 유예를 허락받은 불사자로서, 나슐라시에 에파 밀파네스는 이 심상치 않은 연무와 분진에 낱낱이 스며 있는 장기(瘴氣)의 냄새를 맡을 수 있었다. 고대로부터 노래해 온, 경국의 괴수로서 용이 가지는 가장 지독한 권능이 마침내 이 땅에 행사되고 만 것이다. 그는 이 사태가 불러일으킬 비극에 마음이 무겁게 내려앉으면서도, 지난밤 드레스바르프의 예종사들과 벌인 일전에서 란미르가 그를 향해 외치던 비난을 떠올리며 쓰게 웃었다.

'라펜다시르는 금기를 범했는가!'

물론 소혼망자들을 불러낸 것은 아이비레인의 선택이었다. 하지만 그 힘은 본래 드라우그라인 에파의 것이며, 란미르의 지탄처럼 결코 윤리적이지 않은 권능이었다. 그 스스로가 살아 있는 류그네라스의 가지처럼 치유의 술을 사용할 수 있으면서도, 한편으로는 죽음을 희롱할 수도 있다는 사실이 새삼 저주처럼 느껴졌다.

"어머니."

안개를 헤치며 나타나 부른 것은 빌야미르였다. 실록의 폐장들이야 파마의로 보호되고 있으니 이 용의 저주로부터 안전할 것이다. 그 사실에 안심하며 에파는 입을 떼었다.

"아이슐리드와 황자에게도 옷을 주고 단단히 여미라 이르거라."

"……그럼 이게 정말로…….'

"그래. 빌러디저드 님이 역병을 소환했구나."

에파는 몸을 일으키며 말했다. 이들은 지난 새벽 뉘르뉴가 방문했던 그 장소에서 그대로 이 아침을 맞았다. 본래 동이 트기 전에 결행하려 했던 작전을 미룬 채로. 에파는 서리심이 껄끄럽기도 하고 여차하면 실록의 폐장들을 보호하기 위해 모습을 드러내지 않았다. 뉘르뉴는 딱히 그를 찾지 않고 자기 할 말만 하고 갔다. 그러나 에파는 서리심이 단지 모습을 감춘 채 그들을 주시하고 있을 뿐임을 알고 있다.

"……서리심은 바로 이걸 기다리라 한 것일까요?"

빌야미르가 묻는다. 에파는 대답한다.

"우리가 어찌 알겠니? 린트부름의 섭리인 것을."

하지만 그 목소리는 체념보다 조소에 가까웠다. 과거를 보고 미래를 보는 두 존재들이 세상에 간섭하고 있다. 그 사이에서 권력을 지향하는 인간의 아이들이 저 아래에 몰려들어 서로를 죽일 준비가 되었노라 저토록 열심히 허세를 부린다. 그는 이 모든 상황이 마음에 들지 않았다.

"이미 일만이 동사한 땅에 다시 일만의 병사(病死)를 드리울 참일까…….. 나는 이게 피어클리벤의 생각일 거라 여기진 않는다. 그 아이는 할 수 없는 생각이야."

"……울리케 피어클리벤 말씀입니까?"

"그래."

에파는 걷기 시작했다. 희뿌연 안개는 그에게 아무런 장애도 되지 않았다. 그는 걷는 내내 심호흡을 하며 마음에 평정을 유지하려 애썼다. 그의 마음 한편에 도사린, 하나의 각오를 백룡에게 들키지 않기 위해.

"어머니."

안개 너머에서 아이슐리드와 그를 호위하던 이들이 나타났다. 그들 가운데 섞여 있던 라프시르그 황자가 에파를 향해 어색한 목례를 한다.

"라핀다시르의 진정한 가주와 그 대리인을 뵙소."

"황가의 일원이 할 만한 인사가 아니로군요."

에파는 황자의 인사에 이렇게 반응한다. 그 말대로, 아우스뉘르 황가의 일원이 아이비레인을 일러 라핀다시르의 진정한 가주라 일컫는 것은 공식적으로 있을 수 없는 일이었다. 아이비레인은 본래 황가의 용이어야 했고, 라핀다시르의 권력 또한 황실로부터 비롯한 것이어야 했으니까. 이 표현은 공작가와 황실이 틀어지게 된 이후 암암리에 나타난 선언이었고, 황자 또한 그걸 결코 모르지 않았다. 그는 미소지으며 말한다.

"내게는 지극히 온당한 일이라 여겨지오."

"전하의 야심에 보탬이 될 테지요."

에파의 대꾸는 황자의 미소를 씁쓸하게 만든다. 그러자 재빨리 아이슐리드가 말했다.

"이제 충분히 기다린 것 아닙니까? 충분히 개국용의 전언을 존중했다고 생각합니다. 어서 파마의 결계를……."

"잠시만, 아이슐리드."

라프시르그가 그의 말을 끊으며 들어왔다.

"용들이 미래를 알 수 있고, 개국용 스미드레드께서 무려 사백 년이 넘는 오늘의 일을 예지했다는, 저 서리심의 말이 사실이라면 피어클리벤의 검은 용 또한 어떤 미래를 알고 있지 않을까? 우리의 계획은 이미 저 가공할 린트부름의 설계 아래 있는 게 아니냐는 말이다."

"그래서요?"

아이슐리드는 이렇게 물음으로써 황자를 당황케 했다. 그는 말을 이었다.

"서리심은 윤나의 이름으로 자신이 본 과거가 사실임을 보증했어요. 저 용…… 아니 빌러디저드 님이 어떤 미래를 알고 있건 간에 우리가 할 선택은 이미 그 범주 안에 들어있겠죠."

면전에서 아이비레인의 화신인 에파를 두고 말하는지라 두 사람의 용에 관한 호칭은 조심스러워진다.

"당신이 그렇게 숙명론적인 사람인 줄은 몰랐군."

라프시르그 황자는 딱딱한 얼굴로 이렇게 말했다. 하지만 에 파는 이 대화에 참여하지 않고 시선을 돌린 채 묵묵히 있을 따름이었다. 아이비레인의 기억과 사고를 공유하는 그는 이미 이틀 전 홀로 두 용이 접촉하며 나누었던 대화에서 인과의 눈이 언급되었음을 안다. 거기서부터 시작된 에파의 생각들을 이 두 사람과 지금 공유할 필요는 없다. 또한 그럼으로써 아이비레인을 자극하고 싶지도 않았다. 이런 내막을 모르는 황자가 다시 말한다.

"하거나 하지 않거나, 우리에겐 분명히 그 선택권이 있는데 미래는 이미 정해졌다는 말인가? 금화의 어떤 면이 나오든 그럴 줄 알았다고 말하는 것이 아니고?"

"어떤 면이 나오든, 우리는 그 결과를 납득할 수밖에 없다는 것이죠. 그리고 전하, 우리가 가진 금화가 단지 양면만을 갖고 있지는 않습니다."

아이슐리드가 말했다. 백룡의 대리인은 여전히 묵묵히 듣고 있었다.

그렇게 싸움은 끝났다. 팔왕의 서리심이 만들어낸 성역과, 용의 적절한 엄포가 맞물려 가벼운 부상자 몇을 제외하고 이 싸움에서 사망한 것은 육왕군의 마수들이 전부였다. 울리케는 퇴각을 지시하자마자 곧장 아우케트의 기량대와 합류해 미스미르드 본진을 돌파하고 있던 상서령의 호위대에게 향했다. 육왕의 서리심은 아힌달의 서리심과 합을 겨루는 데 그 힘의 태반을 쏟느라 이 일을 미처 방해하지 못했다. 이것이 시간을 붙잡아 둔 사이 빌러디저드와 울리케가 합의한 작전의 골자였으며, 그대로 먹혔다. 모든 게 계획대로 되었다. 단 하나를 제외하고.

"……."

울리케는 용이 무너뜨린 성가퀴 옆에 앉아 기름진 도래까마귀의 깃털 위로 빗방울을 튕겨내며, 제자리로 되돌아온 용을 말없이 쳐다보고 있었다. 상서령 앗슈레드와 그 호위대뿐만 아니라 아우스뉘르에서 온 사절단까지 두루 신경 쓸 게 가득이었지만 지금 울리케에게 그런 것들은 얼마든지 미룰 수 있는 문제들이었다. 아니, 그런 것들은 자신이 아니더라도 아비지나 다른 기사들이 충분히 알아서 처리할 일들이다. 그러나 지금 울리케가 하는 일은 오직 그만이 할 수 있는 일이었다.

"……."

그리고 울리케는 용을 꽤 불편하게 만드는 데 성공한다. 그는 뉘른스에크의 안뜰로 돌아온 직후부터 단 한마디도 하지 않은 채 용을 쳐다보기만 했다. 원래대로라면 이런 행위는 서로의 사고를 읽고 공유할 수 있는 상대에게 별 의미가 없어야 했으리라. 그러나 이즈음 이르러 울리케는 사고마저 동결시킨 채 용을 쳐다보는 게 가능해졌다. 알고 한 짓은 결코 아니었지만,

이것은 천지만물의 불가해한 이면을 태생적으로 거의 납득하지 못하는 용에게 있어 그 무엇보다 효과적인 일종의 욕설이 되었다. 눈앞의 그토록 조그만 존재가 생각과 감정을 완전히 차단한 채로 자신을 노려보는 것.

"그만둬라."

마침내 용이 육성으로 항복을 선언했다. 둘은 전혀 신경 쓰지 않았지만, 성안의 모든 사람이 이 조용한 싸움을 숨듯이 지켜보고 있었다.

"……뭘요?"

도래까마귀가 부리를 열어 말했다.

"지금 하는 것 말이다."

"……."

울리케는 다시 대답하지 않았다. 빌러디저드는 잠시 침묵하다 말한다.

"내가 네게 변명해야 하느냐?"

"포기당해 보신 적이 있으십니까?"

용은 이 뜬금없는 울리케의 질문에 대답하지 못했다. 도래까마귀의 냉랭한 물음이 다시 이어졌다.

"그런 걸 신경이나 쓰십니까? '저 새끼는 그래. 어쩔 수 없는 놈이야.' 같은 만인의 합의가 이루어질 때, 그렇게 해서 우릴 둘러싼 모든 관계로부터 포기당할 때, 사람이 어떻게 되는지 아십니까? 홀로 존재하는 지고의 포식자시여, 지금까지 제가 이해하기로 당신께서는 제가 속한 사회에 편입되고자 그 부정할 수 없는 폭력의 권한을 유예하시는 분이었습니다!"

"그렇다."

마침내 울리케의 목소리에 미뤄 둔 분노가 실린다.

"그러면! 도대체! 왜! 상의라는 걸! 안 하십니까! 그 빌어먹을 인과의 눈 때문에요? 이 또한 즉흥적인 결정이었습니까? 다른 무엇도 아닌, 전장의 역병을요! 우리가 미스미르드에 가진 대의가 어떤 죽음들 위에 세워진 것인지 아실 텐데요! 그저 그 거창한 날갯짓 몇 번과 벼락 몇 발, 산사태 같은 호통 두어 절이면 족했을 일이 아닙니까! 실제로 족했고요!"

울리케의 분노는 마침내 용을 꾸짖는 단계에 도달했고, 박무 너머의 이 대단한 말싸움을 지켜보는 성안의 모든 사람은 숨을 죽였다. 하지만 그 누구도 나서서 말리거나 끼어들 생각을 감히 하지 못했다. 저 작은 도래까마귀가 내뿜는 패기는 그가 용과 완전히 대등한 관계인 듯한 착각을 일으킬 정도였다. 용은 여상히 대꾸한다.

"너는 이미 내게 대량 학살이 가능하냐고 물었다."

"그냥 여쭤어만 봤을 뿐이지 않습니까!"

"아흐레를 주었다. 저들에게는 선택권이 있다."

"목숨을 저당 잡아 놓고 선택권이 있다는 식으로 말씀하지 마십시오! 나는 이미 한 번 겪었습니다!"

그리고 그게 얼마나 열 받는 노릇인지 알고 있단 말이야!

"그러니 네 분노를 받아들이고 있는 것이다."

울리케는 순간 용을 패 버리고 싶다고 생각했다. 그러자 빌러디저드의 머리가 살짝 움직이더니 입이 열린다.

"사고를 공유하는 입장에서, 너의 상상은 실제로 행하는 것과 내게 별 차이가 없다는 걸 아느냐?"

그의 말대로, 울리케의 분노는 액면 그대로 용에게 쏟아져 들어가고 있었다. 그러니 사실 그는 자신이 얼마나 화가 났는지 설명하거나 표현할 필요도 없는 셈이었다. 울리케는 입을 다물고 비안개 너머 고고한 용의 거체를 물끄러미 본다. 그 형상과 크기만으로도, 인간의 힘으로는 도저히 어찌할 수 없을 것만 같은 그 존재를. 대자연의 무정한 한 조각 같은 저 존재를.

"……그래서, 무얼 보셨습니까?"

새삼스럽지만 덧없어진 울리케가 묻는다. 용은 입을 열지 않고 말을 전해왔다.

— 나는 재액의 이름이 되고자 한다.

"……예?"

뜻밖의 이야기에 울리케는 육성으로 묻고 만다. 용은 여전히 내밀의 전음을 쓴다.

— 이제 곧 호로케냐르의 전역이 파마의 술로 묶일 것이다. 이 땅의 현 명의자와 아득한 후예, 고토의 수복자들이 모두 모였다. 고난을 겪은 가지는 마침내 활착할 것이며, 왕의 방이 열리는 가운데 너희는 나를 죽일 절호의 기회를 갖게 된다.

말을 마친 용은 머리를 들어 하늘을 보았고, 그 순간 비가 그쳤다.

다시 겨울이 오기 시작했다.

"도대체 이 자는 어디로 간 겁니까?"

구드위르가 마침내 짜증 내며 말했다. 인간에게 결코 호의적이지 않은 겨울 숲을 헤치며 마땅한 목적지조차 가늠하지 못하고 두서없이 행군하는 데는 한계가 있다. 그들이 지켜야 하는 대상의 위치를 모르며, 알아서도 안 되는 상태에서 실체를 알 수 없는 적을 추적하라니 이런 언어도단이 없다. 그는 케틸에게 묻는다.

"유세트 경에게 연락을 취할 수 있겠습니까?"

"안 그래도 아까부터 시도하던 중이오. 하지만 받질 않는군."

케틸의 말은 사실이었다. 그는 부연한다.

"그놈의 나귀에게 신들려 있는 게 아니라면 숙면 상태일 거요."

무리도 아니다. 시그리드가 며칠째 피어클리벤 영지와 뉘른스에크 양쪽의 일을 오가느라 잠을 거의 못 자고 있다는 것은 이곳의 대부분이 잘 알고 있었으니까. 자세한 내막을 모르는 외부인인 이조옌조차 그의 눈 아래 짙은 그늘을 염려한 바 있다.

"……이 상태에서 저는 더 이상 이 작전에 임할 수 없습니다. 이 작전은 애초에 에써 경의 사전 정찰 내용에 기반해 진행되도록 계획되었단 말입니다. 이따위 주먹구구식으로 사지에 부하들을 밀어 넣었다간 군무관께 이빨 하나를 바쳐야 합니다."

구드위르는 결심한 듯 말했고, 그를 따르던 까마귀 금고단의 용병들 모두가 일제히 고개를 끄덕거렸다. 그 일사불란함에 감동받은 이조엔이 말한다.

"나도 같은 생각입니다. 하지만 따로 하달받은 게 없다면, 격변하는 상황에 맞춰 판단할 재량 정도는 우리에게 있죠. 이 시점부터 작전 목표는 에써 경에 대한 추적이 되어야 옳습니다."

"아니, 무리요. 아마도."

케틸이 별안간 말했고, 이에 두 지휘관이 노인을 쳐다본다. 케틸은 겨울 숲의 풍경을 눈에 담은 채 말을 이었다.

"그는 에써일세. 경외와 기원의 학파의 적장자란 말이지. 여기 속하는 에다의 추종자들은 추적하기가 아주 어렵소."

"실례합니다만,"

에인달케가 살짝 손을 들며 조심스레 끼어든다. 노인의 표정이 이 난입을 허락하는 듯하자, 그는 말을 이었다.

"아문세트 경이나 유세트 경은 앵삭스 학파에 속하지 않으신가요? 그러니까, 관조와 조감의 학파 말이에요. 제가 알기로 추적과 초계, 색적에 관한 한 가장 뛰어난 학파인데요."

"모범 답안이오. 책상물림의 한계 안에서는."

케틸은 냉정하게 말했으나 에인달케는 민망해하긴커녕 새로운 지식을 들을 기대에 눈을 빛내고 만다. 이미 긴 여정을 함께

했기에 이와 같은 대화의 흐름이 익숙한지 케틸은 별다른 반응 없이 말을 이었다.

"학과의 구분은 결국 편견이오. 문제는 에써 경이 단독 행동에 매우 익숙한, 극히 특이한 유형의 마법사란 점이고 이토록 마기가 짙은 숲속에서 그런 그를 추적하기란 거의 불가능하다는 점을 말하는 거요. 차라리 사냥개를 푸는 쪽이 실효가 있소."

케틸은 말을 마치며 고블린들을 슬쩍 본다. 그 의미를 알아들은 두카르가 말한다.

"늑대들의 코를 빌리겠다? 그를 명백히 적으로 간주한 것인가?"

"이것저것 따질 때가 아니지."

케틸은 그렇게 말하며 동의를 구하듯 이조엔과 구드위르를 본다. 하즈바에 대한 의혹이 남은 상황이긴 하나, 피아를 불문하고 같은 인간을 고블린들의 숲흑늑대에게 사냥감으로 허락하는 그림이기 때문이다. 구드위르 쪽은 덜했으나 적어도 하즈바와 친분이 있는 라핀다시르 측 무사들은 약간의 동요를 보였다. 하지만 이조엔이 빠르게 잘라 낸다.

"그렇다. 도움을 청한다."

그러자 고블린들은 머뭇거리지 않았다. 곧 그들 가운데서 가장 후각이 예민한 늑대들이 골라졌고, 잠시 하즈바가 머문 자리로부터 마법사의 냄새를 특정해 내었다. 이내 세 십장이 한 방위를 향해 흩어져 달려 나갔다.

"잠시 기다리면 될 것이다."

두카르가 말했다. 정말로 잠시 뒤, 십장들은 다시 돌아왔다.

"마법사의 흔적이 북동쪽으로 이어지다 끊어졌습니다."

한 십장이 보고하자, 그의 상관인 오십장 소우라케가 묻는다.

"그럼 놓쳤는가?"

"아닙니다. 그 자리에 뭔가 기묘한 게 있습니다."

"기묘하다니?"

추궁받은 십장은 쉬이 설명하지 못하고 그 동료 십장들과 서로 마주 본다. 그들은 말했다.

"아무래도 요술의 일종인 것 같습니다."

이제 좌중은 일제히 케틸을 본다. 늙은 마법사는 한숨처럼 투덜거리며 중얼거렸다.

"어쩔 수 없지. 안내하시게."

행렬 전체가 다시 이동하기 시작한다. 여전히 길도 없이 빽빽한 겨울 숲은 말과 사람들의 발목을 붙잡고 늘어졌으나, 다행히 목적지는 그리 먼 장소가 아니었다. 케틸은 사람들에게 떨어져 있으라 이르고 구드위르와 이조옌만을 대동한 채 십장들이 가리킨 장소로 다가갔다. 하지만 그 또한 얼굴에 의혹이 어리긴 마찬가지였다.

"이게 대체……?"

늙은 마법사의 눈에 포착된 그것은 한 나무뿌리 근처에 떠서 일렁이는 불꽃이었다. 붉은 나비 형상의 불꽃은 언뜻 타오르는 듯 두서없이 팔랑거리며 눈길을 끌었다. 케틸의 미간이 찌푸려진다.

"이건 아무것도 아니오."

"아무것도 아니라고요?"

구드위르가 당황하며 물었다. 아무것도 아니라면서 케틸의 표정은 심상치 않을 정도로 굳어져 있었기 때문이었다. 마법사가 정말 한심하다는 듯 말한다.

"바로 그게 문제요. 이건 그저 눈길을 끌기 위한 것이지. 역시 늙으면……."

마법사는 마저 자신을 나무랄 시간을 갖지 못했다.

다음 순간 발아래 단단하던 눈이 푹 꺼지며 세 사람이 허벅지까지 한꺼번에 눈에 집어 삼켜졌다. 멀찍이서 지켜보던 에인달케의 입에서 놀란 비명이 짧게 튀어나왔고, 곧장 다른 목소리가 그 뒤를 따른다.

"모두 움직이지 마십시오."

여태 모두가 찾던 하즈바였다. 어디서 나타났는지는 알 길이 없었으나, 그는 오랫동안 추위 속에 배회한 사람마냥 새파래진 얼굴로 에인달케의 바로 뒤에 선 채 그의 목덜미에 짧은 칼을 들이대고 있었다. 도로 단단해져 일신의 자유를 속박해 버린 눈더미 속에서 하즈바의 모습을 발견한 이조엔이 소리 질렀다.

"에써 경! 미쳤는가!"

"그건 별로 요점이 아닙니다."

하즈바는 차분히 말했다. 졸지에 마법사와 그들의 지휘관 둘을 인질로 잡힌 셈이 된 모두는 당황해 서로 눈만 굴리며 이 상황을 바라본다. 하즈바는 다시 말했다.

"아문세트 경은 저 상태에서 마법을 쓰지 못할 겁니다. 저건 단순한 눈구덩이가 아니거든요. 그리고 세 사람은 저 냉기 속에서 그리 긴 시간을 견디지는 못할 겁니다. 그 전에 용건을 마칠 수 있었으면 좋겠군요."

"에써 경, 이게 대체 무슨 뜻입니까?"

로릭스데가 딱딱한 얼굴로 묻는다. 하즈바는 그를 힐끔 보더니 에인달케의 목에 겨눈 칼끝을 여미며 대답했다.

"제 다음 주인으로 모시겠다고 도련님께 충성의 맹세를 한들, 받아들여질 가능성은 이제 없다는 뜻이겠죠. 하지만 저는 여전히 라퓐다시르의 충신입니다."

"……공작 합하께서 지시하신 일입니까?"

"그 또한 별로 요점이 아닙니다."

하즈바는 이렇게 말하더니 자신을 향해 나직이 으르렁대는 숲흑늑대들과 고블린들의 사나운 눈초리를 확인하고 한숨을 내쉬었다. 그는 투덜거리듯 말을 잇는다.

"……제 모든 재주를 총동원해 보았지만 정말로 안그라네스의 위치를 특정할 수 없군요. 이 숲이 넓기도 하지만, 이놈의 마기는 도무지 알 수 없게 흐르고 있거든요. 고블린들이 알면서도 모르는 체하는 게 아닐까 내내 숨어서 엿봤지만 결국 정말 아무도 모른다는 걸 알았습니다. 철저하기도 하지."

"그걸 왜 찾죠? 아니, 애초에 우리 모두 이 임무에 투입되고 나서야 서리심의 마목에 관한 이야기를 들었어요. 경은 나무에 관해 이미 알고 있던 것인가요?"

목에 칼을 대고 있음에도, 에인달케는 질문한다. 그 목소리에 깃든 흔들림이 두려움이라 착각한 마법사는 대꾸한다.

"아문세트 경은 도련님의 다리가 부러진 일을 당연히 라핀다시르에 보고했습니다. 우리 성의 장서관 규모가 어떤지는 사서였던 아가씨가 제일 잘 아시지 않습니까? 나는 물론 알고 왔습니다."

"뭘 할 작정이죠?"

인간의 무리보다 고블린들 무리에 더 가까이 있는 아그니르가 새끼 그리핀을 가로막듯 감싸고 나선 채 날카롭게 묻는다. 하즈바는 그 기백에 미소를 지으며 대답했다.

"이 하늘 아래, 우리의 백룡이 유일하게 대적할 수 없는 존재가 있다는 걸 안 이상 구경 오지 않을 수 없었습니다."

"유일? 그는 그렇게 강대한 존재가 아니며, 되어서도 안 됩니다."

로릭스데가 이를 갈며 말했으나 하즈바는 그 즉시 정색했다. 마법사의 입이 그를 향해 열린다.

"라핀다시르의 적장자는 그렇게 말해서는 안 됩니다. 안 되고 말고요……. 애초에 서리심은 용의 상극이란 말입니다. 나는 도련님이 직접 그 사태를 목격하고 복수의 칼이라도 갈고 있을 줄 알았단 말입니다. 도련님이야말로 여기 도대체 뭐하러 오셨던 겁니까?"

"상극? 이 이야기가 그렇게 간단한 줄 압니까? 여기 고블린들이 어떻게 피어클리벤의 동맹이 되었는지 못 들었습니까? 힘과 대결의 문제만으로 여길 일이 아니지 않습니까?"

그러나 로릭스데의 호소는 하즈바에게 먹히지 않는다. 마법사는 말했다.

"그런 존재는 언제든 모든 문제를 힘의 우열로 단순화시킬 수 있습니다. 도련님이, 아니, 애초에 라핀다시르가 아이비레인과 긴밀한 관계가 될 수 있었던 것은 그에게 태생적 결함이 있었기 때문이죠. 이 서리심은 아닙니다. 거의 반신이란 말입니다. 스스로 왈큐레아를 참칭해도 우리가 부정할 여지조차 없을 겁니다. 몰랐으면 모르되, 그 존재를 확인한 이상 억제 수단을 모색해야 마땅하다는 것이 합하의 의중이십니다."

"그래서 어쩌자는 거죠? 신목의 위치는 아무도 모른다고요!"

아그니르의 외침이었다. 하즈바는 딱딱한 웃음을 띄우더니 말했다.

"그래봤자 나무 아닙니까? 몇 군데 불을 놓으면 될 겁니다. 그러니 도와주시지요."

사위에 당혹에 물든 적막이 흘렀다. 마법사가 선택할 방법치고는 너무나 단순하고 무모하다는 점에서 파격적이었다. 만일 이 자리에 시그리드가 있었다면 비웃긴커녕 오히려 칭찬했을지도 모르겠다. 목 아래 파고드는 칼날의 불쾌한 싸늘함에 입술을 깨물며, 에인달케는 낮게 말했다.

"류그네라스는 불에 타지 않아요. 안그라네스라고 다를까요?"

"바로 그걸 알아봅시다. 타지 않고 남는다면 그 또한 알아볼 방법이 되겠죠."

"여기는 대제께서 서리심의 땅으로 남긴 곳이라 들었어요! 이런 무참한 짓이……!"

에인달케의 말은 마저 맺어지지 못했다. 목 아래 칼날이 섬뜩하게 더 깊숙히 파고들었기 때문이다. 이 꼴을 지켜보던 아그니르의 눈에 시퍼런 불이 일었으나 차마 나서지는 못하고 이만 악물었다.

하즈바는 살짝 한숨을 내쉬더니 정말 싫다는 투로 말했다.

"나는 마법사입니다. 한 인간이 쥐기엔 터무니없는 힘을 가진 족속이죠. 그렇기 때문에 저와 같은 초월적 존재들이 얼마나 위험한지 아주 잘 알고 있습니다. 대저 권력이란 그 정점을 중심으로 뭉친 자들의 신념과 지지에 의해 유효한 것이며, 바로 이것이 불과 한 뼘의 칼날과 한 모금의 독에 죽어 버리는 인간이 만인지상의 자리를 차지하기도 하는 이유입니다. 나는 지금 이 자리에 있는 여러분을 모두 죽여 버릴 힘을 갖고 있지만, 동시에 내게도 속한 사회가 있고, 돌아가 따를 주군이 있으며, 양심의 가책과 매일 잠자리의 베갯머리를 걱정할 공포도 있단 말입니다. 바로 그런 존재임을 아니까 아가씨도 내게 말로써 내 행동을 막아보려 시도해 보는 게 아닙니까? 나는 빙하의 심금 같은, 생의 굴레를 벗어난 어떤 것이 결코 아니니까요."

하즈바는 이 말을 하며 자신을 둘러싼 모두와 찬찬히 눈을 맞춰나갔다. 승기를 잡은 마법사였건만 태생적으로 깡마른 그 체구와 파리한 얼굴 탓에 좀처럼 별다른 위엄을 느끼기 힘들었다. 하지만 외려 바로 그 볼품없음이, 그의 말에 모종의 설득력을 싣는다. 그는 계속 말했다.

"나는 울리케 아가씨가 서리심을 어떻게 설득했고 현재의 그 친분을 획득했는지 자세히는 모릅니다. 하지만 그로 인해 이 제국의 창업보다 오래되었고, 그대로라면 우리 모두의 사후에도 남아 있을 그 존재가 이 상황에 주시해야 할 권력의 한 축으로 부상했단 말입니다."

"아이비레인은 다릅니까?"

로릭스데가 물었다. 하즈바는 눈을 동그랗게 뜨고 그를 보더니 말했다.

"당연히 그는 다르죠. 아이비레인의 생존은 오로지 공작가의 시혜에 의해 가능합니다. 도련님은 그 사실을 평소 어떻게 생각하고 계셨던 겁니까? 결손을 가진 개국용의 후예라! 여차하면 황가에 대한 영향력과 권리를 주장할 수 있지만 명백히 인간의 마법사에 의해 존속하는 존재이며, 용이기 때문에 여차한 윤리적 공격으로부터 완전히 비껴갈 수 있는 존재라고요! 그 가치를 모르십니까?"

"나는 그를 결코 그런 존재로 두지 않을 겁니다!"

로릭스데가 사납게 외쳤다. 그러나 하즈바는 그저 딱하다는 표정으로 말 위의 그를 향해 이렇게 말했다.

"전혀 이해를 못 하고 계십니다. 도련님이 공작님이 되고, 아니 설령 그보다 높은 자가 된다 하더라도 이건 어쩔 수가 없는 겁니다. 이미 그렇게 존재해 온 것을 부정하지 마십시오, 멍청아."

마지막 욕이 하도 자연스럽게 흘러나온 통에 로릭스데는 잠시 모욕감을 느끼지도 못했다. 아니, 그보다는 하즈바가 앞서 한 말에 격앙되어 욕 같은 건 제대로 들리지도 않았다. 에인달케는 이렇게까지 분노한 로릭스데를 보는 게 처음이었다. 말 위의 공자는 한 손을 칼자루에 올린 채 눈빛만으로 하즈바를 죽일 듯 노려보았다. 모르는 이들이 보기엔 그저 멍청이라는 말에 화가 난 듯 보였으나, 에인달케는 로릭스데가 공작가의 용에 대해 가진 감정과 생각을 어느 정도 알고 있었기에 그의 분노가 어느 지점에서 형성되었는지 짐작할 수 있었다. 마침내 로릭스데가 턱을 열어 소리쳤다.

"이것이 정녕 합하의 뜻이라면, 우선 교섭을 시도하고 여의치 않을 땐 싸우더라도 공식적인 대결을 할 일이지 라핀다시르의 이름으로 무슨 이따위 용렬한 짓거리란 말입니까! 경이 지금 하려는 건 암살이오!"

"미치겠군."

하즈바는 탄식하더니 다시 에인달케에게 겨눈 칼끝을 단단히 하며 말했다.

"전 이제 생각을 좀 바꿀랍니다. 도련님이 라핀다시르의 가주가 되게 해서는 안 될 것 같군요. 암살이요? 네, 이건 암살이외다. 통계적으로 마법사의 사인 가운데 가장 높은 게 바로 암살이지. 마법사를 정면으로 상대하다간 그 피해가 너무나 크니까 말입니다. 쌍방 최소한의 피해로 끝낼 수 있는데 도대체 왜 전면전 같은 걸 한단 말입니까? 도련님은 그래, 아이비레인이 다시 전장을 경험하게 하고 싶은 겁니까?"

로릭스데는 한순간 말문이 막혀 버렸다. 하즈바는 같잖다는 표정을 역력히 드러내며 말을 덧붙인다.

"그리고 이건 합하의 직접적인 뜻은 결코 아닙니다. 충심이 앞서나간 신하의 과한 실수랄까……. 그리고 무릇 유능한 군주란 나 같은 놈들을 곁에 둘 줄 아는 분입니다. 보아하니 도련님은 결코 못 하시겠지요."

"이건 아이비레인과 서리심 사이의 일이오! 둘 사이에 앙금 따윈 없단 말입니다!"

로릭스데의 발악 같은 외침에 하즈바의 분위기가 일순 차분해졌다. 에인달케는 칼날로부터 전해져 오는 그의 분노를 느끼고 흠칫했다. 여태껏 그래도 주군의 아들에게 어느 정도 관용을 두고 말하던 태도가 모두 사라져 버렸다. 하즈바는 딱딱한 목소리로 말한다.

"설명을 요구하면 들을 수 있는 자리에 언제까지나 눌러앉아 있을 거라 낙관하지 마십시오. 이게 내가 도련님께 드리는 마지막 충고입니다. 이토록 다들 혓바닥이 긴 거 보니 피어클리벤의 차녀가 지금 이 자리에서 가치 있는 인질이 아니었나 봅니다?"

"그건 사실일걸요? 무단가출한 자식 같은 게 무슨."

내내 침묵하던 에인달케가 자조 어린 목소리로 이렇게 내뱉자 하즈바는 어이없다는 얼굴로 그의 뒤통수를 보았다. 그러자 여태껏 한순간도 그에게서 눈을 떼지 않았던 아그니르가 외쳤다.

"맞아! 나를 인질로 해라! 새끼 그리핀은 덤이지!"

마치 그 외침이 신호가 된 듯, 아그니르의 뒤에 얌전히 있던 이트레케르가 기사들 쪽으로 날듯이 뛰쳐나갔다. 그러자 말들이 일제히 놀라 날뛰며 냉각되어 있던 분위기를 순식간에 아수라장으로 만들었고, 하즈바가 이 북새통의 전개를 미처 따라잡기도 전에 에인달케가 칼을 든 그의 손을 낚아챘다. 겨우 말들을 진정시킨 기사들이 본 것은 에인달케가 깔끔한 체술로 하즈바를 바닥에 내리꽂는 장면이었다. 소리 날 틈조차 없었다.

"파내려면 삽이 필요하겠는걸."

아그니르가 사람 모양의 눈구덩이 가장자리에 선 채 안을 굽어보며 중얼거렸다. 에인달케는 당황한 듯 답한다.

"너무했을까? 목이 부러졌으면 어쩌지?"

"이 판국에 무슨 걱정이야? 언니를 죽이려 한 자야!"

"아니, 그건 아니라고 생각해."

턱 아래 살짝 피가 배어나는 상처를 입었음에도 에인달케는 하즈바의 악의를 부정했다. 아그니르는 혀를 찼지만 이 문제로 그와 다툼을 이어나갈 생각은 없었다.

"이 무슨 괴력이야?"

우이라가 다가오더니 눈구덩이에 거의 파묻혀 기절한 마법사를 내려다보며 말했다. 하지만 에인달케는 대답 없이 그저 외면했고, 아그니르는 이런 자매의 태도가 정말 짜증 난다는 듯 흘겨보더니 대신 우이라에게 대답한다.

"뭐, 그런 내력이다. 이 자를 끌어내 포박하는 데 손을 빌려도 될까?"

"그러겠다."

우이라가 별 희한한 것을 다 본다는 얼굴로 에인달케를 쳐다보며 대답했다. 이러는 사이, 까마귀 금고단의 용병들과 라핀다시르의 무사들은 재빨리 하즈바의 함정에 갇혀 있던 세 사람을 구조해 냈다. 마법사의 호언대로 그 눈구덩이는 정말 평범한 것이 아니었는지, 그다지 긴 시간이 흐르지 않았음에도 세 사람은 거의 얼어 죽기 직전인 상태였다. 특히 노구인 케틸의 상태가 가장 말이 아니었다. 젊고 튼튼한 기사인 이조옌과 구드위르는 눈구덩이에서 빠져나오자 곧 기력을 되찾았지만, 케틸은 거의 운신이 불가능한 지경이었던 것이다. 고블린들은 그를 위해 재빨리 불을 피우고 모포를 제공하였다. 이러느라 자연스레 모두가 한숨 돌릴 틈이 만들어졌다.

"괜찮습니까?"

로릭스데는 에인달케를 찾아 민망한 얼굴로 물었다. 그는 어느 틈에 모두로부터 떨어져 한 나무뿌리 근처에 숨듯이 쪼그려 앉아 장포로 얼굴을 뒤집어쓰고 있었다. 대답은 그 사이에서 느지막이 흘러나온다.

"……괜찮아요."

"미안합니다. 이건 라핀다시르의 명백한 실책입니다. 제가 엄히……."

"제가 듣고 싶은 이야기는 아니에요."

로릭스데는 말을 딱 멈추고 그를 본다. 뭐라 말을 건네야 할지 몰라 잠시 시선을 돌리자, 고블린들이 눈에서 파낸 하즈바를 결박하고 크게 지펴 낸 불가에 던져두는 게 보였다. 케틸 역시 그 불가의 맞은편에 앉은 채 덜덜 떠는 손으로 고블린들이 건네는 차를 받는 게 보였다.

"아직 일이 끝나지 않았습니다. 괜찮으시면……."

"갈게요."

에인달케는 그의 말을 자르듯 대답하며 육척봉을 지팡이 삼아 자리에서 벌떡 일어났다. 새삼 호리호리한 그의 체구가 눈에 들어오자, 로릭스데는 무심코 이렇게 말했다.

"멋진 업어치기였습니다."

하지만 에인달케에겐 그것이 전혀 칭찬이 아니었다. 그는 발을 떼려다 딱 멈추고는 두건 아래 빛나는 눈으로 로릭스데를 쳐다보았다. 그 심상찮은 표정에 당황한 로릭스데에게, 에인달케가 말한다.

"제가 이걸 얼마나 부끄러워하는지 알고 있나요?"

"던져진 쪽이 보통 더 부끄럽지 않을까요?"

로릭스데가 마침내 여태껏 꺼내지 않았던 그 화제를 입에 올린다. 그는 에인달케가 자칫하면 달아나 버릴지도 모른다고 생각하며 재빨리 덧붙였다.

"원하지 않는 것을 갖고 태어나는 것은 대체로 누구나 마찬가지입니다. 아이비레인이 부족하게 태어난 것도, 제가 공작가의 장남으로 태어난 것도 어쩔 수 없는 일이었죠."

에인달케가 울컥한 듯 말했다.

"나는 그냥 사서라고요! 책을 반으로 찢을 수 있는 사서가 도대체 무슨 소용이 있어요?"

"……그런 짓을 할 겁니까?"

에인달케는 눈빛만으로 그런 짓을 할 리가 없지 않느냐고 비난한다. 용케 그걸 알아들은 로릭스데가 고개를 끄덕이곤 말했다.

"그러니 뭐 어떻습니까? 그런 힘을 갖고 있지만 꼭 무가의 길을 가지 않은 자신을 비난하는 건 오히려 아가씨처럼 보입니다. 아까도 하즈바가 아가씨의 그런 내력을 상상도 못 했으니 인질로 잡는 악수를 둔 것이죠. 그리고 잘 아시겠지만 보통 책은 쇳덩이만큼이나 무거운걸요. 괴력의 사서라는 건 나름 아주…… 그럴싸한 적소 아닐까요?"

아주 돼먹지 않은 위로였지만 놀랍게도 이 순간 에인달케에게는 꽤 효과적인 말이었다. 정색하고 있던 그의 낯이 살짝 풀렸고, 움츠러들었던 어깨가 펴진다. 동시에 저쪽 불가에서 아그니르에게 따귀를 맞으며 깨어난 마법사가 내지른 비명이 들려왔다.

"아까 질렀어야 할 비명이군. 가 봅시다."

로릭스데가 말했다.

깨어난 마법사의 몰골은 평시의 어딘가 옹색해 보이던 선조차 벗어나 모범적인 거지꼴에 다다라 있었다. 에인달케는 그의 어디가 부러지진 않았다는 걸 깨닫고 내심 안도의 한숨을 내쉬었고, 이내 그의 뒤편에서 고블린식 매듭짓기에 대해 설명하는 우이라와 그걸 듣고 있는 아그니르에게 눈길이 간다.

"에써 경, 대답은?"

그새 완전히 기력을 찾은 이조옌이 하즈바의 앞에 서더니 그에게 묻는다. 하즈바는 흐릿한 눈길로 그를 올려다보더니 반문했다.

"……뭘 물었소?"

"경의 함정에 빠진 직후 내가 한 질문 말입니다. 미쳤느냐고."

"요점이 아니라고 대답했을 텐데요."

이조옌이 검집째 칼을 들더니 그의 턱 아래 쑤셔 넣고 치켜올렸다. 상당한 굴욕이었을 텐데도, 하즈바는 태연히 눈을 굴리더니 자신을 둘러싼 사람들 틈에서 에인달케를 찾아낸다. 그는 한숨처럼 말했다.

"바로 이거지."

"뭐가 말인가?"

이조엔이 노기 서린 음성으로 물었다. 마법사는 대꾸한다.

"기습 말이오. 내 말의 논리를 아가씨가 증명한 게 아닙니까? 아무리 잘난 마법사라도 기습에는 장사 없지. 아문세트 경도, 그리고 나도 말이오. 내가 듣기론 유세트 경조차 한 번 당한 적이 있다던데."

"지금 이 판국에 이딴 이야기가 다 무슨 소용이야!"

이조엔은 마침내 화를 터뜨리며 검집으로 그의 관자놀이를 후려갈겼다. 하즈바는 짧은 신음과 함께 옆으로 넘어갔다. 뒤에 서 있던 아그니르가 무심히 그를 도로 일으켜 앉힌다. 마법사는 한동안 얼떨떨하게 입을 우물거리더니 말했다.

"그래도 에인달케 아가씨보단 약하군……. 도대체 뭐였소? 내가 사전에 파악해야 할 무언가를 놓쳤나 본데."

"그건 별로 요점이 아니에요."

어느새 기록할 준비를 마친 에인달케가 필기구를 손에 쥔 채 그에게 말했다.

제 4 장

"이런 식으로 다시 뵐 줄은 몰랐소, 행정관 좌하."

미스미르드의 류그라 상서령 앗슈레드가 말했다. 크누드의 어깨가 풍기는 유혹을 철혈의 이성으로 끊어 내고, 구태여 시야프리테를 호출해 상서령에게 찾아온 도래까마귀 울리케는 무사히 살아 다시 만난 동족을 향해 배시시 웃고 있는 류그라 소녀의 옆얼굴을 쳐다보다 그 어깨 위에서 대꾸한다.

"미치도록…… 예정대로 되는 것이 하나도 없군, 상서령."

그러자 앗슈레드는 피로해 보이는 낯에 웃음을 띄우며 타이르듯 말한다.

"그것이야말로 우리 같은 직함이 존재하는 이유 아니겠소?"

도래까마귀는 목을 움츠리며 성 안뜰을 돌아본다. 간신히 다시 만난 아룬드와 회포를 풀 겨를마저 없었다. 아니, 그럴 생각이 들지 않는다. 용이 불러냈던 불길한 안개는 이제 모두 걷혀 있었고, 꾸덕하게 흐르던 성안의 공기는 싸늘히 딱딱해져 본래의 계절이 지니던 이름을 깨닫게 한다. 아우스뉘르 진영으로부터 온 사절단엔 모르는 얼굴도 많았건만, 울리케는 지금 그들과 인사를 나누고 싶지도 않았다. 그는 이 모든 게 정말로 피로했다. 울리케는 한탄하듯 말한다.

"……영주의 딸이긴 했어도 책상물림이었던지라, 관료적이라는 말을 나 역시 부정적으로 여겨왔는데…… 지금이야말로 뼛속까지 관료주의적인 모든 것이 절실하다. 형식과 절차야말로 지금의 내게 최대한의 요새일 텐데."

"적시의 깨달음이오."

앗슈레드가 넉넉히 대꾸했다. 울리케는 별안간 그를 날카롭게 쳐다보더니 물었다.

"상서령은 지금 죽다 살아난 형편이란 걸 자각하고는 있는가?"

"물론이오. 다만 기분이 태도가 되지 않을 만큼의 요령은 있으니 이민족으로서 이 관직에 있었던 것이지."

"그대의 지위는 아직 유효한가? 이 자리에서 앞으로의 일을 논의하고, 그 결론을 미스미르드에 반영할 만큼?"

울리케의 이 날카로운 질문에, 앗슈레드는 잠시 침묵했다. 그 사이 도래까마귀는 그의 등 뒤 도열한 상서령의 친위대와 일전 아주 잠깐 보았던 시랑 이솔다에게 눈길을 주었다. 또한, 다시 보리라 기대하지 못했던 육왕의 전위대 소발의 병사들까지. 모두가 육왕과 그 서리심에 맞서 싸우며 자신들의 진영을 탈출한 직후다. 감추려 해도 어쩔 수 없이 두려움과 긴장감이 서늘히 배어나오고 만다.

"물론입니다."

시랑 이솔다가 나서며 말했다. 울리케와 앗슈레드가 그를 돌아보자, 이솔다는 분연히 말을 이었다.

"육왕이 이런 무도한 암살을 결행했을 만큼 그의 혐의는 짙고, 동시에 상서령의 권한은 위협적이니까요. 그는 자신의 죄를 감추려다 더 큰 증거를 만들어냈을 뿐입니다. 상서령의 자격에 허물이 될 일은 아닙니다."

울리케는 수긍한다. 그럼에도 이렇게 묻게 된다.

"하지만, 육왕은 이제 저 진영의 거침없는 최고 권한자이다. 내부 여론을 어떻게 호도하고, 아울러 본국에 무엇을 어찌 보고해 이야기를 맞출지 모르지. 최악의 경우, 나는 다 이루어졌다고 생각한 교섭의 상대가 단지 추방된 이민자였을 뿐이라는 걸 깨달아야 할지도 모른다."

"그건…… 실로 고려해 볼 수 있군."

앗슈레드가 신음처럼 내뱉은 말이었다. 도래까마귀는 그에게 말한다.

"물론 팔왕 전하가 그대의 위치에 힘을 실어줄 것이니 그렇게 간단히 이루어지진 않겠지. 또한 류그네라스의 가지를 반납하고 얻어낸 그대와 일족의 충성이 쉽게 의심되리라 생각하지도 않는다. 나는 다만 이 상황에서 미스미르드의 조정과 유리된 채 그대나 팔왕 전하의 지위만으로는 대표성이 엷다는 지적을 하고 싶었다. 특히 그 둘 모두 피어클리벤에 의해 구명 받은 처지이니 본국의 정적들이 물어뜯기 좋은 빌미를 준 셈이지. 내가 어떻게 온전한 미스미르드의 대변자와 교섭할 수 있는가?"

여태 아무것도 시키지 않았음에도 최대한 방긋거리는 표정을 유지하며 이 가운데서 나름의 외교적 횃대 역할에 충실하고 있던 시야프리테가 별안간 묻는다.

"서리심은 그 대변자가 안 되나요?"

이솔다는 네가 나설 자리가 아니라 꾸짖으려다 입을 다문다. 앗슈레드와 울리케 모두 이 질문을 너무나 성실히 받아들여 진지하게 생각하기 시작했기 때문이었다. 이솔다는 시야프리테를 향해 엄숙한 표정을 지어 보이는 데서 그친다.

"글쎄, ……어렵다."

앗슈레드가 이렇게 말하자 시야프리테가 곧장 다음과 같이 질문했다는 점에서 이솔다의 표정은 아무 효과도 없었음이 판명되었다.

"왕좌의 주인이라면서요? 왕을 내세울 수 있는 존재인데 교섭 대상이 안 된다고요?"

"걸상이 말을 하지는 않지."

앗슈레드는 말을 아끼는 듯 이렇게만 말했으나 울리케는 그것만으로 모든 것을 이해할 수 있었다. 왕권의 상징이자 점지자이나 결코 위정(爲政)의 권한을 갖고 있지는 않은 존재. 필요에 따라 전장으로 소환되어 대학살의 업보를 대신 짊어질지언정 그 자체로는 아무것도 선택할 수 없는 존재. 울리케는 이미 짧지만 강렬했던 그간의 경험들로 이와 같은 사실을 짐작할 수 있었다.

그리고 그 순간, 울리케는 용에 대해 생각했다. 그가 자신의 비난을 받으며 했던 말들을 떠올렸다. 그 직후 울리케는 외면하듯 자리를 피해 이 자리로 왔다.

너희는 나를 죽일 절호의 기회를 갖게 된다.

한바탕 예언마냥 쏟아진 문장마다 놀랍지 않은 것이 없었지만 그 가운데 압권은 당연히 이 말이었다. 바로 그 자리에서 멱살을 틀어쥐듯 다그치며 무슨 소리냐고 추궁할 기력조차 들지 않았다. 아니, 설령 묻는다 한들 용이 대답해주리란 기대 자체가 없었다. 신뢰가 부족하기 때문이 아니다. 근본적으로 격조가 다른 존재의 엄정한 선언 앞에 해명을 요구하는 행위 자체가 불경한 군더더기처럼 여겨졌기 때문이었다. 그랬기에 울리케는 침을 튀기는 설전 대신 물러나 스스로 그 해답을 모색하고 고민하여, 마침내는 저 귀결을 따라잡는 것이야말로 지금 자신이 가장 해야 할 일이라고 여겼다. 울리케조차 이 생각을 논리적으로 설명할 방법은 없었다. 그저 지극히 충동적이고 직관적인 반응이었다.

"그리고 이건 다른 이야기오만, 미스미르드 진중의 결계가 무너진 상황에서 용이 역려(疫癘)의 수를 두었소. 아우스뉘르는 모르겠으되 미스미르드는 틀림없이 이것에 노출되겠지. 앞으로의 일이 어떻게 전개될지 모르겠지만 피어클리벤의 명분은 이 지점에서 확실하게 훼손당할 것이오."

앗슈레드는 그렇게 차분한 목소리로 울리케가 내내 걱정하고 있는 지점을 정확히 관통했다. 상서령은 다시 말한다.

"우리가 미스미르드에 가지를 바치도록 종용받은 것에는 이와 같은 전술적 이유도 있었소. 용이 일으킬 수 있는 재액 가운데 가장 최악인 역병에 류그네라스의 권능은 절호의 대적자이니까. 미스미르드는 오랜 시간 용에 대항할 방도를 모색했고 파마의 술과 치유의 가지는 그 대답의 양 날개였던 셈이지. 세이위르 아우스뉘르 황제와 붉은 용이 이룬 그 병탄(並呑)의 전략도 이와 같았고……."

순간 울리케는 말할 수 없는 충격을 느끼며 외쳤다.

"뭐라고! 대제께서 이와 같았다니? 우리의 전사(戰史) 어디에도 스미드레드가 역려의 수를 두었다는 기록은 없다!"

"편집은 승자의 권한이오."

앗슈레드는 건조하게 말했다. 그나마 동족의 과거를 말하는 것은 아니었기에 이 정도의 객관성을 보일 수 있었겠다. 그러나 단 한 번도 대륙의 역사에서 승자였던 적이 없던, 해체된 민족의 전향자이기에 그의 담담한 표정과 목소리는 오히려 울리케에게 있어 그 어떤 누구의 격정보다 따가운 책려가 될 수 있었다. 상서령은 말한다.

"용이 아무 말도 안 했소?"

도래까마귀는 침묵함으로써 긍정한다. 서리심이 용의 천적임을 알고 난 이후, 고블린 아우케트는 바로 그 지점에 의문을 표하며 물었다.

'의문이 하나 있소. 일전 서리심과의 문제에서 그대가 언약의 생물로서 서리심과 대적하는 것이 불가하다 했음을, 우리의 대사로부터 들은 바 있지. 헌데 그렇다면 수백 년 전 스미드레드를 위시해 북방을 토벌했던 인간의 황제, 셰이위르는 도대체 어떻게 흐리뉼들을 패퇴시켰던 것인가? 그게 순수히 인간들만의 힘으로 가능했던 것인가? 만일 그렇다면 더더욱, 최근에 일어난 북방의 소란을 이해하기 어려운 것이오.'

당시 빌러디저드는 대답을 보류했다. 그리고 바로 오늘 새벽, 용은 마침내 그 대답을 들려주겠다 했지. 울리케는 용이 펼친 여름의 장막이 그 대답이라 여겼다. 혹은 스쳐 지나갔던 파종사에 대한 이야기라든가. 하지만 대답은 이것이었다.

역병.

병서에는 그다지 흥미가 없었던 울리케였으나, 그는 숱한 전쟁사에서 실제로 전사자의 태반은 병사자였음을 알고 있었다. 모든 전쟁은 세 명의 원수를 상대한다. 그 첫 번째가 보급, 두 번째가 질병이며 주적은 비로소 세 번째의 자리를 주장할 수 있다. 활자 속의 피상적인 전쟁사를 읽는 것만으로도 여기까지 알 수 있다. 때문에 울리케는 전장의 역병이 얼마나 무서운 존재인지 짐작할 수 있었다. 갑옷을 입고 방패를 메며 창을 든 순간 죽음은 어떻든 결국 똑같을지도 모른다. 그러나 모든 전사 통보의 수사는 병사의 용맹과 죽음의 가치를 노래하며 애도하지, 결코 당신의 자식이 병든 개처럼 죽었다고 알려주지 않는다. 게다가 어떤 질병들은 천형(天刑)이라 일컬어지는 만큼, 그 가해의 주체를 특정하기 어렵게 한다. 이 탓에 역병을 수단으로 삼는 일은 서리심의 겨울과 마수로 인해 벌어진 뉘른스에크의 학살만큼, 아니 그보다 더욱 고약하고 비열하게 느껴지는 것이다.

때문에 앗슈레드가 결코 비난하는 얼굴을 하고 있지 않았음에도, 울리케는 어느샌가 이 문제를 회피하거나 변명할 구실을 찾고 있었다. 하지만 기어코 그런 스스로의 모습을 조감해 낸 도래까마귀는 자기혐오를 담뿍 담은 목소리로 되물었다.

"우리가 용이나 서리심에게 윤리적 잣대를 들이댈 수 있는가?"

"그건 당위에 관한 질문이오? 아니면 위력에 관한 물음이오? 그럴 수 있는 수단만 갖추고 있다면, 인간은 언젠가 기어코 화산이나 태풍에도 책임 소재를 물으며 통제하려 할 것이오. 이미 염소를 채어 가는 와이번이 사악한 존재라 합의되는 데 아무 문제가 없지 않소?"

민족의 아픔을 떠올렸기 때문일까, 되묻는 앗슈레드의 목소리엔 담담한 회한이 어려 있었다. 끊임없이 옳고 그름을 구분하려 애써 왔건만, 일은 언제나 힘의 강약으로만 결정되는 것일까? 용의 턱 아래에서 울리케가 정신을 부여잡고 언어를 놓지 않았던 것은 정녕 그에게 일말의 저항할 힘도 없었기 때문일까? 이야기는 더 이상 고블린과 염소를 가지고 다투거나, 옆 도시의 비리를 심판하는 수준에 머무르지 못한다.

울리케가 아찔한 사고의 확장에 힘겨워하던 순간, 입을 삐죽 내밀고 앗슈레드의 이야기를 듣고 있던 시야프리테가 돌연 다시 입을 열었다. 여전히 발언권을 허락받는 절차 따위는 무시된다.

"그래서, 우리의 어머니 류그네라스도 정말 사악했다고 하신 건가요?"

상서령은 똑바로 시야프리테를 향해 말했다.

"내가 그렇게 말했던가? 우리의 기반과 유래가 어떠한 희생 위에 성립되었다는 걸 이해했을 뿐이다. 살생을 기피하는 류그라의 인상조차 유랑 시대 이후 만들어진 전통이란 걸 알고 있나? 류그네릭의 존재는 우리의 조상이 엄연히 사냥꾼에서 기원한다는 것을 증명한다. 그럼에도 대륙을 유랑하는 소수 민족은 필연적으로 무해함을 가장할 수밖에 없었지. 류그네라스의 가지가 전쟁 무기가 될 수 있다는 사실 자체도, 일반에는 거의 알려져 있지 않잖아?"

이민족으로서 전통을 부정하고 살길을 모색했던 일족의 대표는 이토록 냉정히 류그라의 본질을 비판했다. 시야프리테는 무언가 항변하려 시도했지만 곧바로 한숨과 함께 어깨가 주저 앉는다. 때문에 공연히 도래까마귀만 균형을 잡느라 홰를 쳐야 했다. 다음 순간, 반가운 얼굴 하나가 그들을 둘러싸고 있던 상서령의 병사들을 비집고 나타났다.

"브륀힐데! 고생했어!"

울리케는 소란스런 머릿속을 한구석으로 밟아 치우며 닐뵤른으로부터 여기까지 추적을 수행해 준 이 모험가에게 감사를 표했다. 브륀힐데는 가볍게 웃어 보이며 대답했다.

"사우트를 디드리크에게 인계하고 오는 길이에요. 주인을 찾아줘야 할 것이 또 있으니까요."

브륀힐데는 이렇게 말하며 뒤를 돌아보았고, 병사들 사이를 불안하게 두리번거리며 펠윈이 나타났다. 그는 어깨에 까마귀를 얹은 시야프리테와 앗슈레드, 그리고 이솔다를 보더니 놀란 얼굴이 되었다. 하지만 그보다 더 놀란 쪽은 다른 이들이었다.

"아니? 새순이 돋았네?"

울리케가 길가네스의 가지를 알아보며 소리쳤다. 분명 여전히 반으로 쪼개진 것을 양 끝에서 동여매 억지로 붙여 둔 모습이었지만, 가지의 끝에는 푸른 움이 또렷하게 맺혀 있었다. 시야프리테는 멍하니 펠윈이 내미는 가지를 바라보다 돌연 설명을 요구하듯 고개를 돌려 앗슈레드를 본다. 하지만 상서령 역시 영문을 모르기는 마찬가지다.

"어서 받아. 네 것이라며?"

펠윈이 말한다. 그는 다소 굳은 얼굴로 시야프리테의 어깨 위 말하는 까마귀와, 그 까마귀가 쪼기에 딱 좋아 보이는 류그라 의 긴 귀로부터 시선을 떼지 못했다.

모두의 기대와 달리 시야프리테는 반색을 표하지도, 방정을 떨지도 않았다. 가지의 부활 앞에서, 이 류그라 소녀는 그만 다 시 시작하게 될 모종의 일들부터 먼저 떠올렸다.

아무도 미처 듣지 못했으나 어깨 위의 까마귀만은 시야프리 테의 다음과 같은 중얼거림을 똑똑히 들을 수 있었다.

"……그 짓거리를 또 해야 돼……. 아직 보름도 안 지났는 데……."

울리케는 무어라 말할 수 없는 기분으로 뒤이어 나직이 떨 어지는 시야프리테의 욕설을 들었다. 그때까지 한 번도 그렇게 생각해 본 적이 없었지만, 바로 이 순간 울리케는 까마귀로서 의 생을 조금 더 넉넉하게 즐겨 보는 것도 왠지 나쁘지 않을 것 같다는 생각이 들었다. 류그라 소녀는 누가 봐도 명백하게 불 손한 걸음걸이로 휘적휘적 다가가더니 펠윈이 내민 지팡이를 받아들려 했다. 하지만 그 순간, 울리케가 발톱에 힘을 주며 소 녀를 멈춰 세운다.

"잠깐, 기다려."

모두가 의아한 얼굴로 도래까마귀를 본다. 시야프리테만은 잔뜩 흐린 얼굴로 지팡이에 돋아난 새순에 눈을 고정시키고 있었다. 후미진 어딘가의 구석에서 손톱으로 싹을 후벼 내는 시야프리테의 환영을 눈에서 털어내며, 울리케는 말했다.

"지팡이는 당분간 시야프리테의 손으로부터 떼어 놓는 게 좋겠어. 아무래도……."

"아니에요! 내놔요! 내 거야!"

울리케의 말이 채 끝나기도 전 시야프리테는 발작하듯 달려나가며 손을 뻗었다. 하지만 야성적인 감각으로 시야프리테의 음험함을 직감하고 있던 브륀힐데가 그 앞을 막아섰고, 펠윈 역시 이 낯선 동족의 눈에 서린 모종의 광기를 읽어내며 지팡이를 뒤로 뺐다. 울리케가 신속히 시야프리테의 귀를 쪼아대며 소리쳤다.

"가만있어, 멍청아!"

"잉!"

"대체 무슨 일이오?"

뒤에서 이 촌극을 지켜보던 앗슈레드가 언짢게 묻는다. 시야프리테의 몸부림이 워낙 갑작스럽던 탓에 그의 친위대 일부가 하마터면 창을 세울 뻔했던 것이다. 브륀힐데가 강력한 궁수의 악력으로 시야프리테를 무난히 제압해 내는 사이, 몸싸움을 피해 땅으로 내려앉아 있던 울리케가 대답했다.

"글쎄…… 길가네스의 명예를 위해 대답을 거부하겠어. 더구나 남자는 더더욱 참견할 자격이 없지."

상서령은 더욱 영문을 모르겠다는 얼굴이 되어 그 곁의 조카를 보았으나 이솔다마저 침묵하며 고개를 가로저었다.

　사우트를 다시 보았을 때 디드리크가 가장 처음 느낀 감정은 결코 반가움이 아니었다. 브륀힐데가 그를 알아보지 못하고 병사들 사이에서 잠시 헤맨 것과 달리, 소년 종사의 충직한 흰이리개는 온몸으로 기쁨을 표현하며 디드리크를 쓰러트릴 듯 달려들었다. 그 직후 뒤늦게 그를 발견한 브륀힐데의 표정이 어떠했는가, 디드리크는 기억한다.

　채 한 달도 되지 않았던 농성이었다. 그동안 자신의 무엇이 그토록 변했을까? 왜 다시 만난 이들이 하나같이 자신을 향해 같은 표정을 지을까? 용의 여름이 잠시나마 성안의 모든 것을 녹여냈을 때 디드리크는 일부러 진창의 웅덩이 하나를 찾아 자신의 얼굴을 비춰보기까지 했다. 오래 씻지 못해 낯빛이 퍼석해졌을 뿐, 디드리크로서는 자신의 온몸에 서린 이질적 기세를 발견할 수 없었다. 첫눈에 전과 다름없이 대해 준 존재는 여태껏 오로지 도래까마귀 한 마리와 흰이리개 한 마리뿐이다.

　디드리크는 걱정스러운 얼굴로 사우트를 쓰다듬었다. 이 먼 전장까지 자신의 개를 데려와 준 것은 기쁜 일이 아니었다. 여기에는 죽음과 폭력뿐이다. 염소 떼를 몰며, 걱정할 것은 고작해야 숲트롤 한 마리 정도였던 시절과 근본적으로 달랐다. 디드리크는 순간 자신이 트롤을 고작이라고 여긴 데 대해 헛웃음을 지었다.

"야, 너 괜찮냐……?"

랄로프의 목소리가 들리자 디드리크 곁에 몸을 눕히고 있던 사우트가 꼬리를 흔든다. 브륀힐데가 사우트를 데려다 준 직후, 디드리크는 선배 종사들의 배려로 잠시 근무에서 해제되어 막사 구역에서 쉬던 중이었다. 디드리크가 고개를 돌리자, 라그나와 브륀힐데, 그리고 랄로프가 보였다. 문득 그들과 처음 만났던 날이 떠올랐다.

"뭐가요."

디드리크의 목소리와 태도엔 별다른 느낌이 묻어나지 않는다. 예전 같으면 그들을 기사처럼 여기며 흠모하고 일부러 자신을 찾아와 안부를 묻는 그들에게 깍듯했을 것이다. 하지만 디드리크는 막사 천막 옆의 장작더미에 앉은 채로 개에게 기댄 허리를 세우지도 않았다. 랄로프는 바로 대답하지 못하고 라그나와 브륀힐데를 돌아본다. 라그나의 표정은 차분하게 굳어 있었고, 브륀힐데의 얼굴은 알기 쉬운 걱정과 동정심이 뚜렷했다. 그 탓에 디드리크의 기분은 오히려 날카로워지고 만다. 소년 종사는 다시 입을 열었다.

"사우트는 도대체 왜 데려오신 겁니까? 임무에 염소 치기가 섞여 있었나요?"

"야, 임마……."

랄로프가 한마디 하려 했지만 라그나가 곧장 그의 어깨를 짚으며 입을 막는다. 디드리크는 그들을 쳐다보지도 않고 있었다. 날선 피로와, 목격한 죽음의 그림자들이 더께 앉은 소년 종사의 시선은 메마르게 성 안뜰의 정문 너머를 한결같이 응시한다. 바로 합류한 미스미르드군을 향해.

"……알았다. 비켜주마."

라그나는 그렇게 말하더니 랄로프를 끌어당기며 브륀힐데를 향해 눈짓을 했다. 세 사람은 내키지 않는 걸음으로 디드리크를 두고 막사 구역을 벗어나 나귀 유슬리스가 있는 안뜰 건너편 마사(馬舍)로 향한다.

"그래서 말했잖아. 우리가 건넬 말 같은 건 없다고."

라그나가 브륀힐데에게 말했다. 오랜만에 다시 만난 소년 종사의 심상찮은 변화에 당황한 그가 자신의 모험가 친구들에게 한번 보러 갈 것을 종용했던 것이다. 지난 이틀간 디드리크와 그들 사이엔 별다른 접점이 없었다. 쉴 새 없이 급변한 상황들에 더해, 이제 자신의 소속과 임무를 가진 병사는 그렇게 함부로 말을 붙일 만한 존재가 아니었으니까. 특히 이 상황에서 명백히 민간인인 그들 셋에게는 더욱 그랬다.

"아직 어린데요……."

브륀힐데가 우울하게 말했다. 유슬리스가 꼴을 씹는 꼴을 무심히 쳐다보던 라그나가 대꾸했다.

"전장을 경험하기에 충분한 나이 같은 건 없어."

그리고 셋은 그냥 말이 없었다. 상대적으로 조용한 마사에는 나귀가 꼴 씹는 소리만 우적우적 이어졌다.

울리케가 아우스뉘르의 사절단과 아힌달, 그리고 앗슈레드의 친위대들과 함께 귀환한 이후 성안은 말할 수 없이 분주했다. 할 일을 제대로 마친 고블린들은 새로 뒤섞인 미스미르드군들의 숙영 자리를 봐주고 있었고 피어클리벤의 오백인대는 성 안팎의 경계와 순찰에 투입되고 있었다. 누가 봐도 임무가 서로 뒤바뀐 것 같았으나, 피어클리벤 병사들의 미스미르드에 대한 적개심이 워낙 강렬했기에 가능한 한 접촉을 줄이는 편이 좋겠다는 판단이 내려졌다. 노아크 백작의 생각이었다. 아룬드와 사절단이 합류한 직후, 그는 장작을 패거나 감자를 깎던 잠시의 직무 유기에서 벗어나 확실하게 책임자로서의 역할에 임하고 있었다.

시간은 이제 정오를 향해 달렸다. 세 세력의 군대는 조만간 있을 지휘부의 회동을 위한 자질구레한 준비들로 여념이 없었다. 하지만 이 마당에 소속이 뚜렷잖은 이들 모험가 세 사람은 그다지 할 일이 없었다.

"내 거라고요!"

비슷한 처지에 처한 사람이 몇 더 있긴 했다. 우선, 다시 돌아온 민족의 보물에 사사로운 감정을 내비쳤다가 그 소유권을 임시 해지당한 류그라 소녀가 있겠다. 시야프리테는 자신의 지팡이를 들고 성큼성큼 걸어가는 펠윈의 뒤를 구걸하는 개처럼 쫓고 있었다.

"저리 안 가?"

펠윈은 결코 만만하지 않았다. 펠윈은 길가네스의 가지를 제 것인 양 쭉 내밀고, 정말로 개를 때리는 자세를 취했다. 그 탓에 시야프리테는 본능적으로 자신보다 펠윈이 서열이 높다고 느꼈다. 이를 악물고 한 걸음 물러난 시야프리테가 물었다.

"그런데, 뉘세요?"

"참 빨리도 물어본다."

펠윈은 어처구니없다는 듯 시야프리테를 노려본다. 새삼 아래위로 동족의 모습을 훑어본 그의 얼굴이 굳었다. 자신이 갖지 못한 모습. 지팡이와 가족들이 살아있었다면 유지했을지도 모를 저 천진난만함. 다른 이름의 가지를 쥔 그 손에 힘이 들어갔다.

"펠윈!"

그때 성 본관 쪽에서 이그라와 패스트리드가 이쪽을 향해 다가왔다. 이그라는 명백히 그를 찾고 있었던 듯, 멀찍이서부터 이렇게 호명하며 다가오다 문득 라그나를 발견하고 놀라 딱 멈추어 섰다. 다음 순간 둘은 약속이나 한 듯이 서로를 외면한다. 패스트리드만이 그 짧은 어색함을 감지했으나 내색하지는 않는다. 이그라는 말했다.

"한스의 상태가 이제 정말 나쁜데, 여기는 딱히 치료사가 없군. 무슨 수를 내지 않으면 큰일 나겠어. 인사불성이야."

"치료사라면 여기 있어요!"

시야프리테가 앞뒤 없이 손을 번쩍 들어 올리며 말했다. 이그라는 묻는 듯한 얼굴로 시야프리테와 펠원을 번갈아 보았지만 딱히 덧붙여 줄 말이 있을 리 없다. 그러자 라그나가 정말 내키지 않는다는 듯 브륀힐데를 향해 입을 떼었다.

"한스……? 설마하니 그 한스인가?"

"아, 맞아요. 이야기하는 걸 잊었어요."

"명 한번 질기네."

제법이라는 듯 지껄인 이건 랄로프의 말이었다. 거의 모두의 눈총을 사 버린 그는 입 언저리를 실룩이며 유슬리스에게 얼굴을 돌리고 만다. 그 시선을 따라가던 이그라가 묻는다.

"유세트 경은 와 있지 않는가?"

물론 누가 보더라도 뉘른스에크의 기사인 그가 지금 이 자리에서 하대를 한다 해서 문제 될 것은 없었다. 하지만 그의 내력을 알고 있었고, 따라서 뭔가를 기대하고 있었던 랄로프의 심사는 그만 살짝 뒤틀리고 만다. 아무렇지도 않은 라그나의 얼굴을 곁눈질하니 더욱 그렇다.

"아, 보면 모르쇼?"

때문에 랄로프는 이렇게 퉁명스레 대꾸하며 여전히 꼴을 씹고 있는 나귀를 가리켰다. 여태껏 묵묵하던 라그나마저 자신을 노려보자, 그는 말할 수 없이 억울해지고 만다. 다행히 랄로프가 뭔가 터트리기 전 시야프리테가 나선다.

"제가 치료사라고요! 가지를 주세요!"

"나는 네가 가지에 손대지 못하게 하라고 명령 받았어."

펠윈이 냉랭히 대꾸하자 시야프리테는 곧장 맞받아친다.

"아니, 언니가 뭔데요? 그게 아무나 들고 다녀도 되는 건 줄 아세요? 감히 너리서니가……!"

"닥쳐. 나는 서피바리야."

싸늘하게 떨어진 펠윈의 목소리는 모두를 놀라게 했다. 엄한 눈길로 동족을 쳐다보는 그의 눈에는 어떤 기꺼움도 들어있지 않았다. 서피바리. 죽은 다라드가 지나가듯 가르쳐 주었던 이야기들 가운데 하나였다. 그때는 그저 그렇구나 여겼던 이야기들.

"펠윈시아가 엘라 아이기네스."

자신의 진명을 마치 욕설처럼 내뱉은 펠윈이었다. 그가 옆머리를 헤쳐 잘린 귀를 보여주자 시야프리테는 눈을 크게 뜬 채로 그 자리에서 얼어붙었다. 소녀의 그리 길지 않았던 일생에서 숱했던 그 어떤 꾸지람도 이보다 파괴적이지 않았다. 시야프리테는 더듬더듬 입을 떼었다.

"아이…… 아이기네스요?"

그 반응이야말로 펠윈으로서는 슬픈 것이었다. 그는 자신의 이름이 갖는 가치를 모른다. 신목의 가지가 갖는 위상을 모른다. 어릴 때 귀를 잘린 일도 펠윈 스스로에게는 그다지 상처가 되지 않았다. 그럼에도 눈앞의 동족은 자신이 이해할 수 없는 규모의 충격을 대신 받고 있다. 류그라니 신목이니 하는 이야기는 펠윈에게 있어 지독히 공허하다.

나는 도대체 지금 왜 여기에 있지?

애초에 황녀 닐스그림은 드레스바르프 후작의 범죄를 증언할 목격자로서 펠윈의 보호를 보장했다. 달리 갈 데를 잃어버린, 이 사회의 최약 계층인 그가 선택할 수 있는 일은 달리 없었다. 하지만 돌아가는 양상을 보니 황녀가 과연 이 상황에서 얼마나 권한을 행사할 수 있을까조차 의심되었다. 정적에게 무력히 사로잡히고도 별 탈 없이 이 요새로 보내진 그가 말이다. 그들 서로가 모종의 거래를 한 것은 아닐까? 처음엔 황족인 그가 꽤나 대단해 보였으나, 잇따라 에파를 만나고 검은 용과 서리심의 멱살잡이까지 목격하고 나니 인간의 권위 따위는 너무나 무력하고 하찮게 느껴진다. 펠윈은 그런 생각을 하며 주위를 찬찬히 둘러보았다. 자신이 이러한 전장 한가운데, 거대한 요새에 머물 이유가 있을까? 현재로서는 마땅히 부엌데기 이상일 수가 없었다. 그는 손에 쥔 지팡이의 무게를 새삼스레 느꼈다.

내가 무얼 할 수 있지?

"넌 뭘 하고 있지? 여기 왜 와 있어?"

때문에 펠윈은 자신의 류그라 동족을 향해 여상하게 물었다. 하지만 시야프리테는 그 질문이 마치 자신의 존재 이유에 대한 본질적 추궁인 양 받아들였다. 살짝 핏기가 가신 얼굴로 소녀는 띄엄띄엄 말한다.

"저는…… 가여운 지팡이…… 운반자여요……."

지금 이 자리에서 시야프리테가 보여주는 태도를 이해하는 사람은 아무도 없었다. 분명 펠윈이 아이기네스라는 이름을 밝힌 직후부터 돌변한 모양새였다. 정작 그 이름의 주인은 헤아리지 못하는 이유로. 펠윈은 말했다.

"네가 있어도 어차피 소용없어. 한스의 독은 평범한 것이 아니야. 황녀 전하의 지팡이도 듣지 않았지. 단지 여태껏 연명 처치만을 할 수 있었을 따름이야."

그랬다. 그나마 닐스그림의 하그비르크가 아니었다면 한스는 진작에 크누드가 건네준 파마의 화살을 사용해야만 했을 테다.

"황녀 전하의 지팡이요……? 연명 처치라고요……?"

시야프리테의 표정이 이상해졌다. 그 심상치 않음을 느낀 브륀힐데가 펠윈에게 말한다.

"저 아이에게 한스를 보이는 게 어때요? 저래 보여도 치유술에서는 전문가가 맞으니까요. 우리가 뭘 놓치고 있었는지도 모르죠."

그렇게 결정되었다. 이그라는 뉘른스에크의 기사들에게 합류하기 위해 떠났고, 마법사인 패스트리드는 남아 시야프리테와 모험가들을 따랐다. 아무래도 마법사로서의 흥미가 동했던 것이리라.

한스가 머무는 장소는 성 본관 건물의 빈방 가운데 하나였다. 본래라면 뉘른스에크 가의 수많은 사용인과 병사로 빠짐없이 주인이 있었을 방들이 지금은 모두 텅 비었다. 백작 노아크를 비롯, 뉘른스에크의 살아남은 두 기사와 길핀의 순찰대원들 정도만이 이 건물의 몇 구역에 불을 지피는 인원들이었다. 라그나와 랄로프도 방 하나를 사용할 수 있도록 허락받은 상태였다.

"아, 오시었소?"

그리고 이 사람, 뉘른스에크의 마법사 나글핀델 기주르가 있었다. 요 이틀간 한차례 소란을 피웠던 것 말고는 아무것도 안 한 마법사. 그는 지금까지 지휘부의 의사 결정에도 전혀 참가하지 않았고 지식이나 힘을 보태지도 않았으나 그 누구도 딱히 그 사실을 지적하거나 참여를 요구하지도 않고 있었다. 그런 그가 한스의 병상을 지키고 있었다.

"……맙소사. 살아 있어요?"

그 북새통을 지나온 오전에도 분명 좋은 상태는 아니었지만, 반나절도 지나지 않았는데 한스의 낯빛은 송장과 다를 게 없었다. 브륀힐데가 이에 기겁하며 묻자 나글핀델의 머리가 기우뚱해졌다. 그가 말한다.

"글쎄? 이게 도대체 뭐에 당한 건지 본좌는 짐작도 가질 않소. 적어도 본좌가 아는 한에서는, 물질적인 독이 아니야. 체계를 짐작할 수 없는 저주요. 누군가 죽어 나갈 상황만 아니라면, 본좌는 아름답다고 했을 거요."

그의 별난 화법을 처음 대한 브륀힐데와 패스트리드, 펠윈의 표정이 이상해졌다. 펠윈은 어렵지 않게 그를 무시하고 병상 머리맡에 놓여 있던 꾸러미를 뒤적거렸다. 이윽고 쌈지 하나를 꺼낸 펠윈이 모두에게 말했다.

"파마의 화살과 구급의 영약이라죠. 이게 소용이 있나요?"

"……적어도 마법사가 선택할 방법은 아니군요."

패스트리드가 탄식하듯 말했다. 나글핀넬 역시 별 해괴한 걸 다 본다는 듯 낯을 찡그리며 쌈지를 노려본다. 그가 말한다.

"잘못하면 죽소. 구급의 영약은 만능이 아니야. 심장을 찔러야 할 텐데?"

"그런데 말요……."

갑자기 랄로프가 입을 떼자, 모두가 그를 쳐다보았다.

"……그냥 파마의 결계 안에 놔두면 되는 거 아닌가……? 울리케 아가씨처럼……. 구태여 그렇게까지 위험한 일을 할 필요 없이 말요……. 어……?"

별로 자신 없다는 듯, 중얼거리던 랄로프는 눈이 휘둥그레진 채 자신을 쳐다보는 동료 둘과 시야프리테를 보았다. 그 류그라 소녀가 외친다.

"갑자기 혼자 왜 똑똑해지는 건데!"

"뭘 억울해하는 건데!"

랄로프가 맞서자 라그나가 재빨리 손을 들어 이어질 소요를 차단한다. 그가 나글핀넬에게 묻는다.

"일리 있는 이야기요?"

"……있소. 훨씬 온건한 방법이 될 테지. 시간은 걸리겠지만. 하지만…… 파마의 결계를 누가 쳐 준담? 게다가 오로지 한 사람을 위해?"

라그나는 대답하지 않았다. 그는 실록의 폐장이 뉘른스에크 전역에 파마의 결계를 칠 작정이라는 것과, 그것이 아직 일어나지 않았으되 딱히 저지된 계획도 아니라는 사실을 알고 있었다. 울리케는 실록의 폐장이 하고자 하는 일이 어떻게 뉘른스에크 지하 유적의 열쇠가 되는가를 말해 주었다. 그러니까 아무래도 그것은 정말 일어날, 저 검은 용이 오히려 기다리는 일이란 말이다. 물론 확신은 할 수 없었지만. 라그나는 이 사실을 섣부르게 지금 이 자리에서 털어놓지는 않았다. 울리케가 자신을 비롯한 몇몇에게만 말한 이야기였다. 게다가 한스의 상태는 실로 심각해 보였기에 저들의 계획이 성공하기를 기다릴 여유는 허락되지 않는다.

"네 지팡이로 그 연명 처치라는 게 가능해?"

그렇게 판단한 라그나가 시야프리테에게 물었다. 시야프리테는 펠윈이 단단히 움켜쥐고 있는 길가네스의 가지를 보더니 한숨을 푹 쉬며 대답했다.

"몰라요. 해 봐야 알아요. 가지를 들고 있지 않을 때 저는 그냥 청순한 소녀랍니다."

"뭔……."

랄로프가 또 무어라 말하려다 브륀힐데에게 발을 밟히고 입을 다문다. 이제 결정의 주도권을 넘겨받은 펠윈이 떨떠름하게 말했다.

"잠시 동안이야. 나는 언제든 가지의 힘을 억제할 수 있어."

타인을 통해 전해 들은 자신의 힘을 말하려니 민망하기까지 하다. 하지만 내력을 알 리 없는 시야프리테는 선선히 수긍했다.

"알고 있어요. 뭐, 아이기네스시니까요……."

시야프리테는 적어도 사람을 살리는 일 앞에서 경망을 떨지는 않았다. 그 고분고분함은 모두에게 미더웠고, 이에 펠윈은 마침내 가지를 시야프리테에게 넘겨준다. 오랜만에 손에 감기는 수피의 익숙한 질감을 느끼며, 시야프리테는 만감이 교차한 듯 눈을 감았다. 순간, 곧장 눈을 휘둥그레 뜬 소녀가 소리쳤다.

"어? 아니!"

"왜 그래?"

라그나가 반사적으로 눈썹을 치켜뜨며 묻는다. 시야프리테는 지팡이에 몸을 기대듯 휘청이며 재차 소리 질렀다.

"도대체 뭘 새겨 놓은 거야! 이게……!"

소녀의 말이 채 맺어지기도 전, 지팡이가 별안간 허공으로 껑충 뛰어올랐다. 온 힘을 다해 가지를 움켜쥐고 있던 시야프리테는 속절없이 딸려 올라갔고, 다음 순간 방 안의 모두는 가지의 아래쪽으로부터 분출한 수백 갈래의 뿌리가 한스의 몸을 집어삼키는 광경을 목격하였다. 게다가 가지에 매미처럼 달라붙어 있던 시야프리테의 몸 주위로 가지의 수피가 부풀어 덩굴처럼 얽어매기 시작한다. 그 순간, 펠윈이 경악해 소리 질렀다.

"안 돼! 멈춰!"

가장 오랜 가문의 마지막 생존자가 내린 명령은 충실히 이행

되었다. 걷잡을 수 없이 갈라지고 팽창하던 길가네스의 가지는 딱 그 자리에서 얼어붙었다. 그 거짓말 같은 정적에 모두가 한숨을 삼켰다. 뒤늦게 정신을 차린 것은 라그나였다.

"맙소사, 시야프리테!"

류그라 소녀는 방 한중간에서 본격적으로 굵어질 태세를 취하던 지팡이에 반쯤 파묻혀 있었다. 그나마 시야프리테의 상태는 나은 축에 속했다. 아래로 뻗어 내려간 뿌리들에 집어 삼켜진 한스는 침상과 함께 아예 보이지도 않았다.

"이게 무슨 일이야?"

랄로프가 라그나와 함께 줄기에 달라붙어 시야프리테를 끄집어내기 위해 손을 보태며 소리쳤다. 간신히 머리를 꺼낸 소녀가 외쳤다.

"저건 그냥 저주가 아니어요! 명령이라고요! 아, 어머니! 이런 세상에!"

줄기에 반쯤 파묻힌 채 시야프리테는 몸부림치며 통곡을 하기 시작했다.

"꺼내 줄게! 진정해! 다친 데 없지? 브륀힐데! 도끼 가져와!"

랄로프가 악을 썼지만 시야프리테는 울음을 그치지 않았다. 이 갑작스러운 상황에 겁을 먹은 탓은 결코 아니었다. 시야프리테의 통곡은 점차 발광이 되기 시작했다.

"류그네라스는 피를 먹고 자라요! 이 땅에는! 이미 충분한 죽음이……!"

진실을 깨달은 소녀는 기절했다.

"이게 도대체 어떻게 된 일이야?"

성 본관에서 벌어진 이 소동은 재빠르게 전파되었다. 당장 도
끼로 나무를 찍어 내야 한다고 주장하는 랄로프와 달리, 나머
지 사람들은 일단 시야프리테가 졸도하긴 했어도 무사하기에
함부로 그 결과를 예측할 수 없는 일을 시도하지 말자는 입장
이었다. 그래서 브륀힐데는 도끼를 찾으러 가는 대신 한창 회
동을 준비하고 있던 다른 이들에게 이 사실을 알렸고, 마침 번
다한 업무들로부터 필사적으로 도망칠 구실을 찾고 있던 울리
케가 크누드의 어깨를 빌려 타고 현장에 들이닥친 참이었다.

"치료를 하려 했습니다."

라그나는 간단히 정황을 설명했다. 듣고 보니 누굴 탓할 일도
아니었다. 크누드 또한 자신이 종용했던 일의 결과가 이런 식
으로 돌아온 데 대해 조금은 충격을 받은 얼굴이었다. 아니, 애
초에 크누드는 한스가 여태까지 그 저주에 신음하고 있었다는
사실 자체를 이해하기 어려워하는 것 같았다. 그의 생각엔 자
신이 준 해결책을 썼어도 벌써 썼어야 했다.

그 짧은 순간 한 아름 굵기의 기둥만큼 불어나 류그라 소녀
와 빈사의 병자를 집어삼킨 나무의 형상은 기괴하기 이를 데
없었다. 어느 모로 보나 도무지 신목이라고는 생각되지 않는다.

"어떡합니까?"

라그나가 차분하면서도 긴박히 묻는다. 하지만 울리케라고 알 수 있을 리 없다. 아니, 여기에 대해 아는 자가 현시대에 이 땅 어딘가 있기는 할까? 도래까마귀가 침묵하자 라그나는 조심스레 시야프리테가 마지막으로 외쳤던 말들을 옮겼다. 줄기에 반쯤 파묻혀 허공에 매달린 채 축 늘어진 류그라 소녀의 파리하게 질린 뺨 위를 눈물 자국이 가로지르고 있었다.

"어쨌거나 도저히 저리 둘 수는 없어. 일단 도끼 가져와. 잠시, 나는 좀 따지고 올 테니."

— 잘라도 된다.

빌러디저드의 음성이 기다렸다는 듯 울리케의 머릿속에 내리꽂혔다. 번거롭게 찾아갈 필요가 없는 건 참 편리하지만 역시 조금 짜증 난다.

이를 알 리 없는 크누드가 방을 나서더니 알아서 길을 잡아 걷기 시작했다. 세세한 지시를 안 내려도 된다는 것 역시 편했지만 이 또한 어쩐지 울리케를 불편케 했다. 그러나 이 감정을 들여다볼 새도 없이, 도래까마귀와 그 충직한 횃대 기사는 안뜰을 가로질러 검은 용의 턱 아래 당도했다. 울리케는 침묵한 채 그걸 말리지 않았다.

"잘라도 된다니까."

용이 그렇게 말하자 크누드는 당황해서 어깨 위의 도래까마귀를 쳐다본다. 울리케는 말했다.

"그건 사소한 물음이었습니다. 어떻게 길가네스의 가지가 되살아나고, 하필 이때에 저 자리에서 활착할 수 있었는가가 더 궁금한걸요. 이전에 분명, 용맥에 대해 말씀하셨지 않습니까?"

"신목이 어때 보이더냐?"

울리케는 움찔했다. 그리 크지 않은 방 안을 가득 메우고 있던 독특한 기괴함.

"이런 표현이 심하지 않다면…… 요사하더군요."

"분노했군."

검은 용은 눈을 돌려 잠시 산 아래를 본다. 잠시나마 그렇게 고대의 유적처럼 침묵하던 빌러디저드가 말했다.

"길가네스의 가지는 깨졌고, 지쳤으며, 그 운반자로부터 떨어져 아이기네스의 보호 아래 머물렀다. 첫 번째 자손의 염원 아래 싹을 틔운 가지는 다시 자신의 운반자에게로 되돌아왔다. 그리고 아이기네스의 허락이 떨어진 순간, 길가네스는 아이기네스 계보의 단절을 목격했다."

"……예?"

울리케는 멍청히 되물었다. 알아들을 수 있을 리가 없었다. 용은 차분히 부연한다.

"그들이 치유하려던 자의 몸 안에 새겨진 것은 류그네릭이 되지 못한, 남은 두 죽음 가운데 하나의 흔적이었다. 나로서도 이해하는 것은 여기까지다."

하나의 류그네릭이 성립하기 위해 필연적으로 따른다는 두 죽음. 베르벳이 살아남은 시점에서 다른 비약이 남아 있었다면 그것은 필히 독이 되었으리라. 낙인 저주라는 것이 실은 류그네릭의 파편이었단 말인가? 그러니 마법사들이 애초에 그 정체를 감지하지 못한 것도 무리는 아니다. 울리케는 혼란을 느끼는 것과 동시에 지금의 설명이 의미하는 얄궂은 잔혹함에 몸을 부르르 떨었다. 도래까마귀는 묻는다.

"그럼…… 아니…… 그래서 신목은 저 상태로 정말 활착합니까?"

"아이기네스가 허락한다면."

"아니, 하지만……! 저기는 건물이라고요! 용맥은요?"

"신목이 자라기에 충분한 거름들을 이미 너희가 어제 이 땅에 묻지 않았느냐?"

울리케는 충격을 받고 부리를 다물었다. 일만의 전사자. 류그네라스는 피를 먹고 자란다. 이것이 시야프리테가 깨달은 사실이었단 말인가? 울리케는 가까스로 소리쳤다.

"전사자들의 유해는 모두 고향으로 돌아가야 합니다! 거름이라니요!"

"그 또한 선택이 될 수 있겠지."

도래까마귀는 머릴 싸맸다. 여기는 뉘른스에크인 동시에 흐로케냐르이며 이제 새로운 류그른이 될 판이다. 더구나 안그라네스까지 있다. 그야말로 인간의 두 제국과 류그라, 고블린 모두에게 결코 포기할 수 없는 땅이 된다. 이 땅에 신목의 활착을 기도하는 게 가당한 일일까? 여태껏 류그라들의 역사와 처지를 단지 동정하기만 해온 울리케였다. 그리고 그 동정엔 미처 인지하지는 못했으나 그들이 정말로 무해하며 또한 통제 가능하리란 가정이 전제되어 있었다. 울리케는 그제야 앗슈레드가 냉정하게 신목에 대해 비판하던 것을 떠올렸다. 인간은 수목으로부터 쉽사리 포식성이나 공격성 등을 연상하지 못한다. 나무들은 언제나 조용하고, 한결같으며 동시에 넉넉한, 수동적인 존재들이어야 했다. 저토록 강렬한 귀기를 드러내어 자신의 아이마저 희생시키려 하며 일만의 주검의 묻힌 대지를 향해 이빨과도 같은 뿌리를 뻗어대는 나무라니. 조금도 울리케가 상상했던 그림이 아니었다.

"평범한 도끼로는 당연히 자르지 못한다. 너의 전리품을 써야 할 것이다."

울리케가 침묵에 빠지자, 검은 용이 그렇게 말하며 시선을 준 곳은 크누드의 허리춤에 매여 있던 파마의 검이었다. 크누드는 흠칫하더니 이내 수긍한듯 고개를 끄덕였다. 울리케는 그제야 지친 듯 말했다.

"먼저 가서…… 검을 건네줘요. 나는 여기 있겠어요."

"……알겠습니다."

울리케가 고뇌에 사로잡혔음을 눈치챈 크누드가 순순히 물러났다. 울리케는 홀로 한숨 돌리듯 성가퀴 위에서 침묵했다. 그 심란함에 주목한 빌러디저드가 말한다.

"오히려 마땅한 일이다. 모든 초월적 권능은 필연적이고도 유한한 자원에 기반한다. 정복과 포식, 배척과 도태 위에 비로소 너희 모두의 권력이 설계되었다. 예외는 없었다."

울리케는 착 가라앉은 목소리로 대답한다.

"하지만 빌러디저드 님께서는 포식자로서 이 세상에 오지 않으셨습니다."

빌러디저드는 바로 대답하지 않았다. 그 침묵의 공백 너머, 울리케는 검은 용이 한순간 내비친 슬픔에 공명하고 깜짝 놀랐다. 인간의 언어로써 섣불리 해석하기 어려운, 저토록 공고한 존재의 거대한 연민이었다.

제 5장

"미리 한 번에 다 맞으면 안 되겠소? 말하다 중간에 맞으면 맥락이 끊기니까 말이오. 예? 에바니르 경?"

하즈바가 자신을 험악하게 노려보는 이조옌을 향해 이렇게 말하자, 이조옌은 기가 막혀 눈을 감으며 한숨을 길게 내쉬었다. 그가 심각한 일을 저지른 건 맞았지만 결과적으로 미수에 그쳤기에 이조옌은 더 그를 징치할 의사가 없었다. 더구나 둘은 원래 막역한 사이인데다, 위계상으로도 마법사인 하즈바가 이조옌보다 높다. 그러니 이조옌으로서는 앞서 마법사의 관자놀이를 한 번 갈겨준 게 할 수 있었던 응징의 전부였다.

그럼에도 이조옌은 자신에게 주어진 권한이 마땅히 수반하는 바를 놓지 않는다. 짐짓 엄혹함을 가장하며 다시 검집을 그의 목 아래 찔러 넣은 이조옌이 칼칼한 목소리로 말했다.

"에써 경 혼자입니까? 이 무도한 시도에 관여된 자가?"

"혼자요."

그를 둘러싼 모두가 서로 시선을 교환한다. 그 가운데 입을 뗀 것은 에인달케였다.

"서리심은 '한 무리의 적개심'이 자신의 뿌리로 향한다 전해 왔어요. 그런데 정말 경 혼자라고요?"

"혼자요."

재차 반복된 그의 말은 앞의 것과 토씨 하나 다르지 않으면서 음색이나 억양조차 같았다. 하즈바의 뒤에서 아그니르와 함께 그를 감시하고 있던 우이라가 입을 열었다.

"아니, 이 자는 지금 거짓말을 하고 있다."

그리고 모두에게 조금 놀라운 일이 일어났다. 우이라가 그렇게 단정 내리자마자 즉시 고블린 오십장 셋의 시선이 교환되었고, 지휘관들의 기색을 알아챈 십장들이 일사불란하게 사주 경계와 순찰에 병력을 나누어 투입시켰다. 우이라가 어떻게 마법사의 말을 거짓이라 확신했는가는 둘째 문제였다. 군사 체계에 속하지 않는 서기관이 한 말에 모든 고블린 군사가 즉각적으로 움직인 것은, 그들 문화와 체계에 이해가 깊지 않은 나머지 사람들에게 조금 당혹스러운 그림이었다.

"……아니, 뭐야? 내가 뭘 어쨌다고?"

거짓말이 아니라고 항변할 기회조차 박탈당한 하즈바가 어이없다는 얼굴로 주위를 돌아보며 궁시렁거리자, 우이라가 묶여 있는 그를 내려다보며 차갑게 말했다.

"나는 시우부름의 서기관이다, 라핀다시르의 마법사. 우리의 서기관은 많은 말들을 다루며, 조어(鳥語)는 특히나 단련된 감각을 요구하지. 피어클리벤 대사가 일전에 너희의 시무나리에 대해 약간 알려 준 바가 있어 주의하고 있었다."

하즈바는 알기 쉽게 당황한 얼굴로 그를 쳐다보더니 가까스로 묻는다.

"⋯⋯그래서? 내가 거짓말을 했다는 근거는?"

우이라는 별 덜떨어진 것을 다 본다는 표정으로 되물었다.

"당신은 빨간색을 설명할 수 있나?"

하즈바는 고블린으로부터 그 지성을 의심받은 대륙 최초의 마법사로서 기록될 판이었다. 실제로 그의 앞에 앉아 수첩을 꺼내 들고 있던 에인달케가 우이라의 말에 반색하며 뭔가를 적어넣기 시작했고, 하즈바는 여태껏 결코 보이지 않던 공포감을 그 푸석한 얼굴에 띄우고 만다. 이 상황에 약간의 감탄과 의문이 뒤섞인 얼굴을 하고 있던 이조엔이 거의 모두를 대신해 우이라에게 물었다.

"그대는 단지 서기관인데, 이런 일이 가능한가? 방금 사실상 아무런 논의나 명령 없이 군사 행동이 이루어졌다."

"그러니 대응이 빠르지 않은가? 하지만 지금보다 중요한 것은 그게 아니다."

우이라가 말하며 턱으로 하즈바를 가리키자, 속기하는 에인달케의 손만 멍한 얼굴로 쳐다보는 마법사의 꼬락서니가 보였다. 이내 그는 몇 차례 입을 뻐끔거리며 주위를 둘러보았으나 자신을 향한 경멸과 분노의 시선들만 주워 담았을 뿐이었다. 마침내 하즈바가 한숨을 내쉬며 말했다.

"나는 정말이지 아무도 다치게 하고 싶지 않았습니다······. 서리심조차, 그것을 통제할 수단을 확보하는 것만이 여기에서 제가 할 일의 전부였단 말입니다."

"실패했잖습니까? 이러한 기도가 이루어졌다는 사실만으로도 라핀다시르는 피어클리벤에 얼굴을 들지 못하게 됩니다."

로릭스데가 말했다. 이에 하즈바는 짜증을 담뿍 담아 그에게 눈을 부라림으로써 이조엔 휘하 모든 병사들을 자극하였다. 그러나 그는 개의치 않으며 폭발하듯 입을 열었다.

"피어클리벤도 마찬가지요! 그 용은 통제 가능한 상대가 아닙니다! 언제든 물릴 수 있으며, 그 진의를 측정할 길 없는 선의가 이 가문의 소망 아닙니까? 그래, 실질적으로 피어클리벤은 여태껏 어떤 이득을 보았습니까? 검은 용은 무얼 하려 합니까? 이 가운데 그걸 명확히 알고 계신 분이 있으십니까?"

이 대목에서 그의 노도 같은 일갈을 받아적던 에인달케의 손길이 멈칫했다. 바로 지난 새벽 꾸었던 악몽을 떠올렸던 까닭이다 : 검은 용이 까마귀를 집어삼켰다. 스벤과 종사들이 죽었다. 울리케는 다시 자신의 몸으로 돌아올 수 있을까? 아버지는 무사히 집으로 돌아오실까?

하즈바의 고개가 반대로 돌아갔다. 그의 말은 끝나지 않았다.

"그리고 고블린들! 실제로 너희 역시 그 서리심과의 일전에서 피를 보았다고 들었다! 피어클리벤을 돕다가 잃은 십장들도 있었다지! 그 살인자가 여전히 살아남아 지금 피어클리벤 성안에서 뜨신 밥을 먹고 있다는 걸 알고 있나?"

실로 현재의 논점과 별 상관없는 이야기였으나, 하즈바의 이야기는 효과적으로 모두의 의식에 잠재하고 있던 불안과 불만을 직격하였다. 그의 말이 끝나자마자 고블린들 사이에서 뚜렷한 동요가 포착되었다. 세 오십장 두카르와 소우라케, 바르바크는 서로를 쳐다보며 각자가 느낀 당혹감의 깊이를 견줘 본다.

"그만 닥치시지."

하지만 이 가운데 유독 홀로 꿋꿋한 이가 있었다. 아그니르는 검집 채로 하즈바의 어깨를 딱 짚으며 말했다.

"경은 마법사죠. 평범한 말에도 모종의 힘을 실을 수 있는. 그래서 본래 마법사를 취조할 때는 손이 아니라 입을 묶고 필담을 강요한다고 배웠어요. 아무래도 우리가 너무 너그러운 게 아닐까요?"

아그니르의 말은 사실이었다. 오히려 너무 기본적인 부분이라 지난해까지 기사 양성 교육을 받았던 그가 맨 먼저 생각해 내고 입에 올릴 수 있었을지 모른다. 물론, 하즈바 에써가 라핀다시르의 가신이라는 점 때문에 알면서도 차마 취하지 못한 조치이기도 하다.

"피어클리벤 경의 말이 옳습니다. ……옳습니다만."

로릭스데가 가라앉은 목소리로 말했다. 그는 조언을 구하듯 시선을 돌려 케틸을 찾았으나, 여전히 불가에서 덜덜 떨고 있는 노인은 지금 이 상황을 제대로 인지하고 있는 것 같지도 않았다.

라핀다시르의 장자 로릭스데에게 지금 이 상황이 가하는 압박은 자못 심각했다. 이것이 하즈바의 단독 행동이 아니라 협력자들이 있다면 그들은 누구인가? 그게 가능했다는 것은 현공작, 즉 그의 아버지가 묵인한 일이라는 뜻이 아닐까? 상속 예정자이긴 했으나 그의 나이 아직 서른넷이며, 공작은 아직 선양(禪讓)의 뜻을 비춘 바 없었다. 오랫동안 착실하게 교양과 학문을 쌓아왔지만 굵직하고 치명적인 사안들을 처리하는 것은 아직 그의 직무가 아니었다. 문득, 로릭스데는 이 모든 일들이 자신을 따돌린 채 흐르고 있다고 느낀다. 황실과 적대한다면 라핀다시르가 힘이 되어줄 것이라며, 울리케 앞에서 호기롭게 외쳤던 순간이 떠오르자 민망함조차 북받쳤다.

"함께하는 자들이 누굽니까?"

로릭스데는 하즈바를 똑바로 보며 물었다.

"……꼭 아셔야 하겠습니까? 모른 채 끝낼 수도 있는 일입니다."

중년의 깡마른 마법사는 시무룩하게 말했다.

표면적으로는 로릭스데 자신을 보내 피어클리벤과의 우호를 모색하도록 하면서도, 한편으로는 잠재적 위험 요소를 감시하고 대비책을 강구하는 것. 하즈바의 태도와 대답을 들으니 그가 아는 아버지라면 능히 준비할 수 있는 일이었다고 판단된다. 아니, 어쩌면 이런 판단조차 하즈바의 마법 때문에 정신이 흐려진 결과는 아닐까? 로릭스데로서는 그것을 확신할 수가 없었다.

분노한 서리심의 얼음 창에 꿰뚫렸던 에파의 모습을 그는 똑똑히 기억한다. 나중에 에파가 저항을 포기했던 것임을 알게 되긴 했지만, 아이비레인은 서리심에 어쩔 수 없다는 사실은 굳건하다. 또다시 그와 같은 갈등이 벌어진다면 어떨까? 이 작은 영지에 주체할 수 없는 거대한 힘이 둘이나 있다. 피어클리벤과 어떤 관계를 맺고 있건, 그들은 존재 자체로 대륙에 위협이 될 수 있다. 태어나 여태껏 인간에게 얽매여 있던 아이비레인만을 기억하는 로릭스데였다. 때문에 그 생존과 권능의 발현에 있어 인간이 전혀 필요치 않은, 오롯한 검은 용을 목격했던 일은 그에게도 일종의 충격이었다. 오간 대화가 어떠했든 이 존재들의 본질은 조금도 변화하지 않는다.

"……누구도 다치지 않게 초월자들에 대한 통제권을 확보하는 일이 정말 가능합니까?"

"아니, 도련님!"

로릭스데의 입에서 마법사를 향해 이런 물음이 떨어지자, 이어지는 침묵들에 답답해하던 아그니르가 놀라 소리쳤다. 하지만 그를 더욱 당황하게 한 것은 로릭스데의 말에 좌중의 어느 사람들도 자신처럼 반응하지 않았다는 사실이었다. 에인달케는 멍한 얼굴로 받아 적은 녹취를 들여다 보고 있었고, 이조엔 또한 의혹 가득한 얼굴로 마법사를 볼 뿐이다. *아니, 모두 정신 나갔어? 마법사의 간특한 술수에 몽땅 넘어간 거야!*

저마다 뭔가에 사로잡혀 고민하는 듯한 모두의 시선을 다급히 하나씩 확인하던 아그니르의 눈에 마지막으로 이트레케르가 들어왔다. 자신을 빤히 쳐다보고 있는, 위풍당당한 새끼 그리핀을 보는 순간 그제야 아그니르는 그리핀이 벽사(辟邪)의 영수이며, 그 주인을 그릇된 악의로부터 수호한다는 사실을 떠올렸다. 아그니르는 망설임 없이 칼을 뽑아 마법사의 턱 아래 들이대며 외쳤다.

"지금 하고 있는 걸 집어치워! 이 순간부터 혀를 아주 잘 놀려야 할 거야!"

"아그니르, 진정해!"

에인달케가 놀라 소리쳤다. 고블린과 인간의 무사들 모두 이 상황을 어떻게 정리해야 할지 몰라 일제히 그들의 지휘관들만 찾아 시선이 교차함과 동시에, 좌중을 둘러싼 겨울 숲의 빽빽함이 일순 후퇴하듯 모두의 시야에서 흩어졌다. 새삼스러운 겨울의 냉기가 각자의 발목을 붙들며, 얼어붙은 대기에 한 줄의 음성이 청명하게 떨어졌다.

"또 싸우는 게냐? 지겹지도 않으냐?"

뉘르뉴였다.

지난밤 스미드레드의 옛 사념과 대화하고, 새벽에 실록의 폐장들과 접촉한 이래 여태껏 행적이 묘연하던 그가 지금 여기서 모습을 드러냈다. 이동한 거리가 통상 도보로 일주일 이상 걸린다는 문제는, 이 숲의 어딘가 뿌리내린 심장에 그 여생의 확장을 의탁한 존재에게 있어 아무런 장애가 되지 않았다. 그 유래의 장구함을 증명하는 긴 순백의 머리칼이 피어클리벤 일가의 정성이 들어간 의복 위에 나부끼자 일대의 나무들이 숨을 죽였고, 오로지 도구를 든 두발짐승들만이 이 뜻밖의 출현에 대해 경악한다.

"아니…… 거긴 어쩌고 여기 와 있는 거야?"

마법사의 턱 아래 들이댄 검 끝에 힘을 주며 아그니르가 외쳤다. 덕분에 베이지 않으려 턱을 치켜든 마법사는 곁눈질로 뉘르뉴를 훔쳐볼 수밖에 없다.

"올 필요가 없었겠느냐?"

뉘르뉴는 질책하는 듯한 목소리로 주변에 선 이들을 하나하나 눈에 담으며 말했다. 고블린들과 피어클리벤 측 인원들을 볼 때는 누그러져 있던 눈초리가, 라핀다시르 측 병력과 마법사에 닿아서는 기어이 시퍼런 예기를 담고 만다. 아그니르는 하즈바의 목울대가 침을 넘기는 것을 검 끝으로 감지했다. 예상치 못했던 작은 승리감을 느끼며, 아그니르가 뉘른스에크의 상황에 대해 물으려 입을 열었다가 곧바로 닫았다. 모두가 모인 자리에서 섞을 이야기로 부적당하거니와 서리심이 한낱 전령이나 하자고 여기 온 것은 아닐 것이므로. 그 사이 뉘르뉴는 새끼 그리핀에 눈이 닿더니 묻는다.

"아이의 이름을 지어주었느냐?"

"이트레케르."

"그 이름대로 될 것이다. ······나의 이름도 그럴까? 셰이위르는 내게 무얼 기대했을까."

서리심의 물음은 독백처럼 변했다. 그는 자신의 불멸이 종속된 심장이 정체불명의 인원들에게 노려지고 있다는 상황 자체를 신경 쓰지도 않는 것 같았다. 천 년을 지켜온 숲과 겨울의 한복판에서, 소녀는 풍경과 동화된 채 모두에게 하염없는 침묵을 강요한다. 하즈바의 마법은 그 순간 깨어졌다.

"재갈을 물리겠습니다."

이조엔이 뒤늦게 정신을 차리며 로릭스데에게 말했으나, 뉘르뉴는 제지한다.

"필요 없다. 내 영역 안이니라."

로릭스데를 제외하자면 라핀다시르 측 사람들 모두 뉘르뉴를 직접 보는 것은 처음이었다. 그럼에도 모두가 어떤 설명도 필요 없이, 이 작은 소녀의 형상이 품고 있는 존엄의 아득함을 납득해 버리고 만다. 로릭스데는 하즈바에게 말했다.

"어떤가요? 내가 왜 복수심 같은 하찮은 것을 논하지 않았는지 이해합니까? 지금 이 자리에 아이비레인 자신이 있다 한들,

그 또한 그리 다르지 않은 말을 할 겁니다."

하즈바의 목울대가 재차 꿀럭이자 아그니르는 그가 말을 할 수 있도록 칼을 치워 주었다. 마법사는 어떤 것에도 눈길을 주지 않은 채 곧장 똑바로 뉘르뉴를 바라보았다. 그 태도엔 다른 이들과 분명히 다른 기색이 있었다.

"경외와 기원……."

여전히 포박되어 주저앉은 하즈바는 멍한 듯 열렬하게 뉘르뉴를 바라보다 미처 이런 중얼거림이 입 밖으로 새어 나가는 것을 단속하지도 못했다. 그가 조금이라도 수상한 짓을 하면 당장 벨 준비를 마친 셋, 아그니르와 이조엔, 그리고 구드위르 모두 그 꼴을 보고 불안함과 불쾌함을 낯에 띄웠다. 그 순간, 조용히 그를 마주 보던 뉘르뉴가 말했다.

"아무도 다치지 않게, 혹은 피해를 최소화하기 위해 행동했다는 그의 이야기는 사실일 것이다. 이미 저 북녘엔 터무니없는 죽음들이 있었다. 도생(圖生)은 무오(無誤)한 섭리라 이해하는 나 또한 한때는 사람의 아이였지. 그러한 바를 기억해내지 못했다면 여기 오지 않았을 것이다."

그래. 뉘르뉴는 생각했다. 번거로움을 감수하고 피어클리벤으로 되돌아온 것은 결코 자신의 심장을 지키려는 목적에서가 아니었다. 지금 이순간, 자칫하면 번질 도탄(塗炭)의 가장 효과적인 해결사가 자신이었기 때문이다. 예전 같았더라면 애초에 가능하지도 않은 일 때문에 서로가 서로를 죽여 대는 상황 자체를 냉소하며 방관하고 있었으리라. 때문에 뉘르뉴는 누구의 요청도 없이 자신이 여기 왔다는 사실을 신기하게 여기고 있었다.

"대체 무슨 말을 하는 거야?"

아그니르가 따지듯 물었다. 그리고 그 질문은 이 자리의 모두의 심정을 대변하고 있었다. 서리심의 말은 누구에게도 이해하기 어려운 것이었으니까. 뉘르뉴는 똑바로 그를 쳐다보더니 가장 예상치 못한 말을 했다.

"아그니르."

그저 이름을 불렸을 뿐이건만, 아그니르는 묘한 충격을 받고 입을 다물었다. 이번이 세 번째 대면이긴 했어도, 아그니르로서는 저 서리심이 자신을 특정한 존재로 기억해 주리라는 희망자체가 없었다. 여기서 그치지 않았다. 뉘르뉴가 살짝 웃는 듯한 표정까지 짓자, 아그니르는 더 할 말을 생각해 내지 못하고 멍청해지고 만다.

"나는 이제 저 검은 용, 빌러디저드가 꾀하는 바를 짐작한다. 아마도 감히 그것을 이해한다고 말할 수 있는 자는 겨우 나뿐일 것이다. 나도 여기까지 와서야 간신히 떠올렸으니까. 그러자 그가 뜻한 바를 이뤄 냈을 때, 내게 남을 감정이 일종의 질투이리라는 점도 상상해냈다. 그러면 나는 또다시 돌이킬 수 없는 과거만 하염없이 헤아리게 되겠지."

"무슨…… 도대체 무슨 말을 하는 거야?"

아그니르가 혼란스러워하며 재차 물었다. 힐끔 옆을 보니 에인달케는 손이 보이지 않을 정도로 빠르게 뉘르뉴의 말을 속기하고 있다.

"에다의 광신도야."

뉘르뉴는 대답 대신 하즈바를 불렀다. 계속 멍한 얼굴로 서리심을 쳐다보고 있던 그가 화들짝 놀라 대답한다.

"예?"

"너의 동료들은 발이 묶여 있다. 숨겨둔 창이 무엇이냐? 없다면 그들은 살아 돌아가지 못할 것이다."

"어…… 예?"

하즈바가 그 말을 알아듣지 못하고 또 묻는다. 무리도 아니었다. 뉘르뉴는 한심해하는 기색 없이 부연했다.

"나의 뿌리를 찾아낼 방법이 정말 따로 없었느냐는 말이다. 그런 것도 없이 그저 물리력으로 윽박질러 정보를 얻어내려 했느냐? 너의 말대로 나를 정말 그토록 위협이라 여겼다면 나와 무관하지 않은 여기, 이들을 상대로 이와 같은 패악을 계획했을 때 그 마땅한 여파를 각오했어야 하지 않느냐? 이 임지(臨地)에 발 딛고 있는 한, 너희의 생사여탈권은 환절(換節)의 섭리처럼 내게 있다."

서리심은 결코 노여워하지 않는 듯 조용히 말했다. 때문에 좌중은 소녀의 말에 담긴 위협을 이해하는 데 아주 약간의 시간이 걸렸으며, 참 이상하게도 그것이 너무나 당연한 말이라 여겨졌다. 아그니르는 못 본 사이 뉘르뉴가 어딘지 변한 것 같다고 느끼기 시작했다. 그는 북방에서 무엇을 보고 온 것일까?

아그니르가 그런 소감을 삼키며 눈을 살짝 돌리자, 여전히 포박되어 무릎 꿇린 하즈바가 거의 울 듯한 얼굴로 뉘르뉴를 쳐다보고 있었다. 시간이 제법 흘러 바다로부터 냉기가 올라올 법도 하건만, 그는 추워하는 기색도 없이 열렬함과 자기 부정이 뒤섞인, 지극한 혼란을 알기 쉽게 발산하고 있었다. 마침내 그는 울음을 터트리듯 말했다.

"아아, 나는 못 해⋯⋯! 역시 절대 할 수 없소⋯⋯! 그냥 내 목을 치십시오!"

"왜 이래?"

아그니르가 질색하더니 오물을 털어내듯 검을 흔들며 한 발짝 뒤로 물러난다. 그와 동시에 구드위르와 이조옌도 긴장감을 강화하며 마법사에 겨눈 검을 공고히 한다. 하지만 하즈바는 신경도 쓰지 않으며 외쳤다.

"왜 이러냐고? 너희가 에다의 도리에 종속된 우리의 미학을 알 리 없지! 평생 이 세상의 반쪽밖에 못 보는 것들아!"

그러더니 그는 정말로 어린애처럼 울기 시작했다. 둘러선 세 기사는 하도 어이가 없어 서로를 쳐다본다. 어느새 말에서 내린 로릭스데가 이 좌중의 당혹감을 헤치며 다가왔다.

"너무 다가서지 마십시오."

여전히 하즈바를 경계하는 이조옌이 그에게 주의를 준다. 로릭스데는 어깨를 으쓱하더니 말했다.

"나는 왠지 그가 이해됩니다."

"예?"

"그냥…… 저 존재가 아름답기 때문입니다."

로릭스데는 조용히 뉘르뉴를 가리키며 말했다. 빙하의 딸은 하즈바가 울기 시작한 이후에도 별다른 반응 없이 서 있다가 로릭스데가 자신을 지목해 오자 그제야 눈을 돌린다. 로릭스데 는 약간 민망한 듯 덧붙였다.

"그는 이 중에서 그걸 가장 잘 알아볼 수 있는 눈을 가졌으니 까요."

"아니, 그래도 이게 도대체 무슨……."

구드위르가 별꼴을 다 본다는 듯 하즈바를 내려다보며 말했 고, 이에 로릭스데는 마치 자신이 지적당한 듯 손으로 얼굴을 한차례 쓸어내리더니 말했다.

"아마 맞을 겁니다. 나는 마법사는 아니지만…… 대충은 짐작 할 수 있습니다. 서리심의 위험성을 가장 잘 이해할 수 있는 것 도 그들이지만, 동시에 눈앞에서 가장 매혹당할 자들도 그들이 아닐까요? 라펀다시르가 황실과 척을 져가면서까지 아이비레 인을 보호해 온 것도, 따지고 보면 순전히 우리 가문이 내내 그 에게 매혹당해 있었기 때문입니다. 그리고 종종 어떤 순간, 그 감정들은 정략적 판단보다도 우선되어 다뤄지곤 했습니다. 에 써 경은 스스로 그걸 알고 있었기 때문에 더 서리심을 사전에 견제하려 했을 겁니다."

"……당사자를 앞에 두고 감정을 분석하지 마십시오, 젠장."

조용조용 이어진 로릭스데의 말끝에 어느새 울음을 삼킨 하즈바가 이렇게 항의했다. 로릭스데는 눈물로 얼룩져 이루 말할 수 없이 볼썽사나워진 그의 얼굴을 향해 쓴웃음을 날렸다.

"딱히 경을 변호하려는 것은 아니었습니다. 내 이야기이기도 합니다."

하즈바는 더 말하지 않았다. 이제 알몸으로 춤을 추는 것 외에는 남은 추태가 없다는 듯, 그의 기세는 완전히 무장 해제되어 모든 걸 포기한 것 같았다. 안 그래도 어딘지 볼품없음을 타고난 그가 이러고 있자 이제는 심지어 정말 불쌍해 보일 지경이었다.

"못 해 먹겠군. 다 끝난 것인가?"

그러니 오십장 바르바크가 이렇게 불쾌감을 토로한 것도 무리는 아니었다. 그가 무어라 더 덧붙이려는 찰나, 하즈바의 입이 열렸다.

"안그라네스의 위치를 특정하는 기술이 있습니다. 다소 복잡하고…… 인력이 필요해서 우선은 제가 먼저 찾아내려고 했던 것이지만요. 기술의 요는 대강 파마의 술에 삼각 측량을 결합했다고 이해해도 무리 없습니다."

"파마의 술이라니? 마법사가 그걸 다루는 게 가능한가요?"

하즈바의 울음소리조차 포함해 여태껏 모든 대화를 꼼꼼히 기록하고 있던 에인달케가 놀라 묻는다. 마법사는 떨군 고개를 흔들며 답했다.

"물론 아닙니다."

"에써 경, 설마 실록의 폐장이었소? 그걸 처음 듣는 듯하던 그 수작은 다 거짓이었소?"

이조옌이 얼굴을 굳히며 딱딱히 묻는다. 하즈바는 그제야 고개를 들어 그를 보더니 말했다.

"아닙니다. 내 명예를 걸고…… 아니지 이제 그건 별 담보가 못 되는군. 에다의 도리에 걸고 말하겠소. 난 실록의 폐장이 아닙니다. 비록 거기에 대해 이미 알고 있긴 했지만."

"그러면? 파마의 술을 다루는 자들이 누굽니까?"

로릭스데가 정말 하기 싫은 질문인 듯 던진다. 그 함의와 내색을 짐작한 하즈바는 잠시 침묵하다가 답했다.

"……실록의 폐장들은 이 기술을 독점하지 않았습니다. 오히려 유포했지요. 마법사 인력을 거느린 귀족가는 그 파해법이나 주의점을 분석하기 위해, 그리고 그만한 기반이 없는 귀족가는 자신들을 보호하기 위해 이 기술의 구매를 망설이지 않았습니다. 그러니 제국의 일등 영지인 라핀다시르라고 달랐겠습니까? 저들은 우리 영지의 기술자들입니다."

"아니, 하지만! 파마의 술은 아이비레인에게 너무나……!"

"치명적이지요! 압니다! 합하께서 그걸 모르셨을까요? 그러니 더 가까이 두려 한 것입니다. 알아야 막을 테니까요!"

로릭스데는 백룡에 대한 염려와 이와 같은 일들로부터 자신이 완전히 격리되어 있었다는 소외감에 창백해져 입을 다문다.

하즈바는 그를 무시하고 뉘르뉴를 향해 물었다.

"……그들은 무사합니까?"

"아직은 그렇다."

"……안그라네스를 찾아낼 방법이 없었다면 벌할 생각이었습니까?"

"글쎄다."

말끝에 뉘르뉴는 아그니르에게 보여 주었던 것 같은 미약한 웃음을 보냈다. 그러자 하즈바는 자신의 시선이 불에 데기라도 한 듯 황급히 눈을 내리깔았다. 별 개수작을 다 보겠다는 듯 그 꼴을 보던 아그니르가 뉘르뉴에게 묻는다.

"이해가 안 돼. 방법이 없다면 위협이 되지 않는데 오히려 왜 벌하지?"

"명백한 위협이 아니라면, 내가 움직일 명분이 없기 때문이다."

"……뭐?"

아그니르가 아연해져 다시 묻는다. 뉘르뉴는 이제 심지어 약간 즐거워 보였다. 빙하의 무녀는 말한다.

"보아라. 이제 나의 뿌리는 더 이상 비밀이 아닐 것이다. 그러니 내게 은거와 방관은 이제 고려할 수 있는 선택지가 아니다."

"……헌데 뭘 좋아하고 있어?"

뉘르뉴는 회한에 잠긴 얼굴로 숲을 둘러본다. 결코 침해당하지 않을 침묵의 끝에, 서리심은 말했다.

"그렇게 보이느냐? 그럴지도 모르겠구나. 아주 오랫동안, 이 땅은 내게 전부였고 유일한 것이었다. 셰이위르가 다녀간 이후 매해 그 밤을 복기하면서도 나는 다른 길을 생각해낼 수 없었다. 겨울에 눈이 내리는 것은 신기한 일이 아니지. 그럼에도 사람들은 이것을 권능이라 부르는구나."

뉘르뉴는 여기서 말을 끊었다. 사람들의 이해와 상관없이, 오로지 자신의 입장에 집중한 소녀는 다시 입을 뗀다.

"그 검은 녀석은 각오를 세웠다. 나도 그래야지. 에다의 광신도야, 나의 뿌리를 찾아 어찌할 생각이었느냐?"

하즈바는 불안스레 눈을 들더니 죄를 고백하듯 말했다.

"파괴할 생각은…… 없었습니다. 볼모화할 수 있다면 그걸로 족했으니까요. 위협이라 판단했을지언정, 그만한 존재를 감히 지울 수야 없지요……. 정말입니다."

"보다 구체적으로 말해라."

뉘르뉴가 찌르듯 말했다. 하즈바는 다시 한번 정말 입에 담기도 싫다는 듯한 태도로 답한다.

"……뿌리를 솎아내…… 영역에 대한 권능을 차단하고 힘을 억제할 생각이었습니다."

"세상에."

에인달케가 숨을 삼키며 내뱉은 말이었다. 하즈바는 자책하듯 반응했다.

"이해합니다. 하지만 어쩔 수 없는……."

"좋다. 그렇게 해라."

뉘르뉴가 말했다.

순간 모두가 경악하며 그를 본다. 특히, 속죄 의식을 말하던 하즈바는 그야말로 눈이 튀어나올 지경이었다.

"……예? 뭘 하라고요?"

"하려던 것을 해라. 간단히 말해 분재이지 않느냐? 그대로 내 뿌리를 들어내라. 내 뿌리를, 약속이 깃든 심장을 뉘른스에크로 옮겨다오. 이식(移植)을 청한다."

황녀 닐스그림은 아연한 얼굴로 제국의 위대한 방패, 뉘른스에크 요새를 눈에 담았다. 그 새벽 기습으로부터 자신과 아룬드만을 챙겨 떠난 지 스무날 만에 다시 도착한 이곳엔 마땅히 있어야 할 그 어떤 것도 더 이상 남아 있지 않았다. 제국의 충신이자 노장인 변경백은 죽었고, 일만에 달하는 병사들이 묻혔다. 남은 빈자리엔 난데없는 고블린들과 저 잔악한 북부의 야만인들이 가득 들어차 있다.

이것은 닐스그림이 상상한 귀환의 풍경이 아니었다. 그는 마땅히 피어클리벤의 후계자를 구한 데 대해 감사와 상찬을 받아야 했던 것이다. 하지만 지금 성 안뜰을 오가며 한데 뒤섞이고 있는, 아우스뉘르의 권력이 전혀 미치지 않는 이 존재들의 틈에서 그와 아룬드는 거의 누구의 주의도 끌지 않고 있었다. 태어나 이날 이때껏 자라오면서 황녀는 발 딛는 자리 어디도 안전하지 않은 곳이 없었으며, 아울러 스스로 주목을 끌기 위해 애쓸 필요도 없었다. 그러나 뉘른스에크에서의 그날 이후로 많은 것이 변했고 황녀의 처지 또한 예외가 못 되었다. 이미 아룬드와 함께 이실바프에서 생명의 위협을 경험했고, 지금 이 자리의 누구도 닐스그림을 중요하게 여기지 않는 듯했다. 오로지 단 한 사람을 제외하고 말이다.

"괜찮으십니까?"

"……몇 번을 물어보는 거야."

닐스그림은 아룬드의 물음에 짐짓 성가시다는 듯 대답했다. 그렇지만 결코 싫지는 않았다. 지금 이 자리에 그마저 없었다면, 황녀에게 있어 지금의 상황은 너무나 견디기 힘든 것으로 다가왔으리라. 물론 피어클리벤 백작은 그를 정중히 환대했고, 무사함을 기뻐했으며 회담이 있기까지 성의 본관 객실 하나에 머물도록 해주었다. 그럼에도 닐스그림은 그것을 거절하고 구태여 내성의 정문가, 크게 지펴진 불가에 머물기를 고집했다. 지금 황녀가 이 기묘한 부대 구성을 모조리 눈에 담을 수 있는 것은 바로 그 때문이었다. 그는 더 이상 안전한 뒷방에서 아무것도 모른 채 보호받고 싶지 않았다. 설령 이토록 소외감에 노출되더라도.

"정말 안으로 드시지 않겠습니까? 여긴 너무……."

"왜? 내가 거치적거리느냐?"

"그런 말이 아닙니다."

아룬드는 강하게 부정하였다. 전부터 생각해 왔지만 속내가 너무나 투명하게 들여다보이는 사내다. 물론 그러한 순진함이, 지금의 황녀에게는 무엇보다 괜찮은 위로가 된다.

"……."

그때 웬 고블린 병사 하나가 장작 한 아름을 들고 다가오더니 닐스그림이 쬐고 있던 모닥불에 던져 넣었다. 아무 예고도 없이, 조금은 퉁명스럽게 일어난 일이었기에 닐스그림은 비산한 불씨가 옷에 구멍을 낼까 움찔하였다. 뒤이어 그 고블린 병사는 불가에 주저앉은 채 황녀를 뻔히 쳐다보았다.

"……뭘 쳐다보는 게냐?"

하도 어이가 없어 닐스그림이 꾸짖듯 묻는다. *지난 스무날의 고생과 굴욕으로 부족하단 말인가? 이젠 한낱 고블린마저 날 구경거리 취급하며 무시하는구나!* 이런 황녀의 심정을 알 리 없는 고블린이 대꾸한다.

"인간의 여자를 보고 있다. 이렇게 가까이서 보는 것은 처음이라."

"뭐가 어째? 나는……!"

일어나 화를 내려던 닐스그림의 말이 턱에서 막혔다. 무엇에 화를 내야 하는가? 저 고블린은 그저 장작을 넣으러 온 것뿐이다. 지금 황녀의 모양새는 말 그대로 평범했다. 한낱 인간의 여자라는 호칭이 틀리지 않다. 아룬드가 당황하여 어쩔 줄을 모르며 나서려는 기색이 느껴지자, 닐스그림은 손을 내밀어 그를 진정시키며 고블린 병사를 향해 말했다.

"……나도 이렇게 가까이서 고블린을 보는 건 처음이다."

"그럼 적어도 우릴 벤 적은 없겠군."

고블린은 그렇게 말하더니 손바닥을 털고는 다시 자신의 일을 하러 털래털래 걸어가 버렸다.

그건 정말 아무것도 아닌 사건이었지만, 그때까지 산만한 우울함에 사로잡혀 있던 닐스그림의 기분을 일거에 환기시켜 주었다. 황녀는 내내 오른손으로 그러쥐고 있던 백금색 지팡이, 하그비르크를 한결 강하게 움켜잡으며 마음을 다잡는다. 그리고 다시금 성안의 풍경을 보았다. 아직 완전히 파악할 수는 없지만 지금 이 안에는 분명 실로 놀라운 일들이 일어나고 있거나, 일어날 준비가 되어있다. 우물쭈물 경직되어 있다가는 또다시 뭔가를 위한 포로나 담보 역할밖에 하지 못할 것이다. 단순히 오만하다고 꾸짖기엔 너무나 확고해 보이던, 그 발리위그 드레스바르프의 얼굴이 떠올랐다.

"아니, 어디 가십니까?"

그가 별안간 벌떡 일어나 걷기 시작하자 그때까지 고블린 진영 쪽만 쳐다보고 있던 아룬드가 뒤늦게 따라잡으며 물었다. 닐스그림은 말한다.

"나도 장작을 넣으러 간다!"

"예?"

"한낱 고블린 졸병도 제 할 일을 하고 있고 나를 쳐다보는데 거리낌이 없다! 아우스뉘르의 이름을 잇는 내가 그보다 못해서 야 되겠느냐?"

아룬드도 결코 바보는 아니다. 황녀의 결론을 따라잡은 그가 조금 핼쑥해지며 다급히 말한다.

"하그비르크가 장작입니까?"

"아니, 바로 나다!"

순식간에 안뜰을 가로질러 그가 당도한 걸음의 끝에는 용이 있었다. 검은 성벽을 등진 채 내성 전체를 내려다보듯 자리한 용의 거체는 마치 이 성채가 처음 축성되던 그 사백여 년 전부 터 그 장엄함의 한 부분이었던 듯 경외로웠다. 닐스그림은 약 간의 희열을 느끼며 어금니를 깨문다. 둘째 오라버니가 어떤 꿍꿍이를 갖고 있어도, 이 용과 맨 처음 대면한 아우스뉘르의 황손은 바로 그로 기록될 것이다.

"닐스그림 시그렐 아우스뉘르."

중후한 용의 음성이 내려꽂히자 황녀의 등줄기로 소름이 돋 아났다. 어찌 그러지 않을 수 있을까? 일순 주저앉을 것 같았으 나 아우스뉘르의 선명한 피가 그를 격려한다. 닐스그림의 입이 열렸다.

"목하(目下), 그 이름을 가진 자로서 이 벅찬 감정을 어찌 다 전해 올리련지요."

"그 기대는 마땅치 않다."

용은 담담히 말했다. 실망스러운 해석이 가능한 대답이었으나, 닐스그림은 개의치 않았다. 지금 이 자리에서 누구의 눈치도 보지 않고 용과 대화하고 있다는 사실 자체가 중요한 것이다. 황녀는 말했다.

"그러십니까? 지난밤, 분명 린트부름의 적생자께선 처녀를 요청하셨습니다. 그리고 제국의 충신이 공양키로 결정한 것은 바로 저였습니다. 그런데도 이 자리가 아무 의미 없습니까?"

"너는 너의 생존을 걸고 나와 대화할 일이 없을 것이다."

용의 이 대답은 닐스그림에게 이해할 수 없는 것이었다. 그대로라면 대화가 끝날 판이었지만, 그때까지 용의 뒤편 성벽 위에서 티 나지 않게 앉아 있던 도래까마귀가 그 말에 반응했다. 그가 외친다.

"아니, 어찌 그렇게 말씀하십니까? 학수고대하시던 처녀 제물인데요? 지고의 포식자께서는 어서 그 격에 맞는 기호를 드러내심이 어떠십니까? 이제 곧 점심시간입니다!"

"……울리케?"

그제야 동생의 존재를 깨달은 아룬드와 닐스그림 모두, 검고 거대한 용의 머리 뒤편에서 조잘대는 저 도래까마귀가 보이는 방자함과 더불어 그 농담의 바닥에 깔린 음험함에 아연실색했다. 모르는 이가 보자면 사악한 용을 부추기는 조그만 악귀가 따로 없겠다.

물론 그것은 전혀 울리케의 진심이 아니었다. 시시각각 복잡해지기만 하는 이 사태에 대한 푸념과 더불어, 자신과 유사한 재앙에 휘말려 든 황녀를 향해 던진 나름의 익살이었다. 물론 황실에 대한 불만이 조금도 없었다고는 말할 수 없겠다.

"먹기 싫다고 하시는군요. 반찬 투정은 드문 일인데…… 어쨌거나 이렇게 처음 뵙습니다, 닐스그림 황녀 전하. 좀 더 오붓한 자리였더라면 얼마나 좋았을까요."

용을 무시하고 날아와 성벽으로 오르는 계단의 난간에 앉은 도래까마귀가 천연덕스럽게 인사를 한다. 닐스그림은 당황하여 얼른 채 무어라 답을 하지도 못했다. 용의 면전으로 오기 위해 끌어올렸던 호기가 덧없을 지경이었다. 이 사실에 약간 불쾌해진 닐스그림이 말한다.

"그대가 울리케 피어클리벤인가? 왜 나서지? 아비와 오라비를 구하기 위해 시작된 여정의 임무는 끝난 게 아닌가?"

닐스그림은 울리케에 관해 아룬드에게 들어 얼마간 알고 있었다. 전해지지 않는 북방의 소식을 좇아 피어클리벤의 동맹이라는 고블린들과 함께 여기까지 온 아룬드의 여동생. 그리고 빌러디저드와 최초로 접촉한 자. 백룡의 대리인이 그들의 상단 천막으로 쳐들어왔던 이틀 전, 아룬드로부터 울리케 피어클리벤에 관해 들었을 때는 분명 그 행동력과 그가 이끌어 낸 결과들에 내심 감탄했다. 하지만 감탄과는 별개로 용과의 독대를 방해한 이 존재는 어딘지 껄끄러운 구석이 있었다.

"정녕 그렇다면 그보다 좋은 일이 있겠습니까, 전하? 하지만 어리석은 저도 이쯤에서는 이 모든 상황의 조율자로서의 처지를 받아들이기 시작했습니다. 이제 와서 제가 아무리 겸손을 궁리해도 이 입장을 완전히 떠넘길 만한 누군가를 상상할 수 없는 지경에 이르렀답니다. 그리고 이런 상황에서는 황녀 전하께서조차 제가 고려할 수많은 요소 중 하나에 지나지 않으십니다."

분명하게 느껴지는 황녀의 날카로움을 여상히 흘리며, 도래까마귀는 이렇게 말했다. 아룬드는 당황했고, 황녀는 눈을 부릅뜨며 소리치고 만다.

"감히……!"

울리케는 황녀가 불필요한 실수를 할 기회를 주지 않고 재빨리 말했다.

"아직 존중과 연민의 대상으로 남아 의전을 만끽하실 기회는 있으십니다. 하지만 무언가를 하려고 하신다면…… 대체 닐스그림 전하, 전하께서는 황실의 입장을 두고 이 논의에 참가하실 어떤 결정권을 갖고 계십니까? 이 수많은 충돌의 틈바구니에서 말입니다. 지금 여기서 누군가는 그들 겨레의 잃어버린 땅을, 누군가는 혈통의 맥을, 누군가는 정당한 복수를, 또 누군가는 동족의 생존을, 또한 왕의 권한을, 그리고 제국의 질서를 위해 각자가 할 일들을 분주히 고민하고 있습니다. 허나 현재로서는 제게 있어 전하는 그저 제 아비가 모시는 위대한 가문의 혈족일 뿐 어떠한 권한자가 아니십니다. 제가 이 이상 불충한 말을 올리지 않도록 해 주시지요."

눈앞의 그것은 분명 그저 한 마리의 도래까마귀였건만, 황녀는 그 내부에 도사린, 이제 무엇을 해야 하는지를 정확히 통찰하고 있는 소녀를 보았다. 생전 처음 보는 동생의 이 기세에 기가 질린 아룬드의 턱이 벌어졌고 황녀는 잠시 숨을 멈춘다. 문득 어젯밤 저 산 아래에서, 그토록 선명한 기세로 자신을 쏘아보던 발리위그 후작의 눈빛이 떠올랐다. 동시에 아침나절 자신과 사절단을 구하기 위해 난입하여 서리심과 다투고, 폭풍처럼 고블린들을 지휘했던 이 까마귀의 모습도 떠올랐다.

"나는……!"

할 말도 없으면서 쥐어짠 닐스그림의 기력이 불현듯 하그비르크를 움켜쥐었다. *나는 여기서 무얼 할 수 있지? 아우스뉘르의 이름은 여기서 이제 별 의미가 없을 것이다. 그나마 지팡이마저 없었다면…….*

지팡이?

흔들리던 닐스그림의 시선이 하그비르크에 가 닿았다. 닐스그림은 무엇엔가 홀린 듯 말했다.

"딱 하나 내가 결정할 수 있는 게 있다. 내가 가진 유일한 것의 처분권이지. 하그비르크를…… 그 정당한 소유자에게 양도할 의사가 있다."

"전하?"

아룬드가 놀라 외쳤지만 그가 참견할 여지는 더 없었다. 여태껏 묵묵히 이 대화를 지켜보던 검은 용이 별안간 몸을 움직여 그 거대한 머리를 아래로 내렸기 때문이었다. 아룬드는 놀라 말을 삼키며 한 발짝 물러났지만 닐스그림은 지팡이를 단단히 땅에 세운 채 미동도 하지 않고 그것을 정면으로 맞이했다.

"이러한 귀결이다, 울리케. 아우스뉘르의 핏줄이 선택하였다."

"그렇군요."

용의 정리에 동의하는 도래까마귀다. 닐스그림 스스로도 이해하지 못할 만큼 파격적이고 충동적인 선언이었건만, 이 둘은 마치 예상하고 있었다는 듯한 태도였다. 하지만 황녀는 그 사실이 허탈하기보다는 오히려 자신이 옳은 선택을 했다는 증거처럼 느껴졌다. 용이 말했다.

"그 의지를 존중한다. 내려놓는 것은 움켜쥐는 것보다 어려운 일이지."

"……지나친 선해십니다. 하그비르크는 많은 핏물과 울음으로 조립되었습니다. 결코 마땅히 제게 속한 것이 아닙니다."

황녀는 흔들리는 목소리로 대꾸했다. 하그비르크. 본래 류그라 밀파네스 일족의 가지였으나 드레스바르프 가문에 의해 회수되어 모종의 기술로 재구성된 기물(奇物). 자세한 것은 알 도리가 없지만 백금을 덧입혀 보강된 이것의 핵심은 미라화된 신목의 가지라 할 수 있었다. 황실의 용이 떠나 버린 이유이자 제국의 원죄. 그러나 오히려 그래서일까, 모순되게도 아우스뉘르의 이름을 지닌 자라면 선천적으로 이것에 대한 욕망을 끊기 어렵다. 닐스그림 또한 이틀 전 그렇게 에파와 맞닥뜨리지 않았더라면 하그비르크를 포기할 결심을 상상조차 해보지 못했으리라. 아니, 어쩌면 용과 마주했기 때문일까?

황녀는 눈앞의 도래까마귀를 문득 본다. 자세한 정황을 이해할 수 없었음에도, 이 자리의 모든 것이 울리케를 중심으로 움직이고 있다는 사실이 감지되었다. 닐스그림이 아니라 황제 스스로가 이 자리에 있다 하더라도 저 영향력을 꺾을 수 있을 것 같지 않다. 도대체 이 땅의 어느 다른 누가 용의 턱 아래서 농담을 하고, 고블린들을 지휘하며, 서리심을 아무렇지 않게 모욕하고 이 모든 이들이 한자리에 모일 수 있도록 꾀할 수 있을까? 제국의 황녀가 꾀다 놓은 보릿자루에 불과해지는 이곳의 풍경이야말로, 역사상 전례가 없던 하나의 기적이리라.

"전하, 괜찮으십니까?"

등 뒤에서 아룬드의 나직한 목소리가 들려왔다. 닐스그림은 뒤돌아보지 않고 눅눅한 목소리로 대답했다.

"또 묻느냐? 나는 괜찮다."

하지만 아룬드는 그대로 물러나지 않는다. 잠시 생각하던 그는 한 발짝 앞으로 나서 황녀의 곁에 서더니 결심한 듯 용을 올려다보며 말했다.

"외람되지만, 이렇게 묻는 것을 용서하십시오. 이건 어떤 종류의 강요는 아닙니까? 선택할 수 있는 모든 여지를 차단당하고 내몰린 끝에 하시는 말씀입니다. 이 상황에서는 포기만이 유일한 주목을 이끌어낼 수 있기 때문입니다."

"너는 좋은 충신이 되겠다."

용이 채점했다. 지켜보고 있던 울리케가 말한다.

"하지만 오라버니, 그건 그야말로 전하의 결단을 모욕하는 일이 아닐까요? 세상에 얼마나 많은 이들이, 한 줌도 되지 않는 위세를 포기 못 해 안달하는지 아시지 않아요? 오늘 전하의 결심은 기록에 남을 가치가 있는 일이라고요. 저는 빌러디저드 님께 하그비르크의 내력에 관해 조금 들었죠. 백룡의 대리인, 에파가 그것을 바란다면, 그리고 전하께서 그것을 기꺼이 양도하실 수 있으시다면, 우리는 이 국면에서 하나의 패를 더 가져갈 수 있어요."

아룬드는 이제 저 도래까마귀에 깃든 것이 정말 자신이 아는 울리케일까 의심하기 시작했다. 울리케의 목소리로 떠들고는 있지만 저건 그저 용이 만들어 낸 무언가가 아닐까? 그런 망상이 들 만큼 동생이 보여주는 기세는 이질적이었다. 아룬드는 선선히 인정하며 말했다.

"……지금 내게는 너의 말에 반박할 지식과 이해가 없구나."

"저도 무사히 다시 뵙게 되어서 정말 기뻐요."

도래까마귀는 그렇게 말을 돌리며 뒤늦은 재회의 인사를 섞어버렸다. 닐스그림이 내내 이토록 천연덕스러운 도래까마귀를 보며 대륙 최강의 시누이에 대한 두려운 망상을 세우기 시작할 무렵, 별안간 성의 본관 쪽으로부터 누군가 달려오기 시작했다. 브륀힐데였다.

"아가씨! 와보세요! 류그라들이 싸워요!"

쏜살같이 달려온 브륀힐데가 모두의 앞에 당도해 숨을 헐떡이며 이렇게 말하자, 도래까마귀는 잠시 고개를 까닥이며 아연해졌다. 그러다 묻는다.

"그거 비문 아니야……? 절대 성립할 수 없는 문장 같은데."

제 6장

울리케의 지시를 받은 크누드는 곧장 한스의 병실로 향했다. 뉘른스에크의 두 기사, 헨릭과 그리그가 노아크에게 바친 전리품인 파마의 검은 그 원천적 흉험함 때문인지 분명 놀라우리만치 값비싼 것이었음에도 상시 패용하기에 적절한 물건이라고는 결코 말할 수 없었다. 모두가 그것을 꺼린다는 사실을 깨달은 울리케가 반쯤 놀리듯 크누드에게 그 보관의 책무를 일임한 이래, 그는 별다른 불평 없이 이 과업을 수행하고 있었다.

"그걸……? 하지만 아무리 그래도 그건 도끼가 아니라 검이오. 힘이 들어가겠소?"

폭발하듯 사방으로 뻗어서 병상을 집어삼킨 채 정지한 신목 옆에서 초조하게 기다리던 라그나가 사정을 듣더니 걱정했다. 크누드는 파마의 검을 뽑으며 대꾸한다.

"나야 모르죠."

크누드가 모든 빛을 남김없이 집어삼켜 마치 눈의 착각인 양 시커멓게 보이는 검신을 겨누자 방 안에 있던 모든 이가 반사적으로 물러났다. 특히 마법사인 패스트리드와 나글핀델은 부모의 원수를 보는 듯한 혐오감을 감추지 못하며 다른 이들보다 서너 발짝 더 멀어졌다. 때문에 본의 아니게 모두로부터 경원시된 크누드가 주위를 둘러보더니 말했다.

"……이거, 대신하실 분 계십니까? 제가 그렇게 기운이 좋은 편은 아닙니다."

당연히 마법사들은 고려되지 않았다. 펠윈은 걱정스런 얼굴로 한껏 집중한 채 신목만을 바라보고 있어 크누드의 말이 들리지 않는 듯했으니 결국 질문을 받은 사람은 라그나와 랄로프 뿐인 셈이었다.

"내가 하겠소."

랄로프가 나선다. 하지만 라그나가 막아섰다.

"이게 기운으로 할 일이라면 용이 구태여 파마의 검을 지목하지 않았겠지. 시야프리테를 다치지 않게 꺼내려면 섬세함이 필요하오. 그러니 이놈은 안 되고, 그냥 경이 하시오. 내가 해도 별 다를 것 같진 않으니."

시야프리테에 대한 걱정으로 나섰다가 저지당했지만 라그나의 이야기를 듣자 랄로프는 수긍하며 물러났다. 크누드 역시 그 말이 옳다 여겼기에 양손으로 검을 겨누고 천천히 신목 쪽

으로 다가갔다. 하지만 섣부르게 손대기는 여전히 영 용기가
나질 않는다. 크누드는 조금 긴장한 목소리로 말했다.

"……파마의 검으로 신목을 때려도 되는 걸까요? 저주를 받
는 건 아니냐 이 말입니다. 제가 보기에 용이 별로 그런 건 신
경 쓰지 않을 것 같거든요."

"우리도 신경 쓰지 않소."

라그나가 팔짱을 긴 채 콧방귀를 뀌며 말했다. 그의 말대로,
지금 이 자리의 모두는 시야프리테나, 차라리 한스를 걱정하
면 걱정했지 크누드의 편은 없는 것 같았다. 자신의 사회성에
대해 아주 짧은 반성을 마치고, 크누드는 시야프리테의 허리를
휘감은 줄기 하나에 검을 가져다 댔다. 그러자 분명 두툼한 수
피를 지닌 나무였음에도, 소름 끼칠 정도로 부드럽게 날이 박
혀 들었다. 나무를 자르는 감각이 아니라 생살을 베어내는 감
각이었다.

"잘 베어지네?"

랄로프가 속 모르고 감탄을 한 순간, 크누드의 곁에서 불안
한 얼굴로 지켜보고 있던 펠윈이 나직한 신음을 내며 휘청거렸
다. 단김에 허벅지만 한 줄기 하나를 끊어낸 크누드가 깜짝 놀
라 돌아보자, 손으로 이마를 짚으며 펠윈이 말했다.

"……류그네라스의 비명이 들렸어요. 그뿐이에요. 계속하세요."

하지만 크누드는 쉽게 검을 움직이지 않는다. 그의 등줄기에
는 남모를 진땀이 가득 배었다. 크누드에게는 비명 같은 것이야

물론 들리지 않았지만, 칼질 자체가 정말 불쾌한 감각이었다.

"……저도 여러 번은 못 할 것 같군요. 좀 봐주시지요."

"왜 그러시오?"

라그나가 물었다.

"해 보면 압니다."

크누드는 매달린 돼지를 도살하는 느낌으로 두어 번 더 칼질을 했다. 그러고는 진저리치며 검을 돌려 손잡이를 라그나에게 내민다. 결국, 라그나와 랄로프 역시 파마의 검을 들고 그 불쾌한 감각을 공유하게 되었다. 시야프리테를 구하기 위한 목적이 없었다면 결코 끝까지 해내지 못할 일이었으리라. 덩굴 같은 가지들이 잘려 나갈 때마다 펠윈은 마치 자신의 이가 뽑히듯 비틀거리며 끙끙거렸기에 세 남자의 작업은 더더욱 어떤 죄책감과 불안감을 동반했다. 그렇게 아홉 줄의 줄기가 잘리자 마침내 나무에 구속되어 있던 시야프리테의 몸이 떨어져 내렸다. 대기하고 있던 브륀힐데가 안전히 그를 안아 든다.

"시야프리테!"

브륀힐데는 혼절한 류그라 소녀를 바닥에 누이고 소리쳐 불렀다.

"한스 놈은 보이지도 않는데 이거……."

랄로프가 탄식처럼 투덜거렸다. 몸이 반쯤 나무 밖으로 드러나 있던 시야프리테와 달리 병상에 누워 있던 한스는 침대와 함께 나무에 완전히 집어삼켜져 전혀 보이지 않았다. 분명 그 또한 구해내야 하겠지만, 라그나와 랄로프, 크누드 모두 이 작업을 지속하고 싶지 않았다. 살아있는 생물을 죽인다는 감각을 넘어선, 미증유의 배덕감이 계속해서 그들의 영혼을 후벼팠다.

"못 해 먹겠군."

라그나조차 약간 창백해져 이마의 진땀을 훔치며 투덜거렸다. 이 가지치기에 참여하지 않은 다른 이들은 그들의 고통을 이해할 수 없었지만, 그 행위가 분명 불가해한 불쾌함을 동반한다는 건 짐작할 수 있었다. 펠윈이 보여준 선명한 반응 또한 모두를 곤혹스럽게 하는 것이었다.

시험 삼아 잘라낸 가지 중 하나에 자신의 애검 바람잡이의 날을 들이대 본 랄로프가 신음했다.

"보통 단단한 나무가 아닌데? 길가네스네 가지보다는 무르지만, 도끼로도 어쩌지 못할 것 같소."

"병사들을 불러서라도 해치워야죠."

크누드가 말했다. 그러고는 패스트리드와 나글핀델을 향해 묻는다.

"마법으로 어쩔 도리는 없겠습니까?"

"불가능해요."

패스트리드가 논할 가치도 없다는 듯 대꾸했다. 크누드 역시 별 기대 없이 물었던 것이라 더 이상 말하지 않는다. 바로 그때, 요란한 기침 소리와 함께 누워 있던 시야프리테가 깨어났다.

"야, 괜찮냐?"

몸을 일으킨 소녀의 앞에 랄로프가 앉으며 걱정스레 묻는다. 시야프리테는 눈물이 괴어 있던 눈가를 훔치며 잠시 정신을 추스르다가 별안간 소리쳤다.

"내 지팡이!"

물론, 이제 정말 길가네스의 가지는 이 세상에 없다. 지금 그것은 성난 나무의 분노와 같은 형상으로 정지된 채 이 방안 한가운데 괴기한 조형물이 되어 있으니까. 일어나 망연자실하게 그 모양새를 눈에 담던 시야프리테가 벽에 기대 창백해져 있던 펠윈을 보더니 말했다.

"언니가 멈춰 세웠어요?"

"……그래."

"덕분에 살았어요."

하지만 감사를 받은 펠윈은 전혀 마뜩잖은 눈치였다. 그는 벽에서 등을 떼고 한숨을 토하더니 말했다.

"어서 마저 한스를 구해내야죠? 당장 이 나무를 잘라 내요."

그건 약간 놀라운 말이었다. 정확히 상상하는 것은 불가능했지만, 나무를 잘라 내는 일이 그에게 분명 어떤 고통을 안겨주고 있다는 걸 모두가 느낄 수 있었기 때문이었다. 한스를 꺼내려면 어림잡아도 백 번은 칼질을 해야 할 것 같았다. 그럼에도, 펠윈은 아랑곳하지 않고 말한 것이다.

그러자 모두의 시선이 약속한 듯 시야프리테를 향했다. 신목은 길가네스의 가지로부터 활착한 바, 모두들 이 나무에 대한 일체의 결정권이 그에게 있다고 여겼기 때문이다. 시야프리테는 잠시 멍한 상태로 주위를 둘러보더니 크누드가 들고 선 파마의 검과 바닥에 나뒹구는 줄기들을 발견한다. 그러고는 더할 나위 없이 끔찍하다는 표정으로 일갈했다.

"그걸 썼어요? 가지가 얼마나 비명을 질렀는지 알기나 해요? 아이기네스네 언니가 아니었으면……!"

"알고 있어. 하지만 별수 없었어."

랄로프가 달래듯 말했다. 그러자 초조하게 서 있던 펠윈이 소리쳤다.

"나무 안 잘라요?"

"아니, 언니! 이건 내 가지여요! 그리고 신목이라고요!"

시야프리테가 놀라 맞받아쳤다. 이러니저러니 투덜거려 오긴 했어도, 마침내 그토록 염원하던 민족의 소망이 지금 눈앞에서 이뤄지고 있는 참이다. 생각한 것과 전혀 다른 기괴함에 당황하고 있긴 했지만, 시야프리테는 이게 얼마나 중요한 사건인지 잘 알고 있었다.

하지만 펠윈은 그렇지 않았다. 그는 차가운 얼굴로 동족의 자매를 향해 말했다.

"그게 어쨌다는 거야? 나는 여태껏 제국의 시민으로 살아왔어. 네 입으로 아까 말했잖아? 류그네라스는 피를 먹고 자란다고! 이대로 한스가 거름이 되게 할 작정이야? 아니면, 너는 이딴 마목에 널 바칠 수 있어?"

"마목이라니!"

시야프리테가 눈을 부릅뜨며 소리 질렀다. 언젠가 아무렇지도 않게 '얼어 죽을 류그네라스!'라 일갈했던 소녀는 이제 진심을 다해 그걸 변호하기 시작했다.

"이 일이 일어나길 고대해 왔던 이들이 얼마나 많은 줄 알고 있나요! 또, 이게 가능하게 할 앞으로의 일들에 대해서요! 보아하니 언니는 유랑의 고생을 모르는 것 같네요! 아무것도 모르면서 나서지 마요!"

"아무것도 모르는 건 너야!"

펠윈이 고함을 질렀다. 새파랗게 분노한 눈빛이 시야프리테를 죽일 듯 쏟아졌다.

"나는 내 집과, 가족과 같은 이들을 잃었어! 거기엔 어떤 대의도 없었어! 아니, 어떤 이유가 있든 그런 일은 일어나서는 안돼! 그래서? 여기에 나무를 심을 수 있다면 사람 하나쯤은 없는 셈 쳐도 좋다는 거야? 그가 범죄자라서? 미천한 자라서? 내가 허락하지 않는 한 이 나무는 더 자라지 못해! 그러니 어서 잘라!"

시야프리테를 향해 선 채 달려들듯 외치는 펠윈의 기세는 자못 대단했다. 거기엔 분명 유랑민 소녀가 알지 못하는, 전혀 다른 성격의 누적된 분노가 있었다. 일생 내내 도시의 어두운 면을 보아 왔고, 그 구조적 부조리를 체험해 온 자가 품은, 설득을 허용치 않는 격노였다. 그 바람에 시야프리테는 저도 모르게 한 발짝 물러나고 만다. 용이나 앗슈레드를 상대로도 겁을 먹지 않던 그가.

"그 아저씨는 아직 살아있어요……. 가지에 붙들렸을 때 분명하게 감지했다고요. 이 류그네라스의 묘목은…… 그 아저씨에게 화가 난 게 아녀요. 그러니 더 성장하지 않는다면 괜찮아요. 그리고……."

우물쭈물 말을 이어가던 시야프리테는 입을 다물었다. 본래 시야프리테와 연결된 길가네스의 가지였던 바, 그에 의해 거침없이 휘둘러져 온 이 묘목은 시야프리테의 성격을 어느 정도 반영하고 있었다. 또한 가지에 붙들렸을 때 시야프리테는 이 예기치 않은 활착의 동기가 분노라는 것도 알 수 있었다. 그는 펠윈에 대해 아는 것이 거의 없었지만, 가지를 들고 한스의 치유를 시도했던 순간 신목의 권능을 통해 그 내막의 태반을 깨달았다. 펠윈은 멸족당한 가지의 마지막 생존자였고, 저 한스라는 남자의 몸에 새겨진 것은 해체된 가지의 증오 그 자체였다. 고기의 비계를 향한 수준의 혐오 외에 어떤 것도 진심으로 그 이상 싫어해 본 적 없는 천성을 지닌 이 소녀는, 이 일들을 둘러싼 사악함을 가늠하고 이해하기 어려웠다. 마침내 눈물이 고이고 만다. 시야프리테는 울먹이며 말했다.

"거짓말은 안 할게요……. 저 아저씨가 없으면 묘목은 분노의 씨앗을 잃고 다시 고사할 거예요. 그러면…… 정말로 길가네스는 영영 결딴이 나 버려요. 이게 유일한 기회일지도 몰라요. 그러니 조금만……."

"안 돼."

펠윈은 차갑게 말했다. 그리고 아무런 부연도 달지 않는다. 그것이 지금 이 순간의 그가 가진 유일한 권능이었다. 방안은 교착적 침묵에 휩싸였고, 이 둘의 대립을 보고 있던 누구도 참견하거나 입을 떼지 못했다. 브륀힐데는 울리케를 불러와야겠다고 생각했다.

바로 여기까지가, 울리케와 황녀 닐스그림, 아룬드가 도착하기 전 벌어진 일들이었다.

"나무 심기에 좋은 날도, 좋은 장소도 아니기는 해."

이제 끊임없이 터지는 사건들과, 분열하는 선택지들 사이에서 범상치 않은 초연함을 획득해 버리고 만 도래까마귀가 아룬드의 어깨 위에서 모두를 돌아보고 중얼거렸다. 브륀힐데를 통해 앞서 벌어진 논쟁과, 그리고 펠윈이라는 이 새로운 류그라에 대해 들은 참이었다. 울리케는 다시 말한다.

"그래, 한스가 여전히 무사한 이상, 그리고 펠윈? 그가 류그네라스의 묘목을 제어할 수 있는 이상 시간은 있겠지. 이야기를 들어 보니, 황녀 전하의 하그비르크마저 여기에 개입시키는 건 전혀 좋은 선택지가 아닐 것 같군요."

마지막 문장은 닐스그림을 돌아보며 물은 것이었다. 이 난데없는 광경과 상황 전반에 놀란 표정으로 서 있던 황녀는 잠시 생각하더니 고개를 끄덕이며 말했다.

"그렇겠다……. 하그비르크는…… 말하자면 밀파네스 가지의 관짝 같은 것이니까. 이 방에 들어설 때부터 지팡이가 미묘하게 떨리는 것을 느낄 수 있었다."

"시간이 있다고요? 대체 그걸 누가 결정하지요?"

펠윈이 외쳤다. 모든 것을 잃은 그는, 단지 자신이 할 수 있는 유일한 일이기에 이 마지막 고집을 붙잡고 있는 것 같았다. 용이나 말하는 까마귀, 제국의 황녀 같은 건 지금 그에게 아무래도 좋았다. 이런 거대한 이야기는, 정말로 그에게 아무런 의미도 없었다.

"펠윈."

황녀는 나직이 그를 불렀다. 함께 사선을 넘어온 사이다. 마땅한 정이 있었다.

"……나는 이 지팡이를 그 정당한 소유자에게 넘기기로, 포기하기로 했다. 이 권능은 본래 우리의 것이 아니었으니까. 하지만 너는, 지금 이 자리에서 네게 허락된 생득권으로 한스를 살리고 있잖느냐? 나는 차라리 네가 부럽구나. 지금의 나는 여기서 아무런 힘도 없어. 너로 인해 가능해진 기회다. 그러니 이 일에 얼마나 많은 이들의 가능성이 걸려 있는지를 조금만 이해해라."

"가만. 잠시만요. 제가 잘못 생각한 것 같은데요."

울리케가 별안간 나섰다. 고개를 갸우뚱하던 도래까마귀가 시야프리데에게 확인한다.

"묘목이 활착한 이유가 한스의 몸에 깃든, 멸족의 증거 때문이랬지. 맞나?"

"맞아요."

시야프리테가 침울하게 답했다. 울리케는 다시 묻는다.

"그러면 오히려 전하의 지팡이가 열쇠 아닐까요? 류그네라스의 입장에서, 그 또한 멸족의 증거가 아닙니까? 한스의 몸에 새겨진 것은 아이기네스의 종말이고, 전하의 지팡이에 새겨진 것은 밀파네스의 종말일 테니까요. 단지 그 차이잖아요?"

그러자 두 류그라와 황녀의 눈이 모두 커졌다. 생각지도 못한 발상이었다. 울리케의 말대로라면 한스 대신 하그비르크를 이용해 묘목의 분노를 유지시킬 수 있다. 가설이었으나, 시야프리테와 펠윈, 그리고 닐스그림 모두 이것이 가능하다는 것을 확신했다. 순간 닐스그림이 당황하며 말했다.

"그럼, 그러면…… 아니, 하그비르크의 정당한 상속자는 그 백룡의 대리인이다. 그의 허락이 필요하지 않을까?"

"그렇겠죠. ……뤼드!"

아룬드의 어깨 위에서 울리케가 부르자, 안뜰의 앙상한 정원수들 사이에서 대기하고 있던 너설지빠귀가 날아와 창턱에 앉는다.

"빙하의 따님을 모시는 소조가 그분의 친우 앞에 대령합니다."

"뉘르뉴는 어디 있지? 최대한 빨리 에파와 연락해야 하는데."

그러자 뤼드는 작은 고개를 까닥까닥하며 잠시 생각하다가 대답했다.

"저의 주인께서는 잠시 그분의 영지로 귀환하셨습니다. 현재 말씀이 닿지 않사옵니다."

순간 울리케는 형언할 수 없는 불안감을 느꼈다.

지난밤, 실록의 폐장들과 맞붙은 이래 내내 보이지 않는 뉘르뉴다. 아침의 그 충돌에서도 나타날 법했건만, 결국 모습을 드러내지 않았다. 도대체 무슨 일일까? 알리지도 않고 그리 급히 피어클리벤으로 되돌아갈 이유가 분명히 있었을 것이다.

"무슨 일로 간다고 말은 없었어?"

"없었습니다."

모든 대화는 조어로 이루어졌기에 지금 이 자리에서 너설지빠귀와 도래까마귀의 대화를 알아들을 수 있는 이는 없다. 하지만 울리케는 다른 이들의 이해를 고려할 여유가 별로 없었다. 그는 다시 묻는다.

"우리와 헤어진 이후 별다른 일은 없었어? 그것도 몰라?"

그러자 작은 너설지빠귀는 눈에 띄게 당황한다. 이 충실한 종은 자신의 주인이 함구할지 말지 명하지 않은 문제에 대해 이야기해도 좋은지를 스스로 판단할 수 없었다. 그를 간파한 도래까마귀가 위엄 있게 소리쳤다.

"말해라! 네 주인의 안위가 달린 일이다!"

"소……! 소조가 아룁니다. 그분께서는 대지에 깃든 기억을 돌려, 추억하시는 인간의 대제를 잠시 보셨습니다. 또한, 대제께서 남긴 선돌을 찾아 붉은 용의 전언을 들으셨습니다."

— 네가 내 존재하지 않는 멱살을 찾기 전에 미리 허락하마.

당장 그 녀석과 함께 내게 오거라.

안 그래도 그럴 것이다. 울리케는 영문을 모르는 주변 사람들에게 이 이야기를 어떻게 전할지 아주 잠깐 고민하다가, 곧 별로 그럴 필요가 없음을 깨닫고 말했다.

"모두 따라와요! 논쟁은 중지야!"

그건 명령이었다. 놀랍게도, 제국의 황녀나 울리케의 오빠인 아룬드를 비롯한 그 누구도 그의 명령권을 의심하지 못했다. 가장 많은 정보를 틀어쥐고, 이 국면에 있어서 최대의 변수라 할 수 있는 빌러디저드의 사자에겐 마땅히 그럴 권한이 있었다. 펠윈만은 이 기이한 도래까마귀의 내력에 관해 일절 아는 바가 거의 없었으나, 타고난 눈치는 이럴 때 도움이 된다. 한스를 걱정하는 마음은 여전하되 이런 상황에서는 어쩔 수 없다. 울리케는 어렵지 않게 모두를 이끌고 성의 본관을 나와 빌러디저드의 앞으로 나갔다. 이 행렬은 안뜰의 모든 이들에게 주목받았고, 이그라의 합류로 셋이 된 뉘른스에크의 기사들과 앞으로의 일을 논의하고 있던 노아크 또한 이 난데없는 행렬을 바라보았다.

"그 아이의 말을 듣고서야 나도 깨달았다. 서리심은 스스로가 점지된 시점으로부터 흐른 시간을 얼마든지 복기할 수 있음을. 그 과거에 대한 절대적이고 무한한 접근권이야말로 그들이 그들 민족에서 옥좌의 결정자가 된 가장 탁월한 이유였다."

"때문에 린트부름의 적생자들께서는 원하는 말씀을 내일로 보내실 수 있겠군요. 그걸 들으러 오는 서리심의 존재를 예견할 수만 있다면요."

검은 용과 도래까마귀가 맞닥뜨리고 던진 첫 마디가 이것이었다. 다른 이들은 혼란스러운 표정으로 이 대화를 볼 뿐이다. 울리케는 뒤따라온 뤼드를 향해 물었다.

"그래서, 뉘르뉴는 어떤 말을 전해 들었지?"

가엾은 너설지빠귀는 속절없이 대답한다.

"붉은 용은 자신의 딸을 용서하라 청했습니다. 아울러, 오늘날 이 자리의 일을 예견하고 모든 파국의 귀결을 보았다 했습니다. 다만, 여기에는 소조가 모시는 빙하의 따님께서 그 넉넉한 아량을 보태실 여지가 있었나이다. 그리하여 대제의 친우된 자격으로 그분께서는 백룡의 사자와 그 무리를 찾아 이르셨습니다. 이 전역에 대한 격리의 순간을 이쪽에서 고르겠다 하셨습니다."

빌러디저드와 울리케 모두 침묵했다. 울리케는 지금까지 뉘르뉴가 그렇게 능동적인 존재는 아니라 은연중 생각했다. 그에겐 단지 옛 땅과 거기 얽힌 추억만이 가장 중요한 것처럼 보였다. 지금까지 울리케는 단지 뉘르뉴가 시우부름의 고블린들과, 자신에 대한 의리 때문에 이 먼 길을 마다않고 나와 주었다고 생각했다. 하지만 뉘르뉴의 동기는 보다 심층적인 데가 있지 않았을까? 그의 외견에 가려 잊기 쉬운 문제이지만, 뉘르뉴는 빌러디저드보다 더 강한 존재라 할 수 있었다. 게다가 빌러디저드는 제국의 황실이나 미스미르드의 조정과 거의 아무런 접점이 없지만, 뉘르뉴는 그 둘에게 관여할 명분이 있다. 아우스뉘르의 황실이 용보다 서리심을 더 신경 쓸 것 같지 않긴 하지만.

만일 뉘르뉴가 아주 구체적이고 명징한 욕망을 갖고 움직인다면 시우부름의 땅을 두고 고블린들과 다퉜던 수준이 아닐 것이다. 시우부름에서의 다툼조차 실질적으로 뉘르뉴가 순전히 양보함으로써 분쟁이 봉합되었다. 만일 서리심이 제어되어야 하는 힘이라면 무엇으로 그 제어가 가능할까?

검은 용은 울리케의 생각이 여기까지 치닫는 동안에도 아무런 토를 달지 않고 그저 묵묵히 있었다. 울리케 또한 생각에 사로잡혀 자신의 사고를 들여다볼 수 있는 존재에 대해 개의치 않았다. 그런 끝에, 도래까마귀는 다시 뤼드에게 물었다.

"그렇다면 너는 에파나 실록의 폐장들이 지금 어디 있는지 알겠구나. 가서 그들과 접촉할 수 있겠니? 사자의 파견을 요청한다고 전해라. 아…… 거기에 네 말을 알아들을 수 있는 자가 없겠구나."

"아이비레인의 종이 있다. 그건 걱정하지 않아도 된다."

빌러디저드의 그 말은 승인과 다름없었다. 뤼드는 도래까마귀와 빌러디저드를 각각 한 번씩 쳐다보더니 짧은 날개를 펼쳐 단숨에 날아올랐다. 아룬드의 어깨 위에서, 울리케는 한참이나 침묵에 잠겨 그 뒷모습을 보았다.

"이제 무슨 일인지 말해 줄 수 있겠니?"

아룬드가 조심스레 묻는다. 울리케는 대답했다.

"실록의 폐장 쪽에 사자를 요청하러 보냈어요. 이제 저쪽과도 이야기를 할 시간이니까요. 그리고 황녀 전하, 혹시……."

"내 오라비에 관해서 말하려는 것이냐? 이미 알고 있다."

닐스그림은 담담히 말했다. 그리고 한숨을 내쉬더니, 문득 도래까마귀를 똑바로 쳐다 보며 묻는다.

"그대는 무얼 알고 있지? 이 상황에서 그대가 나보다 훨씬 많은 것들을 알고 있고, 또한 영향을 줄 수 있다고 여겨진다. 부디 내게도 조금 알려줄 수 없을까?"

"제가 왜요?"

울리케는 반사적으로 이렇게 되물었고, 그 바람에 어깨를 빌려주고 있던 아룬드는 경악해서 동생을 쳐다보게 된다. 하지만 더 놀라운 것은 닐스그림이 화를 내지 않았다는 사실이었다. 그는 오히려 분명한 예의를 보이며 이렇게 말했다.

"부탁이다. ……현재의 나는 더 내려놓을 것이 없다."

이러니 아룬드는 감히 이 둘 사이에서 뭐라고 말을 섞지 못한다. 돌아보니 크누드는 그저 흥미롭다는 듯 이 광경을 지켜보고 있었고, 세 모험가들은 별로 놀란 것 같지도 않았다.

"황자 전하께서 실록의 폐장과 함께하신다지요. 제가 처음 그 검은 살수들과 접촉했을 때는 그저 그들이 반정을 꿈꾸는 무리라 여겼어요. 지금도 여전히 틀린 이야기는 아닐지도 모르겠군요. 기존의 권력 구도에 어떤 식으로든 큰 재구성을 모색하는 이들이니까요. 단지, 이제 그들이 사실상 황실의 은밀한 후원 아래 움직이는 이들이 아닐까 하고 추측합니다."

울리케는 별 이야기도 아니라는 듯 이렇게 말했다. 그러자 아룬드가 깜짝 놀라 입을 연다.

"뭐? 아니 그게 무슨 말도 안 되는……."

도래까마귀는 횟대 역할이 처음이라 서툴러 충실치 못한 오라비의 입을 틀어막으며 계속 말했다.

"그 무리의 실질적인 수장은 헤르펠의 이름을 잇고 있답니다. 저들의 목적이 황실 그 자체가 아니라 그 황실을 둘러싼 중앙 권신들의 공고한 연좌(連坐)를 허무는 데 있다는 것이 점점 분명해지고 있지요. 만일 라핀다시르 공작가와, 그들이 비호하는 백룡이 어떤 식으로든 저들과 연관되어 있다면 더욱 그렇게 볼 수 있지 않을까요? 과연 그렇다면 전하, 현 상황에서 아우스뉘르는 정말로 새로운 린트부름의 적생자, 용을 원할까요?"

울리케와 닐스그림을 제외한 모두가 흠칫하며 검은 용의 눈치를 보았으나 빌러디저드는 너그럽게 내려다볼 따름이었다. 닐스그림은 각오했던 확답을 들었다는 듯 시선을 떨구며 입술을 깨물었다. 황녀는 말한다.

"한심하게 들리겠지만, ……모르겠다. 하지만 폐하와 오라버니의 뜻이 일치한다고 마냥 생각할 수도 없다. 알겠지만, 황자의 몸으로는 보위를 이을 수 없으니. 이것이 단지 오라버니만의 만용일 수 있지 않느냐?"

문득 아버지가 피어클리벤이 초대 가주에 대해 이야기한 것이 떠올랐으나, 애써 무시하며 울리케는 말했다.

"그렇게 여기기엔, 헤르펠의 몰락이 이미 사십여 해 전에 벌어졌다는 것을 지적해야겠군요. 다시 말해 이황자께서 관여하시기 이전부터 이 음모가 시작되었다고 보는 것이 타당합니다. 파마의 술 일체는 용의 부재를 대신하여 강성해져 온 귀족들의 마법, 그러니까 그들의 권력과 행정력의 기반을 허물기 위해 도입된 것이 아닐까요? 그러나 아시겠지만, 이 기술과 용은 완전히 상극입니다."

"알고 있다. 발리위그 드레스바르프 후작은 그 기술조차 자신들이 통제해 향후의 질서를 세우고자 하는 것처럼 보였다. 나는…… 그의 계획을 부정할 논리와 힘을 생각해 낼 수 없었다. 그대는 어떻지?"

"저요? 저는 그저 오라비와 아비를 찾아왔을 뿐인 깡촌의 진흥행정관일 따름입니다."

닐스그림은 얼굴을 붉혔다. 아룬드는 또다시 당황하여 어깨춤으로 눈을 돌리다가 싱글싱글 웃고 있는 크누드를 발견하고 기분이 꽉 상했다. 듣자니 울리케의 호위 기사라던데, 까닭 모르게 경박해 보이는 것이 도무지 마음에 들지 않았다.

"한 말씀 올려도 될까요."

크누드 못지않게 흥미로운 표정으로 울리케의 말을 듣고 있던, 마법사 패스트리드가 말했다. 묵묵하던 검은 용이 간만에 입을 뗀다.

"네 이름과 소속을 밝히거라."

오로지 마법사와 용 사이에만 성립될 수 있는 상호 경외가 그들을 감쌌다. 마법사는 정중하게 인사를 올린다.

"드레스바르프의 봉신인 라르그문드의 마법 고문, 패스트리드 다닐카입니다. 지고하신 선험의 군주를 뵙습니다."

"라르그문드? 이게 무슨 소리지요?"

뜻밖의 이름에 울리케가 당황하여 묻는다. 크누드 또한 예상치 못한 이름이 튀어나오자 눈을 희번덕거리며 그를 본다. 패스트리드는 빙긋이 웃으며 대답했다.

"아직 인사드리지 못했군요. 제 주군이신 그렐카 라르그문드 백작께서는, 피어클리벤의 군무관님과 쌍둥이시랍니다. 그러니 익숙한 얼굴이실 겁니다."

놀라긴 했어도 기묘한 인연이라고만 여긴 울리케와 달리, 크누드의 얼굴은 이 뉘른스에크에 당도한 이래 처음으로 창백해졌다. 울리케에게 붙어 있느라 아직 사절단의 면면을 다 알지 못하고 있던 그였다. 여기까지 와서 그리젤과 똑같이 생긴 누군가를 보게 된다니! 그런 내막을 알 리 없는 패스트리드가 다시 말했다.

"드레스바르프와 이번 파병에 동행한 이들은, 린트부름의 후예를 상대할 준비가 되어있다고 여겨집니다."

설마 했던 추측이 사실이 된다. 하지만 도래까마귀는 별다른 동요 없이 물었다.

"경은 아닌가요?"

"제 직무 범위는 특수전대의 지원일 뿐이랍니다."

울리케는 그제야 패스트리드를 눈여겨본다. 시그리드와 비슷한 연배. 그 나이대의 마법사가 이 땅엔 더 없으리라 여겼건만, 중앙 귀족들의 인재 기반은 얼마나 두터운 것일까? 이제, 빌러디저드가 말한다.

"내게는 그것을 기대할 여유가 있다."

"그 말씀만으로도 저희를 상대하실 수 있을 것입니다."

패스트리드는 감탄한 듯 말했다. 하지만 울리케는 그럴 수 없었다. 더 참을 수 없게 된 도래까마귀가 용에게 말한다.

"대체 어쩌실 생각입니까? 이제 말씀 좀 해주십시오!"

검은 용 빌러디저드는 그 거대한 머리를 살짝 움직여 울리케를 똑바로 바라보며 엄숙히 말했다.

"너는 스스로 깨달을 수 있다. 나의 모든 행동은 너와 합의되지 않는 독단일 때에야 비로소 너와 네 가문에 면책을 준다."

이게 도대체 배려인가 무시인가? 동시에 울리케는 어렴풋이 그의 말을 이해할 것 같았다. 구태여 비유하자면, 빌러디저드 또한 이 장기판 위의 말 가운데 하나였으나 언제든 판을 뒤엎어 버릴 수 있는, 최상위 폭력의 결정자다. 그는 그럼에도 구태여 장기의 규칙을 따르겠다고 선언했던 것이다.

바로 그가 자신을 먹지 않기로 결정했던 순간.

이제 울리케는 빌러디저드를 제외하고 이 상황에 대해 생각하기 시작했다. 그의 존재가 이 흐름에 참여한 것은 실로 최근이며, 이 싸움은 원래 황실과 권신들 사이의 겨루기란 말이다. 황실도 권신들도 이제 와 용의 존재를 바라지 않으며, 현재의 제국은 정말로 용을 패퇴시킬 힘이 있을 수 있다. 도저히 상상하기 힘든 그림이었지만. 또한 실록의 폐장이 권신들을 허물기 위해 준비한 파마의 술도 그 자체로 용을 파하는 기술이 될 수 있다.

그 순간 울리케는 깨달았다. 이 땅이 파마의 술로 덮인다면, 뉘른스에크는 오로지 재래식 병력으로만 공략할 여지가 있는 요새가 된다. 이 안에서 빌러디저드는 빈사의 존재는 될지언정 오히려 치명상은 받지 않을 것이다. 그는 이제 고블린과 이미르, 또한 상서령이 지닌 병력의 보호를 받을 수 있을 테니까. 그걸 가능하게 하는 핵심은 뉘르뉴의 존재이다. 실록의 폐장은 스스로의 농성을 위해서도 파마의 결계를 쳐야만 한다. 드레스바르프는 이제 그들의 힘이 용을 죽일 수 있을 정도라는 것을 만방에 보여주고 싶어 한다. 안그라네스의 석실이 열리면, 미스미르드인들은 무리한 남하를 꾀할 이유가 없어진다. 류그라와 고블린, 두 민족의 생존자들 모두가 여기에 집결할 것이다.

"밥값이 아주 많이 들겠네……."

도래까마귀가 부지불식간에 한숨처럼 중얼거렸다. 이게 무슨 뜻인지 알아듣는 유일한 존재가 그 거대한 턱을 열었다.

"그렇다. 그리고 그것만큼은, 폭력으로 어찌할 수 있는 문제가 아니다."

"……모두가 바라는 것을 얻어갈 수 있을까요? 이렇게까지 하시는 이유가 무엇입니까?"

"내가 너희의 세계에, 언어 그대로 적법한 존재가 된다는 것은 근본적으로 내게 허락된 권능의 완전하고도 비가역적인 해체를 전제한다. 이전 시대의 우리는 감히 신성의 일부인 채로 너희 질서의 건립에 협력하였지. 따라서 나의 분명한 패퇴처럼 상징적인 새 시대의 시작은 없을 것이다."

"스스로의 생명에 대해 말씀하고 계신 게 맞습니까? 도대체 이러실 이유가 어디 있습니까?"

도래까마귀가 어이없다는 듯이 묻는다. 용은 여상히 대꾸하였다.

"단지 나의 존재가 알려진 것만으로 여기까지 왔노라. 그 개입이 아니었다면, 분명 피어클리벤은 이 싸움에 참여하지 않았겠지. 하지만 이후, 지금 벌어진 것보다 훨씬 큰 싸움이 도래했을 것이다."

그건 맞는 말이다. 용의 예지 같은 것은 없었지만 울리케는 알 수 있었다. 다음 순간 그는 묻는다.

"아니 그럼, 역병은요?"

"저들이 바라는 새 질서가, 나를 제외한 숱한 희생들 위에서도 여전히 유효하다고 믿을 만큼 저들이 어리석다면, 나는 기꺼이 너희의 역사에 경국의 괴수이자 재액의 이름으로 기록될 것이다."

시험이구나. 용을 상대로 교섭할 애초의 의지가 있는지를 보겠다는 것이로구나. 하지만 과연 드레스바르프가 이러한 점을 염두에 둘 것인가? 그렇게 생각한 울리케는 어떻게든 이 대화를 따라잡느라 집중하고 있던 패스트리드를 향해 외쳐 물었다.

"사절단의 대표는 누구인가요? 드레스바르프의 의지를 대리해 말할 사람 말입니다!"

마법사는 대답한다.

"드레스바르프 후작의 삼남, 우스칼드입니다. 만나 보시겠습니까?"

오백장 아우케트가 뉘른스에크로 복귀해 가장 먼저 지시한 것은 기수들의 휴식과 식사였다. 특히 그간 보존식으로만 버텨 온 늑대들을 이제는 제대로 먹여 줄 필요가 있었다. 어차피 인간들 측의 양해도 받았겠다, 눈치 볼 것 없이 수습해 두었던 말들의 사체에 칼을 댈 수 있다. 여러 날 내내 얼어붙어 있던 것들이라 그다지 상질의 군량이라 할 수는 없었지만, 육포 따위보다야 확실히 나았다.

다시 날이 추워져 서리심의 도움 없이도 고기의 보존엔 앞으로도 문제가 없겠다. 겨울에 이어 여름, 그리고 도로 겨울이라니. 이런 식으로 계절이 요동치는 것은 전혀 달가운 일이 아니었다. 하늘을 보며 그런 생각을 하던 아우케트의 눈에 한 인간 남자가 나타났다. 그는 빙고에서 꺼낸 말들의 사체에 관해 십장들에게 뭔가를 묻더니 장부 같은 것에 다시 뭔가를 쓰기 시작했다.

"누군가?"

등 뒤에서 아우케트가 묻자, 그는 몸을 돌려 인사했다.

"하슈펠 레미크입니다. 일전 오백장에게 구명받은 바 있지요."

나긋나긋한 그의 목소리는 분명한 감사를 담고 있었다. 그러고 보니 저 스레이야라는, 팔왕의 군사(軍師)와 함께 육왕의 추격을 받고 있던 자였지. 그의 이름과 처지에 대해서는 애초에 구조를 위해 뉘르뉴와 함께 출병할 때 이미 들어 알고 있었다.

"뭘 하는 건가?"

"재물 조사입니다. 앞으로 일이 어찌 될지는 몰라도, 당장 먹을 입이 늘어만 가니까요."

자유도시 아우셀바프의 암시장 조합에서 매물 유통의 전반을 책임지던 그인 만큼, 이 상황에서 하슈펠보다 이런 일을 잘 할 사람은 없었다. 때문에 특별히 누군가 지정하지 않았음에도 그는 스스로 나서 이 일을 맡고 있었다. 말고기를 해체하던 다른 고블린들이나, 이 광경을 구경하던 미스미르드인들 모두 하슈펠이 아우케트에게 보여주는 한결같이 공손한 태도를 눈여겨보고 있었다. 아우케트는 고개를 끄덕이며 말했다.

"얼마나 파악했는가? 알려줄 수 있는가?"

그러자 하슈펠은 망설이지 않고 장부를 휙휙 넘기더니 대답했다.

"미스미르드의 이미르 측 병력이 이천, 소발의 전위 충격대 병력이 백, 상서령 소속 친위대 병력이 또한 백, 오백장이 이끌고 온 병력이 이백, 피어클리벤의 징집병 오백, 사절단의 예종사 스물에 저 같은 자잘한 인원들을 합해지면 여유롭게 올림해서 도합 삼천의 입이라 볼 수 있군요. 거기다 숲흑늑대가 스물, 큰뿔털사슴이 삼백, 말이 삼십여 마리입니다."

아우케트는 약간 현기증을 느꼈다. 오백장의 지위를 득한 것이 그리 오래지도 않은 바, 삼천을 넘는 숫자에 대한 감각은 그로서는 만만치 않은 것이었으니까. 하지만 한 도시의 지하 경제를 다뤄 온 하슈펠에게 있어 이 숫자는 소박하기까지 했다. 그는 계속 말했다.

"군사 스레이야에게 물어봤는데 사슴들의 군량은 신경 쓸 것 없답니다. 말먹이 또한 성안에 아주 풍족하니까 문제가 되는 것은 늑대와 사람, 고블린들뿐이죠. 애초에 계산했던 바에 의하면 나흘이 버틸 수 있는 한계였는데 미스미르드 측 전위대와 친위대가 합류하면서 사흘로 줄었습니다. 그리고 그건 어제 이야기니까 이제 이틀 남았습니다."

"……좋지 않군."

지금 이들이 계산하고 있는 군량은 취사를 동반하는 수준의, '제대로 된' 식사 영역을 뜻했다. 여기 모인 이들은 단순한 피난민이 아니라 모두가 장거리 이동에 익숙한 군인들인 바, 나름의 보존식을 개인적으로 구비하고 있었으나 이것은 계산에 들어가지 않는다. 그러니 아주 최악의 경우라도 다들 가히 열흘 이상은 버티며 움직일 수 있다. 문제는 사기였다.

"용은 축재의 상징 아니었던가. 이게 무슨 꼴인가."

아우케트가 투덜거리듯 말하자 하슈펠이 별안간 큭큭거리며 웃었고, 말가죽을 벗기던 십장 하나가 별꼴을 다 본다는 듯 그에게 눈을 흘긴다. 하지만 그의 웃음은 멈추지 않았다.

"그러게 말입니다. 처음엔 제 처지가 사납다고만 생각했는데, 이렇게 가까이에서 용을 두고 벌어지는 일을 목격하고 있다고 보니, 아주 운이 좋다고 생각되는군요."

"……운이 좋다고?"

아우케트가 이상하다는 듯 물었다. 그제야 하슈펠은 웃음기를 지우며 말한다.

"피어클리벤의 용이 처음 나타났을 때만 해도, 저는 용이 가져다줄 기회와 이권에만 주목했던 이들에 속했습니다. 물론 부담이 아예 없으리라고 낙관한 것은 아니었습니다만, 감수할 가치가 있는 선택이라 보았죠. 하지만 제가 여기서 보고 있는 것은, 우리의 제국이 더는 용을 필요로 하지 않을지도 모른다는 심증입니다. 아니, 필요로 하지 않는 정도가 아니라 있으면 곤란한 수준일지도 모릅니다. 이미 용의 부재를 백 년 이상 숨기며 유지해 온 체제니까요. 저는 늘 귀족들을 비웃어 왔지만, 이 부분에 대해서는 순순히 탄복할 수밖에 없군요. 대단합니다."

아우케트는 침묵한다.

그는 인간의 황제가 등극하기 위해 용의 권위가 필요했던 부분부터 애초에 문제였다고 생각했다. 하슈펠의 이야기를 듣고 보니 그런 자신의 관점이 더욱 옳다고 여겨졌다. 용의 가호와 인간의 의지가 일치하고 유효할 때는 별문제가 되지 않을지도 모르지. 하지만 붉은 용은 예전에 사라졌고, 그 빈 자리엔 인간들의 권력이 충실하게 들이찼다. 이미 이것은 돌이킬 수 없는 흐름일 것이다. 미스미르드 또한 마찬가지다. 그러니, 고블린의 왕은 반드시 다른 존재의 가호와 신성에 빚을 지며 나타나서는 안 된다. 아우케트는 여기서 다시 한번 그러한 의지를 굳혔다.

"대단합니까? 저는 죽겠는데."

별안간 들려온 말소리의 주인공은 크누드였다. 하슈펠과 아우케트가 돌아보자, 세 모험가와 함께 온 그가 서 있었다. 크누드는 이어서 말한다.

"저는 저 용에게 걸었단 말입니다……. 용은 신뢰의 화신이어야 한다구요. 토벌의 대상 같은 게 아니라요."

"……돈 이야기인가?"

아우케트가 별로 마음에 들지 않는다는 듯 물었다. 크누드는 모래 씹은 얼굴로 고개를 끄덕였고, 이에 하슈펠이 말한다.

"서리엇 경은 참으로 그러시겠습니다. 제가 맞춰볼까요? 아마 용의 무한한 신용을 담보 삼아 뭔가 해 보려고 하신 거 아닙니까?"

"약속을 반드시 지키며, 불멸인 지급 보증자니까요……. 맞습니다."

크누드는 망했다는 듯한 몸짓을 해 보이더니 장작더미 위에 털썩 주저앉았다. 아우케트는 주위를 살피곤 묻는다.

"여기서 뭐 하는 건가? 직무는?"

"행정관 나리께서는 누군가와 독대 중이십니다."

어쩐지 쓸쓸한 듯한 크누드의 답변이었다.

제 7장

발리위그 드레스바르프의 삼남. 그러고 보니 사절단 일행을 육왕의 서리심으로부터 구해 낼 때 낯선 얼굴들도 많이 있었더랬다. 그 면면의 태반은 예종사들이었으나 아닌 이들도 분명 있었으리라. 지금 불기운으로 따스한 내성 본관의 한 방안에서 도래까마귀를 맞이한 것은 울리케가 미처 눈여겨보지 못했던 한 사람이었다.

"드디어 뵙는군요, 울리케 피어클리벤 행정관. 아니, 고블린 대사라는 직함이 더 마음에 드십니까? 혹은 용의 사자입니까?"

그에게서는 대단한 부유함에 의해 매우 잘 보호된 연약함과 동시에 지체 높은 권위의 훈육이 빚어낸 오만의 새싹 같은 것이 분명하게 느껴졌다. 혹시라도 펠윈과 또 싸울까 염려해서 횃대 삼아 이끌고 온 시야프리테도 이 눈앞의 기묘한 인물 때문에 약간 당황한 것이 느껴졌다. 울리케는 그가 자신의 나이 또래로 보이되, 도무지 남자인지 여자인지 알 수가 없었다. 외모와 목소리 모두가 그러했다. 패스트리드로부터 삼남이라 소개받았으니 남자라 여겨도 무방하겠지. 울리케는 묻는다.

"우스칼드 드레스바르프?"

"예, 그것이 제 이름입니다. 그런데……."

일부러 독대를 청한 자리라 방 안에는 둘 외에 아무도 없었다는 것이 울리케의 생각이었다. 하지만 이런 견해에 의문을 가진 우스칼드가 눈을 돌려 횃대형 시야프리테를 본다. 류그라 소녀가 천진하게 말했다.

"시야프리테 일 길가네스라고 해요."

"……아니, 네 이름은 됐고…… 행정관께서 앉으실 자리 정도는 내가 따로 마련하겠다."

그러니까 나가 달라는 말이었다. 하지만 시야프리테는 말한다.

"저보다 뛰어난 횃대는 없어요! 경력도 제가 제일 많다고요."

울리케는 그 입을 막으며 다급히 말했다.

"사정이 있어 이 아이는 여기 둬야겠습니다. 대화를 방해하지는 않을 거예요."

"그래요! 저는 뛰어난 사물이어요!"

시야프리테는 이렇게 자부심 가득한 자기 비하를 마치고 부동자세로 꼿꼿하게 섰다. 그 바람에 어깨가 치켜 올려가는 바람에 도래까마귀는 아무래도 영 불편하게 되고 만다. 재밌다는 듯이 이 광경을 지켜보던 우스칼드는 문밖에서 대기하던 자신의 하인을 불러 차를 내오라 시켰다.

"……까마귀는 차를 못 마시는데요?"

탁자 위로 뛰어내린 울리케가 말하자 우스칼드는 태평하게 대답했다.

"그럼 뛰어난 사물에게 주시지요."

그렇게 해서, 시야프리테의 임무는 횃대에서 차를 마시는 것으로 변경되었다. 울리케는 우스칼드가 차를 마시는 모양새를 잠자코 지켜보며 잠시 기다렸다. 기분 나쁠 정도의 우아함으로 찻잔을 내려놓은 그가 말했다.

"모든 것을 떠나, 제가 들은 행정관의 이야기는 무엇 하나 흥미롭지 않은 것이 없었습니다. 만나 뵙길 정말 고대했지요. 이제 아마 꽤 많은 이들이 저와 같을 것입니다."

"무슨 이야기를 들으셨을지 모르겠군요. 그런데 우선…… 제가 경을 뭐라 불러야 하지요?"

"경이라뇨. 아닙니다."

그는 손사래를 치며 말했다.

"현재의 제게는 공식적인 직함이 없습니다."

"저는 분명 그대가 드레스바르프의 의지를 대리해 왔다고 들었는데요."

그러자 얼굴이 살짝 굳은 채 우스칼드는 말한다.

"후작님의 의지를 대리할 수 있는 자는 이 세상에 없습니다.

하지만 저 이상의 사전 교섭인이 없기도 합니다."

"정말인가요? 이 북새통에서, 나는 제대로 된 권한자를 찾는데에 온갖 애를 먹고 있어요. 내가 긴 이야기를 늘어놓은 상대가, 뒤늦게 그저 드레스바르프의 어리광쟁이 같은 걸로 밝혀지지 않았으면 하는데요."

우스칼드는 화내지 않고 오히려 미소를 지어 보였다.

"후작님이 왜 직접 오지 않으셨다고 생각하십니까?"

그야 당연히 엉덩이가 무겁기 때문이겠지. 최고 결정권자가 그렇게 함부로 왔다 갔다 할 수 있을 리가 없지 않은가. 하지만 저런 질문을 던진다는 것은 다른 이유가 있다는 뜻일 테다. 울리케는 까마귀식으로 고개를 살짝 틀어 보였고, 우스칼드는 찻잔을 다시 입에 가져가며 말했다.

"용에게 매혹되지 않으려고 하시는 겁니다."

일고의 논리와는 무관한, 다소 뜬금없기까지 한 이야기였다. 그럼에도 울리케는 그 순간 이게 무슨 말인지를 이해했다. 그래, 용을 지척에서 보고 말을 나눈 자가 그를 상대로 칼을 드는 일을 생각하기는 어렵다. 공포에서든 경외에서든. 이것은 오로지 저 경이적인 생물을 목전에서 대해 본 자만이 알 수 있는 감상이었다. 찻물에 눈을 고정시킨 우스칼드는 또 말했다.

"드레스바르프는 용이 부재한 시대에 그 공백을 메우는 데 있어서, 감히 말하지만 일등 공신이었습니다. 마땅히 야기될 중앙 귀족가의 이합집산을 틀어막고, 부족한 제국의 행정력을 보충하기 위해 모든 역량을 집중했지요. 그 과정에서 황권이 조금 누수된 것을 탓하기는 어려울 것입니다. 헤르펠은 너무나 급진적이고 도리에 얽매여 있었지요. 용의 부재를 인민에게 마땅히 밝혀야 한다는 것은 단지 허울일 뿐, 그들의 목적은 그럼으로써 야기된 혼란을 틈타 권력을 쥐려 했던 것뿐입니다. 헤르펠은 진실을 추구했다고 말하지만, 그들의 목적 어디에도 이 체제의 안정과 민생에 대한 고민은 존재하지 않았습니다."

찻잔을 내려놓은 그가 도래까마귀를 똑바로 보았다. 다시 그가 말했다.

"이제는 이야기가 다릅니다. 사실상 그 체제를 완성하고 안정시킨 현재의 제국에 용과 같은 존재는 그저 짐입니다. 우리의 황실조차 이 복잡한 저울대 위에서 대제의 신화를 재현할 욕망이나 역량이 없지요. 대제께서 그럴 수 있었던 것은 이 대륙이 점점이 흩어진 토호들로 구성되었던 시대니까 가능했던 것입니다. 이제 이 땅은 무언가를 더할 여지가 남아 있지 않습니다. 인민들과 지방 귀족들이야 용의 부재를 속여 온 중앙에 배신감을 느끼겠지만, 바로 그렇기 때문에 이 파병에서 제국이 어떠한 일격을 보여줄 수 있는가는 무척 중요합니다. 그러니까 행정관, 피어클리벤이나 저 용이 무엇을 제안하든, 우리로서는 '예, 그렇습니다' 하고 물러날 수가 없습니다. 이후 막대한 혼란이 예상되니까요."

울리케의 고난과 고뇌는 헛되지 않았다. 고향을 떠나기 전만

하더라도 울리케는 이런 이야기들에 감히 어떤 토를 달 수 없었으리라. 하지만 이제 전모의 흐름을 통찰하기 시작한 도래까마귀는 겁먹지 않았다. 우스칼드는 울리케의 눈이 빛나는 것을 관찰하며 말을 이었다.

"때문에 후작 각하께서는, 저 용과 대면하기 싫으신 겁니다. 매혹되기 싫으신 겁니다. 그것은 오랫동안 이어져 온, 선대로부터의 주의 사항이기도 했지요. 그리고 오늘 제가 이렇게 먼발치에서나마 저 존재를 보니 진정 그게 얼마나 중요한 말이었는지 알겠습니다."

우스칼드의 마지막 문장에는 감탄과 서글픔이 동시에 배어났다. 이제 울리케가 말할 차례였다.

"그렇군요. 이해했어요. 그러면 그다음에는요? 드레스바르프가 용을 쓰러뜨린 뒤엔 어찌 되지요? 미스미르드를 상대할 수 있나요?"

"……저는 용 이야기를 하고 있었습니다만."

우스칼드가 감상에서 깨어난 게 불쾌하다는 듯 말했다. 울리케는 어림없다는 듯 한바탕 홰를 쳤다.

"그래요? 그것뿐이라면 여기서 저와 대화할 상대가 못 되시겠군요. 잘 아시겠지만, 미스미르드의 전략엔 서리심이 핵심 역할을 맡고 있고, 저들이 파마의 술까지 병용하는 한 제국의 마법이 그걸 무너뜨리기는 어려워요. 물론 제가 모르는 비밀 병기가 한둘은 있겠지요. 그대는 방금 안정과 체제 유지를 말했어요. 이 상황이 용의 출현만으로 야기된 것이라면 몰라도 아니에요. 사실 이 싸움은 권신들과 헤르펠의 결사들이 일으킨 것이나 마찬가지죠. 미스미르드는 포섭되었다고 보아야 하고요. 그런데 이 상황에서 정말로 용이 가장 문제인가요? 피어클리벤과 용이 애초에 없었다고 가정하고 말씀해 보시죠. 이 상황을 어떻게 정리할 거죠?"

"뉘른스에크를 포기합니다."

우스칼드는 담담히 말했다. 그러고는 대기하던 하인에게 눈짓해 새 차를 내어오게 했는데, 앞서 도래까마귀의 날갯짓으로 찻잔에 가루가 들어가 버려 남은 차를 못 먹게 되었던 시야프리테도 기회를 놓치지 않고 자신의 몫을 요구한다. 이 바람에 울리케는 화를 낼 기회를 잃어버렸지만 오히려 잘된 일이라 여겨졌다. 차분해진 도래까마귀는 묻는다.

"······길바드 뉘른스에크 백작 각하를 시해한 게 그 드레스바르프의 계획에 들어갑니까?"

그러자 우스칼드의 눈빛이 흠칫거렸다. 그는 말했다.

"무슨 말씀인지 모르겠군요."

거짓말이다. *감히 내 앞에서!* 울리케는 거침없이 말했다.

"모르나요? 애초에 미스미르드는 뉘른스에크의 전멸이 아니라 농성을 예상하고 공격했어요. 설령 압도적인 승리를 거두었다고 해도 성주는 협상의 대상이거나 몸값의 볼모인 게 일반적이지 처결의 대상이 되지 않죠. 그러면 헤르펠의 유지에 복무하는 실록의 폐장들에 대해 말해 볼까요? 그들이 중앙 귀족들의 권력을 무너뜨리는 데 목적을 둔 집단이라면, 뉘른스에크와 같은 변경의 대영지는 오히려 그 지지 기반이 될 수 있지요. 그러면 이 상황에서 변경백 각하의 죽음이 필요한 세력은 하나밖에 남지 않는군요. 격전 중에 눈먼 칼로 돌아가셨을 거란 말씀은 마시기 바랍니다. 제 아버님께서 살수를 똑똑히 보셨으니까!"

마지막 말은 약간의 거짓이었다. 노아크는 길바드의 죽음을 목격하긴 했지만 극히 혼란한 가운데 벌어진 일이었고, 살수가 누군지 특정할 수 없다고 했었다. 하지만 지금 이 자리에서 거짓을 간파할 수 있는 권능은 울리케에게만 허락된 것이리라. 나머지는 온전히 울리케의 판단이고 추리였다. 우스칼드의 얼굴에 감출 수 없는 놀라움과 경악의 빛이, 마치 장단을 맞춰주듯 스쳐갔다.

"……놀랍군요. 거기까지 아실 수 있습니까?"

아니, 여기서 놀라면 곤란하다. 순간 울리케는 지금껏 자신이 챙겨 온 정보들의 막대한 가치를 깨달았다. 팔왕 아힌달이나 상서령 앗슈레드와 처음 접촉할 때만 해도 대화의 주도권은 좀처럼 울리케에게 넘어오지 않았었다. 하지만 이제 더 이상 그런 일은 일어나지 않을 것이다. 용의 언약, 류그네라스와 안그라네스, 고블린의 왕좌, 그리고 백룡의 대리인에 이르기까지. 어떤 것을 말하고 말하지 않을 권리가 몽땅 자신에게 있다. 이를 자각하는 순간, 울리케는 그것이 올바르지 않다고 여기면서도 어쩔 수 없는 희열을 느끼고 말았다. 짜릿했다. 때문인지, 흥분한 울리케는 우스칼드가 울리케의 거짓말에 반응했다는 단서를 순간적으로 놓치고 만다.

— 즐거우냐.

울리케의 쾌락을 두고 볼 수 없었던 빌러디저드가 말을 걸어왔다. 울리케는 뜨끔하면서도 선선히 대꾸한다.

'……솔직히 그렇군요.'

— 하나 알려주마. 내내 이상하게 여기던 것인데 이제 확실해졌다. 지금 네 눈앞에 있는 자는 절반쯤 인간이 아니다.

'……예?'

— 류그라와 닮은 파동이로군. 하지만 혼혈은 아니다. 그는 어떤 종류의…… 섭리를 거스른 시도 끝에 파생된 결과이다. 잉태의 결실이 아니다.

순간 울리케의 피가 식었다.

류그네릭과 베르벳, 그리고 황녀의 지팡이 하그비르크에 이르기까지 모든 것에 드레스바르프가 관여되어 있다. 붉은 참나무의 문장은 또한 닐뵤른 마을에 쳐들어온 신원 불상의 습격자들과도 관계있다고 의심된다. 때문에 이미 울리케는 드레스바르프의 이름에 명예가 없다고 여겼다. 목적을 위해 다소의 비윤리적인 수단을 마다않는 것은 중앙 귀족들에게 있어서 상식일지 몰라도, 피어클리벤과 같은 지방 귀족들에겐 전혀 그렇지 않았다. 첨예한 갈등과 권익을 위한 복마전은 지방 귀족들에게 익숙지 않은 일이며, 언제나 수단의 정당함은 목적한 대의보다 더 중요했다. 그런데 지금까지의 난행으로도 모자라 이제 섭리를 거스른 존재라니, 우스칼드를 보는 도래까마귀의 눈빛이 한없이 어두워지고 만다. 이때, 울리케를 살피던 그가 넌지시 말했다.

"그분이 뭐라고 하던가요?"

울리케는 깜짝 놀라 흠칫했다. 우스칼드의 가는 손가락이 찻잔을 어루만진다. 그가 다시 말한다.

"예, 나는 행정관과 용이 이어진 것을 볼 수 있습니다. 그뿐만 아니라, 영애의 본체가 더 이상 원래의 몸이 아니라는 것도 알 수 있죠. 어떤 경위로 그렇게 되었을지도 짐작 갑니다."

울리케는 긴장과 동시에 경계하며 물었다.

"……영식은 마법사인가요?"

"경이 아니라고 말씀드렸을 텐데요."

담담히 답하던 우스칼드는 별안간 사레가 들린 듯 몇 차례 기침을 토했고, 그러자 대기하고 있던 하인이 재빨리 다가와 웬 약병을 하나 꺼내더니 우스칼드의 찻잔에 한두 방울을 떨어뜨려 준다.

'저게 뭘까요?'

— 여기서는 알 수 없다. 분명한 것은, 그가 린트부름의 후예들에게 허락된 안목만큼이나 비상한 통찰을 지니고 있다는 점이다. 예정된 사산(死産)을 극복하느라 받은 조력이 그의 육체에

상흔을 남겼지. 그는 스노르의 탯줄을 강요받았으나 출생과 함께 그것을 결손당했다. 아이비레인과 닮았군.

'좀 쉽게 말씀해 주십시오!'

— 그는 평범한 마법사 이상의, 타고난 깨우친 자다. 하지만 결코 마력을 다룰 수 없게 된 자다. 만물의 얼개에 깃든 마력들에게 그는 존재하지 않는 자이므로. 그의 창송은 누구도 들을 수 없는 노래가 된다.

그제야, 울리케는 그를 처음 보았을 때부터 어딘지 희미해 보이던 존재감의 이유를 깨달았다. 병약함과는 또 다른, 정말로 설명하기 어려운 느낌의 흐릿함이었다. 비록 마법에 관해 아는 것은 없었음에도, 용이 준 능력 덕에 마력을 어느 정도 볼 수 있게 된 울리케다. 그래서일까? 아주 약간의 동정심마저 일었다. 울리케는 묻는다.

"……괜찮나요?"

"지병이 있어서요. 실례했습니다."

우스칼드는 손수건으로 입가를 훔치며 말했다. 그러더니 돌연 울리케에게 묻는다.

"행정관은 아직 이걸 볼 수 없나 보군요?"

……아직? ……이걸? 어느 쪽에 방점을 찍어 신경 써야 할까. 모처럼 완전히 주도권을 장악했다고 여긴 이 대화가 만만치 않게 되어 버렸다. 내색하지 않으며, 울리케는 말했다.

"빌러디저드 님께서 영식의 개성에 대해 조금 말씀해 주시더군요."

우스칼드의 눈빛이 살짝 일렁였다. 한숨 쉬어간 그는 말한다.

"······배려 넘치는 표현에 진실로 감사드립니다. 원래대로라면 저는 태어나지 못했을 생명이죠. 후작 각하께서는 어차피 죽을 자식에게 자신의 가설을 시험해 보시고자 했습니다. 저는 그 덕에 태어났고, 드레스바르프의 지식에 한 줄을 더했으며, 오늘까지 살아 숨쉽니다. 그 사실에 유감은 없습니다."

그는 정말로 담담하게 말했다. 울리케는 우스칼드가 지금까지 후작을 일러 단 한 번도 '아버지'라 칭하지 않았음을 깨달았다. 그리고 그의 마지막 문장에 섞인 그늘 또한 읽혔다. 도래까마귀의 통찰을 빌어 우스칼드의 말이 거짓은 아님을 알 수 있었지만, 수많은 고통과 번민 끝에 쌓아 올려진 자기기만적 진실이었다. 과연 저것을 진심이라고 말할 수 있을까.

"······다시 하던 이야기를 이을까요? 변경백 각하의 죽음에 대해 드레스바르프의 입장은 어떠합니까?"

하지만 지금 이 자리에서 그에 대한 동정이나 개인적 이해는 논의에 방해가 된다. 오히려 우스칼드의 존재가 불러일으키는 연민은 후작을 향한 분노에 좋은 땔감이 된다. 울리케는 짐짓 그러한 위악을 앞세우며 이렇게 화제를 되돌렸다. 우스칼드 역시 울리케의 이러한 전환에 동의하는 모양이다. 그는 흔쾌히 말했다.

"명백한 물증을 들이댄다면 후작 각하께서는 순순히 인정하실 것입니다. 하지만 과연, 기습과 난전 가운데 일어난 불상사를 그리 쉽게 증명할 수 있겠습니까? 더구나 주장하시는 내용의 사실 여부가 현 상황에 어떤 영향을 줄 수 있을지 모르겠군요. 어느 쪽이든, 드레스바르프는 준비해 왔습니다."

"준비해 왔다고요?"

"드레스바르프는 건국 시절부터 용의 부재를 감당할 준비를 해 왔습니다. 그것이 이 이름에 전해온 가훈입니다. 비록 시작은 외부의 신성에 기대었으나, 여기는 마땅히 인간의 제국입니다. 자립과 자결(自決)은 우리의 권리입니다."

"그래요? 그럼 류그라와 고블린은요?"

탁자 위의 도래까마귀가 이렇게 묻자, 여태껏 뒤에서 얌전히 차만 마시던 시야프리테의 귀가 어쩔 수 없이 쫑긋거린다. 우스칼드는 조용히 울리케를 쳐다보더니 되물었다.

"그들이 왜요?"

"그들 또한 스스로의 의지에 따라서 그 귀속과 조직, 운명을 결정하고 타민족이나 타 국가의 간섭을 받지 않을 것을 천명할 수 있어야 하지 않을까요? 제국이 언제 그들을 동등한 입장에서 대우했던가요?"

"그들 스스로 그 입장에 올라서지 못한 것이 어째서 제국의 탓입니까?"

"그들은 이 땅에 자리 잡을 권리가 없나요? 대륙은 모두의 것이었고, 대제께서 위업을 이루시기 이전 이미 그들은 자신들의 땅과 신을 갖고 있었습니다. 저 미스미르드인들조차도요."

"대제께서는 정복 군주셨습니다. 그리고 정복이란, 패자의 존재를 갈음하는 것이죠."

울리케는 비웃듯 말했다.

"그렇다면 이것은 결국 힘의 논리로군요."

"부정하지 않겠습니다. 하지만 피어클리벤의 행정관님, 협상의 자리에 나설 권한은 스스로 득하는 것입니다. 스스로 대표성을 획득하지 못한 무리와 도대체 무엇을 논하겠습니까? 제국의 정책 기조에서 고블린은 배척의 대상이었고 류그라는 무시의 대상이었으며, 미스미르드는 경계의 대상이었습니다. 그들 가운데 자신들의 총의를 모아 대표를 세우고 황실과 구체적으로 협상하려 했던 세력은 여태껏 단 하나도 없었습니다. 이것을 국가의 부덕으로 말해서는 안 됩니다."

마지막 문장에 대한 평가는 미루더라도, 우스칼드의 이야기는 옳았다. 하지만 울리케는 이제 그의 견해가 바뀌어야 한다는 것을 고지할 차례였다. 여기서부터, 마침내 울리케의 의지가 시작된다.

"그 상황은 이제 변할 겁니다. 드레스바르프는, 혹시 흐로케냐르라는 말을 알고 있나요?"

우스칼드는 매우 의외라는 얼굴을 한다. 그가 되묻는다.

"행정관이 그걸 어떻게 알고…… 아니, 네, 물론 알고 있습니다."

역시 알고 있었군! 하지만 울리케는 잘되었다고 생각했다. 드레스바르프가 이를 몰랐더라면 오히려 실망했으리라. 흐로케냐르의 진실을 알고도 숨겨왔다는 것은 결국, 이쪽에 유리한 이야기였다. 울리케는 또 묻는다.

"그게 어디 있는지도 알고 있나요?"

"……."

그러자 그는 침묵했다. 그를 둘러싼 흐릿함이 갈등처럼 일렁인다고 느껴진 순간, 우스칼드가 말했다.

"……이미 알고 계시군요. 드레스바르프에서도 이를 아는 것은 극히 소수이며, 다른 귀족들은 아예 모릅니다. 행정관은 이 사실을 어떻게 이용하실 겁니까?"

"마땅한 바대로."

도래까마귀는 담담하지만 확고한 목소리로 선언했다. 우스칼드는 신음 같은 한숨을 들이키더니 팔짱을 끼며 몸을 의자에 기댔다. 살짝 삐걱이는 소리가 나고 만다. 울리케는 이어서 말했다.

"드레스바르프가 이미 알고 있었다는 것이 나는 더 신경 쓰이는군요."

"……애초에 뉘른스에크를 여기 지은 이유 중 하나니까요."

"그럼 이제 제국이 고블린들의 결속을 근본적으로 차단해 왔다는 혐의로부터 과연 자유로운가요?"

"왜 혼란을 자초하려고 하십니까? 갈등에 관여된 축은 적을수록 좋습니다. 이렇게 되면……."

"저런. 이 정도로요? 아쉽게도 고블린뿐만이 아니거든요. 나는 고블린 왕의 옥좌를 보고 왔답니다. 그리고 그 너머에 감추어진, 진실도요. 이제 알려드릴까요? 이 땅은 고블린들의 되찾아 마땅한 땅이며, 새로운 류그네라스가 활착한 땅이고, 미스미르드가 그토록 원하는 안그라네스가 잠든 땅이랍니다. 드레스바르프의 의지와 실력이 어떻든, 이제 이 사실을 없던 일로 만들지는 못할 것입니다."

눈앞의 상대가 경악하는 표정에 너무 큰 즐거움을 느끼면 안 되는데. 울리케는 우스칼드의 낯색이 파리해지는 걸 보며 스스로에게 이렇게 충고했다. 하지만 이건…… 너무 즐겁다. 우스칼드는 거의 헐떡이며 물었다.

"……뭐라고요……?"

"뭘 더 말할까요? 분명한 것은 드레스바르프를 위시한 중앙 권신들이 이 사태에 임해, 그동안 세워 왔던 계획들을 전면적으로 수정해야 할 것이라는 점이죠. 이 땅에 네 민족의 운명이 달려 있답니다. 결코 과장이 아니죠."

"……행정관의 말을 그렇게 순순히 믿을 수는 없습니다!"

하지만 그건 억지였다. 이제 울리케는 그가 자신과 같은 진실 판별의 능력을 갖고 있다는 걸 느낄 수 있었다. 아니, 빌러디저드의 말에 의하면 그 이상의 통찰력도 갖고 있다 했다. 서로가 서로를 속일 수 없는 두 사람이다.

우스칼드는 그렇게 내뱉고도 스스로 헛소리란 걸 아는지 잠시 한 손으로 이마를 싸맸다. 울리케는 그를 둘러싼 흐릿함의 기세가 맹렬하게 회오리치는 것을 볼 수 있었다. *감정의 가시화라. 흥미롭군.*

"이제 이것은 그저 신권과 황권의 대립이 아니게 되었어요. 드레스바르프로서는 여전히 이 문제를 그렇게 가져갈 수도 있겠죠. 하지만 그 후폭풍을 과연 감당할 수 있겠어요? 류그라들은 신목을 너무나 애지중지한 나머지 죽을 위험에서도 섣불리 그 힘을 적에게 꺼내 쓰지 않는답니다. 그 말을 거꾸로 돌려보면, 이미 활착되고 생장을 시작한 류그네라스를 위해 그들이 무얼 어디까지 할 수 있을지 예상되지 않는가요? 또한 지금까지 각지에 흩어져 숨어 살던 고블린들도 명징한 하나의 목표를 위해 이곳에 집결하게 될 거예요. 미스미르드는 말할 것도 없겠죠. 그들 모두에겐 민족의 생존과 명운이 달린 일이에요. 과연 아우스뉘르가 그들보다 더 필사적일 수 있을까요?"

"……제국은 강합니다. 용을 이길 수 있을 만큼요."

"역병도 말인가요?"

우스칼드의 미간이 알기 쉽게 일그러졌다. 지금까지 대표자로서 나름의 객관성을 유지하고 있던 그의 태도가 여기서 처음으로 무너졌다.

"그걸 당장 그만두게 해주시지요! 이건 협상의 저울 위에 올릴 만한 패가 못 됩니다. 너무나 잔혹한 짓이 아닙니까? 대체 무얼 하려고 하시는 겁니까?"

"힘의 논리를 먼저 말씀하신 건 영식인데요."

우스칼드는 한숨을 푹 내쉬다가 또다시 몇 차례 기침을 내뱉고 말았다. 울리케는 가능한 한 그 광경을 외면하려 한다. 잠시 뒤, 그가 다시 말했다.

"후작 각하께선…… 투지를 꺾지 않으실 겁니다. 여기서 양보라……? 이미 황실에 용이 없다는 사실이 퍼지고 있습니다. 지방 귀족들과 민심이 동요하겠죠. 용의 위하력(威嚇力)에 기대 유지되고 있는 제국이니만큼, 그 부재를 충분히 감당할 수 있다는 상징적 증명이 필요합니다. 미스미르드의 남침을 예상하면서도 받아주고 그 피해를 감수한 것은 바로 이 반격이 그만큼 더 극적이어야 하기 때문이었습니다! 피어클리벤은, 여기서 쓰러진 일만의 피에 아무런 복수의 의사가 없단 말입니까?"

"논지를 그따위로 가져가지 마시지요!"

울리케는 격노해 소리쳤다.

"예상할 수 있었다면 예방했어야지요! 그 피를 가장 하찮게 여긴 것이 누구입니까? 어찌 감히 그런 말씀을 하실 수가 있습니까! 지방 남작가의 여덟째로 태어난 저로서는, 인민의 안녕 위에 도대체 어떤 장엄한 가치를 놓을 수 있는지, 전혀 상상할 수 없겠군요! 애초에 제국이 그토록 결속되어야 할 당위가 어디 있나요? 아우스뉘르 대헌장의 첫머리에 뭐라 쓰여 있던가요? 이제 이 제국의 정통성이 처음부터 그 대전제를 잃고 있지 않나요? 지방 귀족에게 황실과 중앙이란 납세와 군역의 대상일 뿐이었습니다! 그것들이 끊어져 곤란한 것은 당신들이지, 제국의 팔 할에 달하는 지방 귀족들이 아니라고요!"

그러자 우스칼드가 냉소하며 맞받아쳤다.

"전체를 보지 못하시는군요. 그래요, 부정하지 않겠습니다. 하지만 그렇게 흘러가면 결국, 중앙에 의해 중재되던 영지 간 갈등은 각자도생이라는 질서 아래 전쟁으로 나타날 것입니다! 누군가는 위에서 그것들을 조율할 수 있는, 상위의 공권력을 위임받고 있어야만 합니다. 행정관의 그 말씀은, 피어클리벤 가문이 없더라도 영민들이 알아서 잘 살 거라고 말하는 것이나 같습니다! 그게 영애로서 할 말입니까? 여태껏 영민들의 세금으로 편히 지내오신 분이?"

뭐? 편해? 울리케는 분노보다 짜증이 치밀었지만 여기서 말꼬리를 붙들고 늘어지지는 않는다. 한 발씩 주고받은 둘은 잠시 동안 스스로를 가다듬으며 자신들이 과격하게 말했던 부분과 받아들일 수 있는 상대방의 지적을 반추하였다.

'빌러디저드 님.'

— 말해라.

'……정말로 인간의 손에 의해 패퇴당하실 생각입니까?'

— 기꺼이 네게 그 패를 넘긴다.

"영식."

울리케는 우스칼드가 찻잔을 드는 걸 보며 말했다.

"……말씀하십시오, 울리케 피어클리벤 행정관."

우스칼드는 차분히 답했다. 도래까마귀는 이어 말한다.

"피어클리벤과 빌러디저드 님의 언약은 여기서 파기될 준비가 되었습니다."

뿜었다. 말 그대로. 우스칼드는 입에 가져가던 찻잔을 내던지듯 탁자 위에 내려놓고 손수건으로 자신의 입에서 튀어나온 찻물을 닦기 시작했다. 대기하던 하인이 신속히 다가와 이 난장판을 수습해 준다. 우스칼드는 얼빠진 얼굴로 다급히 물었다.

"……뭐라고요?"

아이고, 재밌다.

"빌러디저드 님이 언약의 상주로서 피어클리벤 단독이 아니라, 다른 어떠한 세력과 대표를 포함하여 다자 조약을 맺으실 의사가 있다 이 말씀입니다. 또한, 드레스바르프의 의지에 따라 '인간에 의해 격퇴된' 용으로서 역사에 기록될 의지 또한 있으십니다."

이번엔 무슨 말이냐고 채 묻지도 못했다. 우스칼드는 눈을 휘둥그레 뜨다 못해 턱까지 벌어졌다. 뒤편에서 시야프리테가 참지 못하고 쿡 하는 웃음을 흘리지 않았다면 상당히 오랫동안 그러고 있었으리라.

"……그 두 가지는 양립할 수 없겠군요. 아니…… 도대체 무슨 생각을 하는 겁니까, 그 용은?"

"하나 여쭤 볼게요, 영식. 린트부름의 올바른 적생자가 무엇을 볼 수 있는지 알고 있나요?"

"……예?"

"이 모든 걸 이미 알고 있었다면 말이죠."

잠시 무슨 말인지 몰라 헤매던 우스칼드의 눈이 어느 순간 부릅떠졌다. 아, 그러고 보니 이게 바로 용의 화법이 아닐까? 모든 걸 알거나, 혹은 아는 체하며 상대방의 반응을 떠보는 재미. 참 고약한 화법이지만 재밌다는 것 자체는 부정할 수 없겠다. 중독될 것 같다.

— 아니, 자제하거라.

울리케는 빌러디저드의 충고에 반응하지 않는다. 울리케는 스스로를 용의 종이나 대리인으로 여기지 않았다. 자신은 저 용의 예지와 의도에 의해 움직이는 말이 아니다. 오히려 반대다. 오직 울리케만이 이 판의 모든 말들의 정확한 수와 위치를 파악하고 있으며, 용은 판 위의 말을 자처했다. 비록 아직은 그 것이 기만에 가깝더라도 말이다.

"드레스바르프는……."

우스칼드가 시선을 떨어트리며 말했다.

"린트부름의 후손들이 지닌 중층적 통찰에 대해 깊이 몰두해 왔습니다. 하지만 스미드레드의 협력을 받아 만들 수 있었던 것은 마법사의 자질을 구별해 내는 수준에서 그쳤죠. ……아이비레인은 도움이 되지 않았고요. 하지만 이건 가설이었습니다. 스미드레드조차 확신하고 언급한 기록이 흐릿하기 때문입니다. 정말로, 용이 미래를 볼 수 있는 겁니까?"

마지막 문장에 이르러서야 내리깔았던 시선을 올려 도래까마귀를 바라보는 우스칼드다. 그의 태도에는 분명한 절박함이 있었는데, 울리케는 그것이 이 진실에 대한 기대인지, 혹은 공포인지 알 수가 없었다. 어느 쪽인 편이 이 판국에게 유리할까? 그는 무엇을 기대하고 있을까?

"영식께선 방금 드레스바르프가 이 문제를 오래도록 연구해 왔다고 하셨지요. 그러니 그만큼 중요하다는 것이겠고요. 그럼 어째서 이 대답을 그렇게 쉽게 얻으려 하십니까?"

우스칼드는 어금니를 지그시 깨물었다. 한동안 침묵하던 그가 입을 뗀다.

"종국을 예상하고, 스스로의 몰락조차 거래의 조건으로 걸 수 있는 존재라면…… 드레스바르프의 오랜 준비 또한 결국에 그런 용들이 그린 그림에서 벗어나지 않는다는 말이죠. 현 상황에서 후작 각하께 가장 불쾌한 소식이 되겠군요. 아실지 모르겠지만, 그분은 호승심이 강한 만큼 오히려 이 이야기에 진노하실 겁니다. 이건…… 조금도 정당한 일이 아닙니다."

"오해입니다, 영식."

도래까마귀는 말했다.

"정해진 미래 같은 것이 있다고 듣지 않았습니다. 이것은 부동의 숙명 같은 것이 아니라 수많은 흐름에 관한 연역적 통찰일 뿐이죠. 저는 두 검사가 합을 겨루는 걸 보더라도 누군가 확실히 쓰러지기 전까지는 승패를 알 수 없지만, 지식이 있는 사람이라면 첫 자세를 보는 순간 승패의 귀결을 간파할 수도 있는 게 아닌가요? 이걸 부당하다고 할 수는 없겠죠."

— 썩 그럴듯한 비유로군. 언제 생각했느냐?

우스칼드 또한 울리케의 이 비유에 감탄한 것 같았다. 그는 서서히 고개를 끄덕이며 한동안 생각하더니 말했다.

"알겠습니다. 제게 더 하실 말씀은 없으십니까? 저는 사전 교섭인으로서 지금까지 안 사실들을 후작 각하께 고해야 합니다. 이 회담이 예상하고 준비한 범위를 거의 모조리 벗어났다는 걸 인정해야겠군요. 제가 군영에 연락을 취해도 되겠습니까?"

울리케는 살짝 당황했다. 사실 이건 본격적인 회담도 아니었고 그저 드레스바르프의 의향을 사전에 파악해 두고자 독대를 청했던 자리다. 본의 아니게 결국 대부분의 패를 드러내고 말았다. 울리케의 이야기는 그다지 구체적이지 않았고, 그저 판돈이 든 주머니를 절그럭거린 정도에 지나지 않았지만 말이다. 그런 점에서 보자면 우스칼드는 그 스스로에 대해 소개했던 말처럼, 사전 교섭인의 역할을 충실히 해낸 셈이다. 울리케의 또래에 불과한 사내였지만, 그는 충분한 통찰력과 총명함을 보여주었다.

"또 기다려야 한단 말인가요? 이 대치 상황이 길어질수록 좋을 건 하나도 없어요."

울리케는 군량의 문제를 떠올리며 불만스럽게 말했다.

"물론입니다. 그러니 최대한 빠르게 의사 결정을 해야지요.

다시 분명히 해 둡니다만, 드레스바르프로서는 이것을 황실의 그림자와 겨루는 판으로 최소화하려고 합니다. 지금 영애······ 아니, 행정관께서 말씀하신 다민족의 문제는 솔직히 말해 아우스뉘르의 귀족 회의에서 별 관심을 끌지 않을 겁니다. 사실······ 저는 피어클리벤과 저 검은 용의 관계조차 제대로 이해시킬 수 있을지 잘 모르겠습니다."

울리케는 문득 아우셀바르스의 상인들을 떠올렸다. 그들 역시 이 관계를 결국 이해하지 못했지. 도래까마귀는 말한다.

"저도 분명히 해두지요. 빌러디저드 님께서는 피어클리벤과의 언약을 통해 인간이 세운 이 질서를 받아들이기로 하셨습니다. 숭배의 신수도, 토벌의 괴수도 아닌 존재로서 말입니다. 아우스뉘르의 황실과 귀족들은 그분을 제국의 구성원, 이를테면 시민으로서 수용할 기회를 목전에 두고 있단 말입니다. 이걸 잘 생각해 보시지요."

우스칼드의 표정에 살짝 경탄이 어렸다. 그는 답한다.

"······분명히 전하지요."

"아, 그리고······."

도래까마귀는 가슴을 부풀려 내밀며 말했다.

"형편이 이러한지라, 빌러디저드 님의 격에 맞는 정찬을 준비하지 못해 난처한 참입니다. 군영에 와 있는 종군 상인들과 접촉하게 해 주시겠습니까?"

물론 이건 핑계다. 용보다는 사람들이 먹을 양식이 없는 거니까. 하지만 아우셸바프의 상인 의회가 그랬듯 보통 사람들은 용이 그 체구에 어울리는 식사량을 가졌으리라 으레 착각한다. 그러니 이는 용의 평계를 대고 군량을 확보하려는, 울리케의 잔꾀였다. 우스칼드는 이를 뻔히 알면서도 어울려준다.

"……좋습니다. 참, 제가 가져온 세금을 아직 안 드렸군요. 하명하신 대로, 착실하게 두당 체재비를 계산했습니다."

우스칼드는 하인을 시켜 그의 의자 옆, 벽 쪽에 놓여있던 큰 궤짝 하나를 열게 했다. 홀린 듯이 탁자 가장자리로 붙는 울리케에게, 우스칼드가 미소 지으며 말한다.

"금화 이만 장입니다."

도래까마귀는 정신없이 그 황금빛 광채를 내려다본다.

"금화 이만 장이라고요?"

우스칼드와의 회담을 마치고 나온 울리케가 그와 나누었던 이야기를 대강 간추려 전하자, 크누드가 가장 먼저 그 금액에 반응했다. 옆에 있던 랄로프 또한 휘파람을 불어 자신이 받은 감명을 표시한다.

"……정말입니까? 용의 그 농담 같은 이야기에 진지하게 반응했군요."

— 농담처럼 들렸단 말인가?

물론 이건 좋은 일이다. 아우스뉘르 진영이 실제로 용의 이야기를 어떻게 받아들였는지는 몰라도, 그들은 정말로 '처녀' 와 '세금'을 가져왔다. 현시점에서 드레스바르프의 대응은, 여태 철저히 적대와 무시로 일관하는 미스미르드의 육왕에 비하자면 훨씬 낫다고 평가할 수 있겠다.

"아시겠지만 행정관 좌하, 우리는 매달 서른 동이의 아베냐드를 감당할 수 없소. 비용의 문제가 아니라, 아예 입수가 불가능한 상황이니 말이오."

크누드와 함께 나와 있던 상서령 앗슈레드가 말했다. 지금 그들이 어울리고 있는 장소는 내성의 성문가로, 이곳의 불가는 어쩐 일인지 각 진중의 교차점이자 만남의 장소처럼 되어 버렸다. 덕분에 일만 늘어난 고블린들이 오가며 이따금 불길을 살피곤 한다.

"이해하고 있다, 상서령."

어차피 그 술 이야기는 농담일 것이다.

— 농담이 아니다.

"그리고 생각을 해봤소⋯⋯. 물론, 팔왕 전하와 함께 모색한 것이오. 현시점에서 나와 팔왕 전하만으로는 이 교섭의 완전한 대리인이 될 수 없다는, 행정관의 우려에 공감하는 바요. 곧장 파발을 띄워 미스미르드의 위궐에 이 상황을 알려야 하오. 육왕 전하 또한 이미 그리했을 수 있으니, 그가 상황을 왜곡해 전하도록 두어서는 안 되지. 거기다 용이 역려의 수를 두었으니, 우리 일족이 바친 가지 또한 이 전장으로 소환될 필요가 있소.

그럴 명분이 생긴 셈이지."

시야프리테의 어깨 위에서, 도래까마귀는 그의 의중을 헤아리느라 고개를 갸웃거린다. 울리케는 물었다.

"마치 가지를 쓸 생각은 없다는 듯이 들리는군."

앗슈레드는 고개를 끄덕이며 단호히 말했다.

"없소. 귀화자인 우리 입장에서는, 이미 놓아 버린 민족의 정체성을 되새겨 봐야 좋을 것이 없지. 류그네라스의 가지 파견을 요청할 만큼 이 전선의 상황이 심각하다는 걸 알리려는 목적이오."

그러자 이 모든 일이 자신과 전혀 상관없다는 듯 딴청 피우고 있던 시야프리테가 갑자기 입을 열었다.

"이젠 아무래도 상관없지 않아요? 길가네스의 가지가 활착해 버렸으니까요."

"……뭐?"

앗슈레드의 눈이 흠칫 커졌고, 뒤에 서 있던 그의 조카 이솔다 역시 깜짝 놀라 시야프리테를 본다. 어깨에 올려둔 도래까마귀의 안락함을 고려치 않으며 또다시 어깨를 으쓱해 버린 시야프리테가 말했다.

"이제 곧 길가네스가 짱 먹는 거라고요."

울리케는 어이가 없어 귓가에 대고 소리쳤다.

"무슨 표현이 그래? 아니 그리고, 너는 얼마 전까지만 해도 새순을 쥐어뜯을 기세 아니었어? 뭘, 왜 또 거만해지고 있어?

어깨 내려!"

"가지가 뿌리내렸다고? 어디서?"

앗슈레드가 침착한 태도를 무너뜨리며 달려들 듯 물어 왔기에 울리케의 핀잔은 거기서 그쳐야 했다. 도래까마귀의 눈으로 응시해 보니 과연, 상서령의 기세는 그를 만난 이래 가장 격정적으로 변해 있었다. 신목에 얽힌 일이라면 류그라들이 무슨 짓을 할지 모를 거라던 울리케의 예상이 옳았다.

"상황이 어지러워 알리는 것을 잊었군. 하지만 상서령은 앞서 스스로가 말한 대로 미스미르드의 귀화자가 아닌가? 여기에 관여할 명목상의 지분이 있다고 보나?"

앗슈레드는 모욕당한 듯한 얼굴로 시야프리테와 도래까마귀를 노려보았다. 하지만 거기까지였다. 다른 민족들로서는 결코 이해하지 못할, 초월적인 자제력으로 그는 스스로를 설득해 낸 것 같았다. 깊은 한숨을 토한 그가 말했다.

"……내가 뭐라 하겠소? 행정관의 말이 옳소."

아니, 거짓말이다. 울리케는 그가 심정적으로는 본능과 같은, 저 류그네라스를 향한 민족적 열망을 전혀 죽이지 못하고 있다는 걸 알아차렸다. 그러고 보면 류그라에게는 신목이, 고블린에게는 그들의 성지가, 그리고 미스미르드에게는 서리심이라는 각자의 정신적 급소가 있는 셈이다. 그런데 우리는 어떻지? 원래 그 자리에 용이 있어야 하는 게 아닌가?

물론 여전히 그럴 것이다. 거의 모든 민중과 더불어, 피어클리벤 같은 지방의 소영지 귀족들에게 있어 황실의 용이 그런 존재였다. 울리케는 이제 용이 없는 아우스뉘르 제국의 미래에 관해 어느 정도 생각하기 시작했지만 이것이야말로 이례적이고 특이한 경우에 해당한다. 대다수의 지방 귀족들은 이 사실을 아예 받아들이지 못할 수도 있었다. 그 충격을 과연 어떻게 완화할 것인가? 후작이 말한 대로 그걸 대체할 위하력을 증명할 수 있을까? 증명한다고 해도 그 이후엔? 용을 죽일 수 있는 힘이 곧 용과 같은 힘이라고 말할 수는 없으며, 더욱이 그 힘의 행사자는 결국 자신들과 같은 인간이다. 쉽게 미혹에 빠지며, 사사로운 욕망을 결코 놓아버릴 수 없는 존재인 인간 말이다.

문득 도래까마귀는 새삼스레 주위를 둘러보았다. 우리는 정말 용을 포기할 수 있을까? 류그라에게 신목을 포기하라, 고블린에게 왕을 포기하라, 그리고 미스미르드인들에게 서리심을 포기하라 말할 수 있을까?

우리는 과연 어느 것에도 기대지 않고 스스로 설 수 있는가?

— 마침내 올바른 질문이다.

빌러디저드의 목소리가 울리케의 마음속에 울렸다. 다음 순간 울리케는 목덜미가 서늘한 정체불명의 감각을 느끼고 소스라친다.

'이게 무슨 느낌입니까······?'

— 느꼈느냐? 네 원래의 몸이 오늘로 사흘째 그저 누워만 있는 중이라는 걸 상기시켜주마. 방금 그것은 네 예전 몸이 네게

알려온 위험 신호다. 한 번쯤 돌아가 섭생을 돌볼 필요가 있지.

정말 그렇겠다. 하지만 고작 사흘이라는 사실이 한편으로는 믿기지 않을 정도였다. 너무나 여러 가지 일들이 계속해서 벌어진 날들이었다.

'이래 가지고서야 돌아갈 틈을 낼 수 있겠습니까?'

— 너는 이미 네게 주어진 의무를 한참 초과했다. 이들이 너 없이 아무 결정도 못 하리라 보느냐?

물론 그건 아니다. 그렇게 생각한다면 오만의 극치겠지. 하지만 올리케는 자신을 제외한 이들끼리 서로 대화하는 광경을 쉽게 상상할 수 없었다. *일이 어쩌다 이렇게 된 것일까? 나는 그저 행정관인데.*

— 마침 오는구나.

작은 존재의 귀환을 감지한 용의 음성이 알려왔다. 도래까마귀가 고개를 드니 심부름을 마치고 날아오는 너설지빠귀의 충실한 날갯짓이 산등성이 위 멀리서 포착되었다.

"뤼드가 돌아오는군."

올리케가 알리자, 모두의 시선이 그쪽으로 향했다. 성벽 위에서 경계를 서던 피어클리벤의 파수대원 몇이 움직였고, 순찰을 돌던 고블린의 늑대기수 하나도 달려오는 것이 보인다. 정말 다들 제 할 일을 하고 있었다.

"그래…… 나 혼자가 아니지."

"예?"

울리케의 혼잣말에 반응한 건 시야프리테였다. 하지만 도래까마귀는 대답 대신 괜히 그 귀를 쪼았고, 펄쩍 날뛰는 시야프리테를 내버려 둔 채 날개를 쳐 내성문의 위 성벽으로 올라가 성가퀴 위에 앉았다. 잠시 뒤, 열심히 날아온 너설지빠귀가 그 앞에 마주 앉는다. 이 큰 발트부름을 타 넘는 일이 조금 고되었던 듯, 지쳐 보인다.

"온대?"

"송구하오나 백룡의 사자는, 친우되시는 분에게 직접 오시길 청하였습니다. 독대를 바란다 합니다."

먼 길을 왕복한 것치곤 보람 없는 소식이다. 아니, 만나지 않겠다 한 것보다는 나을까? 잠시 고민하던 도래까마귀는 내려가 기다리던 이들에게 이 말을 전했다. 그 사이 뤼드의 귀환을 전해 들었는지 아우케트와 노아크도 나와 있었다. 그리고 모두가 한결같이 반대하기 시작한다.

"너무 위험합니다."

뉘른스에크에 입성한 이후 좀처럼 말을 삼가던 라그나가 가장 먼저 완강히 그 뜻을 밝혔다.

"그자를 어떻게 믿습니까? 실록의 폐장들이야 말할 것도 없습니다. 응해서는 안 됩니다!"

그러고는 크누드를 향해 어서 말리지 않고 뭐하냐는 듯한 시선을 부라린다. 하지만 크누드는 그 눈빛을 태연히 받아넘기며 울리케를 볼 따름이었다. 이번에는 앗슈레드가 말한다.

"백룡의 대리인에 대해서는 모르오만, 실록의 폐장이라면 원래 우리와 거래하던 자들이오. 결코 도리를 모르는 자들은 아니오."

"도리를 모르지 않는다고?"

때마침 얼굴의 상처가 땡겨 온 랄로프가 침을 탁 뱉으며 끼어들었다.

"그놈들이 무슨 짓을 하고 다니는지 류그라 벼슬아치께서는 모르시나 본데, 나는 아주 유감이 많다고!"

이어서 모두가 다시 한마디씩 보태는 통에 아주 시끄러워졌다. 결국 노아크가 넌지시 손을 들어 모두를 침묵시켜야 했다. 이럴 때 백작위는 확실히 유효하다. 조용히 모두를 둘러보던 노아크는 말했다.

"만일 저들과의 교섭을 아예 배제한다고 할 때, 이 산중에서 현 병력으로 저들을 추색해 제압할 수 있을 것 같은가?"

이 질문은 뜻밖에도 아우케트를 향해 던져진 것이었다. 백작이 다른 누구도 아닌 자신에게 가장 먼저 의견을 구하자 아우케트조차 잠시 당황해 버린다. 하지만 곧 아우케트는 그를 수습하고 빠르게 의견을 내었다.

"불가하다. 우리는 아직 이곳의 산세를 파악하지 못하고 있고, 그렇다 하더라도 지극한 유격전의 형태가 되겠지. 더구나 저쪽은 파마의 술에 더해 백룡의 대리인까지 있다."

"아니, 아버지! 왜 배제부터 말씀하세요? 여전히 제가 교섭할 여지가 있어요!"

울리케가 다급히 말했으나 순식간에 여럿의 걱정 가득한 눈총을 사고 말았다. 그를 노려보지 않은 것은 오로지 크누드뿐이었다.

"네 몸에 관한 이야기를 들었다, 울리케. 네가 빙의하고 있는 게 아닌 한, 그런 위험에 노출시킬 수는 없다."

노아크가 엄격하게 말했다. 울리케는 여기서 그 진실을 알고 있을 유일한 인물인 크누드에게 곧장 따가운 시선을 날렸으나, 크누드는 순결을 맹세하듯 진지한 얼굴로 대꾸했다.

"저는 아가씨의 호위기사입니다."

이러는 데야 여기서 그를 따져 더 억지 부릴 여지가 없어진다. 곧바로 이 이야기에서 울리케는 제외되어 버렸고, 노아크를 비롯한 기사들의 회의가 시작되었다. *아니, 이러면 안 되는데?*

'빌러디저드 님!'

— 됐다. 이제 그만 좀 쉬거라.

순간 울리케의 의식이 혹하고 사그라들었다.

제 8장

　고작 사흘 만에 다시 본 방 천장이 놀랍도록 낯설었다. 울리케는 눈을 뜨고도 한동안 기묘한 감각의 불일치에 현기증을 느끼며 제대로 몸을 가누지 못했다. 날개가 있어야 할 자리에 팔이 달리고, 꿈지럭거리는 손가락이 낯설다 못해 징그러울 정도였다. 분명 울리케 피어클리벤으로 살아온 기억이 훨씬 길건만, 그림니르의 기억에 얼마나 강렬히 경도되어 있었던 것일까.

　"……언니?"

　울리케가 깨어났다는 사실을 가장 먼저 알아차린 사람은 그 침대 곁에서 뜨개질을 하던 로젤이었다. 울리케는 자신이 대답을 했다고 생각했지만 입에서 새어 나온 것은 신음에 훨씬 가까웠다. 로젤이 급하게 방을 뛰쳐나간 잠시 후, 울리케의 방에 들어선 이들은 시그리드와 발프리드, 그리고 로젤과 하녀 하나였다.

"좀 어떤가요?"

시그리드는 이렇게 물으며 손을 뻗어 울리케의 이마를 짚어 보았다. 하지만 울리케는 그 질문을 오히려 돌려주고 싶었다. 그의 눈에 비친 마법사의 낯빛은 며칠을 철야한 사람의 것이었기 때문이다. 울리케야 까마귀의 몸으로 지내면서 적어도 잠은 충분히 챙길 수 있었다지만, 필요한 순간마다 나귀 유슬리스에 빙의해야 했던 이 마법사는 내내 쪽잠이나 제대로 잤을까 싶다. 시그리드는 다시 묻는다.

"움직일 수 있겠어요?"

모르겠다. 다시 돌아온 직후부터 지금까지 울리케에게 분명한 사실 한 가지는, 정말로 이 몸이 더 자신의 몸이 아니라는 것이었다. 느껴지는 모든 것이 낯설었다. 울리케 피어클리벤이라는 인간의 몸으로서 열일곱 해를 살아온 기억이 아니었다면, 분명 굉장한 혼란을 느꼈을 것이란 확신이 든다.

— 그렇다. 하지만 이미 네 몸에 대한 기억이 막대하므로, 처음 까마귀로서 날기를 연습하던 것보다는 훨씬 쉬울 것이다. 지금은 처음인 데다 너의 자력으로 빙의한 게 아니라 혼란스러운 것뿐이지.

'……제가 정말로 제 몸에 빙의했군요.'

울리케는 어처구니없어하며 속으로 말했다. 용은 전해온다.

— 하지만 여전히 내가 도와 이뤄진 일이다. 장차를 생각하면

오롯이 너 스스로의 힘으로 오갈 수 있어야 한다.

'그럼 지금 그림니르는요?'

— 자는 것과 같다.

그럼 여기 있는 동안에는 그림니르가 벌레 식사를 할 수는 없단 말이군. 울리케는 지난 사흘간 까마귀로서 한 식사를 떠올리며 얼굴을 찡그렸다. 근심스럽게 주시하고 있던 시그리드가 묻는다.

"어디 아픈가요?"

"……아니, 괜찮아요."

간신히 목소리가 나왔다. 그러자마자 맹렬한 허기와 탈력감이 파도처럼 밀려온다. 배고프다. 씻고 싶다. 화장실도 가야 할 텐데. 뭘 먼저 해야 할지조차 알 수가 없었다. 그럼에도 불구하고, 울리케가 가장 먼저 물은 것은 자신에 관한 것이 아니었다.

"여긴 어때요? 별일 없어요?"

"……아가씨가 신경 쓸 일이 아니군요."

정말 그럴까? 더 신경 쓰지 않아도 되는 걸까? 방금 전까지만 해도 그는 까마귀 한 마리의 몸으로 수만이 대치하는 한가운데에서 엉킨 이해관계의 타래를 풀어보려 동분서주했다. 그러다 이제 거짓말처럼 한순간에 아늑한 자신의 방으로 되돌아와 있는 것이다. 탁탁거리며 타오르는 벽난로의 온기가 왠지 눈물이 날 정도로 반가웠다. *정말 이대로 다 놓고 응석을 좀 부려도 좋지 않을까?*

"안 돼요. 그럴 수는 없어요."

젖어 들던 자신의 두 눈을 쥐어짜듯 질끈 감았다 뜬 울리케가 말했다.

"제가 만든 판이거든요. 그렇게 순순히 위임할 수는 없어요."

시그리드는 왠지 별말 없이 울리케를 내려다본다. 그러더니 가볍게 한숨을 내쉬며 말했다.

"별수 없군요. 하지만 그런 고집은 튼튼해야 부릴 수 있는 거예요. 우선 뭘 좀 먹어야죠."

물론이다. 여태 남의 밥만 했다. 로젤의 부축을 받아 몸을 일으킨 울리케의 당면 과제는 손발을 움직이는 일이었다. 시그리드는 마침 발프리드에게 보여줄 좋은 교보재가 생긴 양 울리케를 다루며 감각과 근육의 연동, 신체의 균형에 관한 어려운 말들을 한참이나 쏟아 내었다.

"유세트 경이야말로 좀 쉬셔야 하는 게 아닌가요? 대체 잠은 주무시는 거예요?"

제법 몸을 가누게 된 울리케는 로젤이 하녀를 시켜 가져온, 따뜻한 '인간의 식사' 앞에서 한동안 감격하다 그 첫술을 뜨고 물었다. 시그리드 또한 점심을 여기서 해결할 생각이었는지 탁자의 맞은편에서 죽을 뜨고 있었다.

"뉘른스에크와 연락할 방법은 나뿐이니까요. 숲으로 간 파견대도 아직 돌아오지 않았죠. 제 일을 대신할 사람은 없어요."

시그리드의 확고한 마지막 문장은 울리케의 마음에 들었다.

나도 언제나 저렇게 단호히 말할 수 있다면 좋을 텐데. 울리케는 이 상황에서 자신이 의무를 초과했다던 빌러디저드의 말에 동의했지만, 동시에 자신의 직무 범위를 명확하게 선언하는 일도 어려웠다. 행정관이라는 직함은 대개 어디든 붙여도 좋은 지위였지만, 분명하고 민감한 문제들 앞에서는 쉽게 말단이 된다. 고블린 대사라는 직함에 한정하자면 울리케는 여태껏 신나게 월권행위를 해온 셈이었으나, 매번 그걸 지적할 사람이 현장에 없었다.

"경, 아무래도…… 저는 영전(榮轉)이 필요해요."

"좋군요, 입신양명."

피로 때문에 입맛이 극도로 떨어진 마법사가 입을 우물우물하다 대꾸했다.

"하지만 뭘로요? 무예든 마법이든, 어느 쪽으로도 아가씨가 서임될 수는 없을 텐데요. 피어클리벤 일가의 가내 승진으로는 아무 도움도 안 될 겁니다."

맞는 말이다. 정신이 제대로 박힌 귀족가의 자제들이라면 보통 자신의 부모로부터 얻은 직함을 부끄럽게 여겨야 한다. 아그니르가 가내 서임을 받지 않고 버텨오며 기사 양성소에 돈과 시간을 부은 이유도 그것이었으니까.

"빌러디저드 님은 제가 어떻게든 마법을 다뤄야 할 거라고 말했어요. 저는 이제 내내…… 이 상태일지도 모르니까요. 그런데 정말 저는 영영 까마귀인 건가요? 돌아올 수 없나요?"

"가능은 해요. 정신을 치환할 수 있죠. 다만, 발라-라싸에 적을 올린 마법사들에겐 엄격히 금지된 사술 가운데 하나이고, 저도 할 줄 모릅니다. 그리고 하더라도…… 도래까마귀 그림니르는 영영 죽게 되지요."

까마귀 하나의 목숨 따위와 인간을 나란히 생각하는 이가 얼마나 될까. 그러니 어쩔 수 없는 일이라고 여겨야 할 것이다. 그럼에도 시그리드의 말을 듣는 순간, 울리케는 말할 수 없이 강렬한 거부감에 사로잡혔다. 입맛이 달아날 정도로.

"……그래서, 아가씨는 그걸 결코 선택하지 못할 거예요."

마치 다 안다는 듯, 수저가 멈춘 울리케를 향해 시그리드는 말을 이었다.

"아가씨는 이제 정말 그림니르 자신이기도 하니까요. 스스로를 죽이는 선택을 결코 하지 못해요. 그래서 사실상 그 이유만으로도 이 일은 불가능해요."

그렇구나. 울리케는 이제야 완전히 깨달았다. 자신의 영혼에서 그림니르를 분리해내지 못하는 한, 어떤 방법으로도 자신의 원래 몸으로 돌아가지 못할 것이다. 세상 모든 것이 섞는 것은 쉬워도 분리해내기란 지극히 어려운 법이다. 영혼도 그럴 테지. 시그리드의 말이 이어졌다.

"그리고 구태여 정말 그럴 필요가 있을까요……? 마법사의 입장에서 말해 보자면 아가씨처럼 흥미로운 존재는 별로 없어요. 아마 울리케 아가씨는 이제 어떤 마법사를 만나더라도 공짜로 얻어먹고 지낼 수 있을걸요?"

"……예?"

울리케가 당황하여 물었다. 마법사는 천연덕스럽게 말을 잇는다.

"아가씨에게 일어난 일에 대한 연구를 조금만 도와주면 되는 거죠. 모든 마법사가 기꺼이 지갑을 열 겁니다. 빙의술에 관한 한, 아가씨는 벌써 역사에 이름을 남길 조건을 충족했어요."

"……그건 제가 생각한 입신양명의 노선이 아닌데요."

"물론이죠."

시그리드는 농담인 듯 살짝 웃으며 말했다. 하지만 그 피로로 가득한 눈빛 너머, 미지에 대해 어쩔 수 없이 탐욕스러워지고 마는 마법사 특유의 선명한 집착이 일렁이는 게 보였다. 아주 약간 소름이 돋았다.

'아니, 이 몸으로도 까마귀의 통찰이 가능합니까?'

— 가능하다. 나는 것 빼고, 너의 능력은 그대로다. 조어(鳥語)까지.

자신의 것이었던 몸을 조종하는 기분은 내내 참 희한했다. 울리케는 이 육신의 모든 감각과 통제가 언제든 놓아 버릴 수 있는 허물처럼 여겨졌다. 이것은 가면이고 껍데기였다. 모든 감각은 허구였다.

— 바로 그 느낌이다.

"아."

밥을 먹다 말고 손을 멈춘 울리케는 짧은 감탄사를 내뱉었다.

"왜 그러죠?"

시그리드가 물었다. 하지만 울리케는 뭐라고 이야기해야 할지 잘 알 수가 없었다. *이건가? 이 느낌인가?* 아직 서툰 신체의 통제력 탓에 무심코 혀를 깨문 다음 순간, 울리케는 당연히 예상했던 통증을 감지했다. 하지만 말 그대로 그건 감지이고 신체의 통보였다. 고통이 이토록 섬뜩하게 객관적일 수 있다니! 생각해 보면 지금 울리케가 자신의 몸을 통제하는 자체가 마법이었다. 원래대로라면 마땅히 죽었어야 할 몸. 피가 흐르고 숨을 쉬는 이 일련의 당연한 항상성이 모두 마법의 도움으로 유지되고 있는 것이다. 이게 내 몸이 아니라는 깨달음. 그리고 그 전속성(專屬性)에 대한 집착을 버리자 비로소 울리케는 자신의 몸 안에 오가는 마력과 생명력의 교통을 감지할 수 있었다. *그러니까 이건 마치 용과 같잖아……? 단지 살아있기 위해서도 마력을 사용한다는 저 용들과 완전히 같은 상태가 아닌가?*

"……아가씨?"

울리케가 대답 없이 멍한 눈으로 그릇에 담겨 있던 삶은 콩하나를 들어 올려 만지작거리고 있자, 심상찮음을 감지한 시그리드가 그를 조용히 불렀다. 울리케는 마치 생전 처음 콩을 본아이처럼, 그것에서 눈을 뗄 줄 몰랐다.

"울리케 아가씨!"

"헉."

그제야 퍼뜩 깨어난 울리케가 콩을 놓쳤다. 하지만 콩은 곧바로 바닥을 향해 떨어지지 않았다. 그것은 허공에 뜬 채 빙글빙글 돌며 매우 차분하게 가라앉았다.

"……!"

울리케는 눈을 희번덕거리며 방금 자신이 일으킨 이 작은 기적을 바라보았다. 이렇게 느닷없이? 그와는 다르게 시그리드는 전혀 놀란 것 같지 않았다. 마치 응당 일어나야 할 일이 일어났다는 듯, 그는 한결 피로감이 역력해진 목소리로 말했다.

"제게 아가씨까지 가르치라 하지 마세요. 발프리드를 감당하는 데만도 저는 벅차답니다."

"……제가 이제 마법사인 건가요?"

"천만에요."

시그리드가 가당치도 않다는 듯이 코웃음을 치며 말했다. 왠지 위로가 되는 비웃음이었다.

"아가씨는 방금 아주 치사한 방법으로 에다의 도리를 깨우쳤어요. 저니까 살짝 짜증 나는 데서 그친 것이지, 수련에 평생을 바친 노인네들이 봤다면 거품을 물고 발작을 일으켰을걸요? 게다가 아가씨는 시무나리에 대해서는 하나도 모르죠."

"……이 방법으로……."

"이 방법으로 발프리드를 깨우칠 수 없겠냐고 물으려는 거라면 그만두세요. 네, 가능은 하지요. 스승이 용이라면. 인간의 마력으로는 도저히 견적이 나오지 않는 방법입니다."

그러더니 시그리드는 정말로 입맛이 완전히 떨어졌는지 수저를 탁 소리 나게 내려놓았다. 뒤이어 팔짱을 끼고는 용에게 퍼붓는 게 분명한 욕설을 중얼중얼 뭐라고 내뱉었는데, 정말로 단단히 짜증이 난 것 같았다. 아무리 천재 소리를 들을 만큼 이른 나이에 깨우쳤다 해도, 시그리드 역시 그 경지에 도달하기 위해서는 고생할 수밖에 없었던 인간 마법사였던 것이다. 이런 식으로 허무하게 그 경계를 타 넘어 버린 울리케를 보자 허탈감과 더불어 적지 않은 모욕감을 느낀 게 분명해 보였다. 하지만 그는 그 감정을 울리케에게 쏟아낼 만큼 분별력이 없지는 않다.

"……제가 원한 건 아니었어요, 경."

울리케가 조금 풀죽은 목소리로 말하자 시그리드가 머리를 흔들며 답했다.

"알아요. 지금 아가씨가 처한 상황에 따라 벌어진, 어찌 보면 부작용이죠. 아가씨로서는 재난이니까요……. 음, 아가씨는 지금 용의 도움을 받아 그 몸에 빙의해 있는 상태일 테고, 아시겠지만 원래대로라면 빙의한 상태에서 마법을 쓰는 건 불가능해요."

"그럼 방금 일어난 현상은 뭐죠?"

"그럼에도, 아가씨의 그 몸은 원래부터 아가씨의 것이었으니까요. 아직은 확신할 수 없지만, 생각할 수 있는 유일한 이유는 그것뿐이로군요."

시그리드가 모처럼 자신 없는 투로 이야기한다. 눈앞의 식사에 대해 완전히 잊어버린 마법사는 한동안 곰곰이 생각하더니 말했다.

"아니지…… 아가씨의 본체는 여전히 까마귀죠. 아니, 까마귀형 마수에 가깝다고 해야 할까……? 이제 아가씬 분명 수련을 통해 마법사에 근사해질 수 있어요. 하지만 본질적으로 그 생명력의 그릇이 까마귀라는 데서 오는 일정한 한계가 있을 수 있어요. 다시 말해, 힘의 용량 자체가 너무나 적죠."

"……듣고 있습니다."

"아가씨는 지금 초장거리 빙의를 하는 중이죠. 용이 일절 돕지 않는다고 할 때 그림니르의 마력 한계가 그걸 얼마나 감당할 수 있을지 모르겠어요. 웃기다고 생각하겠지만 덩치와 마력은 상관관계가 제법 있거든요. 용들이 쓸데없이 그렇게 큰 게 아니랍니다. 물론 그래서 재귀적인 모순이 발생하긴 하지만……."

시그리드의 말은 중간부터 흐려지더니 다시 혼자 중얼중얼하는 양상이 되어버렸다. 울리케는 멍하니 마법사를 보고 있다가 속으로 용을 불렀다.

'뭐라고 좀 말씀해 주시렵니까?'

─ 그의 말이 대부분 옳다. 네가 파마의 경계를 통과하면서 사고가 일어났을 때, 네 본래의 정신과 생명력은 모두 그림니르의 육신에 귀속되었지. 원래는 일어날 수 없는 일이기 때문에 나는 여기에 약간의 보완을 해 두었다. 그림니르의 마력 감

수성은 한 사람의 마법사와 차이가 없다. 아니 좀 더 정확히는, 그림니르의 것과 너의 원래 육신이 가진 것이 합쳐져 있다. 그러면서도 각각 개별적인 마력의 통제 주체가 될 수 있지. 지금 이 장거리 빙의는 나의 도움을 받아 이뤄지긴 했지만 전적으로 네가 가진 마력 감수성에 의해 유지되고 있는 것이다.

이게 도대체 무슨 소리야. 이해를 포기한 울리케는 용의 말을 그대로 읊어 버렸다. 듣고 있던 시그리드의 눈이 한순간 커지더니, 마법사는 말한다.

"개별적인 마력의 통제 주체라고요?"

"……예."

"장난하나?"

시그리드는 눈앞에 있는 것이 마치 용인 양 쏘아붙였고, 울리케는 괜스레 목을 움츠리게 되었다. 마법사는 마른세수를 하더니 뒤이어 주먹으로 제 관자놀이를 후비며 끙하는 신음을 내었다. 그가 말한다.

"……하지만 아무리 어이가 없어도 그렇게밖에 설명이 안 되겠군요. 내가 아는 모든 마법사들이 다 이 이야기에 화를 낼 거예요. 이렇게까지 정교하고 복잡한 일을 해내다니 말이죠……. 빙의에 대해 연구 논문을 쓰던 마법사가 현재 없길 바랄 뿐입니다. 밑씻개가 될 테니까."

마주 앉은 이가 식사 중이라는 걸 일절 고려하지 않는 마법사였지만, 이게 빙의라서 그런가 혹은 오랜만의 식사다운 식사라 그런가 울리케의 식욕엔 피해가 없었다.

울리케는 전투적으로 식사를 마쳤고, 뒤이어 목욕도 했다. 사흘간 굳어 있던 몸을 풀어 줄 필요가 있었기도 했거니와 까마귀의 몸으로는 결코 즐길 수 없는 것 중 하나였으니까. 하지만 그 와중에도, 울리케의 염려는 북쪽을 향해 있었다.

'별일 없습니까?'

— 없다.

'……아니, 별일의 기준이 저와 몹시 다르시지 않습니까?'

— 네 입장에서 헤아리마.

울리케는 믿지 않는다. 그나마 다행인 것은, 여차하면 언제든 다시 그림니르에게 되돌아갈 수 있다는 것이다. 아까 식사 중 혀를 깨물며 얻은 깨달음이 그러한 확신을 울리케에게 주었다. 그는 여전히 마법에 대해 아무것도 몰랐지만, 적어도 현재의 상태를 해제하는 감각이 어떤 것인지 예상할 수 있었다.

그렇게 몸뚱이를 추스리고 기운을 차린 울리케는 곧바로 아셰리드와의 면담을 요청했다. 현장 파견된 행정관으로서의 업무 보고 형식이었다.

"흐로케냐르에 관해 알고 계셨나요?"

겉보기엔 멀쩡해 보이는 울리케의 모습이었으나, 아셰리드는 딸이 겪은 고난을 잘 알고 있었다. 그러나 여전히 현재진행형인 이 상황 앞에서 영주 대리는 쉽사리 위로의 말을 뱉지 못했다. 수많은 부음이 아직도 그 유족들에게 닿지 못하고 계류된 상태이다. 울리케 또한 그 점을 알았기에 이 둘의 대화는 지극히 건조하게, 작금의 문제들에 대해서만 언급하며 오간다.

"아니. 전혀 몰랐다."

울리케는 시그리드와 이미 대화를 나누어 어떤 정보들이 피어클리벤에 전해졌는가 파악한 상태였다. 울리케는 그에 더해 새로이 갱신된 정보들과 상황들을 보고했고, 아셰리드 또한 시우부름에 나간 파견대에 관해 이야기해 주었다.

"파견대와의 연락은요?"

"거긴 마법사가 둘이 나가 있으니, 무슨 일이 있다면 유세트 경에게 전해 오겠지."

"……유세트 경은 도대체 제대로 쉬고 있나요?"

"나도 염려하고 있다만, 방법이 없구나."

이건 문제다. 유사시 마법사에게 편중되는 일이 너무 과도하다고 여겨졌다.

여기서 만일 시그리드가 쓰러지기라도 하면, 피어클리벤은 뉘른스에크의 소식이나 파견대의 소식을 한참 늦게야 듣게 될 것이다. 그 상황이라면 아무리 유능한 자라도 집무실에 앉아 손톱을 물어뜯는 것 외엔 할 수 있는 일이 없으리라.

"파견대의 일 때문에 원래 예정되었던 뉘른스에크행이 무산되었지만, 아힌달 전하가 어차피 소환되어 버렸으니 갈 이유 하나가 줄어든 셈이다."

아셰리드의 말을 들은 울리케는 피식 웃었다.

"하지만 닐뵤른에 두고 온 포로들을 데리러 가야 해요. 그들은 중요한 증거니까요."

이어서 울리케는 뉘른스에크의 현 상황에 대해 정리한 바를 이야기했다. 우스칼드와 대화를 했던 것이 많은 도움이 된다. 고블린과 류그라, 미스미르드에 더해 사실상 권신파와 황실파로 나뉜 아우스뉘르의 문제까지. 이야기를 듣는 아셰리드의 표정은 시시각각 심각해졌고, 끝내 어느 지점에서 조금 경악하게 되었다.

"도무지…… 일개 진흥행정관이 다룰 이야기가 아니잖니."

"일개 남작령이 관여할 이야기도 아니죠."

둘은 문득 마주 한숨을 내쉬었다. 그저 가족들만 무사히 데려오고 이 모든 게 없던 일이 되었으면 싶기도 하다. 하지만 이미 울리케는 그것이 어떤 종류의 기득권에서 비롯될 수 있는 감각인지 알고 있다. 분명 개인적인 이유에서 시작했던 일이었으나, 이제 더는 그런 차원에서 안주할 수 있는 문제가 못 된다.

울리케가 그렇게 자신의 각오와 생각을 정리하고 있을 때, 문득 집무실의 문을 두드리는 소리가 났다. 아셰리드가 출입을 허락하자 문이 열리며 들어선 것은 시그리드였다. 마법사는 마치 온 세상이 자신의 수면을 허락하지 않는다는 듯, 핏발선 눈으로 한 차례 집무실 안을 휘둘러 보더니 입을 뗀다.

"스승님으로부터 전갈이 왔습니다. 서리심과 파견대가 함께 온다는군요."

"뉘르뉴가요? 함께요?"

울리케가 벌떡 일어나며 물었다. 뉘르뉴가 인간의 행렬에 보폭을 맞춘다는 것은, 울리케가 기억하는 한 없는 일이다. 그는 언제나 혼자 바람처럼 움직였으니까. 마법사는 고개를 끄덕이며 덧붙였다.

"예. 그 심장도요."

뭐?

"……뭐라고요?"

시그리드는 울리케의 물음에 바로 대답하지 않고 충혈된 시선으로 창밖을 멀거니 내다보았다. 마법사는 그렇게 짐짓 오연해 보일 정도로 이 상황에 대한 피로감을 방 안에 흩뿌렸으나 울리케와 아셰리드 모두 이러한 가신의 권리를 당연히 받아들인다. 그러다 마침내 한숨과 함께, 시그리드는 말했다.

"노인네가 전한 바는 이래요. 하즈바 에써 경은 서리심의 마목, 그러니까 안그라네스의 위치 특정과 회수, 통제에 관한 일종의 사명을 띠고 있었다는군요. 그것이 맹목적 충성에 의한 개인적인 것인지, 아니면 라핀다시르 대공의 밀명인지는 현재 알 수 없고…… 어쩌면 영원히 그걸 구분하는 게 불가능할지도 모르죠."

울리케는 놀라 물었다.

"아니 잠깐, 그게 무슨 말씀이죠? 그가 실록의 폐장이란 말인가요?"

"그건 아닌 것 같아요."

시그리드 유세트는 자꾸만 좁아드는 미간을 중지로 문지르며 대꾸했다. 그의 말이 이어진다.

"그는 이미…… 소로드와 대면한 적 있죠. 오히려 그와 안면이 있었던 이조엔 에바니르 경조차 실록의 폐장은 아니고, 이 일과 철저히 무관한 걸요……. 아마도요."

시그리드는 울리케가 내내 보아온 가운데 처음으로 영 자신 없는 태도를 보이고 있었다. 이 상황을 정리하는 데 어려움을 느끼는 것 같았다. 언제나 용에 필적할 만한 통찰력을 보여주었던 마법사가 아니던가. 하지만 지금 이 자리의 마법사는 누적된 피로와 끊임없이 밀려드는 사건들 앞에서 끝내 어떤 한계에 도달한 듯 보였다. 울리케와 달리 혈연이라는 족쇄를 차지 않은 이 마법사에게 있어, 피어클리벤과 관련한 작금의 모든 혼란은 정말이지 당장 때려치우고 싶은 재난일 테다. 울리케가 문득 그 사실을 깨닫는 순간, 조용히 마법사를 직시하고 있던 아셰리드가 입을 열었다.

"유세트 경…… 좀 쉬시는 게 어떨까요."

"대체 여기서, 지금 말씀입니까."

대들듯이 시뻘건 눈을 부라리고 마는 마법사다. 영주 대리는 잠시 멈칫했으나, 그러한 시선이라면 일찌감치 용으로 인해 훈련받은 울리케가 대신 나서며 간곡한 어조로 말했다.

"경, 전에 제게 하셨던 말씀을 돌려드릴 때인 것 같군요."

"……오만하다고요?"

그래도 시그리드다. 말을 따라잡는 솜씨는 이 와중에도 여전하다. 피식 웃으며 까칠한 입맛을 다신 그가 다시 말했다.

"……그래요. 알겠습니다."

의외로 순순한 인정이었다. 성안에 하나뿐인 마법사로서, 시그리드 유세트가 지난 며칠간 져 온 노동 강도는 범인이 헤아릴 수 있는 게 결코 아니었다. 적절한 순간마다 원거리로 나귀에 빙의해 뉘른스에크와의 상시 연락을 책임지고, 계속하여 격변하는 상황을 파악하기 위해 밤낮없이 신경을 곤두세우는 동시에 영지 내의 문제들도 처리해야 했으니까. 그나마 울리케가 그 입장을 가장 잘 이해할 수 있는 이라고 할 만하겠다.

"……이제 아마 아가씨는 이걸 다룰 수 있을 거예요."

정말로 좀 쉬어도 된다고 결정했기 때문일까. 순간적으로 살짝 술 취한 듯한 모양새가 된 마법사는 손목에 차고 있던 백자단 팔찌를 끌러 울리케에게 내밀며 흐트러진 음성으로 말했다.

"이건 어느 한쪽이 마법사일 것을 전제하는데, 술식이 내장된 것이라 엄밀히 말하자면 마력을 지니기만 해도 되니까요. 그러니 아가씨는 이제 사용할 수 있을 겁니다."

울리케는 잠자코 그것을 받아들며 이것을 일종의 인수인계로 인식한다. 서탁에 앉아 그들이 하는 양을 보고 있던 아셰리드는 영문을 몰라 묻는다.

"이게 무슨 이야기지?"

"백작 부인, 저는 자러 갑니다."

설명할 책임조차 울리케에게 넘긴 마법사는 그대로 손을 획획 내젓더니 불성실한 인사와 함께 퇴장해 버렸다.

"……동료들이 뉘른스에크에 묶여 있지 않았다면, 유세트 경은 당장 사직서를 낼 거라 생각해요."

"그런 말을 부러워하듯이 내뱉지 말럼. 그보다, 방금 그 이야기 뭐지?"

울리케는 팔찌를 만지작거리며 차분히 이야기했다. 자신이 처하게 된 특수한 상황이 끝내 어떤 현상을 일으켰는가에 대해. 앞서 아셰리드와 많은 이야길 나누었지만, 울리케는 자신의 신상에 관한 이 중대한 이야기를 끝내 이 순간까지 감춰 두고 있었다. 애초에 아버지에게도 자신이 까마귀의 몸에 갇혀 버렸다는 것을 끝까지 숨기려 하지 않았던가.

"……좋아할 일이 아닌 것 같구나."

아셰리드는 다 듣더니 한숨을 내쉬며 말했다.

"저도 그렇게 생각해요."

울리케는 동의한다. 백작 부인은 안쓰러운 얼굴로 울리케를 보았다. 아직 열일곱, 진흥행정관이라는 직함은 애초에 약간의 격려와 보호를 위해 지웠던 짐이었다. 위험에 노출되지 않도록 몸은 여기 두고 까마귀를 보냈건만 벌어진 상황이 이렇다. 하지만 아셰리드는 평범한 여염의 어머니가 아니며, 결코 모든 속내를 있는 그대로 풀어 말할 수는 없었다. 때문에 그저 이렇게만 말한다.

"이제 네 직무 범위에 대해 내가 관여하기에는 한계가 있구나. 그건 네 아버지 역시 마찬가지일 거야. 아니, 설령 누군들 네가 무얼 해도 좋고 또 해서는 안 된다고 감히 명령할 수 있을까……? 그러한 권한의 근거 자체가 모조리 무너진 상황이지."

울리케는 아셰리드의 이 말을 들으며 기시감을 느꼈다. 피어 클리벤의 초대에 관해 이야기하던 아버지 노아크의 말과 어딘지 같은 분위기를 띠었던 것이다. 그 이야기를 해야 할까? 아니, 지금은 아니다.

"……뉘른스에크의 후계 문제는 어찌 생각하세요?"

"용이 자신의 땅이라 선언하지 않았니?"

아셰리드는 남의 일인 양 되묻는다. 이건 일종의 농담이었다. 당황한 울리케에게 피식 웃어 보이며, 뉘른스에크의 딸은 말을 이었다.

"법적으로는 당연히 황도에 있는 조카들에게 권리가 있겠지만, 이러한 상황에서 그 땅의 임자임을 주장하고 나설 만큼 그 아이들의 심지가 굳을 것 같지는 않구나. 황실의 의중도 모르니……."

"제가 알기로, 이런 경우 어머니 또한 그 땅에 권리를 행사하실 수 있어요."

이미 제국 법전을 통독한 울리케다. 아셰리드는 고개를 끄덕이며 말했다.

"물론이다. 피어클리벤은 가신인 만큼 이 경우, 적법한 후계가 자리 잡을 때까지 섭정의 권한을 가질 수 있지. 하지만, 설령 그것이 농담이었다 해도 용이 점유를 선언해 버린 땅에 대해 제국법이 얼마나 유효할지 모르겠다. 거기다…… 중앙 권신들은 뉘른스에크를 포기한다 했다며?"

이쯤에 이르러서야 아셰리드의 목소리는 건조한 분노를 여지없이 드러낸다. 만일 정말로 중앙의 결정이 실로 뉘른스에크를 포기하는 것이라면, 뉘른스에크는 황실에 대한 어떠한 의무도 없게 된다. 그건 다시 말해, 뉘른스에크에 대한 실효적 지배를 이뤄 낸 존재에 의해 그 땅 위의 모든 규칙이 재정립됨을 의미한다. 이미 기존 행정의 기반이 사라진 곳이 아닌가.

울리케는 이런 고민들을, 한낱 행정관인 자신이 할 필요가 전혀 없다고 생각하면서도 계속해서 치미는 사고들을 도무지 진정시킬 수가 없었다. 이미 자신이 두 눈으로 보고 겪고 들어 온 경험과, 그 범위가 매우 애매하긴 하지만 자신이 이 상황에 관여할 여지가 있다는 인식 때문이었다. 원칙적으로 말해 이 사태에서 진흥행정관 울리케 피어클리벤의 직무는 이미 그 소임을 다했다. 하지만, 동시에 그가 이 상황에서 어떤 선택을 하고 행동을 하건 이의를 제기할 근거 또한 마땅치 않았다. 왜냐하면, 울리케는 바로 그걸 할 수 있었으니까.

— 할 수 있는 것을 하지 않기 위해서는 일차적으로 모든 선택의 여파를 알 수 있어야 한다.

'저는 제가 가진 그 한계로 인해 자유로울 것입니다.'

이제는 생각 중에 끼어드는 용과의 문답이 너무나도 익숙해 마치 한순간 번득이는 깨달음과 같았다. 울리케는 조용히 아셰리드에게 말했다.

"예, 드레스바르프의 삼남은 그렇게 말하더군요. 그것이 사실이라면 저희에게 익숙한 제국의 법리대로 이 문제를 풀어나가지 않아도 되겠죠. 그와 이야기하며 느낀 것인데, 중앙 권신들은 이 상황을 어디까지나 황실, 그러니까 실록의 폐장들과의 문제만으로 단순화시키고자 하는 것 같아요. 미스미르드는 그들에게 딸려 들어온 부수적 문제라는 거죠."

"……이해가 가지 않는구나. 그 파마의 술이란 게 그토록 효과적이라면 아우스뉘르는 미스미르드를 어찌 막을 생각이란 거지?"

아셰리드가 칼을 갈듯이 물었다. 울리케는 잠시 생각하다 답한다.

"그 결정은 분명 피어클리벤…… 아니…… 용의 급작스러운 등장 이후 내려진 것이 아닐까요. 제가 지금껏 파악한 바로는, 실록의 폐장이나 미스미르드 모두 저희라는 변수 앞에 당황했어요. 하지만 드레스바르프를 위시한 권신들의 연대는 그렇지 않은 것 같아요. 뉘른스에크에 대한 피어클리벤의 권리 또한 부정하지 않고요. 우스칼드는 드레스바르프가 용을 제압할 대상으로 여기는 것처럼 말했지만, 저는 그 말을 액면 그대로 믿을 순 없다고 생각해요. 어쩌면 권신가 중에서도 오로지 발리위그 드레스바르프 후작 본인만이 그 투지를 갖고 있을지 모르죠. 용을 패퇴시킨다는 그림이 정말로 중앙과 지방 귀족들 모두에게 좋은 영향만을 줄까요? 당장 라핀다시르만 하더라도 용납할 수 없는 일이죠. 설령 아이비레인과 빌러디저드 사이에 증오에 가까운 어떠한 갈등이 빚어진다 하더라도, 양쪽 모두 상대방이 인간의 손에 의해 쓰러지는 꼴을 보고 싶지는 않을 거예요."

울리케는 단호히 말을 맺으며 이쯤에서 빌러디저드가 뭔가 말을 걸어오지 않을까 생각했지만 용은 아무런 말도 전해오지 않았다. 아셰리드만이 조금 당황해 잠시 생각하다 이리 물을 따름이다.

"……그래서?"

무리도 아니었다. 현 상황의 복잡함은 그토록 대단한 것이다. 집무실에 앉아 그저 전해 들은 정보들만 가지고서는 아셰리드가 아니라 어떤 현자라 하더라도 추론할 수 있는 한계가 명확한 문제들이다. 울리케는 얕게 한숨을 돌리고 다시 말한다.

"보세요. 뉘른스에크를 두고서 지금 누가 먼저 어떻게 움직일 것인가 서로 눈치를 보고 있는 거죠. 피어클리벤 입장에서는 좀 억울하게 끼어든 면이 없잖지만요……. 제가 오기 직전까지 실록의 폐장들이 발트부름 전역을 아우르는 파마의 결계를 치리라 예상하고 있었어요. 신목의 활착이……."

말을 하던 울리케는 순간 지극한 불안감을 느끼고 입을 다물었다. 완전히 정리하지 않은 이 정보들을 논하는 와중에 설명 불가능한 비약이 의식의 물밑에서 순식간에 조립되어 떠올랐던 것이다. 다음 순간 그는 속으로 외쳤다.

'빌러디저드 님?'

용은 대답하지 않았다.

'빌러디저드 님!'

헛되다.

"이런 젠장…… 또야……!"

울리케는 영문을 몰라 하는 아셰리드를 내버려 둔 채 집무실을 박차고 달려 나갔다. 채신머리없이 성안의 복도를 내달리던 울리케의 눈앞에, 그만큼이나 당황한 낯빛의 발프리드가 허둥지둥 나타났다.

"누님!"

"안 그래도 유세트 경에게 가는 중이야! 침실에 계셔?"

"아뇨! 차를 드시려다 부엌 근처 복도에서 갑자기 주저앉으셨어요! 누님을 데려오라고 하셔서서……!"

울리케는 더 묻지 않고 동생과 함께 달리기 시작했다. 성안의 하인들과 업무차 들락거리는 이들이 놀라 물러서는 가운데 남매는 순식간에 1층 부엌 앞 복도에서 벽에 등을 기댄 채 주저앉은 마법사에게 도착했다. 창백해진 채 식은땀에 절어 있는 모양새가 보통 사달이 아닌 듯 보였다.

"유세트 경!"

"소리 지르지 말아요……."

시그리드는 진저리를 치며 말했다. 울리케는 불현듯 마법사의 모습이 예전 파마의 화살에 맞아 회복하던 그때와 유사하다는 걸 떠올렸다.

"유세트 경, 빌러디저드 님과 연락이 또 닿지 않아요! 아무래도 발트부름에 파마의 결계가 완성된 게……."

"거기뿐만이 아닌 것 같군요."

예전의 상처가 쑤셔지기라도 한 듯, 앉아서 가슴께를 부여잡고 있는 마법사가 신음처럼 말했다. 놀라 눈이 휘둥그레진 울리케를 향해, 그는 말을 이었다.

"피어클리벤 성도 파마의 영역 안에 들어왔어요. 영문은 모르겠지만…… 거의 확실해요. 나는 이미 한번 느껴 보았던 박탈감이니까요."

"예? 하지만……! 제 빙의는 끊어지지 않았는걸요?"

"그건 저도 용에게 물어보고 싶군요. ……지금 아가씨의 그 몸은 마치 용처럼 마법력으로 움직이고 있죠. 그러니까 지금 상황에서 멀쩡히 움직이고 있는 것 자체가 벌써 하나도 말이 되질 않아요. 빌러디저드가 무언가를 예비해 두지 않았을까요? 뭔가, 느껴지는 건 없나요?"

울리케는 당황과 불안이 혼재된 표정으로 고개를 흔들 뿐이다. 아셰리드와의 대화 도중에 불가해한 소스라침을 느꼈을 뿐,

여태 딱히 몸이 어딘가 이상하다는 감각은 없다. 다만, 울리케 스스로가 여전히 자신의 몸을 낯설어 하는 상태라는 걸 감안해야 한다.

"유세트 경! 아니, 행정관님!"

그때 이 외침과 함께 기사 에길이 나타났다. 안뜰로부터 정문으로 들이닥친 그가 복도 한끝에 걸린 발프리드의 뒷모습을 보고 이 둘을 찾아 낸 것이다. 에길이 빠른 걸음으로 다가와 말했다.

"공관에 억류 중인 소로드가 유세트 경을 찾았습니다. 긴급하게 고할 것이 있다 하더군요. 그런데…… 아니, 괜찮으십니까?"

"괜찮아요."

시그리드는 그렇게 말하며 천천히 일어났다. 자신을 둘러싼 걱정스러운 얼굴들을 향해, 마법사는 다시 말한다.

"정말 별거 아니니까요. 갑시다."

이미 자신의 고통을 유예하는 일에 너무나 익숙한 마법사다. 넷은 신속히 성의 본관으로부터 안뜰을 가로질러 공관에 도달했다. 문을 지키고 섰던 병사 둘이 물러나며, 작은 일인실이 열린다.

"말해."

괜찮다고는 말했으나 불편감을 감추기가 힘이 드는지 한껏 찌푸린 채 앞뒤 다 잘라 묻는 마법사의 음성은 꽤 삼엄했다. 불기운 없이 싸늘하고 어둑한 방 안에서 모포를 두른 채 홀로 침상에 앉아 있던 소로드가 물끄러미 쳐다보더니 입을 연다.

"……벌써 느끼신 게로군."

"말해라! 그 빌어먹을 결계지? 이 땅에도 칠 계획이었나?"

"내가 알기로는 아니오."

소로드는 침착했다. 조금 추운 듯, 사지 가운데 유일하게 멀쩡한 오른손을 들어 목가의 모포를 여민 뒤 그의 말이 이어졌다.

"파마의 결계는 고문 마법사가 존재하는 영지들 위주로 계획되었고, 당시만 하더라도 피어클리벤엔 당신이 없었으니까……. 분명 이후에 움직였을 것이고 나는 모르는 일이오."

"잠깐, 피어클리벤과 뉘른스에크뿐만이 아닌 건가?"

울리케가 놀라 묻는다. 소로드는 어두운 얼굴로 답한다.

"그렇소……. 일부의 자작령과 거의 대부분의 백작령 이상에 대해 동시다발적으로 일어날 거요. 아니, 이미 일어났겠지……. 하지만 이 계획은, 내가 아는 한 훨씬 더 나중에 결행될 일이었소. 지금 시점에 일어났다는 것은 뉘른스에크에서의 일이 계획과 다르게 흘러갔다는 뜻이지."

"너는 이 결계를 느낄 수 있나?"

시그리드가 마치 모욕당했다는 듯 그에게 다그친다. 그는 고개를 끄덕였다.

"마법을 쓸 수 없는 일반인도 모종의 훈련을 통해 감지할 수 있소. 우리의 가장 중요한 무기인 만큼, 필수적인 소양이오."

"그래서, 나를 보자고 한 이유는?"

시그리드가 다시 물었다. 소로드는 잠시 침묵하더니 한숨과 함께 말한다.

"······결계의 포석을 찾아내고 해체하는 데 협조하겠소."

"너는 네 입으로 정탐과 연락책일 뿐, 공작이 주특기가 아니라 했다. 네가 그걸 할 수 있나?"

시그리드가 날카롭게 물었다. 그러자 소로드는 대꾸했다.

"생각해 보시오. 제국의 그 수많은 영지를 아우르는 규모의 계획이었소. 얼마나 많은 이들과 시간이 쓰였겠소? 파마의 기물들은 마법사의 수탐이 일절 통하지 않기에 치명적이긴 하지만, 포석은 모종의 규칙 아래 심어지는지라 그것만 알면 위치를 추리하는 게 완전히 불가능하진 않소. 물론 사람의 손과 눈이 필요한, 지난한 일이지만. 그래도 속수무책으로 있는 것보단 낫지 않겠소?"

"도우려는 이유를 말해라! 하즈바에 에써에 관해 알렸을 때처럼 그저 교훈이라 운운할 건 아닐 테지? 이건 너와 네가 속했던 패당에 심각한 배신이 되리라 보는데."

"아니요."

소로드는 시그리드의 말에 곧장 결연히 부정한다.

"결코 배신이 아니오. 우리의 뜻은 무엇 하나 꺾이지 않았으며, 공멸을 피하기 위해 마법은 통제되어야 한다는 대원칙 또한 여전하오. 다만······."

잠시 말을 멈춘 소로드는 마치 스스로를 설득하려는 것처럼 보였다. 그는 다시 고통스럽게 말한다.

"……현재의 우리 역시, 세상의 모든 집단이 그렇듯 내부적으로 복잡해졌소. 자금을 지원한 황실과 헤르펠의 뜻이 마지막까지 과연 일치할까? 거기다 어머니 또한 계시지……. 상황이 이렇게 급박하게 전개되었다는 것은 전혀 좋은 일이 아니오. 라핀다시르의 백룡이…… 어머니를 위험에 빠뜨릴 수는 없소."

모두에게 침묵이 내려앉았다. 울리케는 에파가 아이비레인과의 분리를 시도할 것이라던, 빌러디저드의 예측을 기억해 냈다. 다음 순간 울리케는 소로드에게 묻는다.

"백룡이 위험해지다니?"

"대륙의 모든 요충지와 인구 밀집 지역이 파마의 술로 갇히게 되면, 그것을 파훼하지 않는 이상 제국에선 오로지 라핀다시르의 백룡만이 자유롭게 마법을 행사할 수 있소. 필요한 순간에 결계를 조절하면 되니까."

"도대체 그런 터무니없는 계획이 성공하리라 보나! 모든 영지와 자유도시는 만사를 제쳐 두고 결계를 찾아내 부수는 데 혈안이 될 것이다!"

"정말 찾을 수 있을 거라 보시오? 그럼 내가 협조하지 않을 테니, 유세트 경께서 어디 한 번 진두지휘해 찾아 보시지. 성공하신다면 내 남은 오른손 하나를 걸겠소."

말을 마친 소로드는 숨을 죽였다.

싸늘한 방안에는 한 사내의 냉소가 부족한 온기를 대신해 팽

팽했다. 한동안 아무도 말이 없었다. 결국 다시 입을 연 것은 소로드였다.

"……물론, 결계를 파훼하는 데 성공하는 영지가 한둘쯤 나올 수 있겠지. 그런데, ……그러면? 각 영지들이 재빠르게 그 파훼법을 공유하여 이 사태를 해결하는 데 협조할 거라 보시오? 왜 그래야 하지……? 마법사를 갖지 못한 영지는 어차피 이 사태에서 아무 문제가 없고, 마법사가 있는 영지는 그 파훼법을 찾아낼 경우 자신들만 득하려 할 것이오. 자, 이제 왜냐고 물어보시겠소?"

"……아니, 무슨 말인지 이해했다."

시그리드는 이를 악물듯이 말했다. 그의 말대로다. 순진하게 일이 진행될 리가 없었다. 비대칭적인 힘이 나타나면 그 대처는 그것을 완전하게 구축하거나, 혹은 그만한 비대칭적 힘을 마련하는 방향으로 흐르는 법이었다. 처음에야 파마의 결계가 모두에게 직면한 공통의 재난으로 인식되겠지만 시간이 흐르면 그것에 익숙해질 테다. 한편 최초로 파훼에 성공한 세력이 출현하게 된다면 완전히 새로운 규칙이 국면을 지배한다. 타 영지들이 모두 마법이라는 수단을 잃어버린 상태에서 유일하게 자유로운 마법사를 보유한 영지의 힘은 과연 어떨까? 마치 용의 출현과 같지 않은가?

"그런가?"

피로 때문이었을까, 암담함과 혼란 속에 침몰해 있던 마법사의 곁에서 약간의 빈정거림을 담은 올리케의 말이 튀어나왔다.

"일시적으로야 너의 말대로일 테다. 하지만 드레스바르프는 일찍부터 파마의 술에 관한 대비를 해 왔고, 예종사라는 병과를 양성해 너희의 전위와 상대가 가능한 상태이다. 그리고 나는 드레스바르프가 결국에는 파마의 술조차 그가 생각하는 제국의 행정 역학에 기어이 편입시키고 말리라 보는데? 법적으로 마법을 사용하는 것이 불가하도록 제한하는 지역들이 생길 수 있지. 그렇다면 결국에는, 마법사 귀족들만의 제국을 만들려는 그들에게 파마의 술은 오히려 유용한 도구가 되지 않을까?"

"……유용한 도구라고?"

올리케의 말을 들으며 표정이 시시각각 흘러내리던 소로드가 물었다. 하지만 이 말은 질문이라 보기 어려웠다.

"그렇잖은가? 방금 앞에서 네가 말한 그 논리대로, 남이 가지지 못하는 나만의 힘은 최강의 무력이다. 마법을 귀족들의 혈통과 맞붙여 전유화함과 동시에, 새로운 마법사의 출현이나 힘의 행사를 파마의 술에 관한 법제화로 원천 차단하게 되는 것이지. 앞서 너는 그것을 아이비레인만의 권한인 것처럼 이야기했지만, 결국 영원한 비밀은 없는 법이고 차차 하나둘씩 이 통제의 기술이자 권한을 가진 영지들이 늘어날 것이다. 그러면 종국엔 마법과 그 통제라는, 새로운 질서에 편입되지 못한 세력들은 도태되겠지. 그것이 너희가 바란 세상인가? 도리어 저들의 연대를 공고히 하는 게 아닌가 말이다."

소로드는 사실상 오늘 처음 본격적으로 울리케와 대면하는 것이라 할 수 있었다. 물론 그는 일전 피어클리벤의 내부 정황을 파악하기 위해 숨어든 세 명 중 한 명이었기에 자유도시 아우셀바프의 예방단과 그가 한바탕 드잡이질하던 광경을 먼발치에서나마 보았었다. 때문에 이 아가씨의 특이함을 알고는 있었지만 그가 예상했던 울리케는 이 정도는 아니었다. 스무날 만에 다시 본 울리케의 면모는 그때와 또 달라 보였다. 그는 자신의 기억에 오류가 있었던 것인지 혼란스러워하며 말했다.

"……그 모든 여파를 어찌 다 계산하겠소? 다만 이 새로운 체제는 마법사를 보유한 세력에만 영향이 있는 만큼, 그 재구성이 원하는 방향으로 흐르도록 최대한 애쓰려는 것뿐이지. 혼란이 생길 것이고 영지 간 연대는 유례없이 약해지는 시기가 분명히 올 테니까. 그 기회가 우리의 분수령이오. 마법은…… 반드시 제한되어야만 하는 힘이란 말이오. 지금까지의 마법은 오로지 창과 창 사이의 싸움이었소. 우리는 여기에 방패를 더할 뿐이지."

"그 방패가 아이비레인의 숨구멍을 틀어막을 수도 있다!"

울리케는 다소 거칠게 말했다. 다음 순간 소로드도 눈을 부릅뜨고 대답한다.

"어머니도 감안하고 계시오! 세상 어느 칼이 그 쥔 자에게 완전히 무해할 수 있을까? 파마의 술은 단지 도구일 뿐이니, 이 도입의 당위에 대해 더 논하지 말았으면 하오."

"단지 도구라? 나는 그것이 막대한 인신 공양의 산물이라 알고 있다!"

울리케는 사감을 담아 소리쳤다. 반나절 전까지만 해도 그는 대학살의 전장 한복판에 있었다. 물론 행정관 업무를 보면서 울리케 또한 가용 노동 통계 등의 개념을 접하며, 위정자의 입장에서 인구를 하나의 숫자로 취급하는 문제의 불가피함을 배웠다. 하지만 울리케가 실제로 목격한 현장은 자칫 관념에 머물 뻔한 그 숫자들이 모두가 피와 눈물을 흘리는 인간이라는 사실을 일깨워 주었다.

"……놀랍군. 거기까지 알고 계시오?"

"그런데도 너희의 그 수단에 관해 당위를 논하지 말라는 것인가?"

소로드의 고개가 기울어졌다. 그가 되묻는다.

"그 목숨들이 중하오?"

울리케는 발끈한다.

"그걸 말이라고……!"

"그렇다면."

사내가 말을 잘랐다.

"그 목숨들이 모두 순교자들의 것이라면 어떻소? 광야의 민족들은 자신들의 땅을 되살리기 위해 기꺼이 목숨을 내놓았소."

울리케는 말을 삼켰다. 소로드의 표정은 크게 변화가 없었으나 목소리는 한결 눅눅하면서도 냉엄해졌다. 명백히 무언가를 보고 온, 목격자의 목소리였다.

"하지만 아마도 여러분은 이해하기 어려울 거요. 북구의 제국인에게는 정말로 불가해한 광기지……. 데아람의 열두 부족은 우리와 전혀 다른 신화, 정신세계를 가지오. 그들은 이 싸움을 성전이라 칭하며, 자발적으로 자신들의 생명을 이 병기에 순장시켰소. 그들의 결기는…… 아우스뉘르 제국이라는 외연 안에서 계대(繼代)의 정당함을 승인받아 온 당신들, 귀족 자제께서 상상하실 수 있는 게 아니오."

소로드의 말투는 무엄했으나 울리케는 그가 자신이 보고 온 학살의 참상 이상을 보았다고 느껴졌다. 게다가 그의 빈정거림엔 울리케가 내내 시달리며 생각해 온, 이 상황의 근본적인 이유가 담겨 있기도 했다.

"왜 그렇게까지 한단 말인가……! 차라리 쳐들어오는 편이 더 낫지 않은가?"

때문에 울리케는 그의 방자함을 문제 삼지 않으며 단지 이렇게 물었다. 소로드는 그 점이 예상외였는지 울리케를 똑바로 쳐다 보다가 담백하게 묻는다.

"……용이 수호한다 알려진 이 제국에 말이오? 데아람의 아들들에겐 우리가 생각하는 마법사가 없소. 게다가 그들은 우리보다 체구가 작소. 심지어 고블린보다도 작을 정도지. 더구나 기본적으로 그들은 절기마다 녹주를 순회하며 간신히 먹고사는 민족이오. 사회 자체가 대규모 전쟁을 준비할 여력을 갖지 못하지."

이 말과 함께 방 안에는 잠시 건조한 침묵이 어렸다. 들은 바에 관해 한참이나 복기하며 되새기던 울리케가 물었다.

"……그런데, 백룡이 위험해진다니? 거기에 대한 답을 아직 제대로 듣지 못했다."

소로드는 울리케의 끈질김과 기억력에 피식 웃더니 말한다.

"지금 여기에 결계가 쳐진 것 자체가 상황이 뭔가 잘못되어 간다는 뜻이란 말이오. 이제는 아실 것 같지만, 우리는 구태여 따지자면 친황실파에 가깝소. 하지만 그것은 권신들을 약화시킨다는 목적이 일치했기에 이루어진 협력이지, 우리는 어디까지나…… 어머니 아이비레인의 복수를 대리하는 그늘이오. 그러니 상황이 달라진다면 우리는 정말로 역적 패당이 될 수도 있지……. 우리의 애매한 특수성을 이해하시겠소? 우리는 라핀 다시르의 사병이 아니며, 백룡의 사병도 결코 아니오. 하지만 우리는 이 땅에서 용이 어떻게 다루어졌는지, 류그라들이 어떻게 소모되고 있는지, 그리고 끝내 이 제국의 업보로 이역만리의 타민족에게 미치고 있는 해악이 어떠한지를 유일하게 직시하고 있는 세력이오. 그리고 이제……."

소로드는 잘렸다가 다시 기적적으로 붙은 자신의 오른손을 물끄러미 내려다본다. 그러곤 그 손으로 주먹을 쥐며 말을 이었다.

"……피어클리벤도 그렇게 되고 있지 않소? 당신들은 심지어 우리가 간과하고 무시했던 고블린들까지 포섭했으니. 우리는 서로 적이 되어서는 안 되오."

"나는 네놈들에게 죽을 뻔했다만."

여태껏 대화를 울리케에게 맡기고 침묵하던 마법사가 으르렁거렸다. 그러자 소로드가 건조하게 말한다.

"나도 마찬가지요. 나는 실제로 동지를 잃었소."

울리케는 소로드가 자신의 끊어진 팔다리 대신 동지를 언급한 데 대해 조금 놀랐다. 그가 입은 장애를 생각해 보자면 지금이토록 침착하게 말을 섞고 있는 그의 정신력이 놀라울 지경이었다. 때마침 소로드가 이렇게 말했다.

"파마의 영역 안에서 마법사는 단순히 힘을 잃는 것이 아니라우리 같은 범인은 이해하기 어려운 박탈감에 고통받지. 걸출한무사가 손발을 잃는 것과 비교할 수 있다고 하면 모욕일까……? 이대로 결계 안에 있으면 경의 정신은 점점 몰락할 거요."

울리케는 그의 말에 놀라 시그리드를 보았다. 피로와 짜증 속에 잠겨 있는 마법사가 입을 뗀다.

"역시 그렇군. 짐작하고 있던 바다."

"그러니 내가 결계를 없애는 데 협력하겠소. 지금 이 조치는명백히 지휘부와의 혼선에서 빚어진 일이오. 다시 말하지만, 나는 우리가 피어클리벤과 적대해서는 안 된다고 생각하오."

시그리드가 그를 보았다. 마법사는 말한다.

"……나는 여전히 네놈을 완전히 이해하지 못하겠다."

"상관없소. 하지만 나는, 우리는…… 백룡을 지키기 위해서는 뭐든 할 거요."

대화는 일단 여기서 끝났다. 시그리드는 더 볼 것 없다는 듯이 방을 떠났지만 잠시 남아 있던 울리케는 생각 끝에 입구를 지키던 병사들에게 소로드의 방에 불을 넣어주라 일렀다. 병사들은 눈을 약간 부릅떴지만 행정관의 명령을 결코 거부하지는 않았다. 다만 군무관 그리젤에게는 분명 보고가 올라가리라.

"그의 이야기에 설득되신 건 아니겠지요?"

"……솔직히 모르겠습니다."

이제 정말로 쉬러 가기 전, 차 한잔을 하고 말겠다며 다시 성의 부엌으로 향하는 시그리드를 울리케가 따라잡자 문답이 시작되었다.

"괜찮으십니까, 스승님?"

부엌에는 발프리드가 미리 머물며 차를 준비해 둔 상황이었다. 이에 둘은 화덕 곁에 선 채로 이야기를 이어 간다.

"용과 류그라, 데아람에 이르는 저 장대한 오지랖은 저들 집단에 속한 개개인에게 강한 사명감을 요구해야만 해요. 아우셀바프 시장 광장에서 처음 그들과 마주쳤던 날을 기억하죠?"

"그걸 어찌 잊을까요."

울리케는 빌야미르를 떠올린다. 마법사는 말했다.

"저런 성격의 집단은 말단으로 갈수록 맹목적이고 신념이 투철하지만 위로 올라가면 지극히 현실적이고 타협을 일삼으며,

심지어는 소속원들의 믿음을 이용할 줄 아는 자들이 버티고 있을 가능성이 커요. 아마 저자는…… 나름대로 무언가 충격적인 것들을 보았고 그것에 강하게 경도되었겠죠. 저들은 자신들이 세상의 균형을 맞추고 있다고 여길 거예요. 그런 믿음은 꽤 달콤할 테니까."

신랄해진 입을 달래려는 듯, 말을 마친 마법사는 차를 한 모금 마신다. 울리케는 조금 놀라 조용히 묻는다.

"……경은 그런 걸 어떻게 아세요?"

"대제께서 이 땅을 평정할 때 가장 신경 쓴 부분 가운데 하나가 종교였다는 걸 아가씨는 알고 있나요? 어쩔 수 없이 남은 민간 신앙적 영역만을 제외하고, 대제는 그 당시 형성되려던 모든 종교 세력을 탄압했어요. 그들의 구심점을 흐려 정치세력화하지 못하게 해 버렸죠. 그 가운데는 개국용 스미드레드를 향한 용 신앙조차 포함되어 있었어요."

"예……? 처음 듣는 이야긴데요."

울리케가 놀라 물었다. 마법사는 극심한 피로 속에서도 피식 웃는다.

"우리가 발라-라싸의 묵언궁에서 배우는 것들 가운데 하나죠. 그 시대의 마법사들 역시 잘못 운신했다면 마찬가지로 탄압되었을 테니까. 우리는 우리 스스로가 정치적으로 어떤 잠재력을 가진지 경계하고 주의하도록 배워요. 마법사는 언제든 종교 단체화될 가능성이 크니까요. 우리는 내부적으로 그걸 원천 차단할 여러 장치들을 갖추고 있고 수백 년에 걸쳐 쌓아 올린 학풍들이 이를 도왔죠."

시그리드는 부엌 문가에 조용히 선 채 귀 기울이고 있는 발프리드에게 눈길을 보내며 말을 이었다.

"……그러니까 이 부분이 일반 역사책에는 잘 전해지지 않죠. 그 탄압들은 전혀 다른 이유였다고 포장되었으니까. 아우스뉘르는 개국 시절부터 용 신앙이 출현하기 아주 적합한 조건들을 갖고 있어요. 하지만 대제께서는 그걸 거의 편집증적으로 막았죠. 후대에 어떤 종기가 될지 예측했을 테니. 그게 대제의 제국 일통 이후 여생의 숙제였어요. 그런데 지금 저들이 딱…… 어쩌면 바로 그 용 신앙을 가진 광신도가 될 가능성이 있어 보여요. 더구나 황실의 후원을 받으면서……?"

다시 차를 마신 마법사는 나직한 한숨과 함께 이 모든 상황에 대해 다음과 같이 촌평했다.

"개판이군."

마법사의 말을 따라잡던 울리케는 천천히 이 이야기들을 이해하기 시작했다. 애초에 법전에서부터 황권이 용과의 언약 아래 그 정당성을 획득한다고 못 박은 제국이다. 용이 수호하는 황좌와 그 신민들이라는 믿음은 이미 수백 년간 이어져 온 제국의 정신적 초석이 아닌가? 이제 와 황실에 용이 없다는 이야기가 알려지면, 그건 단순히 속았다는 정도의 이야기로 결코 끝나지 않는다.

그러니 황실과, 이 사실을 알고 있었을 소수의 권신가는 분명 여기에 대한 오랜 준비를 해왔을 것이다. 피어클리벤과 같은 변두리의 한미한 영주들은 철저히 배격된, 그들만의 오랜 꿍꿍 이가 말이다. 지금까지 드러난 드레스바르프나, 라핀다시르의 물밑 작업들은 모조리 이 '용이 부재한 제국' 이후의 세상을 위한 게 아닌가?

'그리고 그런 가운데, 엉뚱하게도 피어클리벤에는 새로운 용이 나타나 버렸고.'

올리케는 지금까지 갖고 있던 자신의 생각과 가치관을 재고해보기 시작했다. 어쩌면 저들에게 있어 용과의 언약이란 조금도 매력적인 것이 아닐지도 모른다. 이미 용이 없이 몇 세대를 지내왔으니 지배의 정당함에 대한 공격이 있을지언정 그것이 현재의 체제를 허물어낼 수 있을 만큼 강력하리라 생각하기는 어렵다. 일반 촌민들이 황권용수(皇權龍受)의 논리를 들어보기나 했을까? 용이 부재한 제국을 준비해 온 이들에게 있어 새로 나타난 피어클리벤의 용은 단지 구시대의 유물이자 치워야 할 신화의 장애물에 지나지 않을지도 모른다.

문득 올리케는 고블린의 왕에 대해 떠올렸다. 위가 아니라 아래로부터 위임되는 권력. 서리심이나 용의 지지를 끝내 탐탁지 않아 하던 아우케트의 모습이 생각났다. 아직은 이 모든 생각들을 정리해 낼 수 없었지만, 올리케는 자신의 세계관이 변화하고 있다는 것을 어렴풋이나마 느낄 수 있었다.

제 9장

아스미르 피어클리벤은 고향이 싫었다.

그에게 있어 그 작은 동쪽의 남작령은 정말로 아무 볼 것도 내세울 것도 없는 곳이었다. 그런 주제에 아버지는 귀족의 책무를 언제나 먼저 말했고, 어머니는 우습게도 그가 매우 어릴 때부터 후계자의 자리를 염두에 둔 태도를 보이곤 했다. 물론 그는 유레의 두 번째 자식이자, 아룬드의 한 살 아래인 사남이었기에 아룬드와 더불어 후계를 겨룰 만한 정당한 자격이 있었다. 하지만 아스미르는 에이드리크의 수업을 들으면 들을수록 자신이 이 한미한 촌구석에서 도대체 무얼 꾀해야 한다는 것인지 알 수가 없었다. 세상은 지나치게 넓었고, 아스미르에겐 그 넓이를 재어 볼 만한 야심이 있었다. 그랬기에 목가적인 변두리 땅의 남작이란 그에게 조금도 매력적인 자리가 못 되었다.

그래, 그런 자리는 조금 미련할 만치 성실한 형 아룬드에게 훨씬 어울린다. 그래서 아스미르는 삼 년 전 말 한 필과 야반도주를 했다. 이미 한 해 먼저 모범을 보여준 누나 에인달케가 있었기에 훨씬 쉽게 결정할 수 있었더랬다. 물론 정중한 편지를 남겨 두었고, 황성에 자리 잡은 이후에는 반년마다 주기적으로 길고 상세한 이야기를 전해 부모님이 걱정하지 않도록 대처했다는 점에서, 적어도 그는 에인달케보다는 요령이 있는 편이었다.

아우스뉘르라는 대제국의 수도에서 피어클리벤이라는 이름을 아는 이는 극히 적었다. 백이 훌쩍 넘어가는 남작령의 이름들 가운데서도 정말이지 한미한 이름이었으니 말이다. 그 사실이 아스미르에게는 훨씬 더 홀가분하게 다가왔고, 그만큼이나 자신의 선택이 옳았다는 반증처럼 여겨졌다. 세상은 넓다는. 때문에 아스미르는 삼 년간 누구의 주목도 끌지 않으며 황성의 말단에서나마 자신의 배움과 과업에 도전해볼 수 있었다. 고향에서는 결코 누릴 수 없었던 행복이었다. 그가 가진 야심은, 주목을 끄는 것과는 전혀 다른 것이었기 때문에.

"아스미르…… 피어클리벤? 정말로 피어클리벤이오?"

하지만 이제는 더 이상 아니다. 지난 한 달간 그는 자신의 이름을 대야 할 때마다 이와 같은 반응에 직면해야 했다. 아스미르는 그 낯에 짜증과 피로를 숨기지 않으며 말했다.

"좀 아니었으면 좋겠군."

"……예?"

이실바프의 수문장이 당황하며 다시 물었다.

"맞다는 말이오. 이제 길을 열어 주겠소? 전시이고 공무이니 입시세는 면제겠지."

"맞, 맞습니다."

피어클리벤. 이제 그 이름은 제국에서 가장 유명한 이름이 되어버리고 말았다. 아스미르는 자신을 동정하듯 바라보는 수문장의 표정을 보며 진저리를 치고 말았다.

지난 두어 달 남짓, 피어클리벤에 대한 대외적 소문과 평가는 며칠을 멀다 하고 널을 뛰었다. 처음에는 난데없이 출현한 검은 용과 언약을 튼 가문이라는 이야기가 나돌았고, 황실은 이에 이황자 라프시르그와 삼황녀 닐스그림을 파견해 피어클리벤을 백작령으로 승작시키며 끌어안으려는 태도를 취했다. 이후 뉘른스에크가 대규모의 기습적 외침에 거의 전멸했다는 이야기가 나돌면서 소문은 걷잡을 수 없이 부풀어오르고 괴상해져 갔다. 드레스바르프 후작가가 통수권자로 파견된 대응군 소속의 마법사들로부터 시시각각 실시간에 가깝게 급보가 전해졌기에 제국에서 마법사들을 보유한 모든 자유도시와 영지의 사람들은 검은 용이 뉘른스에크에 나타나 점유를 선언했음을 거의 그 즉시 전해 들었다. 거기서 그치지 않고 용은 황녀 닐스그림을 제물로 요구했으며, 금화 이만 장을 뜯어내었고 심지어 전장에 역병을 뿌렸다.

현시점에서 피어클리벤은 그저 검은 용의 볼모이자 피해자

로 대중에게 알려져 있었다. 그리고 저 용, 빌러디저드는 개국
용 스미드레드와는 감히 그 격을 비교할 수 없는 사악한 폭군
용으로서 마땅히 토벌되어야 할 제국의 대공적(大公敵)이 되어
있었다. 아스미르는 자신이 마치 인질로 붙잡힌 가주를 구하기
위해 수도로부터 달려온 아들인 양 쳐다보는, 수문장의 먹먹한
표정을 다시 확인하고 숫제 어이를 잃었다.

심지어 그는 혼자 온 것이 아니었기에 그 표정으로부터 쉽
게 등을 돌려 달아날 수 없다. 수문장 휘하의 병사들이 행렬을
거의 전수조사하기라도 할 것처럼 빡빡하게 굴며 인원과 마필,
화물의 목록을 작성하고 있기도 했다. 아스미르는 한숨을 쉬
고 격자문이 내려진 성문 안쪽의 풍경에 눈을 주었다. 이실바
프라. 그는 지금 삼 년 전 집으로부터 도망쳐 나오던 여로를 그
대로 되감아 밟는 중이었고, 그랬기에 복잡한 기분이었다. 언
젠가는 고향에 돌아올 생각이 아주 없지는 않았지만 이토록 이
르게, 그리고 이런 방식으로는 결코 아니었다. 그는 자신의 이
름에 기댄 껍데기인 채가 아니라 자신의 두 손으로 일궈 낸, 분
명한 업적을 가지고 돌아오고 싶었다. 수도에서 그가 직간접적
으로 연을 맺은 거의 모든 귀족가의 자제들은 한결같이 그 가
문의 이름이 요구하는 바에 부응하기 위해 애쓰고 있었고, 아
스미르의 관점에서 그것은 그저 족쇄였다. 물론 아스미르는 그
족쇄에 수반되는 특권에 대해서도 아주 잘 알고 있었다. 그 역
시 가출이라는 만용을 부담 없이 저지를 수 있었던 것 자체가,

제아무리 한미하더라도 귀족가의 일원이기 때문이었음을 잊지 않았다.

하지만 그는 지금 결국 이렇게 되돌아오고 있다. 자신이 해낸 일이 아니라 그가 가진 이름 때문에. 아스미르 피어클리벤은 그 사실이 몹시도 유감이었으나, 어쩔 수 없는 일임을 이해하고는 있었다. 고향도 싫고 영주 자리도 싫었지만 차마 떨궈놓지는 못했던 이름이었으니.

"빨리하시오! 죄다 구호물자들이란 말이야!"

"아, 예! 들어가셔도 좋습니다!"

짜증이 난 아스미르가 소리치자 수문장이 기다렸다는 듯 대답했다. 뒤이어 묵직하게 길을 가로막고 있던 성문의 철창이 올라간다.

자유도시 이실바프 성내는 그야말로 북새통이었다. 제국의 각지에서 모여든 용병대와 기사들, 그리고 좀처럼 보기 힘든 류그라 유랑단까지 한데 뒤섞여 바글거리며 도시의 수용 한계를 시험하고 있었다. 모두 바로 저 용 때문이었다.

제국의 방패 뉘른스에크가 그토록 속절없이 무너졌다는 사실에 많은 이들이 충격을 받았지만, 흐리늄이라는 외적의 존재보다 사람들에게 강렬히 인식된 것은 이 싸움을 틀어막아 버린 용의 존재였다. 수만의 군대가 맞붙는 일이야 분명 대재앙이긴했어도 인간의 역사에서 늘 되풀이되어 왔고, 앞으로도 얼마든지 일어날 일이었다. 하지만 그러한 싸움을 말 한마디로 막아

세우는 존재란 결코 흔한 것이 아니다. 그렇다고 해서 그 용이 제국의 방패를 자처하지도 않았다. 용은 전장을 자신의 영토로 선언했고, 공물을 요구했다. 용이 없었다면 이실바프는 전선으로 가는 마지막 관문으로서 군수 도시 역할만을 충실하게 수행했으리라. 하지만 지금 이곳에는, 그야말로 갖가지 목적과 의도, 생각을 가진 세력들이 뒤엉켜있는 상태였다. 제국의 명망 있는 변경백 일가가 한순간에 사실상 멸문했으니 뉘른스에크의 속령과 그 이웃, 직간접적인 혈연이 있는 가문들은 어떤 식으로든 행동할 수밖에 없었다. 거기에 더해 용에게 제물로 바쳐진 황녀를 구해야 한다며 제국의 모든 무가와 군벌은 물론 이름 없는 방랑 기사들까지 죄 밀려들고 있는 형국이었다. 그뿐 아니라 이 도시는 용이 내린 저주라는, 어느새 용혈열(龍血熱)이라는 섬뜩한 이름으로 불리기 시작한 그 전염병의 마지막 방어선 역할까지 맡아야 했다.

수도로부터 출발하며 여기 오는 내내, 아스미르는 이실바프를 경유해 뉘른스에크로 향하려는 수많은 행렬과, 그들의 추동력이 된 소문들을 목격했다. 드문드문 흩어져 살아가던 류그라 유랑단이 역병을 방어하겠다며 그들의 소중한 지팡이를 앞세우고 일제히 몰려드는 광경은, 모르는 이들이 보기엔 꽤 거룩했지만 적어도 아스미르가 파악하고 있는 실상은 조금 많이 달랐다. 고향을 잃은 이 유랑 민족은 알 수 없는 광기에 휩싸여 움직이고 있었는데, 그 내막엔 신목이 부활했다는 소문이 있었다. 거기에 더해 밤마다 고블린들과 늑대를 탄 그들의 기수들이 각 영지의 경계를 타고 동쪽으로 이동하고 있다는, 굉장히 흉흉한 목격담마저 나돌고 있었다. 물론 소문들을 모두 믿을 것은 결코 아니었으나, 아스미르는 나름대로 어떤 판단을 내리고 있었다. 뉘른스에크는 이 제국의 모든 해묵은 골칫거리들이 총집결하는 땅이 될 판이었다.

'마치 용이 이 모든 것을 의도한 것처럼.'

아스미르는 그렇게 속으로 되뇌며 도시의 헝클어진 풍경을 한눈으로 흘린다. 마법사들의 관보에 의하면 싸움을 금지하도록 한 용의 천명을 제국과 북방 야만인들 양측 모두 한 번씩 어겼고, 용은 그에 분노해 사죄할 아흐레의 시간을 두고 역병의 발호를 경고했다. 하지만 양 진영 어느 쪽도 딱히 행동을 보이지 않았으며, 용이 공시한 시간이 끝나자 정말로 마법처럼 뉘른스에크 진중에 열병이 창궐하기 시작했다. 그러자마자 용은 그 사자인 고블린 기수들을 보내 이렇게 다시 공시했다고 전해진다.

— 이 병은 죄를 지은 양 진중에만 내려졌으나 병자들을 통해 다른 지역으로 퍼져나갈 우려가 있고, 이는 빌러디저드의 의도가 아니다.

— 따라서 이를 방지하고자 한다면, 진중의 모든 사람은 반드시 자주 손을 씻고 끓인 물과 음식만을 취식하며 병자와의 접촉을 삼가라.

저주를 내린 당사자가 한 말인데다 그 대응책이라는 게 저토록 시시한 것이었으니 이야기를 들은 모두가 기막혀 했지만 그것과는 별개로 이 이야기를 무시하는 이들은 아무도 없었다. 이미 연락이 전해진 수도는 아스미르가 떠나올 때만 하더라도 손 씻기의 광풍이 몰아닥치고 있었으니까. 지금 아스미르가 이 실바프에서 보고 있는 풍경들 역시 그와 다르지 않았다. 도시의 모든 우물마다 시청에서 나온 공무원들이 달라붙어 대량으로 물을 끓이고, 그것을 네 군데의 성문으로 공수하고 있었다. 도시의 모든 시민과 방문자들은 손 씻기가 마치 하나의 제례 의식인 양 철저하고 경건하게 수행하고 있었다.

"사람들이 손 씻기에 이토록 목매다니, 저주의 주체가 내린 지시인데 아무도 의심하지 않는 걸 보면 정말 우습지 않아?"

"……사람들은 역병을 두려워하면서도 공경해 달래려 하잖아. 아휴멜 신앙도 원래는 어느 지방의 풍토병에서 기원한 거라는 설이 있어."

"너는 무슨 그런 걸 알고 있어?"

아스미르의 곁에서 나란히 말을 몰던 여자가 질색하는 표정으로 그를 쳐다본다. 아스미르는 그 눈길을 무시한 채 멍하니 거리를 바라보다 말했다.

"용의 이 기이한 지시는…… 이 병의 발원지인 뉘른스에크로부터 한참이나 떨어진 타지방에서도 수행되고 있다더라. 그런데 흥미로운 건, 바로 그러면서 여타의 질병도 예방되는 것 같더란 말이 있어."

"무슨! 이제 시작된 지 채 한 달도 되지 않은 일이야. 벌써 그만한 증명이 될 통계가 쌓였겠어?"

"뭐 그러니 소문이지."

아스미르는 선선히 인정했다. 그러자 그를 물끄러미 쳐다보던 여자가 입을 뗀다.

"너는 역시 그쪽으로 생각해? 저 빌러디저드라는 용이 위악을 부리는 거라고?"

"딱히 나만의 생각도 아니지 않나."

아스미르는 대꾸했다. 그리고 그건 사실이었다.

빌러디저드라는 이름의 검은 용은, 아우스뉘르 제국을 구성하는 각 계층에서 판이하게 다른 존재로서 받아들여지고 있었다. 중앙 귀족과 지방 귀족이 달랐고, 귀족과 평민이 달랐으며, 토착 민족과 이민족이 달랐다. 심지어 중앙 귀족들로 말할 것 같으면 이 문제에 대해 그들 내부에서조차도 관점이 엇갈리고 있었다. 심지어 아우스뉘르 황실은 긴 용의 부재를 숨겨온 덕분에 오히려 태동하기 시작한, 용 신앙의 존재를 감지하기에 이르렀다. 아니, 실은 현 황실 스스로가 그 용 신앙의 주체나 다름이 아니었다.

"용이 아무리 패악을 부려도 그에 경도된 이들을 찾는 건 그리 어렵지 않을걸. 어쩌면 그게 인간의 속성일지도 모르지."

여자가 말했다. 아스미르는 침침한 눈길로 그를 본다.

"힐드룬 가문의 상속자인 네 입장에서는 실로 그렇게 말할 만하겠군."

"비꼬는 거야, 아스미르?"

"봐 줘. 피어클리벤은 백 일 전까지만 해도 용과 아무 상관도 없던 집안이었어. 시르게이르."

시르게이르 힐드룬. 그가 속한 힐드룬 가문은 개국 시절부터 황성에 자리 잡은 자작가였다. 영지도 딱히 없고, 세력이랄 것도 마땅치 않은 작은 가문이었음에도 힐드룬의 이름은 아우스뉘르에서 결코 녹록지 않았는데, 그건 가문의 시조부터 대대로 그들 가문의 일원들이 담당해 온 고유한 보직, 다름 아닌 용숙수(龍熟手)라는 자리 때문이었다. 그러니까, 힐드룬은 개국 용 스미드레드의 밥상을 사백 년간 맡아 온 가문이었다. 어린 시절 아셰리드의 훈육과 더불어, 형제 가운데 용에 가장 관심이 많았던 울리케 때문에 아스미르도 용에 관해 어느 정도는 관심과 지식을 갖고 있었다. 그랬기에 황성에서 정말 우연히 마주치게 되었던 시르게이르가 힐드룬 가의 사람임을 알게 되자 매우 자연스럽게 친해질 수 있었다.

빌러디저드의 등장과 뉘른스에크 사태에 이르러 마침내 제국에 용이 없다는 사실이 발각되자 대부분의 제국민들만큼 충격을 받았던 아스미르는 곧장 시르게이르를 찾아가 이렇게 물었다.

'너 알았어?'

'몰랐어, 나도! 할머니가 그렇게 잘 숨기셨을 줄이야!'

당시 시르게이르의 얼빠진 표정은 충분히 진실해 보였다고 기억한다.

'……그럼 힐드룬 가문은 도대체 지난 거의 백여 년에 이르는 시간 동안 용에게 밥을 해 먹인다며 사들이고 소모한 그 식자재를 다 어쩐거야?'

'나도 모른다고! 아니, 너는 지금 이 상황에 그게 궁금해?'

나중에 알고 보니 힐드룬과 황실은 용의 부재를 감추기 위해 이 정도의 소모는 싸게 먹힌다며 매 끼니 네 수레 분량이나 되는 거대한 요리들을 그냥 모종의 방식으로 처분해 버렸다고 한다. 용이 없는 세월 동안 힐드룬의 가주인 용숙수는 내내 상당한 박탈감에 시달려 왔으리라. 직무에 대한 긍지가 있을수록 그랬을 것이다. 진실을 결코 밝힐 수 없기에, 더 이상 먹는 존재도 없는 요리를 해야 했던 내밀한 절망까지야 아스미르로서는 알 길이 없지만, 이 봉명사(奉命使) 행렬에 힐드룬의 차기 가주인 시르게이르가 따라붙은 것 정도는 이해할 수 있었다. 아직은 빌러디저드라는 용에 대해 황실의 태도가 공식적으로 결정된 건 없다지만, 새로운 용의 입맛에 대해 힐드룬이 관심을 안 가질 수는 없을 테니까.

어쩌면 이제 더는 가문의 자산이 기록 속의 유산으로 묻혀 버리지 않을 수 있을지도 모른다. 이제 더는 먹는 이 없는 상을 차리지 않아도 될지 모른다. 진실을 알게 된 뒤 이따위 짓은 못해 먹겠다며 가주 자리를 박차고 달아난 그의 어머니 대신, 묵묵히 일해 온 할머니의 뒤를 이어 진정한 용숙수가 될 수 있을지도 모른다. 시르게이르로서는 그런 희망을 품지 않을 수 없으리라.

아스미르는 그가 조금은 부럽기도 했다. 이토록 선명한 의지를 가지고 이 행렬에 포함될 수 있었던 것. 그에 반해 자신은 그저 피어클리벤이란 이름을 가졌기에 여기 있을 뿐이다.

"아스미르 피어클리벤 도련님 되십니까?"

이런 생각들을 하던 와중에 한 남자가 행렬에 다가서 자신에게 이리 묻자, 아스미르의 미간은 절로 찌푸려진다. 그놈의 피어클리벤. 그는 사내를 날카롭게 쏘아보며 대꾸했다.

"누구냐?"

"유레 피어클리벤 마님께서 보냈습니다. 지금 이 도시에 계십니다."

그가 돌아오고 싶지 않았던 이유 가운데 하나다.

어머니와의 만남이 이 여정의 유일한 목적은 아니었으나, 분명한 용건 가운데 하나이긴 했다. 황성을 떠나기 전, 이미 유레가 비싼 돈을 들여 마법사를 통한 연락을 취해 왔다. 유레가 전해 온 정보는 관점의 한계가 명확했으나 오히려 바로 그랬기에 아스미르로서는 이 상황 전반을 더 깊게 이해할 수 있었다. 자신의 일가에 닥친 이 재앙에 관해서도 보다 소상히 알 수 있었고.

그래, 재앙. 달리 무슨 단어로 이를 형용할 수 있을까. 영주 대리의 권한을 가진 아세리드와 달리 유레가 영지의 행정에 관해 아는 바는 철저히 부분적이었기에 어머니의 말만으로 모든 것을 파악할 수는 없었으나, 적어도 빌러디저드라는 그 용이 언약을 맺은 이후 피어클리벤에게 딱히 이로웠던 일은 하나도 없다는 것이 아스미르의 결론이다. 기대해 볼 만한 긍정적 잠재력이 어떠하든, 이미 일어난 사태들과 손실들만으로도 저 용은 그냥 재앙 덩어리다. 그렇게 판단해도 아무런 무리가 없다. 실제로 유레의 편지는 많은 부분 용에 대한 원망을 그 기저에 깔고 있었다. 하지만 아스미르는 단정을 아직 유예한 상태였다. 아니, 그보다는 감정이 그런 방향으로 흐르는 것을 계속해서 치밀하게 경계하고 있다고 말해야겠다.

"아스미르!"

가슴이 철렁하도록 절절한 외침을 듣자마자 그 이름의 임자는 어쩔 수 없이 조금 웃게 된다. 아스미르가 자신의 행렬을 잠시 떼어두고 안내자를 따라 시르게이르와 함께 도착한 이곳은 예튼드 상회의 이실바프 분점에 속한 사택이었다. 거리의 소란으로부터는 그래도 한 구역 조금 물러난 자리에 있어 그나마 조용하다. 아들은 말했다.

"건강하신 것 같군요. 기쁩니다."

"너는? 아니 그래, 어쩌면 그렇게도 얼굴조차 비치지 않았단 말이냐?"

유레는 온갖 감정이 북받치는 가운데서도 타박부터 끌어올리고, 어머니의 이런 성정을 익히 아는 아들은 그저 눈을 돌려 시르게이르를 본다. 이에 힐드룬의 적장녀는 그들 사이 말을 맞춰 둔, 자신의 맡은 바를 충실히 수행했다.

"처음 뵙겠습니다, 피어클리벤 귀부인. 시르게이르 힐드룬이 라 합니다. 아스미르에게는 늘 신세 지고 있죠."

"힐드룬이라고요?"

몇 해 만에 재회한 아들만 보느라 여념이 없던 유레가 깜짝 놀라 물었다. 적어도 그 이름을 모르지는 않았으니까. 잠시 멍 하니 이 뜻밖의 존재를 바라보던 유레가 화들짝 정신을 차리며 둘에게 말했다.

"이럴 게 아니지! 안으로 들어라. 같이 온 이들은?"

유레는 격분했다.

처음 그의 오빠 비드리가 피어클리벤의 후계 문제에 대해 넌 지시 말을 흘렸을 때만 하더라도 유레는 그것이 성공한 장사치 다운, 부드럽고 세련된 방식의 계획이리라 천진하게 여겼다. 하 지만 뉘른스에크에 밀어닥친 그 끔찍했던 새벽으로부터 기적 적으로 도피한 이래, 그는 비드리가 음험한 세력의 구주 노릇 을 하던 끝에 급기야 아룬드가 죽도록 내버려 두려 했음을 알 게 되었다. 아무리 피어클리벤의 작위가 탐이 난다 하더라도 그런 방식으로는 결코 아니었다. 때문에 사실을 알게 된 직후

유레는 평생 고분고분하게 대해 왔던 오빠에게 처음으로 고함을 질러 대었다. 안 그래도 뉘른스에크에서 탈출하여 이실바프의 한 수상적은 여관으로 온 이후, 자신이 계획해 왔던 꿍꿍이가 모두 어그러져 풀죽어 있던 비드리는 순순히 여동생에게 그 멱살을 내어 줄 수밖에 없었다.

일이 이렇게 되고서야 깨달은 것이었지만, 유레가 바란 것은 피어클리벤 일가의 화목과 안녕일 따름이었다. 아직 장성하지 못한 아이들이 아그니르와 울리케 아래로도 다섯이나 더 있고, 그들 모두 유레의 배로 낳은 아이들이었다. 용이고 뭐고, 그 따위 영광이 아무리 대단해도 양육을 대신해 주지는 않는 법이다. 유혈과 정쟁을 선택하더라도 자신이나 아이들 스스로가 꾀할 일이었지, 감히 외가인 그의 오라비 따위가 낄 일이 아니란 말이다. 유레가 이런 전모를 알게 된 것은 종군 상단으로서 다시 뉘른스에크로 향한다는 비드리의 예툰드 상단이 떠나기 직전이었다. 유레는 피어클리벤에서부터 하인들과 더불어 루디크와 유프리드, 막내 요네까지 데리고 있었기에 당연히 이실바프에 남으리라 생각했다. 그런데 비드리는 다음과 같이 말하며 다시 뉘른스에크의 전장으로 가야 한다 종용했다.

'여기는 위험해! 상단의 호위들만으로 너와 아이들을 지켜줄 수 없다. 대군의 후방에 있는 편이 훨씬 낫다니까!'

유레로서는 도대체 이해할 수 없는 이야기였다. 자유도시보다 전장이 안전하다니? 이제 여덟 살 난 쌍둥이와 다섯 살배기 아이를 데리고 전쟁터로 가자니? 그러면서 언성이 높아졌고, 마침내 흥분한 비드리가 여관 '다정한 잿더미'에서 벌어진 일의 내막을 입에 올리고야 말았다. 전모를 알고 격노한 유레는 비드리를 거의 쫓아내다시피 떠나보냈다.

"난 네 외숙부를 이제 다시 보지 않을 생각이다!"

"그러시군요."

아스미르는 한숨을 내쉬며 답했다. 편지를 통해 어느 정도 들어 알고 있던 이야기였지만 자리에 앉자마자 유레는 참았던 것들을 쏟아내듯 한바탕 비드리에 대한 성토를 마친 참이었다. 아스미르로서는 잠자코 들어 줄 수밖에 없었다.

"제가 정말로 가주의 자리에 의지가 없다는 걸, 무단가출보다 더욱 확실히 해야 했었나 봅니다."

"……여전히 그렇게 생각하는 거니?"

"이제 와서요? 어머니도 미련을 놓으시지요. 동생들을 생각하세요. 그리고……."

잠시 말을 끊은 아스미르는 불편한 듯 조용히 차만 마시는 시르게이르를 쳐다보다 말했다.

"어차피 피어클리벤의 계보는 이제 완전히 달라질 겁니다."

"그게 무슨 말이지?"

"피어클리벤의 가주는 딸에게 가야했다더군요."

아스미르는 참 차분한 목소리로 충격적인 말을 던진다. 도대체 무슨 말이냐고 되묻지도 못하고 멍하니 있는 유레에게, 아스미르는 품에서 봉투를 하나 꺼내 내밀었다.

"제가 출발하기 전, 황실 문장원에서 제게 직접 전달한 것입니다. 저는 이걸 아버지께 드려야 해요. 문장원에서 발행했지만, 폐하의 교지(敎旨)나 다를 바 없지요."

유레는 살짝 떨리는 손으로 봉투를 열어본다. 그의 흔들리는 동공이 문서에 적힌 글줄에 얽혀 흘러내리는 모습을 보며 아스미르는 설명을 이어나갔다.

"아마도 아버님은 이미 알고 계시리라 생각합니다. 대대로 가주에게만 전해지던 비밀이었다니까요. 하지만 황실, 정확히는 문장원도 알고 있던 진실이랍니다. 그리고 문장원은 이것이 대제의 유훈이기도 하니 별달리 문제 삼지 않겠다고 결정했지요. 편지는 계승에 대해서는 피어클리벤의 오롯한 자결권을 인정한다는 내용이죠. 무시하고 계속해서 아들들이 대를 이어가든, 혹은 시조의 진실에 따라 딸들이 새로운 대를 이어나가든, 황실은 관여치 않겠답니다."

"아니…… 이게……."

너무나 당황스러운 내용에 말을 잇지 못하는 유레였지만, 아스미르는 심드렁해 보일 정도로 침착하게 말을 이어나간다.

"황실에 용이 없던 것은 사실이지만, 폐하께서는 어쩌면 이 모든 상황을 알고, 또는 예측하고 계시던 것일지도 모른다는 생각이 들더군요. 그러니 어머니께서도 마음 내려놓으시고, 모든 일이 순리대로 흐르도록 두고 보시는 게 어떻습니까? 그래도 아직까지는, 피어클리벤의 이름 안에서 아무도 다치지는 않았잖습니까?"

어머니의 진실된 욕망을 그녀 자신보다 빨리 알아차렸던 아스미르가 은근히 말하자, 유레는 조금씩 차분해지기 시작했다. 아스미르는 거기에 쐐기를 박아넣는다.

"그리고 누님이나 아그니르가 도저히 가주의 그릇이라고 생각되지는 않는군요."

"……그 꼴은 내가 못 보겠다."

유레는 허탈하게 대꾸했다. 아스미르에게 연통을 넣고, 내내 이실바프에서 기다리는 동안 유레는 참 많은 생각들을 했었더랬다. 하지만 문장원과 황제의 직인이 찍힌 이 교지를 보니, 순식간에 그 모든 것이 별 의미 없었다는 깨달음이 들었다. 그러자마자, 유레는 결심했다.

"아이들과…… 집으로 돌아가야겠다."

"잘 생각하셨습니다. 하지만 곧바로는 좀 힘드시지 않을까요?"

원래 이실바프에서 피어클리벤으로 가는 노선은 뉘른스에크를 경유하는 것이 일반적이었다. 저 전장을 거치지 않고 우회하려면 꽤 먼 여정이 되어버리며, 안전한 대로를 선택할 수 없게 된다. 보호해야 할 아이들이 셋이나 딸린 마당에 고려하기에는 너무나 위험한 행로였다. 이 사실을 잘 알고 있는 유레 역시 동감의 한숨을 내쉰다. 아스미르가 위로하듯 말했다.

"좀 더 이실바프에 머무시지요. 제가 방편을 알아보겠습니다."

"그래 주겠니? 난 사실 너무 지쳤어. 지난 한 달간 피가 바싹 바싹 마르는 느낌이었다."

"예."

아스미르는 이해한다는 듯 넉넉히 웃으며 대답했다.

자신의 친모였음에도, 아스미르는 유레의 성격과 가치관을 매우 냉정히 파악하고 있었다. 욕망은 분주했지만 그것을 추진하기엔 유약한 편이었고, 그 무엇보다 일신의 안녕이라는 가치를 포기할 만큼 선명한 야심은 유레에게 없다. 피어클리벤의 가주 자리가 이제 결코 어떤 안전과 평안을 약속하는 것 같지 않아진 이때에, 유레의 욕망은 아스미르가 딱히 설득하지 않아도 이미 차근차근 부서지고 있었다. 거기다 친족 간의 골육상쟁? 유레는 결코 감히 그런 것을 감당할 수 있는 사람이 아니다. 오히려 그런 점에서는, 아셰리드야말로 오히려 냉혹하게 그걸 수행할 수 있는 사람이었다.

"이런 식으로 남의 집안일을 엿듣고 싶지는 않았는데."

좀 더 머물라며 잡는 유레에게 기다리는 일행에 대한 이야기를 하며 정중히 사양한 그들이 물러난 직후, 안에서 내내 조용히 차만 마셨던 시르게이르가 아스미르에게 불평처럼 말했다.

"뭐 어때. 나도 힐드룬에 대해서 그 정도는 알고 있는데. 불편했다면 미안해. 하지만 네가 없는 자리였다면 난 한참을 더 붙잡혀 있어야 했을 거라고."

"그게 마땅한 도리이긴 하지 않아?"

"거기에 수긍하기엔, 나는 이미 너무 오래전에 가출했어."

남녀는 그런 대화를 나누며 이실바프의 거리를 걸었다. 용병으로 보이는 한 무리의 사내들, 백의를 걸친 치유사들이 그들 곁을 분주하게 스쳐 갔다. 해가 기울기 시작하는 도시의 공기는 뚜렷한 탄내를 짊어지고 있었다.

"그나저나 무섭네…… 황녀 전하마저 시해하려 하다니."

유레가 했던 이야기들을 곱씹어보던 시르게이르의 말이었다. 아스미르가 말을 받았다.

"어머니가 아는 건 극히 일부의 면모야. 그게 정말 사실인지는 알 수 없어. 물론 그대로 이루어졌다면, 그 죄는 그 실록의 폐장인가 뭔가 하는 자들이 뒤집어썼겠지. 드레스바르프가 아니라."

그리고 외삼촌인 비드리가 엮여 들어갈 수도 있었으리라. 아스미르는 그렇게 생각했지만 입을 열어 말하지는 않았다. 지금까지 들은 정황을 보자면 삼황녀는 뉘른스에크에서 충분히 죽었을 수도 있었다. 거기서 죽었더라면 그건 누구의 죄로 판단되었을까?

아스미르는 자신이 이런 생각을 하고 있다는데 문득 짜증을 느꼈다. 바로 이런 이야기들이 싫어서 떠난 길이 아니었던가? 그래서일까, 용을 직접 대면할 일이 있을지는 과연 모르겠지만, 아무리 생각해도 그리 공손한 첫 인사가 나갈 것 같지는 않다.

물론 아스미르는 이 모든 사태가 용의 탓이라고는 결코 생각하지 않는다. 용은 그저 나타났을 뿐인데 그걸 두고 수많은 인간과, 그 인간의 욕망들이 들끓고 있을 따름이었다. 인간이 폭풍이나 가뭄을 단죄할 수 없듯, 용도 그러한 존재에 가깝다. 재해라 해도 인격과 사유를 갖추고 있다는 점에서, 가능성이 아주 없는 것은 아니겠지만.

"유감이야. 네가 늘 이야기했던 피어클리벤의 목가성을 이번 여정에서 맛보기는 힘들 것 같네."

시르게이르의 말이었다. 아스미르는 멀거니 보다 묻는다.

"내가 그렇게 고향 이야기를 자주 했어?"

"자주 하진 않았지만, 나는 모두 다 기억하고 있어. 그 이야길 할 때의 너는 늘, 언제나 내가 알던 아스미르와는 좀 달라 보였거든."

"……그랬단 말이야?"

정말 그랬던가? 어제가 오늘 같고 내일도 오늘 같을 것이 뻔했던 그 땅에 내가 무슨 미련과 낭만을 남겨 뒀었단 말인가. 아스미르가 조금 혼란을 느끼며 되묻듯 중얼거리자, 시르게이르는 놀리듯 말한다.

"이, '중앙 귀족 나으리'께서 하시는 말씀이니 틀림없으렷다."

아스미르는 대번에 코웃음을 쳤다. '중앙 귀족 나으리'란 그들이 처음 만나 친해지던 과정에서 종종 아스미르가 시르게이르를 비꼬는 데 동원했던 말이었다. 황성 생활을 시작한 이후, 아스미르는 지방 귀족과 중앙 귀족들 사이에 존재하는 어마무시한 벽을 매일같이 느끼지 않을 수 없었다. 피어클리벤 같은 시골 영지의 귀족이란 조금 얕잡아 말해 일반 농민들보다 단지 조금 더 부유하고, 조금 더 교육받은 계층에 지나지 않았다. 그러니 평민이나 도시의 자유민들이 작정하고 꾸민다면 지방 귀족을 사칭하는 연기도 얼마든지 가능했다.

하지만 중앙 귀족들은 달랐다. 그들은 어법과 몸가짐에서 그야말로 소름 끼칠 정도의 차별화를 철옹성처럼 이뤄내고, 내부의 끊임없는 교류를 통해 그 규칙을 계속해서 갱신하는 무리였다. 비유하자면 모든 행동과 말이 함의를 가진 군대의 수화와 다름이 없었는데, 그 암어의 분량이 방패만 한 서책에 육박하는 데다 매일같이 한 쪽씩 교체되고 있는 셈이었다. 아스미르는 딱 한 번 사교계에 참가했다가 그 지옥 같은 복마전을 목격하고 망연자실했다. 도저히 한두 해의 노력으로 따라잡을 수 있는 희극이 아니었다.

"알아 모십니다, 철밥통 영애."

그리고 이 시르게이르가 바로 거기서, 아스미르를 구해주었다. 따지고 보자면 중앙 귀족들 가운데서 가장 유구한 역사와 전통을 지닌 가문에 속하지만, 가주의 책무가 일종의 별정직에 속한다는 특수성으로 인해 중앙 귀족들 간의 이합집산에서 한발 비켜서 있을 수 있었던 힐드룬이었다. 때문에 시르게이르는 완벽한 중앙 귀족으로서의 예절을 구사할 수 있음에도 사적인 자리에서는 아스미르에게 그런 고까운 태도를 보이지 않았다.

"이건 또 새로운 모함이군. 하지만 이제 힐드룬은 실업자가 되게 생겼다고?"

아스미르의 놀림에 시르게이르가 우울함을 가장하며 대꾸한다. 가벼이 말하곤 있었지만 개국 용의 부재가 알려진 이후 힐드룬에 가해진 중앙 귀족들의 비난은 그야말로 엄청났다. 직접적으로 황실을 비난할 수는 없으니, 대신 상대적으로 '만만한' 힐드룬을 걸고넘어진 것이다. 힐드룬이 지난 세월 주인 없는 식탁에 소모한 그 모든 자원에 황실의 지원이 있었음이 지적되고, 마땅히 그것이 국고로 반환되어야 한다는 주장이 떠올랐다. 때문에 현재 황성의 힐드룬 가는, 자칫하면 귀족원의 십자포화와 소송들에 휘말려 가문이 결딴나게 된 상황이었다. 그러니 원래라면 차기 가주로서 황성에 남아 이에 대한 대응에 몰두해야 할 시르게이르였지만, 현 가주인 그의 조모와 시르게이르 스스로의 결단 아래 이 행렬에 따라붙게 되었다. 만일 새로 나타난 용, 빌러디저드의 식탁을 공식적으로 힐드룬이 다시 꿰찰 수만 있다면 세상에 대한 그간의 기망을 무마하고, (다소 어느 정도의 손실은 면할 수 없더라도) 힐드룬의 이름과 의무는 계속해서 이어나갈 수 있으리라는 계산이었다.

그러니까 이 봉명사 행렬의 가장 큰 목적은 바로 빌러디저드와 대면이었다. 시르게이르 힐드룬의 이름만으로 용과 대면할 기회를 가질 수 있을지는 완전히 미지수였기에, 그 가능성을 올리기 위한 안내자로서 때마침 황성에서 활동하는 피어클리벤인 아스미르가 발탁된 것이었다. 아스미르가 떨떠름히 그 사실을 되새기며 시르게이르를 향해 무어라 입을 떼려는 순간, 이실바프의 남쪽 성문 감시탑으로부터 터져 나온 경종 소리가 사방에 요란히 울리기 시작했다. 깜짝 놀란 두 사람의 귀에 곧 이어 거리를 가로지르는 한 병사의 외침이 들려왔다.

"제2종 경계! 제2종 경계! 고블린 내습이오!"

"고블린인데 제2종 경계라고?"

반사적으로 몸을 긴장시키고 곧 뛸 생각이었던 시르게이르는 옆에서 들려온 아스미르의 말에 순간 당황했다. 더구나 거리를 오가는 사람들 모두, 병사의 외침에 한 번 쳐다볼 뿐 극적인 반응은 보이지 않는다. 안전한 황성에서 나고 자라 이런 문제에 별 지식이 없는 시르게이르인지라, 결국 아스미르에게 물을 수밖에 없었다.

"그게 이상해? 그리고 아무도 긴장하질 않네?"

"그래. 고블린, 2종 경계, 그리고 시민들의 이 반응. 셋 모두 완전히 말이 되지 않지."

아스미르는 당혹한 듯하면서도 정말 흥미롭다는 얼굴로 거리를 둘러본다. 그러다가 설명을 기다리는 듯한 시르게이르를 쳐다보고 말을 덧댄다.

"제2종 경계라면 적이 공성을 시도할 만큼 강하진 않지만, 시 바깥의 사람들에게 위해를 가할 수 있는 정도가 된다는 뜻이야. 상황이 풀릴 때까지 도시의 모든 출입구가 봉쇄되고, 도시

내의 인원들 가운데 등록된 용병과 서임된 기사들은 시의 방어에 협조할 의무를 갖지. 그런데 이실바프 정도 되는 군수 도시가 고블린 따위에게 2종 경계라니…… 생각해 볼 수 있는 건 딱 하나야. 엄청나게 몰려왔다는 것."

"그런데 이 사람들, 왜 이리 평온해?"

시르게이르가 묻는다. 아스미르는 섣부르게 대답하는 대신 다시 한번 거리의 분위기를 살핀다. 그래도 대로의 저편에서 달려가는 한 무리의 병사들이 보이긴 했다.

"……나도 모르겠는걸. 그런데 어쩌지, 시르게이르? 우리는 칙서가 있는 만큼 이런 경우 시의 징발을 거부하고 임무를 향해 곧장 떠날 권리가 있어."

아스미르가 건조하게 말했다. 시르게이르는 그런 자신의 친구를 힐끔 보더니 답한다.

"네 어머니와 동생들을 내버려 두고? 이게 별로 긴급 사태가 아닐지라도, 네가 할 만한 선택처럼 들리지는 않는걸."

"왜 이래? 나는 여전히 가출 상태야."

아스미르는 투덜거리듯 말했지만, 거의 스스로에게 하는 불평 같아 보였다. 머리칼을 거칠게 쓸어올리며 잠시 생각하던 그에게 시르게이르가 타이르듯 말했다.

"더군다나 안전한 귀환길을 알아봐 주겠다고 먼저 말한 건 너야."

"제기랄. 일단은, 어찌 된 상황인지 알아보기나 하자."

결국 둘은 곧장 빠른 걸음으로 시의 남쪽 성문을 향했다. 그들이 머무르고 있던 거리로부터 멀어지며 남문에 가까워질수록 확실하게 부산스러워지는 주변의 분위기가 와닿았다. 이미 거의 어두워진 무렵이라 주변 곳곳에 지펴진 화롯불들이 불티를 휘날리는 가운데, 한 무리의 궁수들이 성벽 위로 올라가기 위해 열병하는 중이었다. 또한 상황 파악을 위해 몰려든 몇몇 용병단의 무사들이 각자의 표장을 빛내며 남문 지휘소 앞에 모여들어 있었다.

"이실바프의 치안대장, 나딘 하이슈켈입니다."

아스미르와 시르게이르는 지휘소에 북적대던 용병들이 흩어질 때까지 끈기 있게 기다린 끝에 들어섰다. 아스미르가 봉명사 행렬의 대표임을 설명하며 임명장을 보여주자, 제복을 입은 이실바프의 치안대장은 조금 놀라더니 정중히 자신을 소개했다.

"어려운 때에 중요한 일을 하시는 중이리라 믿어 의심치 않습니다, 피어클리벤 공. 참으로 다행스럽게도 시의 방위에 대해서는 걱정하실 필요 없습니다. 다만 소관으로서는 상황이 진정될 때까지 시의 안전한 구역에서 기다리시길 권해드립니다."

"진정된다고요? 혹시 이런 일이 자주 있었습니까?"

아스미르가 날카롭게 묻는다. 나딘이 살짝 난처한 표정을 지어 보이더니 대답했다.

"맞습니다. 이 고블린 무리들은 며칠 전부터 시의 파수 경계에 모습을 드러내곤 했습니다. 하지만 아직까진 아무런 위해를 가해 오지 않았고, 길어야 반나절 정도 뒤엔 다시 숲으로 사라졌죠. 이번에도 그러리라 생각합니다."

"목적이 뭔지 모르십니까?"

"……목적이요?"

여태 정중하던 나딘의 표정이 살짝 삐걱거린다. 그는 황당한 질문을 들었다는 듯, 잠시 당황하다 말했다.

"고블린 놈들의 목적이랄 게 있겠습니까……? 저놈들은 마수입니다. 살육과 식탐 말고 저놈들이 가질 만한 욕망이 더 있겠습니까?"

치안대장의 관점은 지극히 상식적이었다. 적어도 출발 전의 아스미르라면 이에 완벽히 동의했으리라. 하지만 아스미르는 유레의 편지에서 언급되었던, 피어클리벤 영지와 고블린 간의 조약에 대해 알고 있었다. 있다고 여겼던 용이 없고, 새로운 용이 나타나 버린 시대가 아니었다면 아스미르 역시 그냥 터무니없는 이야기라 생각했겠으나 지금이 바로 그런 시대다.

"그럼 왜 제2종 경계 태세죠? 저들 수가 얼마나 됩니까?"

조용히 듣고 있던 시르게이르가 나서 묻는다. 나딘은 잠시 망설이다 대답했다.

"파수들은 이천가량 된다고 보고했습니다. 하지만 걱정 마십시오. 고블린들의 재주로는 인간의 성벽을 타 넘지 못합니다. 그리고 이실바프를 고립시키는 건 거의 불가능하죠. 두 분께서는 임무에 어떠한 지장도 없으리라 확신합니다."

치안대장의 장담은 아마도 옳을 것이다. 그 정도의 고블린 병력으로 하나의 자유도시를 뚫거나 봉쇄하는 건 불가능하다. 그럼에도 아스미르는 조금 초조한 듯 보이는 나딘의 표정을 읽는다. 황제의 직인이 찍힌 임명장의 효력이리라.

"알겠습니다. 그럼……."

더 얻어 낼 정보가 없다고 판단한 아스미르가 막 물러나려는 순간이었다. 지휘소 밖, 남문 성벽 위에서 또다시 경종이 요란하게 울리기 시작했다. 아까와는 다른 박자였다.

"실례합니다."

살짝 낯빛이 변한 치안대장이 양해를 구하고 허둥지둥 밖으로 달려 나가자 아스미르와 시르게이르 역시 따라 나갈 수밖에 없었다. 하지만 나딘은 그 잠깐 사이에 어둠 속으로 사라져 성벽 위로 올라갔는지 보이지 않았다. 둘은 지휘소 앞에 지펴진 화롯가에 잠시 선 채 어둠 속의 소란을 조금이나마 읽어 내려고 한다.

"우리까지 손을 빌려줄 필요는 없겠네. 뭐, 사실 우리 행렬의 호위대라고 해봐야 식료품 수호대 같은 거지. 지금 이 도시에 얼마나 많은 병력이 있겠어?"

시르게이르의 말이었다. 아스미르는 곧바로 대답하지 않고 묵묵히 불만 쬐었다. 이 비상한 침묵에 시르게이르가 무어라 물으려는 찰나, 아스미르가 대꾸했다.

"아마도 이건 싸움의 문제가 아닐 거야."

"뭐?"

"여기까지 오면서, 고블린 무리가 여럿 이동하고 있다는 소문, 너도 들었지?"

"알고 있어. 그게 이 상황과 관계있다는 거야?"

아스미르는 다시 한번 유레의 편지 내용을 떠올리며 말했다.

"내가 말 안 한 게 있어."

"그건 나도 그래."

그러자 아스미르가 황당하다는 표정을 짓더니 묻는다.

"……네가? 나한테?"

이번엔 시르게이르가 당황할 차례다.

"아니, 보통…… 남한테 모든 걸 말하진 않지?"

"아, 그래? 뭘 안 말했는데?"

놀랍게도 시르게이르는 매우 성실한 태도로 그것에 관해 생각하기 시작했다. 그들의 대화를 본의 아니게 엿듣고 있던 지휘소 앞의 보초병 둘이 동시에 매우 짜증 난다는 표정을 짓고 만다. 하지만 두 보초병들에겐 정말 다행스럽게도, 둘의 이 허튼소리는 매듭을 짓지 못했다. 사라졌던 치안대장이 별안간 어둠 속에서 나타나더니 기이한 표정으로 아스미르를 노려보기 시작했던 것이다.

"……무슨 일입니까?"

"글쎄, 내가 묻고 싶습니다. 아스미르 피어클리벤 공, 분명 맞으십니까?"

"아까 분명 그렇게 밝혔을 텐데요."

"……그러니까, 피어클리벤이라고요?"

염병할 피어클리벤.

"네, 맞습니다. 도대체……."

"이걸 보십시오. 저놈들이 날린 겁니다."

나딘이 내민 것은 한 장의 종이였다. 아마도 화살에 매여 있었던 듯 꼬깃꼬깃하게 접힌 자국이 나 있는, 빽빽하고 거친 재질의 종이였다. 아스미르가 그걸 펴들고 화롯불에 대자 목탄으로 휘갈긴 듯한 문장이 어슴푸레 보였다. 썼다기보다는 모양을 그린 듯한 글자들이었기에 읽기는 좀 힘들었지만.

고블린 대사, 피어클리벤과 대화하고 싶다.

"자, 이제 소관에게 설명을 좀 해 주시겠습니까? 이게 무슨 말입니까?"

"……."

아스미르는 대답하지 않았지만 놀라울 만큼 느긋한 표정을 짓고 있었다. 곁에 있던 시르게이르 또한 쪽지를 엿보더니 눈을 크게 뜨고 자신의 친구를 본다. 한참이나 그렇게 둘의 애를 태우던 아스미르가 입을 열어 말한 것은 다음과 같았다.

"고블린들이 용케 제국 문자를 다 쓰네……?"

"아니, 이보시오!"

나딘이 마침내 빽 소릴 지르고 만다.

"칙서를 가진 봉명사신이 아니었다면 당장 억류하고 간첩이 아닌지 추궁했을 거요! 고블린 대사란 게 무슨 말입니까? 그리고 피어클리벤……? 저들이 공이 여기 있는 것을 어떻게 알고 있는 겁니까?"

진실을 말하자면 아스미르 역시 경악할 만큼 당황한 상태였다. 뜻밖의 상황에 자신의 이름이 튀어나왔으니. 하지만 그는 어릴 때부터 당황스러울수록 침착해지는 기질이 있었다. 어린 시절의 울리케는 이걸 일종의 현실 도피성 의연함이라고 평가하곤 했다. 지금 생각해 봐도 겨우 열세 살이 타인에게 내릴 만한 평가는 결코 아니다.

"칙서라고 하시니 드리는 말이지만, 원칙적으로 임명장 외에 본 사신단의 임무에 관해 추궁할 권리는, 적어도 치안대장에게는 없다고 생각합니다만!"

억류니 추궁이니 하는 말이 나오자 울컥해서 내뱉은 시르게이르의 말은 옳았다. 황제의 직인이 찍힌 임명장을 들고 있는 한, 그들의 임무가 무엇인지에 관해 일개 자유도시의 치안대장이 물을 수는 없는 일이었다. 시장이 오더라도 마찬가지다. 나딘은 순간 당황했지만, 그렇다고 기세를 잃지는 않는다.

"하지만 최소한 이것에 대해 해명하기는 해야 할 겁니다! 자유도시의 안전에 관한 문제니까요! 이 도시에 발부된 특허가 칙서보다 가볍다고 말씀하실 수 있겠습니까?"

"우리끼리 따져서야 끝도 없는 이야기군요. 그나저나, 제가 뭘 해명해야 한단 말입니까? 지금 저 고블린들이 이 도시에 위협을 가하는 것 같지는 않은데."

그러자 나딘이 어처구니없다는 듯 침을 튀기며 소리쳤다.

"위협이요? 저것들은 그냥 마수입니다! 시야에 목격되는 순간, 마땅히 적으로 간주되어야 하는 마수라고요! 존재 자체가 위협이란 말입니다!"

그래. 이 또한 이전의 아스미르라면 그저 수용했을 이야기다. 하지만 더 이상은 아니었다. 아스미르는 들고 있던 고블린의 쪽지를 나딘의 눈앞에 흔들어 보이며 말한다.

"치안대장은 이게 선전포고로 보입니까?"

"이보시오, 아스미르 피어클리벤 공!"

소리 지르는 것은 나딘이었지만, 정작 슬슬 화가 치밀기 시작하는 것은 아스미르였다. 그는 차갑게 말한다.

"어쩌자는 겁니까? 나는 피어클리벤의 일원으로 이 봉명사행렬을 이끌고 있지만, 적어도 이 도시에서 그 이름을 사용할 예정은 없었습니다. 우리의 임무는 뉘른스에크에 있지요."

그리고 뉘른스에크에는 검은 용이 있다. 그 사실을 모르지 않는 치안대장은 일순 입을 닥쳤다. 나딘 또한 피어클리벤이라는 이름을 지금 이 자리에서 처음 들은 게 아니었으니까. 용의 볼모가 된 영지와 그 가문의 일원. 동정은 그의 업무가 아니었으나, 나딘은 결국 많이 누그러진 목소리로 말했다.

"……하지만 고블린들이 이렇게 나온 이상, 이전처럼 그저 물러가 주기만 기대하며 그냥 있을 수는 없습니다. 저 또한 이 내용을 의회에 보고해야 하고요. 공의 이름이 저들에게 호명된 이상, 이대로 무시하실 수는 없습니다."

"무시하겠다고 한 적 없습니다."

이 도시엔 어머니 유레와 그 자식들도 있으며 그들 또한 명백히 피어클리벤의 일가이다. 이들의 체류 사실은 치안대장 나딘 또한 알고 있었다. 하지만 피어클리벤의 이름을 가졌다고 해서 그들이 '고블린 대사'라는 노릇을 할 수 있으리라 기대하는 이는 이 자리에 아무도 없었다. 더구나 아스미르가 이실바프를 방문한 이 시기에, 기다렸다는 듯 때를 맞추어 날아온 전언이다. 누가 보더라도 공교로운 일이었다.

"……별수 없군요. 제가 접촉해 보죠. 단, 최대한의 호위를 붙여 주시겠습니까?"

제 10장

"아니, 어쩌려고 그래? 미쳤어?"

시르게이르는 나딘이 용병단장들을 부르기 위해 자리를 뜨자마자 아스미르에게 윽박질렀다. 그들은 시의 남쪽 성문 가에 선 채 지원을 기다리는 중이었다.

"나한테 말 안 한 게 있다는 게 이거였어? 네가 고블린 대사……? 뭐 그런 웃기지도 않는 거였냐고!"

아스미르는 침착하게 말했다.

"아냐. 내가 말하지 않았던 건, 우리 가문과 고향의 고블린 무리 사이에 어떤 왕래가 있다는 이야기였어."

"……뭐?"

시르게이르의 눈이 휘둥그레진다. 아스미르의 말이 이어진다.

"그래, 그것도 그 용이 나타났기에 일어난 일 가운데 하나야.

어머니의 편지로서는 그 정도밖에 알 수 없었지만."

"너 도대체 왜 이렇게 태평한 건데?"

"내가 태평해 보여?"

아스미르가 태평히 되물었다.

"너야말로 왜 이리 호들갑이야? 심지어 공주님을 인질로 잡고, 무려 금화 이만 장을 뜯어낸 폭군 용의 아가리 앞에 자진해서 출두하려는 힐드룬 영애가? 용에 비하면 고블린은 별거 아니지."

"아니, 아니지! 용은 지적이고 말이 통하는 상대야! 심지어 미식가고!"

"누군가 고블린에게 그만한 대접을 했더라면 저들도 미식가가 될 수 있었을지 모르지."

시르게이르는 배신당한 표정을 지었다. 그리고 그건 여태껏 둘의 관계에서 그가 처음으로 내보이는 얼굴이었다. 아스미르는 여전히 침착하게 그 눈을 들여다보며 말했다.

"네가 뭘 불안해하는지 알아. 그런데 솔직히 말해서, 고블린도 어쩌질 못하는 마당에 용인들 녹록할까? 힐드룬이 용에게 갖는 기대는 이성적인가? 내 보기엔 지금 이 상황보다 나을 것도 없는데."

"잘하네. 더 해 봐. 날 더 안심시켜 봐."

포기한 듯 빈정거리기 시작하는 시르게이르식 말투가 아스미르에겐 익숙하다. 하지만 그에겐 친구를 안심시켜 줄 여유가 별로 없었다. 아무도 그렇게 보지 않을진 몰라도, 아스미르 또한 누구보다 당황한 상태였고, 두려웠다. 단지 이름이 불렸다는 이유만으로 이런 상황에 내몰리다니.

정말이지 염병할 피어클리벤.

치안대장 나딘이 돌아온 것은 그때쯤이었다. 문제는 그가 혼자였다는 사실이었다.

"어느 용병단도 호위를 거절하더군요. 사실대로 말하자면, 미쳤냐고 하더이다."

나딘은 찌푸린 얼굴로 이렇게 입을 열었다.

"용병들은 모두 자유도시의 징병령에 묶인 몸이긴 하지만 그것은 어디까지나 시의 자위에 한해서이지, 누가 봐도 무모한 이런 일에는 병력을 내지 않을 권리가 있습니다. 나는 그것을 강제할 수 없고요."

"어차피 고블린 수가 이천인데, 호위라고 몇 명을 붙인들 별 의미가 없기는 하겠군."

아스미르는 초연한 듯 이렇게 중얼거렸다. 하지만 시르게이르는 성을 내며 나딘에게 쏘아붙였다.

"아니 그러면 어쩌란 말입니까? 아스미르 혼자 성 밖으로 터덜터덜 나가기라도 하란 말인가요? 단지 고블린들이 이름을 불렀다고? 아우스뉘르가 도대체 언제부터 고블린을 소통 가능한 대상으로 여겼는지 모르겠군요! 굴러가는 작태를 보아하니, 이 대로 아스미르가 고블린들의 포로가 된다 한들 이실바프의 치안대가 구출에 생색을 내 줄 것 같지도 않은데, 아스미르! 이따위 건 무시해 버리자! 우리에겐 수행해야 할 칙서가 있어!"

하지만 아스미르는 곧바로 반응하지 않았고, 그것은 나딘도 마찬가지였다. 자유도시의 자위징발권과 황제의 칙서봉명이라는 두 개의 배타적 권위가 충돌하고 있다. 이 상황을 야기한 것은 일찍이 전례가 없는 고블린들의 소통 시도다. 아스미르나 나딘 둘 모두 자신의 입장만을 들어 완전히 억지를 부릴 수도 있는 상황이었지만, 그럴 생각이 없어 보였다.

"정말로 나 혼자 나가는 게 가장 좋을지도 몰라, 시르게이르."

잠시간의 침묵 끝에 아스미르는 모두가 기겁할 만한 말을 내뱉고야 만다. 심지어 나딘조차 눈이 동그래졌고, 시르게이르는 어처구니가 없는지 화도 내지 못했다. 아스미르는 그런 둘을 차례로 쳐다보곤 차분히 말을 이어 나갔다.

"정말이야. 이 마당에 호위란 건…… 냉정히 보자면 수가 몇이든 실질적으로 아무 의미가 없어. 그저 유사시 나 대신 죽거나 다칠 이들을 데리고 나가게 되는 것뿐이지. 저 고블린들이 정말 내게 위해를 가해 온다면 이 상황에서 호위가 백이든 이백이든 그게 무슨 소용이겠어? 차라리 혼자 나가는 게 낫지. 이쪽이 저들을 두려워하거나 의심하지 않는다는 걸 확실히 보여줄 수 있고, 만일의 경우 피해를 최소화할 수 있을 테니까."

"그 최소화된 피해 안에 네가 들어가! 저들은 고블린이란 말이야, 아스미르!"

"고블린이 어떤 존재인지는 지방 영주의 아들인 내가 너보다 잘 알아."

아스미르는 이렇게 대답했지만, 말하면서도 자신이 고블린에 대해 이제 와서 정말 잘 안다고 할 수 있을까 하는 의문이 들었다. 시르게이르는 지지 않고 소리쳤다.

"그래, 잘 알겠지! 저들은 인간을 공격하고 약탈을 일삼는 것들이며 대화 상대가 아니라는 걸!"

"여기까지 오는 도중 우리를 공격한 이들은 고블린이 아니라 인간 산적들이었어. 하지만 그렇다고 해서 우리가 인간을 배척하진 않잖아. 모든 인간이 그렇지 않다는 걸 아니까 말이야."

"아니, 너 도대체 무슨 소릴 하는 거야?"

시르게이르는 어이가 없어서 이렇게 묻고 만다. 그리고 질문을 받은 아스미르의 내심도 별다르지 않았다. *내가 왜 이러지?* 아스미르 또한 혼자 나가 저들과 접촉해 보겠다는 스스로의 이 발상이 완전히 무모하며 말도 안 된다는 것을 잘 알았다. 태평한 듯 굴고 있었지만 그의 등짝엔 아무도 모를 진땀이 흥건하다. 하지만 그런 인식과는 다르게, 아스미르의 입과 머릿속 한 편은 어떻게든 이를 합리화하느라 분주하기만 하다. 도무지 자중할 수가 없었다.

"소관 역시 그렇게까지 요청 드릴 수는 없습니다. 혼자라뇨. 그만두십시오, 피어클리벤 공. 아마 조금 지출을 하면 따라나설 간 큰 용병들을 찾아볼 수 있을 겁니다."

심지어는 나딘조차 이렇게 그를 말려 온다. 그럼에도 아스미르는 다음과 같이 대꾸해 버리고 만다.

"사자를 베는 법은 없습니다. 나 혼자 가죠. 말만 한 필 내어주십시오."

"야, 이 미친놈아!"

마침내 시르게이르는 아스미르의 멱살을 잡아채며 소리 질렀다. 하지만 그와 동시에 이 막역한 친구의 눈 안에 깃든 결심을 읽어내 버린 그는, 아스미르 대신 곁에서 어쩔 줄 모르던 치안대장에게 외치기 시작했다.

"제국의 모든 영주와 자유도시의 의회는 칙서의 봉행(奉行)에 최대한으로 협력할 의무가 있습니다! 이 봉명사신단의 임무에서 피어클리벤 공의 존재는 절대적으로 필수고요! 이실바프의 치안대는 그의 안전이 곧 폐하의 칙명과 같다는 사실을 좀 인식하시는 게 좋겠군요!"

"예?"

나딘이 당황하여 묻는다. 가만히 친구에게 멱살을 내주고 있던 아스미르가 화들짝 손을 들어 시르게이르의 입을 틀어막았다.

"야, 너야말로 뭘 미주알고주알 떠들어? 어디까지 임무에 대해 토설할 생각이야? 조용히 안 해?"

"맞잖아? 네가 없으면 힐드룬의 이름만으로 무슨 명분이 있어 전선을 지나간다는 거야! 여기서 고블린 따위에게 발목을 잡힐 것 같나!"

살아 있는 용에게 밥을 해 주고 말겠다는 힐드룬 적장녀의 원념은 이토록 깊었다. 아스미르는 자신의 완력이 불과 무쇠 앞에 단련된 용숙수 손녀를 떼어내지 못한다는 사실에 새삼스런 좌절을 하며, 다급히 말한다.

"저 고블린들에게도 그걸 알려 줄 수 있잖아? 내게 위해를 가하면 폐하의 칙명을 방해한 게 되는 거라고! 그러면 대규모 토벌의 구실이 되지! 저들이 머리가 있다면 그런 위험을 감수하려고 할 것 같아?"

상대가 고블린이 아니라 인간이라면 아스미르의 이 말은 꽤 합리적으로 들렸으리라. 그러나 시르게이르나 나딘 모두, 고블린이라는 존재가 그런 점을 고려할 줄 아는 존재라고 생각하지 않는다. 시르게이르의 악력은 더 거세어지기만 할 뿐이었다.

"뭔 개소리야! 고블린 머리의 역할은 인간에게 베어지는 것 하나뿐이야!"

"아, 이것 좀 놔 봐!"

그때였다. 아래쪽의 이 드잡이질을 외면하며 꿋꿋이 성벽 위에서 경계를 보고 있던 병사 하나가 구르듯 돌계단을 타고 내려와 나딘 앞에 도착해 보고했다.

"대장님! 고블린들 쪽에서 늑대기수 하나가 홀로 접근해 옵니다! 곧 사거리 안에 들어서겠는데, 공격 명령을 내리시겠습니까?"

공격할까의 여부를 물어보는 것도 아니다. 평소와 같았다면 나딘도 망설임 없이 공격 명령을 내렸을 것이다. 아니, 애초에 이런 경우 경계병과 궁수들은 치안대장의 명령을 일일이 기다리지 않고 자유롭게 활을 쏠 수 있었다. 그러나 앞서 저쪽에서 쪽지를 날려 왔다는 점과, 현재의 상황이 어떤지 남문의 병사들 또한 어느 정도 알고 있었기에 혹시나 하고 일부러 내려와 물은 것이었다. 나딘 또한 섣부르게 활을 쏘라고 말하기는 망설여진다.

"……아무래도 저쪽에서 나를 좀 도와주는 것 같은데."

아스미르가 간신히 시르게이르의 우악스런 손을 떼어내며 말했다. 그러고는 자신을 향해 쏟아지는 세 개의 시선을 태연히 견디며 말을 잇는다.

"저 기백에 인간이 뒤져서야 되겠습니까? 나 혼자 나가되, 궁수들의 사거리 한계 안에서 저들과 접촉하죠. 이 정도의 위험조차 안 된다고 말할 순 없겠죠? 지금 저기에, 인간의 성벽을 향해 홀로 걸어오는 고블린 용사가 있다는 데 말입니다."

결국 그렇게 결정되었다. 시르게이르는 마구 날뛰었지만, 그 또한 이 상황을 타파할 마땅한 방책이 따로 없다는 데 따른 답답함의 분출에 가까웠으리라. 봉명사 행렬의 요인 가운데 적어도 하나는 안전해야 한다는 아스미르의 단호함에 따라, 시르게이르는 어쩔 수 없이 성문 안에 남았고 아스미르 피어클리벤은 정말로 혼자 나섰다. 이 여정을 시작하며 챙겨온 허리의 검 한

자루와, 성벽 위에 평소의 세 배로 밀집된 궁수들이 그를 잘 엄호할 수 있도록 손에 든 송근유 등불이 유일한 무장이었다. 시르게이르와 나딘은 방패라도 들고 가라고 권했지만 아스미르는 그조차 거절했다.

사람 하나가 몸을 수그려 간신히 지나갈 수 있을 만큼만 성문의 철창이 들린 가운데, 그 아래를 빠져나오며 아스미르는 지금 도대체 자신이 무슨 짓을 하고 있는 것인지 몇 번이나 스스로에게 되물었다. 이건 미친 짓이다. 내내 호연히 지껄인 자신의 주둥이가 무슨 마법이나 저주에라도 걸린 게 아닐까 생각될 지경이었다. 하지만 일이 이렇게 흘렀으니 온통 새카만 성 바깥의 어둠을 향해 걸어 나갈 수밖에 없었다.

그리 멀리 있지 않은 길 위에, 늑대에 올라탄 고블린 기수 하나가 멈춰선 채 그를 내내 기다리고 있었다.

"……."

"……."

이 역사적인 '첫 대면'은 기어코 어색할 수밖에 없었다. 물론 따지고 보자면 피어클리벤 영지 내에서 벌어진 고블린들과의 협약이 먼저이긴 하겠지만, 그것은 아직까지도 외부에 제대로 알려지지 않은 사실이니까. 반면 아스미르의 등 뒤에는 수많은 인간의 병사들과 시민들이 있다. 따라서 지금의 대면은 어떤 식으로든 결코 감출 수 없는 공식적 접촉이 된다.

"네가 우리가 요청한 사람인가?"

마침내 고블린이 입을 열어 물었다. 언제나 언설 대신 날붙이로 인사해 온 두 종족이다. 그 표정엔 서로에 대한 불신과 불안이 어쩔 수 없이 피어난다. 아스미르는 발아래 등불을 조용히 내려놓고 주위의 어둠을 천천히 둘러보며 대답했다.

"아마도?"

"아마도라니, 무슨 말이냐?"

"그 전에, 등 뒤의 사수들을 좀 물려 주시지?"

고블린은 이를 드러내며 말했다.

"나 또한 너희의 간격 안에 있다."

그건 사실이었다. 지금 서로 다섯 발자국 정도 떨어져 대화하고 있는 이 자리는 성벽의 사수로부터 발사된 화살이 충분히 닿을 거리였다. 길옆, 무의미한 말뚝처럼 세워진 나무 기둥 하나가 바로 그것을 증명한다. 그 사실에 조금 안심하면서도, 제 발로 사정거리 안에 들어온 이 늑대기수가 몹시 신기하게 여겨지는 아스미르다.

"그래, 어떻게 그럴 수 있었지?"

"질문은 내가 먼저 했다, 인간. 아마도라니, 그게 무슨 말이냐? 너는 우리의 대사가 아닌가?"

"나는 피어클리벤의 아스미르다. 그러니 피어클리벤을 호명한 너희 요청에는 맞지. 하지만 나는 대사라는 직함을 얻은 적은 없는데. 도대체 고블린 대사 피어클리벤이란 게 어디서 나온 이야기지? 그리고 왜 피어클리벤이 이 도시에 있으리라 생각한 거냐?"

고블린은 얼굴을 찌푸렸다. 아스미르로서는 그것이 어떤 표정인지 채 읽어내기가 힘들었다. 잠시 침묵하던 고블린이 말했다.

"나는 아흐가르 한 아이케다. 중부 유하라의 수해로부터 네 무리의 형제들을 인솔해 온 오백장 가운데 하나이지. 우리는 우리의 성지를 향해 마땅한 행군을 하는 중이며, 여기에서 더는 우회할 수 없는 인간의 요새와 마주쳤다. 우리가 바라는 것은 단 하나, 우리의 성지로 가는 길을 열어 달라는 것뿐이다."

"……알겠는데, 내 질문에 대한 대답은 한마디도 들어 있질 않다, 고블린 오백장."

아흐가르는 다시 얼굴을 찌푸리더니 말했다.

"이 땅의 많은 날짐승들이 용의 말을 사방으로 나르고 있다. 그가 우리의 성지에 관해 알려 왔다. 피어클리벤의 이름도. 이와 같은 상황에, 인간의 고블린 대사가 우리의 길을 열어 주리라는 안내가 있었다. 다만 그는 단지 피어클리벤만이라는 이름만을 말했다."

"……그런 말을 그냥 냉큼 믿었단 말이야?"

"용의 말이다. 그것은 죽음처럼 틀림이 없다."

고블린은 단호하게 말했다. 아스미르는 신기하다는 듯 아흐가르를 쳐다보다 말했다.

"용과 관계 맺은 것은 정작 우리 인간인데, 어찌 신뢰는 너희가 더 깊군."

"너희는 의심하고 배신하는 종족들이다. 우리는 그렇지 않다."

정말 그럴지도 모르겠군. 아스미르는 신음처럼 생각했다. 그가 대답 없이 생각에 잠겨 있자 아흐가르는 이어 말했다.

"우리는 며칠을 두고 이 도시를 지나갈 방도를 모색했다. 그러다 어제, 용이 우리에게 직접 말을 전해왔다. 바로 오늘 저녁 피어클리벤이 이 도시에 당도할 거라고. 이제 말해라, 그러면 너는 우리의 대사가 아닌가?"

"내가 대사인가 아닌가 하는 것은 이제 와서 별로 중요하지 않을 것 같은데 그래."

아스미르가 답하자 고블린은 무슨 말이냐는 듯 눈을 크게 뜬다. *저 표정은 확실히 알겠군.* 그렇게 생각하며 아스미르는 부연 설명을 시작했다.

"어쨌거나 내가 나와서 너희와 이야기를 시작하게 되었으니 말이야. 피어클리벤의 이름이 아니었다면 애당초 우리는 싸울 생각밖에 못 했을 테지. 여기서 우리가 칼을 섞지 않았다는 사실만으로도 많은 것들이 바뀔 여지가 생긴다. 그럼에도 답하자면 나는 분명 피어클리벤이지만…… 고블린 대사라는 것은 아마 내 형제 가운데 하나일 거야."

"……형제?"

"그래. 아마도. 이렇게밖에 말을 못 해서 미안하군."

"그럼 너는 우리를 지나가게 해 줄 권한이 없는 것인가?"

그럴 권한을 세상천지에 도대체 누가 갖고 있겠냐. 아스미르는 이렇게 생각하며 몰래 한숨을 내쉬다 자신이 칙서를 봉행 중인 사신임을 깨닫는다. 황제의 인장이라는 것은 이런 규격 외의 사태에 대처하기 가장 좋은 권력이긴 하지. 더구나 우리의 목적은……

생각이 여기에 이른 아스미르는 문득 묻는다.

"너희의 성지가 어디지?"

"……호로케냐르이다."

"거기가 어딘데?"

아흐가르는 잠시 생각하더니 대답했다.

"너희의 이름으로, 뉘른스에크일 것이다."

공교롭군. 아스미르는 이 공교로움이야말로 예정된 운명을 암시하는 어떤 것이 틀림없다고 확신했다. 그러자마자 또 등허리에 진땀이 배어 나오기 시작했다. 다시 한 번 더 그 스스로 미치광이 같은 생각이라고 여기면서도, 어쩔 수 없이 입이 열리고 만다. 바로 이렇게.

"나는 현재 폐하의 칙명을 받아 용을 대면하러 가는 사신단의 인솔자이다. 다시 말해, 누군가를 용에게 안내하려 한다면 그 적임자는 바로 나이긴 하지. 너희가 이 도시를 위협하고 있는 한 나 또한 내 임무를 수행할 수 없어. 그러니 너희 모두, 나와 함께 뉘른스에크로 가는 게 어떨까? 내게 칙서가 있는 한, 명분과 권리가 모두 충족된다."

"너는 네가 대사가 아니라고 말했다. 그러면 우리가 너를 어떻게 믿는가? 너희는 의심하고 배신하는 족속들이다."

"그렇게 따지자면 우리에게 너희 역시 그저 약탈하는 족속들이야."

서로에게 별 타격 없는 모욕을 덕담처럼 주고받은 뒤, 둘은 잠시 저마다의 침묵에 잠겼다. 마침내 아흐가르가 다시 말을 꺼낸다.

"성지로 가는 동안 우리의 안전이 정말로 보장받을 수 있겠나?"

"고블린식으로 말하자면, 우리의 '형제'들이 황제 폐하의 칙서를 얼마나 존중하냐에 달려 있긴 한데……."

아니, 실은 그보다 까다롭다. 아무리 봉명사신의 권한이라 해도 이런 황당무계한 일을 벌인다면, 황제의 인장을 존중하면서도 봉명사를 공격해 올 핑계야 얼마든지 만들어낼 수 있을 테니까. 문득, 아스미르는 눈앞의 이 고블린보다 다른 인간들을 상대로 하는 설득이 백 배는 어렵겠다는 사실을 깨닫는다. 무턱대고 공격한 뒤, 봉명사신 행렬이 고블린 군대에 사로잡혀 있다고 판단해서 일으킨 작전이라 답하면 어쩌지? 그게 아니면 봉명사가 자신의 권한을 오해한 끝에 월권을 저질러 징치했다는 식의 결론으로도 이어질 수 있다. 이천이나 되는 고블린 군대를, 그저 황제의 칙명을 수행 중이라 해서 순순히 보내줄 제국인이 있을까?

생각이 여기에 이르자 아스미르는 기분이 묘해졌다. 대체 왜 자신이 지금 여기서 고블린들을 안전히 보내 줄 방법을 고민하고 있게 된 것일까? 용의 환심을 사, 친구를 그 전담 요리사로 취직시키기 위해 열 수레 분의 식재를 준비해 여기까지 온, 더없이 별난 임무의 수행자라서?

"허튼수작 마라."

별안간 숲흑늑대의 이가 드러나며 낮게 으르렁거린다. 동시에 아흐가르도 자신의 손을 안장에 매둔 검에 가져가며 역시 낮은 소리로 경고한다. 영문을 모르는 아스미르가 반 발짝 물러나며 말했다.

"왜 이래?"

"날갯소리다. 무엇이지?"

"맹세컨대, 나는 모르는 일이야."

아스미르의 귀에도 어둠 속에서 펄럭이는 새의 날갯소리가 들려오더니 이윽고 활의 사거리 표시용 말뚝 위에 큼직한 도래까마귀 한 마리가 내려앉았다. 어둠에 파먹힌 듯 도사린 채, 아스미르의 발아래 놓인 등불에 반사된 눈만 빛내던 까마귀는 당황한 듯 부리를 연다.

"……뭐야, 왜 오라버니가 여기 있어?"

"……울리케?"

저 말투와 목소리는 다른 이의 것일 수가 없다. 아스미르는 황망히 되묻는다.

아흐가르 역시 뜻밖이었는지 눈만 굴릴 따름이었다. 그렇게 셋 모두 당황스레 시선을 주고받은 끝에 겨우 말을 내뱉은 것은 아스미르였다.

"울리케? 맞아……? 웬 까마귀…….."

"아, 내 이야기는 나중에 하고요. 도대체가…… 아니지. 나는 울리케 피어클리벤, 너희의 고블린 대사다!"

말뚝 위의 도래까마귀는 아흐가르를 향해 선언했다. 하지만 고블린은 까마귀가 아니라 아스미르를 쳐다보더니 묻는다.

"왜 네 형제가 까마귀인가?"

아스미르가 그 까닭을 알 리 없다. 그러자 울리케는 보이지 않는 누군가를 향해 중얼중얼 욕설을 토해내더니 말했다.

"지금 중요한 건 그게 아니라니까! 유하라로부터 온 오백장 아흐가르 한 아이케, 맞지? 맞아야 할 것이다!"

도래까마귀의 박력에 고블린은 순순히 대꾸할 수밖에 없다.

"……맞다."

"잘 들어. 나는 너희가 여기 온 이유를 알고, 현재의 상황도 알고 있다. 나 또한 시우부름의 형제들을 너희의 무리만큼 인도하는 중이다. 그리고 우리의 목적 모두 성지 흐로케냐르에 있지. 하지만 그 문턱엔 인간의 군대가 가득해. 그 전에 병참선을 뚫는 것조차 버거울 것이다. 대사로서의 나의 권위가 아직 만방에 통하는 것은 아니며, 지금은 전시인 만큼 내가 해 줄 수 있는 보장의 한계는 유동적이다. 여기까지 이해했나?"

"아니, 잘 이해하지 못하겠다."

고블린은 불만에 찬 듯 내뱉는다. 그러고는 도래까마귀와 그 곁에 선 인간을 향해 말하기 시작했다.

"너는 우리의 대사이고, 또한 용의 사자라 들었다. 다시 말해 너는 저 용의 의지를 대리하는 자일 테다. 그러면 된 것이 아닌 가? 도대체 이 땅의 누가, 무엇이 그것에 거역할 수 있다는 말 인가?"

"……너희에겐 그럴 기회가 없었을 테지만, 인간은 지난 세월 왕의 명령과 용의 권위를 얼마간 일축할 수 있을 만큼 번영해 왔거든. 그리고 이것은 순전히 힘의 논리라기보다는 상황의 복 잡성에서 기인하는 문제이기도 하다. 우리의 체계와 이해관계 는 너희처럼 단순하지가 않아."

이건 분명 울리케가 맞군. 도래까마귀에 대해 의심을 거두지 못하고 있던 아스미르는 이 대목에서 그것의 정체는 확신하였 다. 울리케와 격렬하게 논쟁을 주고받았던 기억들이 떠올랐다. 다른 가족들은 잘 모르는 부분이었지만.

"설령 내가 이해한다 해도, 다른 형제 오백장들 역시 납득하 지 못할 것이며 그 휘하들은 말할 것도 없다. 그러면 우리는 대 사로서의 너의 권위를 의심하기에 이를 것이다."

"그럼 그 끝엔 어떻게 되지?"

아스미르는 이제 이 대화에서 완전히 물러나, 거리낌 없이 말 하는 도래까마귀와 고블린 오백장의 태도를 계속해서 흥미롭 게 지켜본다.

잠시 생각하던 아흐가르는 피곤한 듯 말했다.

"회군인가, 강행 돌파인가를 놓고 의결하겠지. 내 소견을 덧댄다면 아마도 강행으로 가닥이 잡히리라 본다. 아득하게 지워졌던 우리의 성지와 왕좌에 관한 이야기이다. 아무리 무리여도, 지금을 놓치면 영영 수복이 불가능하리라는 확신이 있지. 너희의 성은 높고 견고하지만……."

고블린 오백장은 잠시 어둠 너머, 이실바프의 성벽을 바라보았다. 그러던 그가 결심한 듯 말을 마무리한다.

"결사 총력에 임한 우리의 군대를 마주 대한 역사는 여태껏 없었다고 지적하겠다."

"그건 꽤 괜찮은 위협이겠어. 참고하도록 하지."

태평히 대답한 울리케는 잠시 생각에 잠긴다.

울리케의 의식이 용에 의해 강제로 되돌려졌던 이튿날부터 소로드는 약속을 지켜 불편한 몸을 이끌고 성의 주변 탐색을 지휘하였다. 그가 파마의 결계를 찾아내 파훼하는 데는 이틀밖에 걸리지 않았다. 울리케는 까마귀 금고단의 용병들을 대동하고 수색을 참관하였는데 그 와중에 자신이 결계를 구성하는 지주(支柱)들을 감지해 낼 수 있다는 사실을 깨달았다. 결계 자체를 감지하는 훈련을 받은 소로드조차 울리케가 그럴 수 있다는 사실에 기함했다. 이 사실을 보고받은 시그리드는 아예 그냥 이해를 포기해 버린 것 같았다.

하지만 그동안 그리젤의 용병들이 샅샅이 뒤지고 다녔음에도, 그 결계를 심었을 실록의 폐장 무리는 끝내 영지 내에서 발견되지 않았다. 울리케는 결계의 파훼가 끝나자마자 곧장 빌러디저드와의 접속을 시도하였으나, 용은 여전히 그의 부름에 대답하지 않았으며, 울리케 또한 그림니르의 몸으로 되돌아갈 수 없었다. 그건 용에게 무슨 심각한 일이 일어났거나, 이미 예고되었던 바대로 뉘른스에크 전역에 파마의 결계가 펼쳐졌다는 뜻이었다. 울리케는 시그리드가 주었던 팔찌를 통해서도 아버지와 연락되지 않는다는 사실을 통해, 두 번째 이유이리라 강하게 추측했다. 파마의 결계 덕에 이틀간 공무에서 잠시 벗어날 핑계를 얻고 내내 실컷 잠을 잔 시그리드 또한 거기에 동의했다.

뉘른스에크와 어떤 연락도 되지 않는다는 건 확실히 불안하긴 했지만, 이미 아버지와 다른 이들의 무사를 확인했던 터라 울리케는 예전만큼 두려움에 질리지는 않았다. 아니 오히려, 어쩔 수 없게 된 입장이니만큼 차라리 마음을 놓아 버릴 핑계가 되었달까. 울리케는 내심 그것이 비겁하지 않나 여기면서도 참으로 오랜만에 생기를 되찾은 마법사를 보고 있자니 그냥 좋은 쪽으로 생각하게 되었다. 울리케 또한, 그간 내내 정말 지독히 시달린 마당이었으니까.

그렇게 해서 울리케 피어클리벤은 잠시 며칠간 참으로 인간다운 삶을 누릴 수 있었다. 잔뜩 유예되었던 여유였다. 그 여유는, 아가스로부터 돌아온 파견대에 의해 곧 끝장났지만.

"뉘르뉴……?"

울리케가 이 파견대의 면면에 대해 반응할 부분은 참으로 다양했다.

그로서는 처음 보는 라펀다시르의 내방단 일행은 물론이고 아가스 인근에 매복해 있다가 합류한 하즈바의 기술자들 무리도 있었으며 여기까지 포박되어 온 마법사 하즈바의 시무룩한 꼬락서니도 눈길을 끌었다. 아그니르와 새끼 그리핀 이트레케르도 빠질 수 없다. 하지만 그럼에도, 울리케는 가장 먼저 그 소녀를 찾고 부를 수밖에 없었다.

"울리케로구나."

못 보던 무개(無蓋) 마차 위, 커다란 항아리 옆에 웅크리고 있던 소녀가 내려서며 반가이 말한다. 울리케는 아연한 표정으로 그를 본다. 빙하의 심금 같은 새파란 눈은 변함없었으나, 만년설에 견주듯 희고 길었던 머리는 검게 물들어 있었다. 단지 그것만이 아니다. 누가 보더라도 인간이 아니라는 확신이 절로 들었던 이질감 자체가 거의 사라져 있었다. 그래서일까, 모순되게도 훨씬 생기있어 보이기까지 한다.

"……너 괜찮은 거야?"

"네가 내게 묻는 것이냐? 그러는 너야말로……."

아무래도 울리케의 현재 상태를 단번에 간파해 낸 듯한 뉘르뉴는 여기서 말을 아낀다. 울리케는 그 배려에 신선함을 느끼며 어깨 너머를 보았다. 재갈에 물린 채 보릿자루처럼 말 위에서 끌어 내려지는 마법사 하즈바에서가 보였다.

"이야, 골칫거리들이 한 보따리군요."

어느새 나타난 시그리드가 뭔가를 질겅질겅 씹으며 울리케의 등 뒤에서 중얼거렸다. 차분히 해산하는 파견대의 면면을 하나씩 확인하던 마법사의 눈에, 무개 마차 위의 항아리가 닿는다. 울리케 또한 그것을 볼 수 있었다.

"이건 또……."

이것이 하즈바와 그 일당들이 준비한 역작이었다. 유백색의 항아리엔 알 수 없는 은빛 선들이 복잡하게 상감되어 있어, 식견이 없는 자가 보더라도 평범한 물건이 아님을 알게 한다. 더군다나 이제 더 이상 평범하지 않은 시각과 몸뚱일 지니게 된 울리케에겐, 항아리에 얽혀진 고도의 인위와 가공할 섭리의 단호한 얼개가 선명히 읽힌다. 바로 거기에, 지금껏 말로만 들어왔던 신목 안그라네스가 분재처럼 심겨 있다. 인간의 허리께에나 간신히 올 듯 작은 그 나무는 파르라니 흰 빛을 내뿜고 있어 식물이라기보다는 빙하에서 돋아난 결정이나 조각품처럼 보였다.

"정말 괜찮은 거야?"

울리케가 뉘르뉴를 향해 묻는다. 여전한 빙하의 딸이 대답했다.

"괜찮다. 일이 이리되고 보니 땅에 관해 논쟁했던 우리의 첫 만남을 되새기는 게 우습게 되었구나. 나의 권능은 이제 더 이상 너희의 유산에 국한하지 않는다."

"약해진 거지?"

울리케는 정말로 걱정스레 다시 물었다. 뉘르뉴의 표정이 인간의 것에 닮아 보일수록, 오히려 가슴 한쪽이 덜컥 내려앉는 까닭이다. 뉘르뉴는 웃었다.

"무엇을 걱정하느냐? 이로써 많은 선택이 가능해질 것이다. 그리고 기꺼이, 너는 내 조언자가 될 수 있다."

울리케는 그 말이 고마우면서도 한편으론 강력한 기시감이 들고 만다. 빌러디저드 또한 마치 자신이라는 패의 사용권을 울리케에 넘기는 듯한 발언을 하지 않았던가? *이 인외들이 하나같이 내게 왜 이러는지 모르겠네.* 따지고 보면 울리케 또한 이미 더 이상 보통의 인간이 아니기는 하지만.

"이 땅을 떠나려는 거야?"

그러지 않길 바랐지만 이 물음은 어쩔 수 없이 약간의 울적함을 담고 말았나 보다. 뉘르뉴는 차분한 눈길로 울리케를 올려다보더니 대답했다.

"그 반대다. 나는 사람의 곁으로 가려는 것이다. 셰이위르가 남긴 노래를 내내 생각했다. 검은 용의 고민을 보았다. 덧없는 죽음과 욕망의 교차들을 보았다. 나를 까닭 없이 숭배하는 무리를 보았다. 신성은 결단코 박제될 것이다. 쓰러져 더 이상 간섭해 올 수 없는 이름만이, 그를 추종하는 이들에게 비로소 안전한 무기가 되리라."

울리케와 시그리드는 고요히 뉘르뉴의 독백 같은 말을 들었다. 맥락을 헤아리기 힘든, 분절된 경구들과 같았으나 마법사는 거기 숨겨 있는 의미들을 짐작할 수 있었고, 울리케는 거의 그대로 이해할 수 있었다. 범인을 초월한 그들의 통찰력이 순간적으로 번득인다. 잠시 침묵하던 울리케가 말했다.

"북쪽과는 현재 연락이 닿질 않아. 아무래도 파마의 결계가 작동한 듯해."

"결국 그렇게 되었나? 드디어 까만 녀석의 고난이 시작되었군."

"……너는?"

"나는 이제 인간의 속도로 걸을 수밖에 없다."

예상했던 바였지만 직접 들으니 또다시 걱정이 치민다. 아마도 저 분재에 신목이 멀쩡한 이상 뉘르뉴는 여전히 인간을 초월한 존재이긴 하겠지만, 강대한 천년제주로서의 면목은 여지없이 끊어진 상태이겠지. 울리케의 얼굴에 또다시 걱정의 빛이 감돌았는지, 쳐다보고 있던 뉘르뉴가 말했다.

"나보다는 두고 온 필멸의 무리나 훨씬 더 걱정하거라. 새로이 심길 땅을 결정할 때 되돌아올 나의 장악력은 저 빈번히 무시되는 까만 녀석의 허세에 비할 바가 아니지. 파마의 유배지 안에서 저 녀석은 제 운신조차 감당하기에 벅찬 짐승에 불과해지지만, 나의 영역은 결코 그렇지 않으니 말이다. 내가 무엇 때문에 삶을 허락했겠느냐?"

"뉘른스에크에…… 뿌리내릴 생각이야?"

울리케가 물었다. 뉘르뉴는 곧바로 되묻는다.

"그것이 가장 좋겠느냐?"

그러더니 뉘르뉴는 갑자기 피식거렸다. 이 인간적인 반응이 새롭기만 한 울리케와 시그리드다. 성 안뜰의 무리들이 해산과 정리를 계속하는 광경을 쳐다보며, 뉘르뉴는 말을 이었다.

"아우케트에게 가치에 관해 꾸짖었던 기억이 나서다. 그런 내가 이제는 이로움을 말하고 있구나, 울리케."

이들의 대화는 여기서 멈추었다. 내버려 두면 한량없이 이어질 수도 있었겠지만, 기다리는 일과 사람들이 있었다. 눈치껏 물러나 있던 이들이 이제야 다가왔다.

"깨어났네?"

아그니르다. 그 곁에서 말들을 겁주고 있던 새끼 그리핀이 후다닥 달려와 울리케의 바지에 부리를 긁어대기 시작했다.

"이트레케르! 이제야 보네."

아그니르가 채 말릴 새도 없이 울리케는 손을 내밀었다. 새끼라곤 해도 그리핀인 바, 이미 장성한 여느 맹금의 것보다 큼직한 그리핀의 부리가 그 손가락을 깨문다. 다치지 않을 만큼 지긋이.

"아니, 얘가 왜 이리 친한 척이야?"

그 모습에 어딘지 언짢아져 버린 듯한 아그니르다. 그러자 뉘르뉴가 조용히 말했다.

"네 자매의 특별함을 알아보는 것뿐이다. 질투할 일이 아니다, 아그니르."

"내가 언제 질투를 했다고 그래?"

아그니르는 콧방귀를 팡팡 뀌면서도 허리춤의 쌈지에 들어 있던 말고기 경단을 꺼내 드는 야비함을 발휘해 기어이 새끼 그리핀을 데리고 가 버렸다.

"깨어나셨군요. 정말 다행입니다."

이번에는 로릭스데와 에인달케다. 마법사 케틸은 눈구덩이에 빠졌던 이후로 여기에 이르는 여정 동안 완전히 탈진해서는 곧장 성안으로 실려 가 버린 뒤였다. 라핀다시르 공작가의 장남을 다시 본 울리케는 순간 낯빛이 살짝 어두워졌다. 에파에 관한 일들이 떠올랐기 때문이다.

백룡 아이비레인과 나슐라시에 에파 밀파네스는 현재 이 상황에서 가장 예측하기 힘든 존재들이었다. 일전 빌러디저드는 파마의 결계를 통해 에파가 아이비레인과의 오랜 결합으로부터 분리되리라 예측했던 바 있다. 뉘른스에크에 파마의 결계가 펼쳐진 것이 거의 확실한 이때, 에파는 도대체 어떻게 되었을까? 무엇을 하려는 것일까? 정말로 분노한 백룡이 전장에 나타나지 않을까? 하지만 파마의 결계가 지배한 전장에서, 심지어 스스로의 힘으로 생존하는 것조차 불가능한, 온전하지 못한 용이 무엇을 할 수 있을까? 지금까지의 경험을 통해 울리케가 아이비레인에 대해 느낀 바는 빌러디저드와 완전히 달랐다. 그만큼 오래 인간에 의해 보호되었으면서도, 너무나 감정적이고 대화하기 어려운 상대로 느껴진다. 빌러디저드는 지금까지 사실상 아무도 죽이지 않았다. 같은 상황에서 아이비레인은 전혀 다른 선택을 했을 것이라 여겨진다.

문득, 울리케는 그저 자신이 무사함을 정직하게 반가워하는 로릭스데의 표정에 불만이 치밀고 만다. 지금 자신이 하고 있는 이 고민의 원래 임자가 아닌가?

"감사해요. 영식께서도 건강하신 듯하군요. 전해드릴 소식들이 있으니, 잠시 쉬셨다 자릴 마련하지요."

"기꺼이 그러겠습니다."

울리케의 백자단 팔찌가 찌릿한 것은 그 순간이었다.

제 11장

울리케를 배제한 채 시작되었던 뉘른스에크의 회의는 상황을 좀 더 지켜보자는, 소극적인 결론 외에 도달할 지점이 마땅치 않았다. 시야프리테는 회의를 내내 곁에서 구경한 끝에, 지금 이 자리의 어느 누구도 현 상황을 울리케만큼 전체적으로 파악하고 있지 못하다는 인상을 받았다.

이미 앞서 도래까마귀의 횃대로서 앞선 우스칼드와의 사전 회담에 동석했던 시야프리데로서는 그 길고 난해한 대화들을 다 기억하고 있진 못했음에도 회의가 굴러가는 꼴을 보며 몇 번이나 나서서 '아니, 울리케 행정관님의 말씀에 따르면……' 하고 딴죽을 걸고 싶었으니까. 하지만 지금 자신은 지팡이조차 없는 류그라 소녀일 따름이었기에 참았다. 그리고 그건 어느 정도, 울리케로부터 회담의 내용을 대강이나마 들었던 크누드가 조용히 있었기 때문이기도 했다.

물론 이는 울리케가 내내 겪어 온 비상한 경험과 독특한 입장에서 초래된 특별함이지, 결코 다른 이들의 무능으로 평가될 만한 일은 아니었다. 이 상황이 그저 단순하게 '외적이 쳐들어 왔다! 아군이 모두 전멸했다! 그러니 복수 응전해야 한다!'라는 단순한 문제가 아님을, 이 여정에서 가장 애매한 위치에 있었던 류그라 소녀조차 확실하게 인지하고 있었으니까.

"아가씨는 언제 돌아와요?"

그리고 그 애매한 위치라는 것은, 시야프리테에게 있어 용의 눈치를 전혀 보지 않으며 아무 말이나 해도 되는 권한을 부여하는가 보다. 뉘른스에크에 현재 몰려 있는 모든 존재가 여전한 경외로써 이 존재를 올려다보건만, 지팡이 운반자로서의 책무가 사실상 완료되었기 때문일까, 시야프리테는 그 어느 때보다 거리끼는 게 없어져 버렸다.

"……마땅한 때를 알 수 있을 것이다."

시비를 걸어 오던 유일한 존재를 고향에 던져 놓은 까닭에 모처럼 망중한을 즐기던 검은 용, 빌러디저드는 자신의 꼬리 곁에서 올려다보며 묻는 시야프리테에게 느직이 대꾸했다.

"그렇게 매번 점치는 것 같지만 하나 마나 한 말씀을 더없이 중후하게 하시는 건 좀 피곤하지 않으신가요?"

시야프리테가 이렇게 묻자 곁에 서 있던 크누드가 딸꾹질을 시작했다. 그는 현재 울리케의 호위라는 명분이 임시 해제된 터라, 잠들어 있는 도래까귀가 든 바구니를 등에 메고 시야프리테의 감시 겸 보호자 역을 하는 참이었다. 펠윈과 싸우지 못하도록 말이다.

"내 피로는 그다지 네 관심사가 아닐 것이다."

"그 정도의 상냥함은 대충 있어요."

"야, 너 도대체 뭐 하는 거야?"

마침내 참지 못하게 된 크누드가 조용히 시야프리테를 나무란다. 하지만 되려, 소녀는 눈을 동그랗게 뜨고 크누드를 향해 되묻는다.

"염려란 게 꼭 강자의 전유물이겠어요?"

틀린 말은 아니다. 그리고 시야프리테가 얼마나 당돌하게 굴든, 저 검은 용의 분노를 초래할 거라 생각하진 않는다. 그럼에도 크누드는 이 대화의 흐름을 막아야겠다는 생각이 들고 만다. 그가 머리를 들며 빌러디저드에게 물었다.

"여전히, 무엇을 위해 피어클리벤에 오셨는지 제게 말씀하실 생각이 없습니까?"

이건 꽤 뜬금없으며 부적절한 질문일지도 모르겠다. 크누드 또한 대답을 듣고자 꺼낸 이야기라기보다는 시야프리테의 입을 막으려는 이유가 절반 정도였다. 앞서 울리케를 뺀 회의가 실속이 없었던 까닭은, 이 난국의 가장 중요한 요인인 용을 참석시키지 못했기 때문이다. 언약의 대표인 노아크 피어클리벤 백작조차 빌러디저드를 논의의 상대로서 여기는 것 같지는 않았으며, 거뜬히 그 일을 할 수 있을 고블린 오백장 아우케트는 일단 인간들이 이 문제를 어떻게 다루는지 한발 물러나 구경하는 듯한 태도였다.

"그것은 질문이 아닐 것이다."

이렇게만 말한 용은 아무런 부연도 덧대지 않은 채, 발언권을 도둑맞아 볼이 부은 류그라 소녀를 쳐다본다. 그 침묵이 끝날 것 같지 않자 크누드는 다시 말했다.

"그렇습니다. 제 생각을 말해볼까요? 단지 임하셨을 뿐인데 초래된 지금까지의 상황 모두가 이를 데 없이 복잡합니다. 본래는 드러나지 않았을 모든 욕망이 또렷이 드러나고, 본래는 감추는 데 성공했을 각축들이 첨예하지요. 이 흐름이 진정한 부를 모색하는 데 도움이 되겠습니까? 사실 저는 약간 망했습니다."

"동의한다."

그러고서 용은 또 별다른 말이 없다. 인내를 가지고 잠자코 있던 크누드였지만, 기어이 조심스레 발끈하며 말했다.

"그러면, 아무 책임도 없으십니까? 사람들은 강자의 등장에서 난해한 상황을 명쾌히 정리할 힘을 기대합니다. 하지만 제가 듣고 본 바로는, 린트부름의 올바른 적생자께선 계속해서 이 상황을 꼬아가는 데 탁월하십니다."

"너는 이 모든 상황이 그저 내가 임함으로써 초래되었다고 앞서 말했다. 네가 말하는 명쾌한 정리란 기실 강대한 폭력을 이름에 다름 아니리라. 너는 책임이라 말했지만, 나는 그것을 질 권리를 너희의 세계로부터 보장받은 적이 없는, 그저 단 하나의 맹수다. 내게 있어 책임이란 마땅함과 올바름에 대한 고민이지. 이 전장에서 나와 같은 고민을 공유하는 자가 누구냐? 울리케는 이미 그걸 생각하기 시작했다."

"……행정관님이 말입니까?"

용은 굵게 목을 울리는 것으로 대답을 대신했고, 크누드는 조용히 생각에 잠겼다. 울리케와 우스칼드의 대화에 대해 들었던 바를 되새기던 크누드가 다시 입을 열어 용에게 묻는다.

"울리케 아가씨와 드레스바르프의 영식이 나눈 대화에 관해 제가 전해 들은 바에 따르면, 인간의 손에 의해 패퇴되는 그림조차 상정하고 계시다고 들었습니다. 그만한 무리를 꾀하시는 이유가 무엇입니까?"

그러자 여태껏 자세를 바꾸지 않고 대꾸하던 용이 처음으로 고개를 틀었다. 그 바람에 대화에서 제외된 채 용의 꼬리 쪽을 두리번대며 배회하던 시야프리테가 화들짝 놀라며 크누드의 곁으로 후다닥 다가왔다. 용이 말한다.

"너는 그다지 적절한 질문을 하는 종류의 인간이 아니다."

"……그럼 제 생각을 말씀드리겠습니다. ……황권의 전제인 신성을 회수하려 하십니까?"

"그렇다."

빌러디저드는 답했다. 그리고 말한다.

"그것은 그 시대의 어쩔 수 없는 방편이었다. 그 시대의 너희는, 우리의 이름 없이 결코 그만한 지배력이 오롯이 한 인간에게 집중되는 것을 상상하거나 용납할 수 없었으니. 엄밀히 말하자면, 인간에게 결코 주어진 적 없는 권위의 횡령이라고 말할 수 있지. 우리는 그와 같은 의결을 내린 바가 없었다."

"지금 이 상황에서 빌러디저드 님의 가장 강고한 대적자는 드레스바르프라고 생각됩니다. 그런데 지금 하시는 말씀은…… 바로 그들의 논리에 가장 가깝지 않습니까?"

"그것이 문제가 되느냐?"

용은 되묻는다.

크누드가 충실한 서임 기사였다면, 그리고 귀족 태생이었다면 이걸 문제라고 생각했을지도 모르겠다. 하지만 그는 평민 출신의 기사이며, 무엇보다 그 근본이 용병이다. 그는 이미 많은 권력이 부에 의해 어떻게 직조되며, 동시에 침식되는가를 보았다. 부가 권력의 유일한 변인은 아니기는 했지만 말이다.

"그들은 귀족입니다. 저 같은 평민 태생의 인간에게 있어, 지배층이 신권에 의하는가 황권에 의하는가는 그다지 상관없는 문제입니다. 설마하니 저들이 민중을 위해 그와 같은 신념을 수호하고 있겠습니까?"

"마땅한 지적이다. 그 또한 이 시대의 어쩔 수 없는 방편에 지나지 않겠지."

용의 목소리는 방관자의 것마냥 의연하다. 기어이 답답해진 크누드의 목소리가 조금 높아진다.

"행정관님의 심려가 참으로 크시겠습니다."

"나는 네가 말한 책임을 지려는 것이다."

"말씀대로 그와 같은 권리를 보장받으신 적이 없는데도 그렇습니까? 또한, 이는 앞서 말씀하신 것처럼 '의결'된 것입니까?"

"인간에 대한 우리의 의결은 아주 오래전에 단 하나로 결정되었다. 그리고 너희의 자주권은 우리의 이름을 오용함으로써 훼손되었지. 내가 이 땅에 너무 빨리 왔느냐?"

크누드는 여기서 마침내 말문이 막히고 말았다. 용에게 하나의 질문을 던질 때마다 두 개의 질문을 되돌려받는 것 같았으며, 그 하나하나가 섣부르게 답하기 어려운 것들이다. 어쩐지 크누드는 왜 그렇게 늘 울리케가 용에게 성을 내고 있었는지, 그 비밀을 엿본 기분이었다. 그러나 결코 성내지 않는 관대한 용, 빌러디저드는 머리를 돌려 또다시 자신의 꼬리 주변을 배회하던 류그라 소녀를 부른다.

"아무리 찾아도 여기 떨어진 나의 비늘은 없을 것이다, 길가네스의 장녀야."

"……그런 것 같네요. 참 몸가짐이 바르셔요. 그런 참에, 하나쯤 떼어 주시면 안 될까요?"

"값을 매기는 데 반대하지 않는다."

"윽…… 저는 지불할 것이 없어요! 가지조차 그렇게 되고 말았는걸요!"

이렇게 내뱉고 나서야, 자신의 지팡이에 생각이 미친 시야프리테는 돌연 머리를 휙 돌리더니 눈으로 성 안뜰을 오가는 사람들을 쫓는다. 이 어처구니없는 대화를 어디서 끊어야 할지 때를 노리고 있던 크누드가 재빨리 나섰다.

"걱정 마. 그…… 아이기네스? 펠윈 양은 적어도 한동안은 마목, 아니지, 신목을 베라고 억지 부리지 않을 거야. 어쨌거나, 현재 그건 완전히 통제되고 있는 모양이니까. 파마의 검도 내가 지키고 있고."

"그건 우리 가진데! 여기서 아이기네스라니! 정말 치사한 노릇이라고요!"

평범한 인간인 크누드야 이들의 섭리에 대해 더 논할 말은 없다. 서리심의 경우도 그렇지만 이들 류그라도 위계에 의한 규칙이 참으로 기묘하게 작동하고 있지 않은가? 두 민족 모두, 신목의 암그루와 수그루라는 존재에 그 운명의 존속을 의탁하고 있으니 어쩌면 당연한 일인지도 모르겠다. 그리고 제국에는 용이, 저 고블린들에게는 잊힌 왕의 자리가 그 비슷한 무언가겠지. 크누드는 속으로 그런 생각을 정리하다 용에게 물었다.

"드레스바르프가 정말로 린트부름의 올바른 적생자께 맞설 만한 준비를 해왔다고 보십니까?"

빌러디저드는 아예 대꾸하지 않고 조용히 목만 울렸다. 되려 곁에서 또다시 발언 기회를 빼앗긴 시야프리테가 성을 낸다.

"아니, 이미 혼자 다 알고 계시는 것 같은데 왜 애꿎은 용님께 자꾸 물어요?"

"……다 알고 있지는 않아. 생각이 뒤엉켜 타래가 풀리지 않는다고."

하지만 저 검은 용의 앞에 서면 기묘하게도 입과 머리가 모두 술술 굴러간단 말이지. 뉘른스에크의 성 안뜰에서 벌어졌던 이 대화는 먼 훗날, '검은 용 효과'라는 일종의 문제 해결법으로서 세상에 알려지게 된다. 가상의 청자를 전제하고 발표하듯 문제의 핵심을 정의해 나가는 이 기술은 지방과 문헌에 따라서는 '검은 오리 효과'라는, 괴이한 변주로 기록되어 알려지기도 했는데 그건 순전히 고문(古文) 해석에서 발생한 오류였다.

아무튼 이는 아직 먼 훗날의 이야기다. 여전히 고대의 유적처럼 그저 침묵하는 검은 용을 향해, 크누드는 말한다.

"드레스바르프든, 저 헤르펠의 결사들이든 빌러디저드 님의 출현을 예상하거나 고려했던 세력은 있을 리 없습니다. 저들이 준비한 모든 방책은 애초에 이 제국의 유일한 용인 아이비레인을 상정한 전략이었겠지요. 라핀다시르의 강대한 동원력에, 비록 완전치 못하다고는 하나 충분히 위협적인 아이비레인이 더해진다면 인간만의 권력 체계를 완성하려는 드레스바르프에게는 충분히 무시할 수 없는 장애물일 테니까요. 헤르펠의 망령들은 그 계획을 방해하려 해 왔고요."

또다시 눈이 내린다. 크누드는 피어클리벤의 성 안뜰에서 술 한잔을 걸치며 용과 대화하던 그때를 떠올릴 수밖에 없었다.

그래서일까, 그의 말과 생각은 더욱 매끄럽게 전개되었다.

"실록의 페장은 헤르펠의 결사들이며 라핀다시르와 연결고리가 있는 만큼 린트부름의 후예에게 호의를 지닐 것이라고 생각하면 무리일까요? 그들의 계획은 일단 여기 뉘른스에크에 파마의 결계를 완성하는 것이었습니다. 하지만 헤르펠의 망령들이 증오스러운 드레스바르프가 원하는 기회를 제공하려고 하지는 않으리라고 생각합니다. 파마의 술 안에서 약해진 용, 아…… 죄송합니다. 린트부름의 후예께서 인간의 손에 의해 굴욕당하는 장면을 연출할 기회 말입니다. 그리고 우스칼드 드레스바르프의 말에 의하면 후작은 호승심이 강하다고 하더군요. 그가 만일 정말로 빌러디저드 님을 대적하려 한다면 여지가 없는 완전한 승리를 연출하길 바랄 것입니다. 하지만 파마의 술은 그의 계획이 아닌 만큼, 그것이 제아무리 전술적으로 이롭다 하더라도 섣부르게 이용하려 하지는 않을 것이라 생각합니다. 애초에 파마의 술은 마법을 봉하는 것이고, 그렇게 되면 순전한 재래식 전술로만 공성해 오게 될 테니까요. 이것은 여전히 인간의 승리일지도 모르지만, 드레스바르프를 위시한 마법 권신가의 승리로는 보이지 않을 테니 후작에게 있어 상당히 김빠지는 결과일 것입니다."

"대단하군."

여전히 침묵한 채 그저 크누드를 내려다보는 용 대신, 이렇게 대답한 것은 등 뒤에서 다가온 아우케트였다. 늑대 칸이 어슬

렁거리며 뒤따르는 가운데, 고블린 병사들 몇이 나무통을 들고 낑낑대며 따라붙는다.

"너희의 앞선 회의가 굴러가는 모양새를 보니 조금 한심해서, 부족한 부분들을 보충하러 와 봤더니 혼자 아주 잘 떠들고 있군. 경은 술이 필요하지 않아 보인다."

"그것은 나의 것이렷다."

크누드의 긴말을 무시하듯, 조용히 있던 용의 입이 이렇게 열리며 그 눈은 반색하듯 빛난다. 아우케트는 대답했다.

"그렇소. 아베냐드요. 더 물자가 없을까 해서 성 지하를 한바탕 뒤지다 찾아냈지."

늦은 오후라 회의에 참석했던 이들은 모두 쉬러 들어간 상황이었기에 여기에 더 끼어들 인원은 없었다. 아니, 실은 몇몇이 이 자리를 향해 줄곧 귀를 기울이고 있기는 했다. 다만 용의 면전에서 담대하게 의견을 피력하고, 아울러 술까지 대작할 용기를 가진 이는 없었던 것뿐이었다. 크누드와 아우케트야 이미 한 번씩 빌러디저드와 술을 마신 경험이 있었기에 조성 가능한 상황이었다. 물론 시야프리테는 용과 대작한 경험까진 없었지만, 지금 이 자리에서 시야프리테에게 술을 권하여 그 광기의 상한선을 목격하고 싶은 이는 아무도 없었다. 시야프리테는 이 평가에 분노하고 만다.

"아니, 왜요!? 지금 그게 우리네 민속주란 걸 알고들 계신가요? 이 양조법 강탈자들! 눈까지 오는데!"

"그래? 아베냐드를 어떻게 만드는데?"

그때 마사(馬舍) 쪽 어둠 속에서 더 참지 못하고 불쑥 나타난 라그나가 이렇게 물었다. 당연히 랄로프와 브륀힐데와 함께다. 나귀 유슬리스의 꼴을 살피고 그냥 들어가 잘 셈이었건만, 시야프리테를 제어할 책임을 느끼고 만 것이다. 그리고 물론 외할아버지의 수업을 언제나 거부해 온 시야프리테가 그 질문에 대답할 수 있을 리 없다.

"이 치사한 인간들!"

"그럼, 경의 이야기는 그걸로 끝인가? 드레스바르프가 공격하지 않을 것이라 보는가?"

아우케트가 시야프리테의 말을 무시하며 크누드에게 묻는다. 용의 언약식 연회에서 술을 마신 경험이 있던 라그나와 랄로프도 결국엔 자리를 잡고 앉게 된다. 모두에게 한 순배의 술이 돌아간 참이었다.

"그렇지 않을까요? 드레스바르프의 목적이 용이 부재한 시대에 완전히 대체 가능한 신진 권력의 위력을 선보이는 것이라면 말입니다. 더욱이, 그들은 이 싸움을 헤르펠의 결사들과 벌이는 대결로 단순화하려 한다고 들었습니다. 파마의 술이 전개된다면 그 자체로 적들의 계획이 이뤄지는 것인데, 드레스바르프가 과연 적이 짠 판 안에서 싸우려 할까요? 그들은 앞서 빌러디저드 님의 언령을 어기면서까지 파마의 술이 완성되는 걸 막으러 왔었잖습니까?"

"실례하오."

역시 술은 사람을 부른다. 그렇게 생각하며 돌아서며, 새로이 나타난 참석자들을 본 크누드의 얼굴이 일순 딱딱히 굳었다.

앞서 낮에 우스칼드와 함께 서리심의 눈 폭풍을 돌파하여 왔던, 그렐카 라르그문드 백작과 마법사 패스트리드 다닐카였다. 문제는 라르그문드 백작이 다름 아닌, 크누드가 속한 까마귀 금고단의 단장 그리젤의 쌍둥이 자매라는 사실이다. 물론 이제 적잖은 나이가 덧입혀져, 그리젤과 구별할 수 없을 만큼 닮지는 않았지만 단지 그 생김새만으로 크누드 서리엇을 위축되게 만드는 기세는 정녕 똑같이 느껴졌다. 그리젤이 온갖 산전수전을 다 겪으며 풍화된 노회함을 비수처럼 갖고 있다면, 그렐카는 긴 시간 군림하고 충성하는 권력의 맞물림 사이에서 잘 처세해 온 오연함을 방패처럼 앞세우고 있다는 차이가 있겠다. *자매가 하나같이 정말 징그럽게 늙었군.* 크누드는 무심코 빈 어금니 자리를 혀로 훑으며 그렇게 생각하였다.

"우리가 동석해도 되겠소? 경의 견해에 혹여라도 부족한 부분이 있지 않도록 이 노구가 도울 수 있으리라 보는데."

"……모르겠군요. 각하께서는 붉은 참나무의 봉신이십니다. 그리고 저는 아까부터 그 드레스바르프에 관해 이야기하고 있고요."

"나는 드레스바르프가 아니라 라르그문드요. 그렇게 따지자면 우리 모두 아우스뉘르의 봉신이지. 금화 이만 장이 이만한 우애의 보증도 안 될까? 너무 비싼 술자리가 아니오?"

라르그문드 백작이 뒤를 향해 고개를 까닥이자 대기하고 있던 예종사들이 새로운 술동이 몇 개를 대령한다. 라르그문드 백작은 말했다.

"노주는 아니지만, 그에 뒤지지 않는 명주요."

"참석을 허락한다."

용이 이렇게 말해 버리자 크누드나 다른 이들로서는 막아설 명분이 더는 없었다. 백작은 기다렸다는 듯 자리를 잡아 버렸고 패스트리드 역시 마찬가지다. 크누드는 떨떠름히 그들을 바라보다 술 한잔을 더 털어 넣고 물었다.

"듣고 계셨던 것 같군요. 여기까지 제 추론이 어떻습니까?"

"아주 탁월하오. 혹시 모시는 주인을 바꿀 생각은 없는지?"

세상 끔찍한 권유다. 크누드는 진저리를 감추며 조용히 대답했다.

"……죄송합니다만, 부족한 이빨만큼의 염치는 채워 놓고 있습니다."

"……?"

그렐카로서는 영문을 모를 소리다. 아무튼 이렇게, 낮의 회의와는 또 다른 기묘한 구성의 자리가 만들어졌다. 차이점이라면 그 자리에 참석하지 못했던 인원들이 더 많은 점과 술이 있다는 점, 그리고 벌어지는 장소가 용의 발아래라는 사실이었다. 공식적인 자리가 아니기 때문일까? 오히려 나누는 대화에 더

실속이 있었다. 잠시 생각하던 크누드의 말이 계속되었다.

"그리고 저는, 드레스바르프가 이러리라는 것을 실록의 폐장들도 알고 있으리라 생각합니다. 이미 예종사라는 병과의 존재가 노출된 마당에, 소규모의 매복과 산병전만을 구사할 수 있는 저들 병력으로 전술적 우위를 그다지 얻기 힘든 파마의 술을 고집할까요?"

"녀석들은 정말 예측하기 힘들지."

듣고 있던 라르그문드 백작이 술을 한잔 마시고는 말했다. 모두의 시선이 그에게 쏠린다.

"나 역시 그들의 행동 원리를 파악하는 데 오랜 시간을 들였지. 드레스바르프가 큰 줄기를 뻗기 위해 작은 가지들을 과감히 쳐내 간다면, 저 헤르펠의 망령들은 계속해서 온갖 가지의 접목을 시도한달까? 줄기를 고사시키는 것 외에 저들이 획책하는 바를 나는 여전히 알지 못하오. 저들은 그간 누려 온 제국의 번영에서 누락된 그늘의 총체이며, 이상보다는 광신을 추종하지. 여태 몇 번 저들과 접촉한 적이 있지만, 하나같이 말이 통하는 상대가 아니었소. 다만……."

잠시 말을 끊은 그렐카는 망설이듯 무언가를 골똘히 생각하였다. 늙은 백작의 입이 열린다.

"이건 단지 겉보기일 뿐일 수도 있지. 가장된 혼돈이랄까? 어쩌면 나는 저들이 아이비레인을 통제된 신성으로서 다루려 하는 것일지도 모르겠다는 느낌을 받았소. 나로서는 이 종교란 걸 도대체 이해할 수가 없어 오래 고민했지. 이젠 단순한 구복일 따름인 우리의 민속 신앙과는 그 결이 아주 다른 것이라. 그 끝에 간신히 얻은 결론은, 저들에게 있어 긴요한 것은 입맛대로 요리될 수 있는, 사실상 죽은 신이라는 것이오. 개국용이 부재한 시절을 거치며 드레스바르프를 비롯한 권신가는 린트부름의 가호와 위엄이 없이도 현재의 통치가 가능하다는 확신을 얻었소. 반면 저들은, 죽은 용이 신앙의 대상으로서 적합하다는 사실을 깨달았지. 다시 말해 드레스바프는 죽었든 살았든 용을 전혀 필요로 하지 않고, 헤르펠의 망령들은 살아있는 용은 필요치 않은 것이오."

시야프리테와 브륀힐데가 피워올린 모닥불만이 내려앉은 침묵 속에서 탁탁 튀는 소리를 낸다. 용의 눈치를 거의 보지 않고 늘어 놓은 그렐카의 이야기는 모두에게 다소나마 충격적이었다. 시선들은, 어느새 자연히 용을 올려다보게 되었다. 그러나 빌러디저드는 아무런 반응도 보이지 않았다. 분노해도 이상하지 않을 만한 이야기인데. 크누드가 그렇게 생각하며 침을 삼키자, 여태 조용히 술만 마시던 아우케트가 마침내 입을 열었다.

"너희의 무도함이란. 이것이 합의에 의해 옹립된 왕을 올려 따르는 법에 앞서, 편히 주어진 신성에 기댄 군림을 먼저 배워 버린 너희의 애석한 귀결이다."

"이거 정말 귀가 따갑군요."

크누드가 대꾸한다. 하지만 더 빈정대진 못했다. 오백장의 말은 옳았으므로. 아우케트 또한 더 시비 걸지 않았다.

내내 침묵하던 용이 마침내 말했다.

"호로케냐르와 안그라네스라는 두 가지 자산을 손에 넣기 위해, 파마의 결계는 완성되어야 한다."

"……스스로에 대해서는 생각하지 않으십니까?"

이것은 마법사 패스트리드의 물음이었다. 용은 기껍게 되묻는다.

"네가 나를 걱정하느냐?"

"염려란 꼭 강자만의 것이 아니라고 저 아이가 말하더군요."

패스트리드가 시야프리테에게 시선을 주며 대답한다. 빌러디저드는 곧장 대답했다.

"그만한 위태로움만이 저들을 움직이게 할 것이다."

비로소, 크누드를 비롯한 몇몇은 이 용이 자신의 안전을 담보로 삼으면서까지 구하고자 하는 바가 있음을 깨달았다. 그리고 이 자리의 유일한 마법사만이, 그 각오의 크기와 무게를 제대로 짐작한다. 패스트리드는 낯을 흐리며 말했다.

"저는 정녕 이해하지 못하겠습니다…… 선험의 군주시여."

용은 또 대답하지 않았고, 대화는 여기서 한 번 끊어졌다. 모두가 저마다의 술잔을 앞에 두고 침묵에 잠긴다. 한 모금의 아베냐드가 충분히 얼굴을 달굴 만한 정적의 끝에, 비로소 입을 연 것은 아우케트였다.

"그러면 그렇게 된다고 가정하고 말하겠다. 이 산 전역에 파마의 술이란 것이 펼쳐지면? 더는 마법이 불가능한 영역 안에서 싸움이 벌어지는 것인가? 누가 누구와? 저 실록의 폐장이란 무리도 대군이 아니며, 우리 또한 저 산 아래 두 진영 중 어느 한쪽을 막기도 급급할 것이다. 병력의 차는 고사하고 무엇보다 보급이 없지. 대체 우리가 무엇을 준비해야만 하오?"

아우케트의 마지막 문장은 용을 향한 것이었다. 빌러디저드는 대답한다.

"나는 아흐레의 시간을 강제하였다. 모두가 최적의 포석을 고민할 테지. 하지만 우선, 한 가지 모두가 잘못 알고 있는 게 있군. 저 헤르펠의 결사들은 충분한 병력을 확보할 수 있다."

"어떻게 말이오?"

오백장이 묻는다. 용은 침중하게 대답하였다.

"이 산에 묻힌 일만의 주검이다. 아이비레인의 사자가 일으킨 것을 보지 않았던가?"

말없이 랄로프와 술만 마시던 라그나가 창백한 얼굴로 고개를 쳐든다. 그래, 분명 에파에 빙의한 아이비레인은 소혼망자들을 부려 예종사들을 격퇴했었다. 한때 헤르펠의 이름 아래 복무하던 원혼들이라 했던가? 하지만 그건 아이비레인이 불러온 것이 아니었나?

"그건, 마법이 아닙니까?"

라그나는 처음으로 용을 향해 이런 질문을 던진다. 빌러디저드는 대답했다.

"마법이긴 하다. 하지만 그 파마의 술이 어떻게 만들어졌는지 생각해보라. 또한 그것이 신력은 구축하지 못한다는 것도. 이것이 그 기술의 맹점이며, 저들의 노림수이지."

라그나는 그 싸움을 똑똑히 기억한다. 아니, 어쩌면 죽을 때까지 잊지 못할 것이다. 무력의 문제가 아니다. 글자 그대로 죽음의 공포와 싸우는 기분이 전장을 지배하고 있었다. 그런 것이 일만이라고? 그 절반만 되어도 충분할 것이다. 라그나조차 당장 달아나고 싶은 것을 간신히 참으며 버텼다.

"드라우그르의 마왕 이야기요? 보고는 받았었지."

라르그문드 백작이 침착히 말했다. 그의 말이 이어진다.

"그 전술의 핵심은 공포이지 실질적인 무력은 아니오. 물론 수가 충분하다면 무시할 문제도 아니지만……. 나는 사령술의 지식이 깊긴 않지만, 소혼망자란 것은 오래될수록 통제가 용이하며 위력도 강한 것으로 알고 있소. 이 땅의 죽음들은…… 아직은 너무 이르지."

"저는 이 화제가 마음에 들지 않는군요. 너무 지독한 이야기입니다."

크누드가 짜증 내듯 말했다. 그건 모두가 대체로 동의하는 바였다. 이미 인간의 힘을 넘어선 규칙들이 너무나 날뛰는 전장이었다. 거기에 더해 소혼망자들이라니. 언젠가 죽을 필멸자들로서는 더없는 모욕감을 느끼고 마는 것이 일반적이다. 이에 빌러디저드는 말한다.

"그 수는 저쪽에서도 가장 최후에 고려할 것이며, 일어날 가능성은 적다. 나조차 이 흐름들이 천변만화하는 가운데 필연의 수렴점을 쉬 예단할 수 없다."

그 순간이었다.

침울히 술잔을 입에 가져다 대던 패스트리드가 돌연 사레가 들린 듯, 쿨럭이며 어깨를 흔들더니 앞으로 푹 고꾸라진다. 동시에, 검은 용의 거대한 몸 역시 한바탕 크게 흔들리며 옆으로 한 발짝을 내디뎠다. 여태껏 그 거체로서는 상상되지 않을 만큼 사뿐하고 조용히 움직이던 바는 간데없이, 평생에 걸쳐 유예되었던 중력이 본래 마땅히 감수했어야 할 바대로 몸뚱이를 내리누른다. 때문에 용이 내디딘 발소리의 충격과 여파는 실로 엄청난 것이어서, 그 곁에 비실거리며 서 있던 마사의 한 구간이 우지끈 내려앉고 만다. 용이 내디딘 바닥은 언 땅이었음에도 족히 한 뼘은 내려앉은 것 같았다.

"파마의 결계가!? 벌써?"

크누드가 놀라 외쳤다. 그 자리에 있던 모두 깜짝 놀라 벌떡 일어났다. 끙끙거리며 쓰러진 마법사를 제외하고는.

"너무 이르군! 이래서야 우리의 대사는 여기로 돌아올 길이 막힌 것 아닌가?"

아우케트가 크누드를 바라보며 물었다. 크누드가 여전히 등에 짊어지고 있는 바구니는 본래 뉘른스에크 성안에서 찾아낸, 순찰자들의 전서구용 이동식 새장이었다. 그리고 지금 그 안에는 울리케이자 그림니르인 도래까마귀가 잠들어있다.

"제기랄…… 맞습니다. 다른 문제들 때문에 그 생각은 미처 못 했군요. 유세트 경도 오지 못하겠고요."

"다닐카 경을 내실로 옮겨 쉬게 해라!"

상황을 파악한 라르그문드 백작이 후위에서 대기하던 다른 예종사들에게 소리 질렀다. 그 순간, 힘겨운 듯 천천히 태산 같은 숨을 토해낸 검은 용 빌러디저드가 말했다.

"그것으로는 부족하다. 인간의 마법사는 즉시 이 영역으로부터 이탈하는 것이 좋다."

"괜찮으십니까? 말씀을 하실 수 있군요?"

용이 인간의 말을 하는 것 또한 일종의 마법임을 알고 있던 크누드가 걱정과 의문을 동시에 표한다. 용은 대꾸했다.

"운신에 관한 힘들은 여전히 어느 정도 가용하다. 이 규칙이 말 그대로 완전한 파마의 술이었다면 그 자체만으로도 나를 죽일 수 있었을 테지. 허나 나는 아이비레인이 아니다."

갑작스레 잠시 흔들리긴 했어도, 용은 미묘하게 수그러든 듯 보이는 것 외에 크게 달라 보이지 않았다. 그 사실이 순간 당황했던 모두에게 그나마 안심이 된다. 그렐카는 패스트리드의 상태를 살피고 예종사들과 이야기를 나누더니 크누드에게 말했다.

"아무래도 우리는 곧장 산을 내려가야겠소. 이 결계 안에서는 예종사들도 일반 종사와 크게 다를 것이 없으니. 할 수 있는 일이 더 있으리라 여겼는데, 애석하게 되었군. 가능한 이른 때에

다시 보겠소."

"아니, 들려 주셨던 말씀들로도 충분히 가치 있었습니다."

크누드는 진심을 담아 그렇게 말했다. 라르그문드 백작은 씩 웃어 보임으로써 본의 아니게 크누드의 등골을 오싹하게 만들더니 하산할 채비를 서두르기 시작했다.

한편, 용이 일으킨 한 번의 발 구름 때문에 성안의 모든 이들이 뭔가 새로운 상황임을 감지하고 이쪽을 주목하고 있었다. 성안 건물에서 쉬던 이들 역시 마찬가지다. 어디선가 누군가가 꽥꽥거리며 발광하는 소리가 터져 나온다 싶더니, 황녀 닐스그림과 아룬드, 이그라와 펠윈이 본관 안으로부터 나타나 이쪽을 살피더니 곧장 다가왔다.

"이게 무슨 일인가? 내 하그비르크가 이상해!"

"기주르 경이 법석을 떱니다!"

앞의 것은 닐스그림의 말이었고 뒤의 것은 이그라의 말이었다. 크누드가 상황을 설명하려 입을 떼다 성 본관에서 노아크 피어클리벤 백작이 뉘른스에크의 기사들을 데리고 나타난 것이 보이자 한꺼번에 설명하기 위해 잠시 기다렸다. 그리하여 아힌달에 스레이야, 앗슈레드와 이솔다까지 모두가 모이자 크누드는 파마의 결계가 펼쳐졌음을 차분히 알렸다.

어차피 마법사가 아닌 한, 이 결계는 아무것도 아니다. 일찍이 미스미르드의 진중에서 묵을 때 경험했던 바, 크누드를 비롯한 용병들이나 모험가들 또한 이 결계 자체는 의미 없다는 것을 알고 있었다. 문제가 되는 것은 어디까지나 마법사들과 용뿐이다. 파마의 결계에 관해 말로만 들어왔던 이들의 불안감을 이렇게 달랜 크누드는 잠시 생각하다가 노아크에게 말한다.

"기주르 경을 하산시켜야 한다고 봅니다. 라르그문드 백작께 요청드리면 어떻겠습니까?"

"어쩔 수 없겠지."

피어클리벤 백작은 고개를 끄덕였다. 물론 아우스뉘르 진중에서 나글핀델 기주르는 거의 포로 취급을 받을 가능성이 컸다. 하지만 이대로는 결계 안에서 마법사의 정신이 무너지고 만다. 이미 살짝 제정신이 아니긴 했어도, 저대로 내버려 둘 수는 없는 노릇이었다.

결국 그렇게 해서 뉘른스에크의 마법사 나글핀델 기주르는 하산하는 라르그문드의 예종사들 편에 실려 떠나게 되었다. 아우케트의 지시를 받은 고블린 기수 한 무리가 그들을 따라 호위하며 저녁 어스름의 품속으로 사라지고, 남은 이들은 이 갑작스러운 상황 아래 취해야 할 행동들을 논의했다.

"지하로 다시 내려가겠다."

이건 아우케트의 말이었다.

"저 용이 이만한 고난을 감수하면서까지 이루려고 한 일이다. 우리의 왕좌 너머, 석실을 열고 거기에 있다는 신목의 수그루까지 내가 두 눈으로 확인하겠다. 확보한 패는 빨리 확인해 두는 편이 좋겠지."

"방금 뭐라고 하였소?"

"방금 뭐라고 했나?"

얼어붙은 앗슈레드와 아힌달의 물음이었다. 크누드는 손으로 제 이마를 찰싹 쳤고, 아우케트는 잠시 그 둘을 바라보다 크누드에게 묻는다.

"이들에겐 아직 알리지 않았던가?"

"……이런 정보는 울리케 아가씨의 재량으로 그 공개 여부를 결정하리라 생각했으니까요. 하지만 행정관님은 부재중이고, 이제는 확실히 어쩔 수 없죠……. 맞습니다, 두 분. 여기는 인간의 뉘른스에크이자 고블린의 흐로케냐르이며, 아울러 미스미르드의 신목이 잠든 땅입니다. 뭐, 마지막 이야기는 이제 직접 확인해 봐야 하겠지만요."

그렇게 해서, 성 지하의 납골당을 통한 진입이 추진되었다. 지난 농성 기간 해당 진입로를 몇 번이나 이용했던 피어클리벤의 생존한 종사들이 길잡이로 선택되었고, 아울러 고블린들 십장 가운데 몇이 그들을 따르게 되었다. 지하 유적의 심부에 도달했다 지상으로 귀환하는 데는 아무리 서둘러도 반나절이 걸리는 바, 유사시 지휘자의 부재가 문제될 수 있다는 지적 아래 오백장 아우케트가 직접 내려가겠다는 의견은 결국 반려되었다. 덕분에 그는 조금 답답하고 언짢은 기색이 되었지만 팔왕 아힌달에 비할 바는 아니었다.

"우리에게는 그 무엇보다 중요한 일이다!"

용에 의해 세 번이나 장거리 소환을 당하고, 아셰리드에게 따귀를 얻어맞으면서도 좀처럼 흥분하지 않던 그가 노아크 피어클리벤 백작에게 이리 말하고 있던 것이다.

"전하께서 친림(親臨)하실 길이 못됩니다."

노아크는 이 문제에 관해 상세히 알지 못한다. 그로서는 미스 미르드의 팔왕 또한 지금 이 자리에서 처음 마주하는 것이었으니까. 때문에 자연히 크누드가 피어클리벤 백작을 대신해 대답하는 그림이 되었다. 그의 말이 이어진다.

"중요함에 대해서라면 고블린 오백장 또한 할 말이 있을 것입니다만, 그조차 여러 문제를 고려해 내려가겠다는 의견을 물리지 않았습니까? 조바심은 이해합니다만……."

"정녕 그대가 이해한다고? 그 말은 믿을 수 없군."

아힌달은 쏘아붙이듯 말하더니 차분한 낯의 노아크 피어클리벤 백작을 쳐다보곤 한숨을 내쉬었다. 뒤엉킨 사고에서 할 말을 솎아내려는 듯 몇 번 달싹이기만 하던 그의 입이 말을 내뱉는다.

"이 아래 진정 안그라네스의 묘종이 잠들어 있다면, 단지 그것만으로…… 아니. 됐다."

아무도 그의 말을 끊지 않았지만, 상서령 앗슈레드가 그 곁에서 자신을 지그시 쏘아보고 있었기 때문일까, 그는 서둘러 말을 거두고 내일 날이 밝으면 다시 이야기하자며 말을 마무리짓는다. 아힌달은 노아크 백작과 크누드에게 말없이 목례만 하고는 사라지고 시랑 이술다가 황망히 그를 따른다. 어둠 속의 불가에서 침묵하던 백작이 천천히 입을 떼었다.

"울리케에게 연락을 취할 방도가 없겠나?"

"……그보다는, 이게 무슨 일인지에 대해 제게 물으셔야 하는 게 아닙니까?"

크누드는 조금 무례할 수 있는 질문을 던진다. 그러나 백작은 전혀 불쾌해하지 않으며 답했다.

"그럴 수도 있겠군. 그렇게 해서 얻게 된 몇 가지 정보를 가지고, 아마도 나는 내가 이 상황의 전모를 이해하고 있다고 착각해도 될 만한 위치에 있겠지. 틀림없이 나는 이 진영의 최고 통수권자일 것이야. 그렇지 않은가?"

"……그렇습니다만."

"나는 불과 며칠 전까지 그저 볼모였다. 지금 저 팔왕처럼 말이지. 여기에는 오래 손발을 맞춰온 나의 가신들도 없고, 내 작위는 윤이 날 만큼 새것이지. 경은 내가 이 작위에 어울리는 독단을 행사하길 바라는가?"

"그러지 않으실 분이라는 걸 압니다."

"그럴 수 없다는 게 맞겠지. 내 호령은 체계가 살아 있고, 대대로 물려받은 내 영지에서나 간신히 그 체면을 가진다. 이게 직무 유기처럼 보일 수 있다는 걸 이해하지만, 나는 최대한 자네들과 내 딸을 방해하지 않기 위해 노력 중이네. 유사시, 나는 여전히 여기서 가장 가치 있는 볼모로 여겨질 거야. 안 그런가?"

크누드는 섣부르게 대답하지 않았다. 그가 피어클리벤의 기사로서 봉직을 시작한 이상 노아크는 마땅히 그의 주군이었으나 마주 대한 것은 이제 불과 며칠밖에 되지 않았고, 크누드 또한 심정적으로는 자신이 울리케의 호위기사일 뿐이라고 여기는 쪽이었기에 노아크의 됨됨이에 관해서는 솔직히 그렇게 비중 있는 관심을 두지 않고 있었다. 하지만 지난 며칠간 이 성안에서 백작이 운신하는 바를 보아왔고 지금 이런 이야기를 들으니 새삼스럽다. 포로 생활이 그를 이렇게 만든 것일까? 아니면 원래 이런 사람이었던 걸까? 물론 크누드로서도 실제로 영지를 가진 귀족 가의 가주와 이렇게 직접적으로 대면하는 것은 처음이었기에 비교할 바가 마땅치 않긴 했지만, 노아크 피어클리벤 백작 또한 울리케만큼이나 비범한 데가 있는 것 같았다.

"……제가 무어라 말씀드려도 주제넘을 것입니다."

"그건 신선하겠군. 나는 오랫동안 그런 가신을 두어 보지 못했으니."

백작은 이렇게 말하며 몸을 일으켰다. 그러더니 그 시선을 문득 성문 바깥, 전사자들의 가매장지가 있는 쪽으로 향한다. 그의 목소리가 일순 아득해졌다.

"아까 용이 말한 바를 들었다. 저 주검들이 누군가의 병력이 될 수도 있다고."

"그렇습니다."

"정말 무참한 일이야…… 무참한 일이야."

늑늑해진 음성으로 말을 사리던 백작이 말했다.

"싸움이 어찌 될 것 같나?"

"……그걸 이 전장에서 제대로 아는 이가 한 명이라도 있을지 모르겠군요. 이대로 지루한 대치를 유지한 채 겨울을 모조리 날 수도 있겠고, 한쪽이 어느 다른 쪽을 무슨 구실로든 공격할 수도 있겠습니다. 거기엔 저희 또한 포함될 테고요."

"경은 용이 억지력이 되어줄 거라고 보나?"

"……애당초 그럴 의지가 있는지조차 의심됩니다."

이건 진심이었다. 크누드가 가장 환장스럽게 여기는 부분이기도 했다. 저 용은 이 전장을 능히 통제할 능력이 있음에도 그위치를 하나의 변인으로 끌어내린 것이다. 물론 여기서 말하는용의 '통제'란 화끈한 무력일 수밖에 없으며 그건 다시 말해 막대한 사상자를 발생시키는 방법이리라. 제대로 된 싸움은 아직한 번도 하지 않았건만 뉘른스에크에 입성한 이래 이 자리의모두는 일만의 유해를 수습하는 과정에서 이미 충분히 죽음에진절머리가 났다.

"그거 아나? 영현봉송(英顯奉送)은 군주의 오랜, 신성한 의무가운데 하나이네. 그리고 모든 기사의 직무이기도 하지."

상당히 갑작스러운 이야기였지만 크누드는 천연덕스럽게 대꾸한다.

"알고 있습니다."

"싸움과 관계없이, 이 땅의 유해들을 고향으로 돌려보내세.

최소한 아우스뉘르 진중으로부터의 간섭은 막아설 명분이 되지. 아울러 바깥의 상단들과 접촉해 보급을 채울 기회도 만들어낼 수 있을 것이다. 저 미스미르드가 어찌 나올지는 모르겠지만…… 팔왕과 상서령이 여기 있는 이상 아마도 더 이상의 대화는 일어나지 않을 것 같군."

크누드는 조금 놀란 얼굴로 백작을 본다. 영현봉송이라니! 그로서는 생각조차 못 했던 이야기다. 이건 확실히 한 영지의 주인쯤은 되어야 비로소 떠올릴 만한 의무이자 명분이었다. 모든 군주는 자신의 영지에서 징집의 권한을 갖는 것만큼이나, 전몰자의 유해를 고향으로 수습해야 할 책임을 가진다. 이는 대제가 등극하기 이전부터 이 땅에 충실히 자리 잡아 온 윤리관 가운데 하나였으며, 기사도의 가장 고결한 책무였기에 이를 막아서거나 방해하는 것은 이루 말할 수 없는 패악이자 기사를 중심으로 이루어진 이 사회의 체계를 부정하는 일이 된다. 그러니 백작이 말하는 바는 성사될 가능성이 매우 컸다.

제 12장

　날이 밝은 뒤에 진입하자는 의견도 있었으나, 해가 기울어진 지 얼마 되지 않은 데다 이 북부의 겨울밤은 너무도 길다. 파마의 결계라는 꺼림칙한 공작에 포위된 현재, 용의 안위를 염려하는 마음만은 고블린과 인간들 모두 한결같았다. 때문에 성지하의 유적에서 밤을 날 준비를 마친 이 한 무리의 병력은 신속하게 진입을 결정하였다. 피어클리벤의 종사들 가운데선 종사장 아드손과 막내 종사 디드리크가 포함되었고, 딱히 할 일이 없던 라그나와 랄로프, 브륀힐데가 자청해 이들을 따르기로 했다. 또 무슨 엉뚱한 짓을 벌일지 모를 시야프리테도 어쩔 수 없이 붙들려 함께다. 마지막으로 유사시를 대비해 따른 고블린 십장 둘이 이 단출한 무리의 전부였다. 석실의 개방 여부만을 확인하면 되는 목적이었기에, 인원이 많을 필요는 전혀 없었다.

"아주 최악의 경우라면, 저 위의 모든 병력이 이 산중요새 지하로 피해 농성하는 것도 생각해볼 만할 거요."

어둠 속을 더디 내려가는 지루함 때문이었을까, 지독한 기억을 벗어 두고 온 그 자리로 다시 다가가기 때문일까, 종사장 아드손은 조금 말이 많아졌다. 듣고 있던 라그나가 대꾸한다.

"보급이 해결된다면 그럴 테지. 물자를 저 위에서 이 아래로 수송하는 데만 며칠은 걸릴 거요."

"어…… 용은 어쩌고? 저 위에 내버려 두오?"

랄로프의 물음이었다. 라그나가 곧장 대답한다.

"그걸 무시한 생각이지."

"저 용은 도대체 무슨 생각일까요?"

이건 브륀힐데의 물음이다. 대답하는 이는 아무도 없었다.

지금 이 자리에 있는 이들은 모두 별다른 결정권이 없는 이들이었다. 그들의 주인, 모시는 상관, 따르는 이의 결정에 대부분을 내맡기고 이끌려 온 자들이다. 때문에 이 사태의 전모에 대해 깊이 알고 있지도 않았고, 그런 만큼 고민할 부분도 별로 없었다. 심정적으로 용의 존재야말로 대개의 병사들에게 있어 가장 강력한 안도의 요새였던 바, 그 용이 자신의 안위를 담보 삼아 사태가 여기에 이르도록 방치했다는 사실은 모두에게 적지 않은 두려움을 안겼다. 충성의 맹세를 했든, 금전의 계약을 했든, 그저 지금은 안전한 귀환만을 바랄 따름이다.

"야, 넌 어때? 용이 무슨 생각을 할 것 같아?"

랄로프가 앞서 걷던 디드리크의 뒤통수를 향해 묻는다. 소년 종사는 뒤돌아보지도 않고 퉁명스레 대답했다.

"별로 알고 싶지 않아요."

휩쓸려 온 소년의 진심이었다. 그저 훈련이라 생각하고 참여했던 이 행군의 끝, 그토록 많은 죽음을 지척에서 겪고 암담한 농성을 견뎌 온 마지막에 도달한 이 모든 상황이 디드리크에게 있어서는 이해할 수 없는 혼돈이었다. 채 여물지 못하고 진창에 처박혀 버린 실과처럼 깨어진 유년에서, 소년이 생각했던 전장이란 선명한 피아의 가운데 의심할 바 없는 충성을 수행하는 곳이었다. 이제 디드리크는, 그 모든 것이 허상이었다는 것을 안다.

울리케와 피어클리벤 백작이 마침내 뉘른스에크에 입성했던 며칠 전을 기억한다. 그때 성 안뜰에서 디드리크는 홀로 나와 용과 마주하고 있었다. 감히 입을 뗄 수 없었고, 용도 아무런 말을 하지 않았기에 나눈 대화는 일절 없었다. 어쩐지, 디드리크는 자신이 용으로부터 어떤 거대한 연민의 눈빛 같은 것을 받았다고 생각한다.

그건 도대체 무엇이었을까? 한없이 높은 위계의 고강한 존재가 갖는, 마땅한 감정일까? 요 며칠의 소란을 기억한다. 디드리크가 울리케와 함께 나타난 미스미르드인들을 향해 격정을 토했을 때만 해도, 그는 자신의 분노가 향하는 방향이 그 '적'들임을 믿고 있었다. 하지만 지난 불과 며칠 사이, 그의 분노는 예전처럼 선명한 길을 찾지 못하고 있었다. 도래까마귀가 되어버린 울리케 아가씨는 저 용과 참 많은 이야길 하는 것 같았다. 멀찍이 떨어진 오백인대의 막사에서 그를 구경하며, 디드리크는 이 전쟁에 대해 생각하고 또 생각했다. 소년은 어려운 이야기들은 정말 모르며, 그건 모든 징집병에게 해당되는 이야기다. 그들은 돌아가 다시 염소를 치고, 밭을 일굴 수 있길 바라기에 여기 있을 따름이다. 그러면 저 용은, 도대체 무엇을 바랄까.

이 피어클리벤에서 디드리크는 울리케와 함께 처음으로 용을 직면했던 사람이다. 순전히 그 인연이 그를 여기까지 이르게 했다. 용이라는 존재가 이 영지를 수호하게 되었다는 사실에 까닭 없이 가슴 벅찼던 때가 떠오른다. 그때만 하더라도, 정말이지 이런 미래를 생각조차 하지 못했었는데.

"아, 이놈의 아둑발이 땅굴쟁이들! 우리 절반만큼은 왔어요?"

이미 한 번 울리케의 횃대로서 내려왔던 적이 있었던 류그라 소녀는 그때 미처 토하지 못했던 불평을 주워섬긴다. 순간 디드리크가 울컥해서 대꾸해 버리고 말았다.

"깊었기에 사람들이 살 수 있었어. 말 함부로 하지 마."

시야프리테는 따귀라도 맞은 듯한 표정으로 소년을 쳐다보더니 입을 다문다. 당연히 대거릴 하리라 여겼던 라그나와 랄로프도 의외라는 표정을 짓고 만다. 아드손은 약간 안절부절못하며 분위기를 살피다 영 딴소릴 하기 시작했고, 이내 랄로프가 그걸 받아주며 한동안 시답잖은 대화들만 어두운 통로 속에

덧없이 흩어졌다. 이따금 마주치는 장애물과 미로들을 능숙하게 회피하며, 일행이 마침내 고블린 옥좌와 아홉 개의 석조 의자가 자리한 석실에 도달한 것은 족히 자정 무렵이었다.

"피곤해 죽겠네."

"정말…… 엄청나요."

여태 눈치껏 입을 다물고 내려왔으나 마침내 한계에 달한 시야프리테의 종알거림을 무시하며, 이 고블린의 산중요새에 처음 내려와 보는 브륀힐데가 감탄한다. 다른 두 고블린 십장은 이미 산중요새의 초입부터 아예 말문이 막혀 있는 상태였다. 그들의 태도에서 묻어나는 감동과 경건함이 어찌나 뚜렷했는지 이 장소에 좋은 기억이 전혀 없는 아드손과 디드리크에게조차 조금 옮을 지경이었다.

"저기가 석실이에요."

옥좌의 너머 어둠을 가리키며 디드리크가 말했다. 모두가 각자의 등잔을 들고 있었기에 사람들이 몰려들자 어둠은 질색하듯 달아났고, 예의 검고 커다란 금속 문이 나타났다. 겉보기에는 여전히 굳게 닫힌 것만 같다. 이런 건 예로부터 모험가의 일이라 정해져 있다는 듯, 랄로프가 나서더니 조심스레 문을 민다. 그러더니 이내 말했다.

"……형님, 혼자서는 무리요."

결국 라그나와 아드손까지 합세해 어깨로 한쪽 문을 밀기 시작했고, 잠시 뒤 문은 천천히 안으로 움직였다. 그토록 오랜 시간 동안 버텨왔건만, 문은 일체의 소음도 나지 않고 기름칠된 돌쩌귀가 돌아가듯 부드럽게 열렸다. 그리하여 마침내 드러난 석실의 내부는 모두가 들고 있는 등잔으로는 그 끝을 밝힐 수 없을 정도로 넓었다. 랄로프가 메고 있던 방패와 검을 부딪쳐 소리를 냈다. 그리고 되돌아온 반향이 그 규모를 증명하였다.

"저쪽에…… 무언가 있다. 은빛 궤짝이로군."

물러날 데 없이 거대한 어둠만이 팽배한 가운데 모두가 전진을 망설이고 있자, 어둠을 꿰뚫어 볼 수 있는 눈을 가진 고블린 십장 하나가 앞을 가리키며 말했다. 그런데 그의 태도가 조금 이상했다. 미간을 찌푸리며 어둠 속을 응시하던 그가 이내 눈을 희번덕거리기 시작했다. 그의 곁에 선 다른 십장 하나도 마찬가지였다.

"왜 그래?"

라그나가 반사적으로 칼자루를 움켜쥐며 묻는다. 하지만 십장들은 그를 완전히 무시하고 서로 쳐다보며 각자 표정을 확인하더니, 갑자기 어둠 속으로 휙 달려 들어갔다.

"이봐! 기다려!"

라그나가 소리치며 욕을 내뱉더니 자신이 들고 있던 등을 석실 문가에 내려놓고 외쳤다.

"디드리크! 시야프리테를 지키고 있어!"

곧이어 그와 랄로프, 그리고 종사장 아드손은 잔뜩 긴장한 채 전진하기 시작했다. 야간시 덕에 애초에 등불을 들고 오지도 않은 고블린 십장 둘은 이미 어둠 너머로 사라져 보이지도 않았다. 라그나가 재차 소리 지른다.

"이봐, 십장들! 무슨 짓이야! 돌아와!"

그러자 어둠 속에서 고블린의 대꾸가 날아온다.

"네가 이쪽으로 와라! 빨리 이것 좀 봐라!"

"무슨 일이야, 저놈들 도대체 왜 저래?"

랄로프가 투덜거린다. 세 사람은 긴장을 늦추지 않고 조심스러우면서도 신속하게 어둠 속으로 나갔다. 여차하면 무기를 휘두르거나, 석실 바깥으로 돌아 달려 나갈 채비를 한 채 말이다. 그러나 석실 속 고블린들이 소리쳤던 곳에 다다르자 세 사람의 발걸음은 약속한 듯 멈칫하게 된다. 그리고 마치 고블린들이 그랬던 것처럼, 미심쩍은 얼굴로 시선을 교환하며 각자의 표정을 확인하게 되는 것이다. 랄로프와 아드손은 등불을 높이 치켜올렸고 긴장되어 있던 어깨도 슬그머니 내려앉았다.

"아니, 이게…… 지금 내가 보는 게 맞소?"

"……글쎄, 그럴걸. 아닌가……?"

이 거대한 석실을 지배하고 있던 진정한 주인은 결코 어둠이 아니었다. 거대한 산맥의 자락이 내려앉은 듯, 마치 산사태와 같은 황금들이 천 년 만에 빛을 반사하고 있었다.

그렐카 라르그문드 백작과 마법사 패스트리드의 예종사들은 한밤중 산 아래의 아우스뉘르 진영에 도달하였다. 예종사들은 피어클리벤이 압수했던 호신부들을 모두 되돌려 받았지만 그건 딱히 기뻐할 일이 못 되었다. 파마의 결계가 적들의 예정대로 펼쳐졌다는 반증이나 다름없었으니까. 호신부들은 발트부름의 산기슭에 내려서자마자 본연의 힘을 완전히 되찾음으로써, 결계의 경계가 어디쯤인지를 정확히 알려주었다. 본래 이들 예종사들의 호신부는 실록의 폐장들과 겨룰 것을 상정해 고안된 기물인 바, 파마의 결계 내에서도 신체 강화의 성능을 어느 정도 유지할 수 있도록 만들어져 있었으며, 아울러 그 자체가 결계의 경계를 명확히 탐지하는 도구이기도 했던 것이다.

진영의 경계에서 무사히 수하를 마치고 들어선 그들은 재갈을 물린 마법사 나글핀델 기주르를 구금하였다. 여기까지 오는 과정에서 그가 문득문득 내비친 기괴한 행동에 아울러 드레스바르프 전반에 내보이는 모종의 적개심이 분명하게 읽혔던 바, 포로의 형식을 취할 수밖에 없었다.

"기주르 경은 거의 죽을 작정으로 대규모 마법을 터뜨렸다고 하더군요. 그 자신도 화상으로 죽다 살아났고요. 그러면 지금 저 상태는, 오히려 놀라울 정도로 멀쩡한 거라고 생각됩니다."

결계의 경계를 벗어나자 차츰 정신을 차린 패스트리드가 겨우 한숨을 돌리며 말했다. 예종사들은 이제 모두 각자의 막사로 해산하는 중이었다.

"……그렇군."

좀 더 많은 질문이 되돌아올 것이라 여겼건만 백작의 반응은 어째 영 신통치 않았다. 패스트리드는 그의 얼굴을 보고 시선을 쫓은 끝에, 진중의 중앙에서 조립되는 구조물 하나를 볼 수 있었다. 백작의 시선은 군영에 들어선 내내 그것에 못 박혀 있었다.

"용노포(龍弩砲)…… 로군요."

패스트리드는 짐짓 침착하게 말했다. 그러나 백작은 그의 목소리에 스며든 미세한 떨림을 알 수 있었다.

어두운 한밤중이었기에 작업이 한창인 그곳엔 조립을 보조하기 위한 망루의 주변으로 상당한 개수의 불이 밝혀져 있었다. 돌을 쌓아 올린 원형의 축대 위에서, 아우스뉘르의 개국 이래 사실상 명맥이 끊어졌던 과거의 병기가 차근차근 부속을 갖춰 나가고 있다.

"처음부터 용을 상대할 생각은 아니었다고 알고 있었는데…… 너무나 대응이 신속한 게 아닙니까? 저걸 만들 줄 아는 기술자들이 존재한다는 자체가 놀랍지만요."

"……용이 하나 더 있긴 했지."

그렐카는 패스트리드의 말에 대답했다.

그래. 피어클리벤에 나타난 용은 모두에게 완전히 예상 밖의 존재였다 하더라도 라핀다시르의 용, 아이비레인은 아니다. 그것은 이미 한 번 인간들의 싸움에 그 힘을 보탰던 바 있지 않은가? 드레스바르프는 경우의 수에 따라 아이비레인을 상대할 가능성도 분명 고려했을 것이다. 공작가는 당시 그 싸움에서 분명 권신가의 편에 있었으나, 전쟁 이후 사실상 완전히 돌아섰다. 이제 라핀다시르는 다른 귀족가와 연대하지 않는다. 그렇다고 해서 친황파라고 하기도 어려웠다. 그들은 그저, 완전하게 그들 가문의 용, 아이비레인의 편이라고 보는 것이 합당하다.

문제는 아이비레인의 의중과 동기였다. 내전이 종식된 이후 서서히 모두와 반목하기 시작한 라핀다시르 공작가를 두고, 이 제국의 수많은 귀족이 그 행동의 이유와 목적을 분석하기 위해 애써왔다. 용을 직접 대면하고, 그와 관계를 맺는다는 경험을 갖지 못한 많은 이들에게 있어 어쩌면 그 변화는 결코 이해할 수 없는 영역이었을지도 모른다. 라르그문드 백작은 용을 목도한 인간이 사로잡히는 경외에 대하여 머리로만 알고 있었으나, 지척에서 살아 숨 쉬는 용을 목격한 순간 비로소 공감하게 되었다. 저 병기를 오늘 아침에 보았더라면 이토록 섬찟하게 느껴지지는 않았을 것이라는 확신이 든다.

"아이비레인 말씀이시지요? 그가 이 전쟁에 직접 참여할까요? 일전 말씀하시길, 공작가의 백룡은 심각한 정신적 외상에 시달리고 있다지 않으셨습니까?"

그러자 잠시 침묵하던 백작이 말했다.

"예종사들의 보고를 떠올려 보면, 백룡이 그 드라우그르 사자를 통해 불러낸 소혼망자들을 일러, '한때 헤르펠의 이름 아래 복무하던 원혼들'이라 했다지. 그게 사실이라면 아이비레인은 자신이 불태워 죽인 자들의 망령을 불러내었다는 거야. 나는 강령에 관해 아는 바가 별로 없다만, 이런 게 가능한 것이냐?"

"강령은 마법사들의 영역이 아니죠. 저희는 그저 어느 정도 이해만 할 뿐, 결코 재현할 수 있는 게 아니니까요. 다만……"

다루고 싶지 않은 화제인지라 잠시 진저리를 친 패스트리드가 말을 이었다.

"강령이 사악하다고 여겨지는 많은 이유 가운데 으뜸인 것이 바로 그 부분입니다. 육신을 파괴하고, 영혼에 상처를 남긴 살해자 자신이야말로 가장 강력한 주종의 술을 통제할 수 있다는 것이죠."

라르그문드 백작은 별말을 하지 않았지만 패스트리드는 그가 마치 욕설을 토한 것처럼 느껴졌다. 그래서였을까, 마법사는 서둘러 부연하였다.

"하지만 전혀 다른 반론도 있습니다."

"……뭐지?"

"강령술 자체가 살해자의 속죄 의식을 통해 구현된다는 설이죠."

"이해가 가지 않는다만."

"사실은 저도 그렇습니다. 직접 해 볼 방법이 없는 이상, 우린 아마 영원히 모를지도요."

여기서 말을 끊은 두 주종은 한동안 조립되는 용노포만 묵묵히 쳐다보았다. 태고의 설화에서 용은 인간에게 불을 전해 준 존재이다. 바로 그 불과 인간의 땀으로 벼려 낸 강철들이 용의 숨통을 조준하는 뼈대가 되고 있었다. 마침내 백작과 마법사는 그 병기의 곁에 실려 온 무언가를 보았다. 수레 위 방수포를 젖히자 나타난 것은 숫제 투창처럼 보이는, 거대하고 검은 화살들이었다. 어쩔 수 없이 마법사의 미간이 찌푸려지고, 백작은 패스트리드를 내버려 둔 채 성큼성큼 발을 떼어 그쪽으로 다가가기 시작했다.

"왔군. 쉬게. 이제 예종사들은 할 일이 없을 테니."

발리위그 드레스바르프 후작이 거기 있었다. 그는 수레에 가지런히 쌓인 화살들을 엄중한 눈길로 내려다본다. 주변에 늘어선 화롯불에 비쳐, 그의 눈빛만이 형형하다.

"이런 걸 다 준비해 두고 계셨구려."

"우스칼드로부터 상세한 정보는 전해 들었다. 백작에게 더 구해야 할 이야기는 없는데, 추가 정보가 있다고 확신하나?"

대답 대신 질문이 돌아온다. 죽을 때까지 말을 이따위로 할 사내다. 라르그문드 백작은 다시 한번 그렇게 평가하며 그를 쏘아보았다. 분명 자신은 그의 봉신이지만, 이 주종 관계는 그저 반목할 이유가 없었기 때문에 맺어진 계약에 불과할지도 모르겠다. 허나 그에 관한 사감이 어떻든, 그런 것은 이제 와서 문제 되지 않는다. 그리고 그게 바로 이 후작의 무서운 점이었다.

"이미 파마의 결계에 붙잡힌 용이오. 이런 발톱까지 내보일 필요가 있소?"

후작은 전혀 감정을 읽어 낼 수 없는 낯으로 백작을 쳐다보왔다. 그 스스로가 마법사인 바, 이토록 거대한 파마의 화살 곁에 태연히 서 있는 자체가 실은 매우 놀라운 광경이었다. 패스트리드를 비롯한 이 진중의 모든 마법사는 진즉 이 파마의 무기로부터 멀찌감치 떨어져 있었다. 그렐카는 그 사실을 상기하며 후작의 시선을 견뎠다. 그 끝에 후작이 말한다. 여전히 대답은 아니었다.

"우스칼드의 이야기에 따르면 이 모든 상황이 결국 저 용의 뜻대로 되고 있는 것일지 모른다더군. 우리가 오랫동안 준비해 온 이 모든 것이 말이야."

"전의를 잃은 사람처럼 보이지는 않는구려."

"그런 것은 애초부터 없었다."

발리위그는 옅게 한숨을 내쉬며 말했다. 그렐카에게 있어 그것은 마치 이러한 대화의 상대로서 백작 자신이 어울리지 않는다는 한탄같이 느껴졌다. 실로 불쾌한 감각이었다.

"공은 실제로는 아무 생각도 없는 것 아니오? 이 전쟁이 어떻게 마무리되든 간에, 그것들 모두 내 생각대로였다! 그렇게 주워섬기려 말이오."

유치한 도발이라고 생각하면서도, 울컥한 그렐카는 기어이 이렇게 말하고 만다. 그와 함께해 온 지난 세월, 측근에게조차 속내를 털어놓지 않기로 유명한 후작이다. 하물며 질책은 어떠랴. 비록 봉신이되 이러한 일갈을 할 수 있는 것은 라르그문드만의 자격이었다. 하지만 되려, 발리위그는 눈썹을 치켜올리더니 이렇게 대꾸해 버리고 만다.

"좋은 생각이군. 하지만 그건 너무나 용을 흉내 내는 짓이 되겠어. 왜 다들 내 생각을 궁금해하지? 이 전장에서 그럴 가치가 있는 대상은 오로지 하나인데."

"……저 용, 빌러디저드 말이오?"

"내 생각이 틀렸을지도 몰라."

그 순간, 라르그문드 백작은 얼빠진 표정을 감추지 못했다. 발리위그 드레스바르프의 입에서 결코 나올 일 없으리라 생각했던 문장이 방금 떨어진 것이다. 망연함의 뒤에 차근차근 쌓이는 분노를 누르며, 백작이 말한다.

"대체 뭐 하자는 거요?"

"솔직히 나도 저 용에게 묻고 싶군. 하지만 접촉하는 순간 우리는 영향받고, 끝내 경도당하지. 그렇기에 마법사는 결코 용살자가 될 수 없어."

"파마의 마름쇠라도 쳐 밟으셨소?"

"드레스바르프의 오랜 준비조차, 용들의 계획 속에 있는 것이었다면 경은 내가 느끼는 모욕감을 상상할 수 있겠나? 나는 감히 인간의 대표라 말할 수는 없겠지만 이 체계의 대표라고 말할 수는 있을 것이다. 초월적 수혜 아래 황권이 성립했다는 사실은 식견이라고 할 만한 것을 지닌 자라면 모두 알고 있다. 인간의 자립 또한 그만한 수혜를 받아 묵허되는 것에 불과하다면 어떻지? 나는 지금까지 용의 패퇴는 우리가 도달한 자립의 결과여야만 한다고 생각해 왔다. 나 개인으로서는 슬퍼할 경이의 몰락이나 동시에 마땅하다고. 그런데 그마저 용들의 암묵에서 비롯되었을 가능성을 제시받았다. 지금은, 정말로 화가 나는군."

그렐카 라르그문드는 후작의 말을 거의 단 한 마디도 이해할 수 없었다. 눈앞의 이 강대한 마법사는 그가 결코 도달할 수 없는 영역에서 분노를 내비치고 있었다. 백작이 말없이 그저 쳐다보고만 있자, 어느새 다시 차분해진 후작이 말했다.

"이래서 내가 별로 말을 안 하는 것이다."

"……오늘 내가 들은 말 가운데 유일하게 납득할 소리로군."

"그만 물러가 보게."

"망자의 군대를 상대해야 할 수도 있소."

그렐카 라르그문드는 별안간 말했다. 후작은 눈을 치켜 뜬다.

"빌러디저드가 경고하더이다. 드라우그르 마왕이, 전몰자들의 유해를 유용할지도 모른다고 말이오. 파마의 결계로 갇힌 지금 저 산성은 재래식 전술로만 공략 가능한 영역이 됐소. 거기서 가능한 마법은 신력에 기반한 강령술뿐이니. 알아두시오. 나는 전했소."

발리위그는 아무런 반응도 하지 않은 채 그저 침묵했고, 그렐카 역시 기대하지 않은 채 몸을 돌렸다.

뉘른스에크의 지하 산중요새에 내려갔던 이들은 거기서 밤을 보내고 이튿날 늦은 오전 무렵 지상으로 귀환했다. 안그라네스의 종궤라 여겨지는 은빛 궤짝은 그 적은 인원으로는 옮길 수도 없었거니와 열 방법 또한 알 수 없었기에 내버려 두었다. 사실 그런 것은 아무래도 좋다는 게 모두의 솔직한 심정이었다. 목격한 바를 증명하기 위해 한 자루의 금화를 챙겨 올라온 그들은 이 사실을 곧장 노아크 피어클리벤 백작에게 보고했다.

"금화…… 라고요?"

전혀 뜻밖의 이야기에 놀란 크누드가 되묻는다.

"엄청나게 많았어요! 둑이 터진 홍수 같았다고요!"

시야프리테의 호들갑이다. 당연히 과장이라 여긴 크누드가 모두의 표정을 살폈지만, 모험가 셋과 종사장 아드손의 표정까지 진지하기 짝이 없었다. 의아해하는 노아크의 표정을 훔쳐본 뒤, 크누드는 천천히 그들이 내민 작은 자루를 풀어보았다.

"……금화군요."

"그렇다니까요!"

내려갔던 이들 가운데서 이 금화의 내력을 짐작한 이는 아무도 없었다. 모두가 생전 처음 보는 규격에, 완전히 낯선 양각이었으니까.

"주군, 이게 뭔지 아시겠습니까?"

"모르겠네만."

역시 노아크도 모른다. 하지만 금융계 용병인 크누드 서리엇은 이것이 무엇인지 정확히 알고 있었다.

통상 모두가 알고 있는 제국 발행의 금화와는 그 중량부터가 배는 차이 났고, 그렇게 되면 순도가 같다고 가정할 때 실생활에 쓰이기엔 그 가치가 너무 높다. 아니, 애초에 이것은 인간에 의해 주조된 돈이 아니었다.

"이건 용금화입니다. 모험가분들이라면 한 번쯤 들어 보셨을 텐데요."

"아니, 이게 그거유?"

랄로프의 눈이 휘둥그레졌다. 다른 모두의 표정도 별반 다르지 않았다.

용금화. 제국의 성립으로부터도 까마득히 이전, 신화와 고대의 경계 사이 어디쯤에서부턴가 전해져 오는 이야기이다. 용들이 린트부름으로 떠나기 전, 융성했던 그들 세계로부터의 유산이다. 전설이긴 했지만 이따금 어디선가 한두 개씩 발견되어 보물로서 취급되는 물건.

"이게 얼마나 있었다고요?"

"얼마쯤이라고 말하기가 무의미한 수준이었소. 감히 말하건대, 이 성안의 모든 공간을 채우고도 남을 거요."

라그나가 대답하자마자 시야프리테가 또 호들갑을 떤다.

"이제 우리는 엄청난 부자예요!"

"야, 왜 '우리'야? 아무것도 기대하지 마."

랄로프는 그렇게 핀잔을 주었지만 그도 역시 실실 웃는 것이 무언가는 떨어지리라 기대하는 것 같았다. 그만큼 엄청난 양이었으니까. 하지만 그런 모두와 다르게 크누드의 낯은 조금도 밝지 않았다. 아니, 되려 심각할 정도로 어두워지기 시작한다.

"아니, 왜 그러십니까?"

눈치를 살피던 종사장 아드손이 묻는다. 그제야 들뜬 분위기였던 모두가 크누드를 본다. 그는 그래도 침착한 노아크 백작을 한 번 쳐다보고, 천천히 입을 떼었다.

"아우스뉘르가 건립된 이래 아니…… 인간이 유사 이래 지금껏 채굴한 금의 양이 얼마나 된다고 생각하십니까? 저는 금융계 용병이었기에 대강이나마 제국의 유통 사정을 알고 있습니다. 금화란, 보통 결제보다 축재의 수단입니다. 유통과 보관이 쉽고, 가치의 변동이 크지 않으며, 유사 이래 어디서나 그 가치를 의심받지 않았으니까요. 제가 직접 보지 않아 단언할 수야 없겠습니다만, 여러분의 말이 사실이라면 지금 저 아래 있는 금의 양이 이 제국에 유통되는 금의 총량보다 훨씬 많다는 이야기가 됩니다."

"그럼 우리가…… 아니, 여기가 이제 제국보다 부자라는 소리 아니오?"

시야프리테의 격한 끄덕임을 동반한 랄로프의 물음이었다. 크누드는 그 둘을 한심하게 쳐다보다 말했다.

"금은 귀하기 때문에 가치가 있는 것입니다. 아니, 좀 더 정확히 말하자면 가치가 있다고 사회적으로 합의되고 있는 것이죠. 경제 전반에 유통되는 금의 양이 두 배로 는다는 것은, 그냥 금의 가치가 절반으로 떨어진다는 걸 뜻합니다. 물론 금에 대한 인간의 태도엔 꽤 광신이 서려 있으니까, 일반적인 상품의 유통 원리로만 예측할 순 없을지도 모르겠습니다만…… 적어도 이 사실이 알려지는 순간 제국의 금값은 폭락할 겁니다. 자산을 금의 형태로 가진 비율이 높은 이들일수록, 손해를 보게 되는 것이죠."

유감스럽게도 이 자리에서 크누드의 말을 제대로 이해하는 사람은 노아크 백작뿐이었다. 아니, 그조차도 완전히 이해한다고 말하기는 힘들었다. 그는 단지 이렇게 말한다.

"저 막대한 재물이 그렇게 오랜 시간 동안 봉인되어 있어야 했던, 합당한 이유가 있을 거란 이야기인가?"

"예, 그렇습니다. 이건 전혀 좋아할 일이 아닙니다. 금융계 용병이었던 제가 확언할 수 있습니다. 이것은 제국에 용이 없었다는 이야기보다…… 무서운 일입니다."

순간 모두가 약속한 듯, 안뜰 너머 검은 용을 쳐다보게 된다.

우스칼드 드레스바르프는 지난 며칠간 도래까마귀와 나누었던 대화들에 대해 생각하고 또 생각했다. 이미 모든 보고가 후작에게 올라간 마당에, 별다른 결정권도 없는 그에게 있어 이 복기는 완전히 불필요한 행위라 말할 수 있었다. 하지만 그럼에도 우스칼드는 차분하고도 충실하게, 그 강렬했던 대화를 낱

낯이 곱씹었다. 그러면서 서서히, 그는 자신이 당시의 대화 내용이 아니라 대화 상대에 집중하고 있음을 인정하기에 이르렀다.

울리케 피어클리벤. 본래의 육체로 돌아갈 섭리를 잃고 용과 이어진 자. 실로 용의 사자라 말하기에 부족함이 없는 존재였다. 바로 그 사실을 알고 있고, 볼 수 있었기 때문일까. 우스칼드는 자신이 울리케의 진면목을 보았다고 생각했다. 그리고 그건 설명하기 어려운 방식으로 우스칼드의 영혼을 뒤흔들 만했다. 우스칼드가 그 만남을 계속해서 복기했던 것은 바로 그 요동을 설명해 보기 위해서였을지도 모르겠다.

우스칼드는 마법사로 태어났으나 마법사가 되지 못한 자였다. 하지만 마법이 없이는 태어나자마자 죽었어야 했을 존재였다. 그의 탄생에 얽혀있는 이 역설이, 현재의 그를 여전히 지배한다.

'빌러디저드 님께서 영식의 개성에 대해 조금 말씀해 주시더군요.'

때문에 그 자리에서 그가 고백했던 대로, 울리케의 이 말은 우스칼드에게 있어 평생 실로 잊히지 않을 만한 배려였다. 오만으로부터 자유로운 마법사란 지극히 드물다. 특히나 발라-라싸의 묵언궁 출신이 아닌, 드레스바르프와 같은 귀족가의 재가(在家) 마법사는 더욱 그러하다. 삼라만상에 얽힌 힘의 흐름과 마땅한 섭리의 교통을 제육감으로써 인지할 수 있는 마법사들에게 범인의 세계란 너무나 하찮아 보였으니까. 태어날 때부터 그 세계를 직시할 수 있었으나 거기에 손을 댈 수 없었던 우스칼드는 이 사실을 아주 잘 알고 있었다. 어린 시절엔 많은 좌절을 했었지만 지금의 그는 그로부터 잘 벗어났다고 생각했다. 적어도 그 도래까마귀를 만나기 전까진 우스칼드는 자신의 내면이 견고하게 완성되었다고 자신했다. 하지만 결코 아니었다.

또 만나고 싶다. 우스칼드는 점차 또렷하게 이런 욕망을 갖게 되었다. 지금 저 산성 위에 모여있는 이들 가운데 울리케 피어클리벤이 어떤 상태인지 정확히 알고 있는 사람이 과연 얼마나 될까? 아니, 머리로는 안다 하더라도 그럼으로써 빚어질 미래를 내다보고, 그 감정의 문제까지 헤아릴 이가 과연 있을까? 있을 리 없다. 마법사들조차도 힘들 것이다. 그들은 마력의 박탈을 경험해 보기 전에는 대개 심각하리만치 공감 능력이 떨어지는 경향이 있으니까. 바로 지금 눈앞의 패스트리드처럼.

"후유증이 여전한 모양이군요."

"말도 마시죠."

며칠 전, 끝내 완성되고 만 파마의 결계 안에 있었다가 산송장이 되어 귀환한 마법사가 파리한 낯으로 말했다. 그는 우스칼드가 입에 달고 사는, 드레스바르프가(家) 특제의 약을 얻어 마시기 위해 우스칼드의 개인 막사에 쳐들어온 참이었다.

"지난 며칠간 제가 충분히 내색했던 것 같은데요. 이건 비쌉니다, 다닐카 경."

"제가 이렇게 눈치가 없답니다."

말은 그렇게 주고받았지만 우스칼드는 진정 아까워서 한 말이 아니었고, 패스트리드 역시 하나도 미안해하지 않는 낯짝이었다. 오죽하면 우스칼드의 하인조차 당연하다는 듯, 그 주인의 기색을 살피지 않고 약을 탄 차를 내어온다.

"경에게는 이게 단지 기분 전환을 위한 음료이겠지만, 제게는 생명 유지를 보장하는 필수적인 물건인 만큼 우리 둘에게 각자 그 가치가 다릅니다."

"……지금 한 모금 흘렸다고 그런 말을 하는 거예요? 그리고 그 말은 좀 틀렸어요. 모든 인간은 생명 유지를 위해 아주 많은 게 필요하죠. 흔한 물이나 조금 덜 흔한 소금이라도 마찬가지 아닙니까? 경에겐 그냥 거기에 하나 더해져 있을 따름이죠."

"굉장히 예민할 수 있는 화제를 심드렁하게 하는 재주가 있으시다니까요."

패스트리드 다닐카는 우스칼드가 아는 한, 가장 이른 나이에 마법사가 된 여자였다. 그래서였을까. 마법사 특유의 오연함이 전무하다고 말할 수는 없었겠으나 천부적인 당당함에 보다 가까웠을 뿐, 수십 년간의 수련 끝에 겨우 마법사가 되는 자들에게서 자주 발견되는, 혼탁한 보상 심리 같은 것이 전혀 없었다. 각고의 노력과 기다림의 끝에 얻어낸 것은 그것이 무엇이건 간에, 마땅한 것이며 스스로의 쇄신으로 온전히 획득한 것이라 착각하기 쉬운 법이다. 특히나 그 힘이 천하의 범용함을 모조리 비웃을 수 있는 자격을 준다면. 하지만 패스트리드에겐 정말로 그런 면모가 일절 없었고, 때문에 마법에 대해 어쩔 수 없이 복잡한 박탈감을 가질 수밖에 없는 우스칼드에게 있어선 그나마 어느 정도 속을 터놓을 수 있는 유일한 마법사였다.

"예민한 화제인가요? 저는 한 번도 영식의 앞에서 제 언행을 삼간 적이 없는데요."

"삼가 주세요."

"오, 끝내 고독할걸요. 제 말을 믿어요."

"……그래, 위에서 뭐 느끼고 온 다른 건 없습니까?"

우스칼드는 화제를 돌리고 만다. 마법사는 고개를 갸웃하더니 말했다.

"용은 커다래요."

"……제가 떠난 뒤에 뭔가 추가로 오간 이야기가 있었다고 하던데요. 여태 묻지 않았던 것은 경의 입이 좀 더 가벼울 거라 예상했기 때문입니다."

"다시 생각해 보니 제가 영식의 앞에서 언행을 아주 삼가지 않는 건 아니었군요."

"……강령술에 대한 이야길 얼핏 들었습니다만."

"왜요?"

"……왜냐뇨?"

"그런 이야길 뭐하러 들었냐고요."

오로지 뛰어난 지성만이 의태 가능한 백치스러움이, 마법사의 얼굴에 가면처럼 붙어 있다. 우스칼드는 얕게 한숨을 내쉬며 물었다.

"경은 내가 이런 문제에 관심 두길 바라지 않는가 보군요."

"솔직히 그래요. 이미 파마의 술이 펼쳐졌고, 용노포가 세워졌죠. 결계 안에 한 발짝만 디디면 영식의 심장은 멎을 거예요. 용노포의 대군전(大軍箭)에 살짝 닿기만 해도 마찬가지고요. 멀미와 토사곽란에 그치는 보통 마법사와는 다르죠. 지금 이 군영에서 가장 위태로운 사람이면서 동시에 뚜렷한 보직이 없는 만큼, 영식은 이제 후방으로 물러나는 게 좋지 않겠습니까? 후작 각하도 그런 눈치시던데."

"각하의 눈치를 읽는 건 아무나 할 수 있는 일이 아닙니다만…… 그리고 파마의 결계에 대해서라면, 나름대로 준비해 둔 방안이 있습니다. 좀 힘들긴 하겠지만 걱정하시는 것처럼 즉사하는 일은 일어나지 않을 겁니다."

그리고 우스칼드는 타인의 거짓말을 바로 간파할 수 있는 만큼, 패스트리드의 마지막 말이 사실이 아님을 안다. 그는 다시 울리케를 떠올렸다. 아직 완전히 확신할 수는 없었지만, 그 도래까마귀 또한 자신과 마찬가지로 거짓을 간파할 수 있는 게 분명하다는 인상을 받았다. 그걸 감지했을 때 순간 얼마나 반가웠던가. 떠올릴수록 많은 부분에서 동질감을 느끼고 만다. 저주처럼 태생적으로 부여받은 개성으로 인해 언제나 사람들 사이에서 겉돌았던 우스칼드에게, 이미 울리케는 돌이킬 수 없을 만큼 인상적인 존재가 되었다. 인제 와서는 며칠 전 나누었던,

그 정치적인 사안들이 빽빽이 얽힌 회담에서 순전히 정담(情談)만을 주고받았던 게 아닐까 왜곡해 되새길 지경이었다.

"아니, 그런 이야기를 하면서 왜 얼굴을 붉히는 거죠?"

그 속을 헤아릴 길 없는 패스트리드가 황당한 듯 물었다. 우스칼드는 망연히 마법사를 쳐다보다 말없이 자신의 하인에게로 고개를 돌렸다. 충직한 하인은 그저 고개를 끄덕여 우스칼드의 낯빛이 패스트리드의 발언과 부합함을 긍정할 따름이다. 우스칼드는 반사적으로 서둘러 부정했다.

"……제가요? 아니, 그럴 리 없습니다. 아무리 그래도 그건 까마귀라고요."

"뭐라고요?"

그때, 막사의 바깥이 소란스러워졌다. 재빨리 밖으로 나가 상황을 살피던 우스칼드의 하인이 돌아와 말했다.

"산성으로부터 내려오는 사람들이 포착되었습니다. 백기를 달고 있습니다."

"백기?"

"그런데 그게, 아무래도 만장(輓章)처럼 보입니다."

패스트리드의 말마따나 우스칼드는 이 진중에서 가장 위태로우면서 사실상 주어진 보직이 없는 이였다. 그럼에도 드레스바르프의 삼남이라는 지위는, 그 존재만으로도 이곳의 모든 이들을 불편하게 만들 수 있다. 이 사실을 잘 알고 있는 우스칼드는 지난 며칠간 자신의 막사 바깥으로 전혀 나가지 않았다. 하지만 이 순간만큼은 그도 참지 못하고 밖을 나서게 된다.

"정말이네. 만장이야. 그것도 세 장짜리."

북부의 풍속에서, 만장은 장지(葬地)로 향하는 운구 행렬을 인도하는 깃발이다. 세로로 길고 흰 천을 장대의 끝에 달아 늘어뜨리는데, 그 가닥의 수에 의미가 있었다. 지금처럼 세 장의 천이 늘어진 만장은 타지에서 사망한 전사자나 기사의 귀향을 알리는 것으로, 정당한 이유 없이 그 행렬을 방해하거나 막아 세워서는 안 된다는 불문율이 있었다. 우스칼드는 다시 말했다.

"영현봉송이라. 피어클리벤의 영주가 자신의 책무를 잘 기억해냈군요."

"이 마당에 가장 좋은 구실이긴 하죠."

따라 나와 곁에 선 패스트리드가 대구했다. 뉘른스에크의 산성으로부터 내려온 피어클리벤 측 행렬은 성하촌의 경계에 이르러 멈추어 섰고, 곧 아우스뉘르 진중으로부터 달려 나가는 두 인마가 보였다.

"저는 주군께 돌아가 보겠어요. 찾으실 것 같으니."

"그러십시오."

우스칼드는 패스트리드를 떠나보내고 자신의 막사 곁에 선 채 그대로 찬바람을 맞으며 눈이 쌓인 벌판 너머만을 아득하게 응시하였다. 그의 하인이 늦을세라 안으로 들어가더니 두툼한 모피 외투를 가져와 우스칼드에게 둘러준다.

가만, 그러고 보니 파마의 결계 안에서 울리케는 어떻게 되는 것일까? 우스칼드는 울리케 피어클리벤의 영혼이 그 본래의 육신을 떠나 도래까마귀 안에 완전하게 융착했음을 읽어낼 수 있었다. 그러니 그가 본 바가 맞다면, 저 안에서 울리케는 여느 마법사처럼 맥을 못 추고 심신이 진탕되어야 타당하다. 그런데 이미 며칠이나 지나지 않았던가? 보통의 마법사가 파마의 결계 안에서 며칠을 견딘다면 회복 불가능한 후유증을 얻을 가능성 이 컸다. 우스칼드는 어느새 초조한 걱정에 휩싸여 피어클리벤 의 행렬을 기다렸다.

제 13장

피어클리벤 성의 안뜰에서, 뉘르뉴와 함께 귀환한 이들을 맞이하던 울리케의 팔찌가 찌릿한 것이 바로 이 직후의 이야기이다. 크누드는 영현봉송 행렬과 함께 뉘른스에크를 벗어나 성하촌의 경계에 이르자마자 즉시 노아크 피어클리벤 백작으로부터 건네받은 팔찌를 작동시켰다.

"아버지겠죠? 아니라면 당장 머리가 터져 죽을 것이다."

팔찌에서 신호가 온 직후, 당황한 울리케는 시그리드에게 이걸 어떻게 써야 하는지 바로 물어보았다. 마법사는 간단한 요령을 알려주며 바로 위와 같은 괴팍한 질문을 장난처럼 얹었는데, 진상을 알 리 없는 울리케는 이상하다고 여기면서도 순진하게 따라 물은 것이었다.

— 어…… 제가 각하께서 듣기로는 그게 불가능하다던데요.

반가우면서도 어딘지 부아를 돋우는 크누드의 음성이 울리케의 머릿속에 울렸다. 마치 귓가에 대고 진득이 말하는 것 같아 소름이 돋았다. 울리케는 반사적으로 냉랭히 대꾸하고 만다.

"저는 가능했으면 좋겠는데요?"

그러자 그때까지 팔짱을 낀 채, 곁에서 태연히 듣고 있던 시그리드가 코웃음을 뿜더니 정말 이상한 표정으로 울리케를 쳐다보기 시작했다. 지금 이 둘은 울리케의 집무실에 들어와 있는 상태였다.

— 무탈하신 듯 들리는군요. 저도 무탈합니다. 여긴 다들 잘 있고요. 그렇게 일일이 안부를 묻지 않으셔도 됩니다.

크누드의 천연덕스러운 음성이 위안을 줄 수도 있다는 걸 깨달은 울리케는 모종의 패배감을 느끼고 만다. 시그리드의 눈치를 본 그는 서둘러 물었다.

"파마의 결계가 쳐졌던 거죠? 결계 바깥으로 나온 건가요?"

— 그렇습니다. 지금 성하촌 초입입니다.

크누드의 음성이 차분히 며칠간 일어난 일들에 대해 말했다. 그사이 별다른 일은 없었다. 결계로 인해 용은 자신의 체중을 감당하는 게 고작인 상태가 되었고, 산중 유적의 석실이 열렸다는 게 전부였다. 단지 그것뿐인 이야기였으나, 거기엔 울리케나 시그리드가 미처 예상하지 못했던 정보가 하나 더 담겨 있었다.

"······용금화라고요? 얼마나요?"

— 그 양을 헤아리는 게 불가능한 수준으로요.

크누드는 이토록 많은 금의 등장이 야기할 수 있는 상황에 대해, 앞서 자신이 노아크 앞에서 풀어 내었던 견해를 다시 한 번 반복했고 울리케는 곧바로 이해함으로써 크누드를 흡족하게 했다.

— 이제 저는 가능한 한 저 결계 안으로 들어가지 않으려고 합니다. 그림니르는 잠들어 있긴 하지만, 결계로부터 좋은 영향을 받을 리 없고, 아가씨께서 원하실 때 이쪽으로 오기 위해서는 그편이 나을 테니까요. 혹시 새로운 직함이 필요하지는 않으십니까?

"직함이라고요?"

— 영현봉송관은 어떠십니까? 이 신성한 책무의 책임자는 원래 영주이니만큼, 그 자제가 파견되어 실무를 수행하는 것은 상례이죠. 게다가 이건 꽤 많은 특권을 부여하는 일입니다. 명분과 상황에 따라서는, 상대의 작위를 불문하고 운신할 수 있게 해 주죠.

울리케는 영주의 자식이었던 바, 유사시를 대비한 책임들에 관해 잘 알고 있었고 때문에 영현봉송은 처음 듣는 이야기가 아니었다. 영전이 필요하다고 시그리드 앞에서 푸념하긴 했으나, 어쩐지 이런 식으로, 그것도 영형봉송관의 자리를 얻어내는 것은 부당하지 않나 싶은 느낌이 들었다. 그 많은 죽음의 덕을 보는 것처럼 느껴졌다.

"그런 식으로 말하지 마시지요. 얻어 낼 권리의 크기를 먼저 가늠해 보고서야 수행할 의무의 무게를 나누는 건, 귀족이 무엇보다 경계할 일이라고 가장 먼저 배운답니다."

때문에 울리케의 목소리는 뾰족해진다. 크누드는 순순히 사과의 말을 전해왔다.

— ……실례했습니다. 저는 다만, 행정관님만 한 적임자가 없다는 생각에 드린 말씀입니다.

"글쎄요? 제 오라버니도 있잖아요?"

— 진담이십니까?

울리케는 또다시 부아가 치밀었지만, 이번엔 크누드 때문이 아니었다. 피어클리벤에 형제가 몇인데 왜 자신만 계속 동분서주해야 한단 말인가? *나는 차기 영주도 아닌데!* 순간 울리케는 용에게라도 이 사실을 따지고 싶었으나 그럴 방법이 없다는 것을 깨달았다. 그림니르로 되돌아간들, 파마의 결계 안으로 들어서는 순간 자신의 의식은 다시 원래의 몸으로 돌아올 테니. 게다가 파마의 결계가 깔린 판이니 마법을 통해 대화하는 것도 불가능할 것이다.

"아니 그보다, 빌러디저드 님은요? 괜찮아 보이던가요?"

— 겉보기에는 그렇게 우려스럽지 않긴 합니다. 아, 다만 이제 마법의 보조를 받지 못하기 때문에 식사량이 대폭 늘어나야 한다고 주장하긴 했습니다.

저건 아무래도 거짓말 같은데.

그렇게 생각한 울리케는 곧장 시그리드에게 묻는다.

"파마의 결계 영향으로 빌러디저드 님이 더 많은 식사를 요구한다는데요. 일리가 있나요?"

시그리드는 뜬금없다는 표정을 거르지 않았지만 순순히 이 질문에 대해 생각해 준다. 마법사는 대답했다.

"그럴걸요. 용의 체구를 생각하면 원래 훨씬 더 많은 양을 상시 먹어야 함에도, 태생적으로 에다의 도리에 맞대어 있는 존재인 만큼 그럴 필요가 없던 것이니까요. 물론…… 현재의 용은 완전히 마법으로부터 박탈되어 있지는 않은 만큼 정확히 어디까지 그 영향을 받는지 우리로서는 알 길이 없죠. 하지만 이게 순전히 이 상황을 견디느라 힘들어진 용의 밥투정이라 해도 들어줄 가치는 있다고 생각합니다. 먹는 낙이라도 있어야 하지 않겠어요? 스미드레드의 경우만 해도 많이 먹었다죠."

— 아, 곁에 유세트 경이 계십니까? 혹시 몰라 유슬리스도 데리고 나와 있으니, 필요하시다면 빙의가 가능할 거라고 전해주십시오.

사고와 대화에 빈번히 난입하던 용이 드디어 꺼졌나 싶었는데 이번엔 이 남자다. 울리케로부터 크누드의 말을 전해 들은 시그리드는 고개를 끄덕이며 나귀의 안부를 물었고, 울리케 또한 도래까마귀의 안부를 덩달아 묻게 된다.

— 걱정마십시오. 두 녀석 모두 건강합니다. 아, 그림니르의 경우에는 내내 자고 있는 상태라 완전히 확신하진 못합니다만,

제가 늘 짊어지고 다니며 수시로 상태를 확인 중입니다.

"……경이 직접 말인가요? 그게 미필적으로 무례할 가능성에 대해서는 생각해 보았나요?"

— 물론입니다! 그래서 시야프리테도 대기시켜 두었지요. 저는 여태 그림니르의 깃털 한 장 손댄 적 없습니다.

크누드의 설명에 의하면 유슬리스와 그림니르를 보호하고 보살피는 일에 시야프리테를 비롯하여 나머지 세 모험가들도 동반된 모양이었다. 이 두 동물은 피어클리벤과 뉘른스에크의 실시간 연락에 필수적인 매개체인 만큼, 별것 아닌 것 같아 보여도 실로 중요한 임무라 할 수 있겠다. 울리케는 매우 적절하다고 생각하며 시그리드에게 이 사실을 전했고, 마법사도 고개를 끄덕이더니 이렇게만 말했다.

"행여나 시야프리테에게 팔찌를 내주진 말라 하세요. ……엄청 정신없거든요."

"알겠어요. 그래서, 이제 어쩔 계획이죠?"

— 영현봉송의 책무를 들어 여러 운신의 경로를 확보하려고 합니다. 뉘른스에크에 가매장한 전사자들을 고향으로 모두 되돌려보내는 일은 이 겨울을 모두 필요로 할 테고, 우리가 저들의 명백한 적도 아닌 만큼 이 명분으로 시간과 물자를 얻어낼 수 있지 않겠습니까?

이것이 노아크 피어클리벤 백작이 내놓은 방안이었다. 피어클리벤은 뉘른스에크가 휘말린 전화의 최후 생존 세력이며 그

봉신가인 만큼 이 사태에서 분명한 책임과 권한을 가진다. 여전히 미스미르드와 아우스뉘르의 군대가 대치 중이며, 내부적으로 파고들면 훨씬 더 복잡한 상황이긴 했지만 이건 각 진영에서도 소수의 수뇌들이나 고민할 문제였으니까. 골똘히 이 부분을 되짚어 보던 울리케는 순간 깨닫는다.

"서리엇 경…… 어쩌면 피어클리벤은 순전히 피해자로서 행세할 수 있을지도 모르겠어요."

— 무슨 말씀이신지 알겠습니다.

일고의 지연도 없이 곧장 대답해 오는 크누드의 목소리를 듣자마자, 울리케는 자신이 분명 이런 대답을 기대했다는 걸 깨달으면서도 동시에 되묻고 만다.

"무슨 말인데요?"

— 아니…… 이제는 저를 좀 신뢰하셔도 되지 않습니까?

"품성을요?"

— ……지성과 충성 말입니다. 사람이 어찌 완벽하겠습니까? 아, 대응군 측으로부터 사람이 오는군요. 일단 맞이하고 다시 연락드리겠습니다.

크누드와의 연락은 여기서 끊어졌다. 울리케는 말없이 팔찌만 만지작거리다 크누드가 전해 온 이야기들을 차근차근 마법사에게 전했다. 시그리드는 조용히 듣더니 이야기의 끝에 고개를 끄덕이며 말했다.

"확실히, 피어클리벤은 이 사태에서 외부에 순전한 피해자로서 비칠 수 있어요. 빌러디저드가 그렇게 외쳐 준 덕분에 더욱 그렇게 인상이 박힐걸요. 이미 용의 선언은 진중 밖으로, 병참선을 통해 퍼져나가고 있겠죠. 일반 병사들이나 제국민들에게 있어, 이 싸움은 처음부터 지금까지 그저 오랜 외적과의 대치에 불과해요. 헤르펠의 이름을 잇는 수상한 도당의 존재나, 고블린, 류그라 같은 이야기는 거의 알려지지 않을 테고 알려진다 하더라도 거기에 대한 세간의 인식과 반응은 우리와 아주 다를 겁니다."

"역시 그렇겠죠."

"그나저나 용금화라니, 이건 또 골치 아프게 되었어요."

울리케는 피식 웃으며 말했다.

"갑자기 얻은 막대한 부에 대해 기뻐하는 측근이 하나도 없군요."

"에이드리크 바우트 공이나 기뻐할까요? 그 양반 또한 이게 그렇게 단순한 문제가 아니라는 걸 듣자마자 알걸요. 아가씨도 잘 이해하고 있지 않나요? 어떤가요?"

울리케는 잠시 생각하다 침착하게 대답했다.

"내부의 순환에서 차근차근 발생하지 않은 부의 난입은 그저 재해일 수 있어요. 가치의 요동이란 어떤 이들에게 기회가 될 수 있겠지만, 진정한 부와는 거리가 아주 멀죠."

경탄의 빛을 담는 데 좀처럼 익숙지 않은 시그리드의 얼굴이라 조금 어색해지고 만다. 그래도 마법사는 솔직하게 칭찬했다.

"……제가 더 보태 드릴 견해는 없겠군요."

울리케는 그의 얼굴을 보지 못했다. 눈을 내리깐 채 여전히 팔찌를 매만지며 말을 이어 간다.

"그토록 엄청난 양의 금은…… 아우스뉘르 경제의 근간을 뒤흔들 수 있어요. 그런 것이 존재한다는 사실이 알려지기만 해도, 거상과 부유한 귀족들은 보유하고 있던 모든 금을 다른 자산으로 전환하고자 처분하지 않을까요? 달리 말해 많은 것을 중소 규모의 상인들이나 외국으로부터 사들이겠죠. 그러면 최종적으로 용금화가 시장에 풀렸을 때 타격받는 쪽은 중소 규모의 판매자들이 됩니다. 왜냐면…… 대가로 받은 금의 가치가 자신들의 기대를 훨씬 밑돈다는 걸 깨닫는 순간 혼란이 폭발할 테니까요. 시장에서 금이 더 신뢰받는 거래의 매개체가 될 수 없다면 가장 큰 피해를 보는 쪽은 뒤늦게 금을 보유하게 된 중산 계급일 뿐 그 원래 임자들인 거상이나 귀족들은 아닐 거예요. 오히려 그들은 이 일로 중산 계급이 입은 피해를 수혜적인 태도로 재흡수하는 과정에서 재력을 한층 더 공고히 할 수 있겠죠. 물론, 이건 그저 일어날 수 있는 여러 상황 가운데 하나에 불과하겠지만요."

시그리드는 경악했다. 그의 턱이 가까스로 열린다.

"……아가씨는 대체 어디서 그런 지식을 얻었죠?"

"예……? 이게 딱히 지식이랄 게 있나요? 이것도 부에 관한 이야기이고…… 저는 용과 만난 이후로 계속 생각해 왔던 것들이 있으니까요."

그렇게 말하는 울리케의 얼굴은 도리어 순진해 보일 지경이다. 그의 말마따나 이것은 지식이 아니라 통찰의 영역에 보다 가까운 것이었다. 혹시 이것도 용이 은근슬쩍 부여한 어떤 것일까? 그렇게 보기엔, 울리케는 정말로 익히 생각해왔던 바를 논하듯 자연스러웠다. 다른 사람의 말을 따라잡는 데 어려움을 느끼는 경험이 생소한 시그리드라 다음 말을 내뱉는 데는 다소의 시간이 걸렸다.

"그렇다면 아가씨는 재화로서의 용금화 자체보다는 그것에 대한 정보를 무기처럼 쓰는 걸 먼저 생각하겠군요?"

"어, 처음엔 그냥 냅다 퍼다가 정말 돈으로 사용할 수도 있겠지요. 하지만 용금화잖아요? 분명히 눈길을 끌 테고, 다들 그 출처를 궁금해할 것이며, 끝내 보유량에 대해 알게 될 거예요. 더구나 이건 애초부터 우리의 자산이 아니니까요. 글자 그대로 땅 파서 나온 일확천금이나 마찬가지인데, 얻게 될 이득보다 초래할 손해를 경계하는 쪽이 먼저라고 생각합니다."

이 아가씨는 도대체 어느새 무슨 종류의 괴물이 된 것일까. 시그리드는 아직 20대도 되지 않은 눈앞의 울리케를 본다. 하지만 이 새삼스러운 감상에 젖어 있을 여유는 없었다. 여전히 논해야 할 일들과, 처리할 문제들이 가득했으므로.

"그렇군요. 그나저나 용은 이 돈에 대해 뭔가 말을 하지 않았다고 하던가요?"

"……밥 이야기만 들었어요."

"용금화는……"

시그리드는 한동안 잊고 있던 모험가의 표정으로 돌아가 말하기 시작했다.

"원천적으로 용들의 소유라고 알려져 있어요. 조금 속되게 표현하자면 그들이 이 땅을 떠날 때 흘려 두고 간 재산이죠. 물론 아직까지 역사적으로 거기에 대해 재산권을 주장한 용은 없었고, 스미드레드 또한 별 관심을 갖지 않았다고 알고 있어요. 하지만 그건 어디까지나 여태껏 발견된 용금화의 수량이 용들의 기준에서 형편없이 적기 때문일지도 몰라요. 전해 들은 대로 정말 그렇게 막대한 양이라면…… 어떨까요?"

시그리드는 자신의 생각을 여기서 생략해 버리며 울리케에게 묻는다. 잠시 생각하던 울리케는 기어이 마법사의 기대를 배신하지 않는 대답으로 응수한다.

"확실히 명분은 있겠어요. 그리고 이 소유자가 인간이 아니라 용에게 있는 편이 우리 모두에게 더 편한 이야기가 될 수 있지요. 현재 용금화는 그 내력을 떠나 위치상 뉘른스에크의 지하에 있어요. 문제는 거기가 고블린들의 왕성이기도 하다는 점이죠. 게다가 이 문을 열어젖힌 건 다름 아닌 실록의 폐장이에요. 상황이 이렇게까지 복잡해지면 차라리 모두가 납득할, 그럴싸한 무단점거자가 나서 주는 게 낫지 않을까요? 용금화가 모두 빌러디저드 님의 것이라고하면 이 재물은 제국에 갑자기 나타난 일확천금이 아니라 린트부름으로부터 초래한, 일종의 외환같은 성격을 갖겠죠. 이 나라는 용에 대한 신앙적 공경을 분명히 갖고 있는 만큼, 이렇게 되면 용금화는 단순한 황금과는 다른 무엇으로 여겨질 수 있어요."

"잠시만요, 마지막 말은 잘 이해가 안 되는군요. 무슨 이야기죠?"

기대를 배신하지 않은 것까지는 좋은데 아예 능가해 버린 대목에서 마법사는 신선한 현기증을 느끼며 묻는다. 울리케는 바로 대답했다.

"그러니까, 용금화를 녹여 일반적인 금처럼 유통시키려는 시도가 원천적으로 차단될 수 있다는 거예요. 완전히는 아니어도요. 이렇게 되면 아우스뉘르가 발행하고 유통하는 제국환과는 차별될 수 있을 거고, 우리는 어쩌면 금과 금 사이에서 교환비가 발생하는 희한한 광경을 볼 수 있을지도 몰라요. 용금화의 유통 자체를, 인간이 아니라 용이 관리 감독한다면 어떨까요? 합의를 어떻게 하냐에 따라 우리는 금 가치가 변하는 범위를 최대한 억제할 수 있을지도 몰라요."

"인간이 용을 신뢰하는 한…… 말인가요?"

시그리드가 물었으나 울리케는 대답하지 않았다. 그 말이 미처 귀에 들리지 않았다. 울리케는 이제 완전히 자신만의 생각에 빠져 있었다.

도대체 가치란 건 무엇일까? 용과의 첫 만남으로부터 촉발되었던 이 물음은 끈덕지고도 치열한 생각의 끝에, 울리케에 머릿속에서는 '환원될 수 있는 대상을 소유한 주체와 합의에 이른 교환비'라 정의되어 있었다. 실생활에서 금이란 철보다도 쓸데가 없지만 단지 모두가, 그 가치를 의심한 적 없다는 점 하나만으로도 여태까지의 지위를 지켜 왔다. 그렇다면 마찬가지로 여전히 실제로는 전혀 쓸모없는 무언가를 가치 있다고 합의하는 게 가능하지 않을까?

그리고 사람들은, 스스로 무언가에 대한 가치를 확신하지 못할 때 보증을 요구하곤 한다.

'그게 만일 용이라면.'

울리케는 굶주리고 고상하면서도 농담과 거짓말을 할 줄 아는 한 검은 용을 떠올렸다. 여기에 이르러서도 한없이 폭력을 유예하던 그를. 그러자 어쩐지 참을 수가 없어졌다. 울리케는 팔찌를 풀어 시그리드에게 건네며 말했다.

"잠시라도 저쪽에 가 보는 게 좋을 것 같아요. 뒤를 봐 주실 수 있겠죠?"

"……안 됩니다."

울리케는 배신당한 표정으로 마법사를 보았다. 하지만 시그리드는 냉정히 말했다.

"지금 여기서 처리할 일들도 아직 많이 남아 있어요. 저쪽에서 부르지 않는 한은, 그렇게 일부러 나서실 필요는 없어요. 뉘르뉴는요? 또 하즈바 에써 경은 어떻게 처리해야 할까요? 그리고 아이비레인이 이 사태에 어떻게 관여해 올지 우린 아직 제

대로 모르죠. 잊고 계신 것 같은데, 지금 여기엔 라핀다시르의
장남이 마침 와 있답니다."

"……잊고 있지 않았어요. 하지만, 아니 제가 이걸 다 처리하
라고요? 저는 그냥……."

"처리하라는 게 아니라, 어떻게 되어가는지 아가씨는 모두
다 아실 필요가 있다는 거예요. 저쪽에는 지금 아가씨를 대신
해 결정을 내릴 수 있는 이들이 적지 않아요. 백작 각하도 계시
잖아요? 하지만 이 성안에서 그나마 제가 도움을 기대할 수 있
는 건 이제 아가씨 정도라고요. 설마하니 백작 부인께 과로를
시킬 생각은 아니시겠죠?"

시그리드의 입에 과로라는 말이 올라오자 울리케는 할 말이
없어진다. 그러면서도 볼멘소리는 기어이 새어 나온다.

"우리 집안에 형제가 몇인데……!"

"패배 선언인가요? 이제 일하시죠. 영주 대리께도 알릴 이야
기잖아요?"

하지만 그들은 그러지 못했다. 바로 그때 울리케의 팔찌가 또
다시 찌릿했던 것이다. 울리케는 기다렸다는 듯 냉큼 받는다.

"네, 서리엇 경."

— 대응군 측에서 일단은 납득해 주었습니다. 다만 여전히 미
스미르드 측이 물러나지 않은 만큼, 언제고 접전이 발생할 수
있으며 그럴 경우에는 안전과 활동의 자유를 보장 못 한다……
뭐 이런 수준의 원칙적인 이야기를 하긴 했습니다. 눈치를 보

아하니 이쪽도 꽤 혼란에 빠져 있는 듯합니다. 지휘부의 침묵과 병사들의 사기 저하가 감지됩니다. 이제부터는 종군 상단들과 접촉해 영현봉송에 필요한 물자들과 저희가 소모하게 될 군량을 매입할 겁니다. 그러면서 좀 더 자세히 진중의 분위기를 읽을 수 있겠지요.

전사자들의 이야기가 나오자 울리케는 울적해지고 만다.

"알겠어요. 그럼 현재는…… 봉송 중인 유해가 있나요?"

― 있습니다. 일단은 용병단원의 유해 가운데 몇을 추렸습니다. 대응군 진중에 연고자들이 분명히 있을 거라고 생각되니까요. 어쩌면 곧장 인계할 수 있을 겁니다.

"좋아요…… 용건은 일단 이 정도인가요?"

― 네, 일단은…… 아니, 잠시만요.

그리고 이어지는 잠시간의 침묵. 울리케는 왠지 모르게 조마조마한 상태로 기다렸다. 다시 이어진 크누드의 목소리는 당황이 섞여 있었다.

― 이 녀석, 뭐지……? 뭐더라?

"왜 그래요?"

― 그 조그만 너설지빼귀 녀석 말입니다. 서리심이 부리고 있었던.

"아, 뤼드! 뤼드가 왔나요?"

― 네, 갑자기 나타나서 시야프리테를 횃대로 삼았는데, 지금 여기엔 오백장이나 다른 고블린이 없습니다. 뭐라고 지저귀는

지 알 도리가 없군요. 아무래도……

"제가 가야겠군요!"

재빠르게 결론을 내린 울리케는 벌떡 일어나 시그리드에게 상황을 알렸다. 한숨을 내쉰 마법사는 그저 고개를 끄덕일 수밖에 없다.

시그리드는 만일을 위해 원화의 팔찌를 되돌려받아 착용하고는 울리케가 집무실의 간이 침상에 자리를 깔고 눕는 걸 지켜보았다. 벽난로의 불을 북돋아 일으킨 마법사는 이윽고 완전히 침묵에 잠긴 울리케 피어클리벤의 육신을 바라본다. 극도로 잔잔하게 이어지는 저 호흡만이 그 그릇에 필요한 최소한의 생명을 잇도록 허락하는 모습을. 마법사는 지난 며칠에 걸쳐 울리케의 몸에 일어난 일이 정확히 어떤 것인지를 파악하고자 애써왔으나 그가 마주한 것은 용이 심혈을 기울여 창제한 기예의 압도적 난해함일 따름이었다. 그것은 마치 네가 감히 이를 이해할 수 있겠느냐는 듯 오연할 정도로 투명하게 그 내막을 드러내고 있었고, 그 앞에서 마법사는 생애 처음으로 자신이 에다의 도리를 깨우쳤다고 말할 수 있는지를 의심하기 시작했다.

"행정관님, 유세트 경?"

"들어오시죠, 하우스케트 경."

집무실의 문을 두드린 것은 기사 에길이었다. 그는 문을 살짝 열고 안을 보았으나, 들어오지는 않은 채 말한다.

"백작 부인께서 찾으십니다."

시그리드는 곧바로 일어선다. 울리케의 몸을 덮은 모포를 한 차례 정돈하고, 그는 집무실을 나서 에길과 함께 성의 안뜰로 나갔다. 그새 펑펑 쏟아지는 눈이 마법사를 반기나, 기상은 무안함을 모르므로 시그리드는 아무런 답인사를 건네지 않았다. 안뜰의 한쪽 곁, 우물가에 자리 잡은 채 로젤이 가져다 준 염소 꼬치를 뜯고 있던 뉘르뉴가 이렇게 말했다.

"내가 내리게 한 건 아니니라."

엎어 놓은 나무 술통에 앉아 다리를 달랑거리며 기름 묻은 손가락을 빠는 서리심이다. 아니, '전직' 서리심이라 말해야 할까? 마법사는 무얼 먼저 지적해야 할지 잠시 동안 고민하다 물었다.

"그게 지금 상태로 가능하기는 한가?"

"물론 아니지. 다시 어딘가 뿌리를 내린다면 이번에는 땅임자나 그 세입자와 등기에 관한 다툼이 없었으면 한다."

시그리드는 뉘르뉴의 곁에 놓인 안그라네스 항아리를 보았다. 잎사귀 한 장 없이 푸르스름한 광채를 흘리는 그 흰 나무는 볼수록 하나의 장식물 같아 보였다. 마법사는 다시 묻는다.

"음식을 먹어도 되는 거야?"

"이때가 아니면 언제 따듯한 걸 온전히 먹어보겠느냐? 천 년만의 미식이니라. 벌써 이 맛을 그리워할 것만 같군."

"……그리워하는 것엔 익숙한 줄 알았는데?"

"나도 그런 줄 알았지."

꼬치의 마지막 살점을 뜯어낸 소녀가 말했다. 홀린 듯 곁에 쪼그리고 있던 로젤 피어클리벤이 잠자코 다음 염소 꼬치를 건네준다. 백작가 영애나 되어서 저게 도대체 뭐하는 짓인가 싶었지만, 마찬가지로 그 곁에 선 채 뉘르뉴를 내려다보는 아셰리드를 보자니 별 상관할 문제는 아닌 모양이었다. 백작 부인의 표정은 인자함과 연민을 반반씩 담은, 좀처럼 보기 힘든 얼굴을 하고 있었다. 그리고 그제야 시그리드의 기척을 느낀 것마냥, 아셰리드가 묻는다.

"울리케는요?"

"잠깐 뉘른스에크로 갔습니다. 너설지빠귀가 찾는 모양이더군요."

"그 아이는 늘 바쁘구나."

시그리드는 뉘르뉴의 말이 울리케를 향한 것인지, 너설지빠귀를 향한 것인지 알 수 없다. 여전히 두 번째 염소 꼬치를 우물거리며, 뉘르뉴는 말한다.

"온 땅의 날짐승들이 며칠 전부터 말을 옮기느라 분주했다. 너희는 눈치채지 못했나 보지?"

"인간은 오래전 새의 말을 잊었지."

마법사가 답했고, 검은 머리카락의 서리심은 고개를 끄덕인다. 뉘르뉴는 다시 말했다.

"잊힌 왕의 방이 열렸다고. 두 개의 유산이 나타났으며, 신목이 뿌리내렸다고 말이다. 지금쯤 온 땅의 고블린들과 더불어 신목의 아이들이 행군을 시작했을 것이다. 시우부름의 고블린들 역시 마찬가지지. 오래 숨죽여 왔던 두 민족이, 같은 자리에 집결할 시간이지. 너희는 그것을 막을 수 없다."

"그렇겠지. 너는 어쩔 생각이지?"

"파마의 결계가 드리워진 땅에서는 오로지 기약(旣約)된 섭리들만이 유효하다. 나는 그 영역의 절대적인 상주(喪主)가 된다. 다시 말해 죽음의 섭리를 상기시킬 수 있다는 뜻이지. 왜 우리를 무녀라 했겠느냐?"

"잠깐, 상주라는 게 대체 무슨 말이야?"

마법사가 심각해져 묻는다. 뉘르뉴는 잠시 그의 표정을 살피다 답했다.

"아직 알려오지 않은 게로구나? 흰 파약의…… 아니, 저 아이 비레인은 그 땅에 묻힌 많은 죽음들을 병사로 부릴 수 있다. 정확히는 그 심부름꾼인 드라우그르의 아이와 함께 말이지. 그들은 각각이되 한 몸과 같았으니까. 아, 하지만 그 인연이, 바로 며칠 전 끊어졌다."

순간 시그리드의 얼굴이 살짝 창백해졌다. 대화를 따라잡지 못한 아셰리드가 의아하게 쳐다보는 가운데, 마법사는 다급히 묻는다.

"울리케 아가씨와 빌러디저드 사이에서 일어났던 일처럼 말이지?"

"그럴 것이다. 그래서, 그 아이비레인이 오고 있다. 바로 여기로. 곧장 말이다."

아이비레인이 오고 있다. 시그리드는 전에도 스승 케틸로부터 그 말을 들은 적이 있었다. 그리고 그때 온 것은 심부름꾼인 류그라 드라우그르 에파였지. 하지만 이번에는 아니다. 진짜 백룡이 오고 있었다. 마법사는 전에 없이 눈을 희번덕거리더니 아셰리드를 향해 외치듯 말했다.

"백작 부인! 즉시 로릭스데 영식과 자리를 마련해야겠습니다. 뉘르뉴, 그가 언제쯤 도착하지?"

"가만 있어라."

소녀는 마법사와 달리 태평한 채 여전히 볼이 불룩해질 정도로 염소 고기를 우물거리다, 눈을 들어 눈 쌓인 우물 지붕을 올려다본다. 거기엔 아무도 눈치채지 못한 가운데 언제부터인가 작고 흰 올빼미가 자리 잡고 있었다. 올빼미가 불현듯 감고 있던 눈을 부릅뜨는 바람에 모두가 놀란다. 물론 뉘르뉴는 예외였다.

"이끼매미가 우화를 마치는 시간 정도라는구나."

올빼미가 무언가를 찌액찌액 지껄이고 난 뒤, 서리심의 통역이었다.

"……그게 대체 어느 정돈데?"

어처구니가 없어진 마법사는 자문을 구하듯 아셰리드와 로젤을 보았으나, 귀족 가의 사람들이 알고 있기에는 너무나 어려운 종류의 교양이었다. 시그리드 또한 아무리 숲과 들을 쏘다닌 모험가 출신이라 해도, 그 역시 매미에 관해서 아는 거라곤 매미의 허물이 약으로 쓰인다는 정도뿐이었다. 마법사의 난처한 표정을 한동안 즐기던 뉘르뉴가 마침내 말한다.

"대체로 반나절이다."

그렇게 해서, 예정에 없던 회의가 시작되었다. 영주의 집무실은 좁았던 관계로, 아셰리드와 시드리드는 식당으로 쓰는 대회당으로 거의 모두를 불러 모았다. 피어클리벤 측에서는 아그니르와 에인달케, 문관 에이드리크, 기사 에길과 단장 그리젤이 자리했고 라핀다시르 측에서는 로릭스데와 이조엔 에바니르만이 참석했다. 케틸은 도저히 일어날 상태가 아니었고, 하즈바에서는 하옥 중이었으므로. 다만 그 대신이랄까, 일전 파마의 결계를 해제하는 데 도움을 준 소로드가 참석했다.

"급한 일인가 보군요."

여독을 풀 새도 없이 불려 나온 로릭스데가 묻는다. 시그리드는 그를 똑바로 쳐다보다 말했다.

"아이비레인이 온답니다. 직접요. 여기로."

"……예?"

당황한 로릭스데를 향해, 나직한 한숨을 내쉰 마법사는 곧장 상황을 설명하기 시작했다. 모두가 심각한 얼굴로 들었다. 여태껏 정확히 울리케에게 무슨 일이 생겼던 것인지 모르고 있었던 라핀다시르 쪽 사람들의 얼굴에 놀라움이 어렸다. 그리고 그와 같은 상황이, 아이비레인에게도 도래했음을 깨달은 로릭스데는 기괴할 정도로 복잡해진다. 말하는 내내 그의 안색을 주목하던 마법사가 묻는다.

"용이 어떻게 나올 것 같나요?"

"……피어클리벤 역시, 빌러디저드가 어떻게 행동할지 예측하고 있다고 보이지는 않습니다만."

"저희와 공작가의 경우가 같나요?"

"그 차이점은 이 문제에서 별로 유의미하지 않습니다."

"이것 보십시오, 소공작."

마법사가 삼엄하게 말하는 순간 회당의 공기는 살짝 얼어붙었다. 벽난로 앞에 앉아 불길을 신기한 눈으로 쳐다보고 있던 뉘르뉴만이, 돌아보지도 않은 채 이 냉기가 귀엽다는 듯 웃을 따름이다.

"라펀다시르는 이미 삼대에 걸쳐 아이비레인과 관계를 맺어 왔지 않습니까? 그런데도 피어클리벤과 차이가 없다고요? 제 생각을 말씀드려 볼까요? 아이비레인은 이미 한 번 이 땅에서 누군가를 죽이겠다고 설친 적이 있습니다. 저 뉘른스에크에서는 결국 드레스바르프의 기사 하나를 죽였고요. 지난 내전을 입에 올리는 것은 너무 무참한 일이 되겠지요. 하지만 그에 반해, 빌러디저드는 아직 아무런 살생도 하지 않은 용입니다."

저 말은 엄정히 따져 완전히 맞지는 않다. 뉘르뉴는 시우부름의 고블린 요새를 공격했던 숲트롤들을 떠올리며 생각했다.

"아이비레인은 단죄를 하려고 했을 뿐입니다."

로릭스데의 음성과 표정은 담담하다 못해 건조했다. 그는 마법사의 형형한 시선을 피하지 않으며 말을 이었다.

"아이비레인의 특수성에 대해서는 이미 양해를 구했다고 생각했는데, 제 소망에 그쳤나 봅니다. 물론 피어클리벤과 라핀다시르가 각각 용과 관계 맺은 방식은 완전히 다르죠. 상황이 자꾸 이렇게 되어 저로서도 지극히 유감이며 이는 진심입니다. 하지만 제가 이 여정을 출발하던 그 당시에는 어쩌면 라핀다시르를 이해할 유일한 가문과 우정을 쌓을 수 있을지도 모른다는 낙관에 부풀어 있었음을 믿어주시기 바랍니다."

"……하나만 물어보죠. 라핀다시르는, 아이비레인이 어떤 짓을 하더라도 지지하고 따를 건가요?"

"무의미한 질문입니다. 외람됩니다만, 유세트 경께서 하실 질문이 아닙니다. 올리케 아가씨라면 모르겠군요. 하지만 영애께선 절대 그런 질문을 하지 않을 거라고 생각합니다. 이건 오로지 용과 깊이 관계되어 본 자만이 공감할 영역의 문제입니다. 세상에 답할 수 없는 질문이 있다면, 질문되어서는 안 되는 물음들도 있을 것입니다."

로릭스데의 어조는 담백한 만큼 뜻밖의 단호함을 품은 듯 들렸다. 그 불가해함을 맞닥뜨린 마법사의 미간은 불쾌한 듯 찡그려지고, 잠깐의 침묵이 회당 안을 메운다. 기습적으로 입을 연 것은 아셰리드였다.

"라핀다시르는 아이비레인과 불가분의 존재인 것이겠지요.

하지만 영식, 피어클리벤은 아직 아닙니다. 노아크나 울리케에게 무슨 일이 생긴다면, 나는 기꺼이 빌러디저드를 저주할 겁니다. 나는 이미 오라비를 잃었지요."

공적인 자리이다. 그럼에도 아셰리드는 남편의 이름을 입에 올림으로써 이것이 철저히 개인적인 문제임을 확고히 했다. 가족의 문제가 모든 명분의 최상위에 놓일 수 있는 것은 대대로 영주들만의 특권이기도 하다. 그를 이해하는 로릭스데는 조용히 아셰리드를 쳐다보다 말했다.

"그러시다면, 백작 부인. 오히려 더 잘 이해하실 수 있을 겁니다. 아이비레인은 이미 라핀다시르의 가족이니까요. 저와 제 아버지는 그가 없는 라핀다시르에서 태어나지 않았습니다."

"이해했어요. 다만 서로 이 차이를 실감할 기회는 갖지 말았으면 해요."

"물론입니다. 아이비레인이 어떤 생각을 갖고 있든, 저를 무시하면서까지 일을 벌이지는 않을 거라 생각합니다."

"하지만 영식의 수완만을 기대하고 있을 수는 없어요."

시그리드가 영 마뜩잖다는 얼굴로 끼어든다. 마법사는 턱으로 탁자 끝자리에 조용히 앉아 있던 소로드를 가리키며 말을 이었다.

"우리는 이미 파마의 결계를 회수했고, 이제 그걸 다룰 수 있죠. 만일 필요하다고 판단되면 나는 성에 결계를 펼친 채 아이비레인을 맞이할 생각입니다."

"……그건 너무 선명한 태도의 첫 인사가 되겠군요. 적절하지 않습니다. 저를 인질로 삼는 것이나 별 다를 바 없이 아이비레인을 자극할 겁니다."

"솔직히 그것조차 고려하고 있습니다."

곁에 있던 이조엔의 눈에 힘이 들어간다. 케틸도, 하즈바도 없는 마당에 라핀다시르 쪽 세력은 너무 빈약해져 있었다. 그래도 이 기사는 제 할 말을 한다.

"당치 않습니다, 유세트 경. 발언을 물러주시지요!"

"싫습니다만."

요란한 소리와 함께 이조엔이 앉아 있던 의자가 뒤로 밀려난다. 벌떡 일어난 거구의 기사는 마법사를 향해 훈련된 적의를 작법처럼 드러낸다. 하지만 그 순간 로릭스데와 아셰리드는 약속한 듯 각자 손을 들어 자신들의 가신을 말렸다.

"차라리…… 그래, 그편이 낫습니다. 빌러디저드는 파마의 결계 안에서도 무사하죠. 아이비레인은 아닙니다. 그 영역에 한 발이라도 들어서는 순간, 그의 목숨은 거기서 끝장납니다."

이렇게 한숨처럼 입을 연 로릭스데의 얼굴은 점차 무섭도록 어두워졌다. 내내 담담함으로 가장되어 있던 그의 감정은, 마침내 선명한 염려와 공포를 드러내 보인다. 그는 다시 말했다.

"라핀다시르의 마땅한 장자로서 말씀드립니다……. 그것이야말로 우리가 맞이할 수 있는 가장 끔찍한 일이 될 것입니다. 라핀다시르의 모든 이들이, 최후의 그 아들과 딸들까지도, 백룡의 사망에 기여한 이들을 잊지 않고 찾을 것입니다. 그리고 여기에는 분명, 저조차 잘 알지 못하는 이들까지 포함되겠지요. 이 일은 그 어떤 합리도 없이 수행될 겁니다. 피어클리벤은 이걸 이해하셔야 합니다. 제 말은 결코 경고 같은 게 아닙니다. 그러니 차라리 저를 인질로 하시는 게 낫습니다."

시그리드의 시선은 문득 소로드를 향했고, 그는 침묵 속에서 시선을 마주쳐오며 얕게나마 고개를 끄덕여 보였다. 그리고 잠시 뒤, 그가 말했다.

"……나 또한, 그렇게 생각하오. 때문에 결계의 구축에 손을 더하진 않을 거요."

"영식을 인질로 삼을 생각은 없어요."

아셰리드가 조용하지만 확고하게 선언했고, 시그리드는 입을 한차례 씰룩였지만 별 이견을 뱉진 않았다. 그러자 그때까지 내내 벽난로 안의 불길을 응시하고만 있던 뉘르뉴가 몸을 일으켰다. 검은 머리카락이 폭포수처럼 흘러내리며 동시에 불평이 터져 나왔다.

"너희는 도대체 왜 항상 싸우려고만 드느냐?"

"그렇게 보여? 최대한 안 싸우려고 이러는 거잖아."

시그리드가 냉랭하게 대꾸하고 만다. 뉘르뉴는 차분히 걸음을 떼어 탁자로 다가와 모두의 면면을 살핀다. 그러다 말했다.

"내 심장의 뿌리가 들리고, 그로 인해 나의 약속된 권능이 잠시 이탈했다 해서 내 신격이 사라진 것은 아니다. 내게 맡기거

라. 너희가 여기서 무엇을 논하든, 어차피 그는 가장 먼저 내게 주의를 쏟을 테니까."

"확신해?"

"나는 이미 한 번 그와 다투었다. 그때 그의 응어리를 보았지. 저 가문의 숨은 추종자들이 나를 용의 유일한 대적자로 여긴 만큼, 나야말로 빌러디저드와 더불어 그에게 있어 가장 신경 쓰이는 존재이지 않겠느냐?"

"그대는 뭘 하려고 하는 것이지요?"

아셰리드가 공대하며 묻자, 시그리드는 조금 불편한 얼굴로 백작 부인을 본다. 하지만 전혀 개의치 않는 뉘르뉴는 말한다.

"울리케가 늘 그랬듯, 나 또한 협상이란 것을 하고자 한다."

제 14장

순찰자들의 이동식 전서구 새장 안에서 눈을 뜬 울리케는 그 림니르가 지난 며칠간의 공복에도 불구하고 놀라울 정도로 건 강함을 깨닫고 조금 신기해했다. 더불어 인간의 몸에 있을 때 에는 무시하고 있던 이질감이 전혀 없는, 이 까마귀야말로 자 신의 참된 육신임을 느끼며 약간 의기소침해졌다. 하지만 그건 아주 순간이었을 뿐이다. 다시 되돌아온 생생한 일체감, 몸을 장악하고 있다는 느낌에 울리케는 금세 기분이 좋아진다.

이 이동식 새장은 나무로 짠 틀 위에, 기름을 먹이고 말리길 반복하여 단단하게 만든 짚과 가죽을 씌운 일종의 배낭이었다. 튼튼한 횃대가 바닥에서 살짝 뜬 채 가로질러 있었고, 조그만 먹이 그릇도 안쪽 벽면에 달려 있었지만 지금은 깨끗이 비워 진 상태였다. 울리케는 새장의 가로 틈 사이로 바깥을 내다보며 한동안 주변의 상황을 살폈다. 몇 대의 수레에 가득히 뭔가가 실려 있었고, 모포가 덮여 있었다. 울리케는 그것이 뭔지 보자마자 알 수 있었다.

"뤼드!"

새장의 덮개를 젖히고 나온 울리케는 배낭을 메고 있던 크누드의 어깨에 앉으며 작은 너설지빠귀를 불렀다. 이 갑작스러운 등장에 크누드는 깜짝 놀라 펄쩍 뛰었으나 그 맞은편에서 나귀 유슬리스의 잔등에 앉아 있던 뤼드와 도래까마귀는 전혀 신경 쓰지 않은 채 시선을 교환한다.

"빙하의 따님을 모시는 소조가 그분의 친우를 배알하는 기쁨을 누립니다."

뉘르뉴가 피어클리벤으로 떠나 버린 걸 알게 된 이 작고 충직한 새는 그간 다소 불행했는지, 도래까마귀인 울리케를 보자 나름 반가움을 표시하는 것 같았다. 울리케는 그것을 읽어 내고 조금 더 유쾌한 기분이 된다.

"그래, 무슨 일이지?"

"토씨를 물어 나르듯 북방의 모든 날개들이 사방으로 린트부름의 올바른 적생자께서 이루고자 하시는 뜻을 전하고 있습니다. 바람과 발이 닿는 모든 전역으로부터, 흐로킨의 혈맹들과 쓰러진 신목의 아이들이 여기를 향할 것입니다. 그러니 알고 대비하시라고 전하십니다."

이 난장판에 들어올 무리들이 불어난단 말인가. 울리케는 골치가 아프기 시작했지만 흐로케냐르와 신목의 활착에 대해 안 시점부터 어느 정도 예상했던 일이기에 놀라지는 않았다.

"알려줘서 고마워. 나는 이제 성 안쪽으로는 들어갈 수 없으니, 앞으로도 네가 할 일이 꽤 있겠구나. 그때도 부탁할 수 있을까? 뉘르뉴는 아직 피어클리벤에 있어. 다만 여길 오려고 해도 전과 달리 시간이 오래 걸릴 거야."

"친우께서 바라시는 대로 될 것입니다."

말을 마친 너설지빠귀는 한마디를 더하더니 포르르 날아올라 곧 그들의 시야에서 사라져 버렸다. 그때까지 꾹 참고 있던 크누드가 속삭였다.

"어깨 따갑습니다, 행정관 나리."

"아, 미안해요."

울리케는 두어 번의 날갯짓으로 뤼드가 앉아 있던 유슬리스에 옮겨 탄다. 크누드가 물었다.

"자, 오셨군요. 저 녀석이 뭐라 합니까?"

도래까마귀는 잠시 고민하다 들은 대로 이야기해 주었다. 대륙의 모든 고블린들과 류그라들이 밀려들 거라는 이야기에, 크누드 역시 크게 놀라지는 않는다.

"하지만 쉽지 않을 겁니다. 류그라들이야 그 수가 많지 않고 해롭다고 여겨지지도 않으니 별문제 없겠지만…… 고블린들은 이야기가 전혀 다르죠. 그들이 충돌 없이, 여기서 이실바프까지 이어진 병참선을 피해 뉘른스에크에 이르는 건 거의 불가능할 텐데요. 다른 방향으로 우회하는 것도 마찬가지로 쉽지 않을 거고요. 그렇게 대규모로 움직인다면 보급도 보통 일이 아니죠. 이 문제는 오백장과 이야길 해 봐야겠습니다."

"그렇겠죠."

"그런데…… 새장을 어찌 여셨습니까? 걸쇠를 분명 단단히 잠가 두었다고 생각했는데요."

크누드는 등에 메고 있던 이동식 새장을 벗어 내리더니 열린 걸쇠를 확인하며 묻는다. *그러고 보니 어떻게 했지?* 잠시 멍청해져 있던 올리케가 퍼뜩 대꾸했다.

"아무래도 제 재주가 하나 늘어난 것 같아요."

"……음, 기억해 두겠습니다."

올리케는 자신의 몸에 빙의해 지낸, 지난 며칠간 남몰래 마법을 부려 보려고 애썼다. 하지만 시그리드는 뭔가를 가르쳐 줄 생각이 조금도 없어 보였다. 몇 번 운을 떼우던 올리케는 결국 도움을 포기한 채 첫날 콩에게 일어났던 기적을 재현해 보려고 시도했다. 하지만 전혀 되지 않았다. 올리케는 이게 무척 우스꽝스러운 일이라 생각한 나머지 얼마 되지 않아 집어치웠다. 그랬던 자신이, 방금 아주 자연스럽게 손도 대지 않고 새장 바깥의 걸쇠를 젖히고 나왔다. 물론 손을 대고 싶어도 댈 수 없긴 하다. 도래까마귀에게 그런 건 달려 있지 않으니까.

"피어클리벤 쪽 상황은 어떻습니까? 다들 무탈하시겠지요?"

돌아온 올리케와 간단한 인사를 나눈 행렬은 크누드의 지휘를 따라 다시 아우스뉘르 진중 방향으로 움직이기 시작했다. 지난날 용이 뱉어 낸 불의 장벽이 남긴 구덩이가 흡사 깊이 팬 참호처럼 눈 쌓인 개활지의 왼편으로 보였다. 미스미르드의 군영은 거기서부터 훨씬 동쪽으로 물러나 있었는데, 음험해 보이는 눈 안개에 휩싸여 있어 별다른 움직임은 포착되지 않았다. 크누드는 마치 그런 게 전혀 보이지 않는다는 듯 평안하게 안부를 나눈다.

"글쎄요. 그렇다고 할 수도, 아니라고 할 수도 있겠어요."

그러나 눈안개를 보자 곧바로 불안해진 울리케는 건성으로 대꾸하며 미스미르드 진영으로부터 눈을 떼지 못한다. 파마의 결계 안에 들어앉은 용은 아마도 여름의 권능을 더 쓸 수 없을 것이다. 진중의 결계가 깨진 이상, 저들은 아우스뉘르나 뉘른스에크에 대해 이전보다 위협을 느낄 것이다. 육왕은 어떻게 나올까? 어느 쪽을 공격하는 게 더 낫다고 판단할까? 그가 공격하기는 할까?

"서리엇 경, 육왕이 어떻게 나올까요? 저로서는 그토록 미련하고 다혈질이며 거만한 인간의 행동을 예측하는 게 너무나 어렵군요."

"마치 제게는 그게 쉬울 거라고 생각하시는 것 같군요."

크누드가 즐겁다는 듯 말했다. 그러자 도래까마귀는 고개를 들어 그를 쳐다보며 단언했다.

"명백히, 저보다는요."

"도리없이, 모시는 분의 기대에 부응해 보겠습니다……. 아우스뉘르 진중은 여태 별 변화가 없었습니다. 하지만 저희는 파마의 결계를 뒤집어쓰고 용은 약해졌죠. 뭔가 행동을 하려 한다면 그것이 협상이든 공격이든 저희 쪽을 향할 겁니다. 이미 저들은 뉘른스에크에 대승을 거둔 경험이 있고, 그런 경험은 판단에 강렬한 영향을 줄 테니까요. 전과 다른 변수를 그다지 고려하지 않을 겁니다."

"뤼드가 말하기를,"

울리케는 너설지빠귀가 떠나기 전 남긴 말을 이제 꺼낸다.

"저쪽의 여섯 번째 서리심에게도 일이 어떻게 굴러가는지 전했다고 해요. 안그라네스의 종궤가 있음을 알렸다고요. 그게 어떻게 영향을 미칠까요?"

"……모르겠습니다."

크누드는 생각할 것도 없다는 듯이 말했다. 울리케가 그를 쳐다보자, 기사의 말이 이어진다.

"서리심이나 신목에 관한 문제는 저들에게 종교의 영역입니다. 저희로서는 이해할 수 없죠. 오히려 예상하는 게 더 위험하지 않을까요."

"예상은 해 볼 수 있죠. 안그라네스를 확보하면 저들은 이 전쟁을 지속할 이유를 잃어요."

"하지만……."

"네, 하지만 신목의 수그루는 하나의 서리심을 만들고, 그건 다시 말해 그만큼 왕좌가 늘어난다는 이야기죠. 저들 내부의 체계나 정치 상황이 어떤지 우리는 단편적으로밖에 알지 못하니 과연 이게 마냥 좋은 일일지는 모르겠지만요. 이 문제는 상서령과 더 이야길 나눠봐야겠는데…… 참, 그와 팔왕은 어떻게 반응하던가요?"

"아직 안그라네스를 두 눈으로 확인하지 못했습니다. 저희가 떠날 때 오백장의 고블린들 일부가 또 내부로 진입했죠. 그들이 확보해 나올 겁니다. 하지만 이야기만 들었을 때도, 상서령과 팔왕은 분명히 민감하고 심각하게 반응했습니다."

"안그라네스의 묘목이 몇 그루나 되는지 몰라도, 만일 그게 아주 많다면…… 현재의 미스미르드 지배 체계는 격변할 수밖에 없지 않을까요?"

"아마도 그러리라 예상합니다."

여기까지 이야기를 나눈 크누드와 울리케는 약속한 듯 입과 부리를 다물어버렸다. 정보를 더 얻지 못하는 한 사고는 여기서 멈출 수밖에 없었으니까. 울리케는 다시 한번 미스미르드의 진중 쪽을 쳐다보며 용이 싸움을 금했던 바에 대해 육왕이 전혀 신경 쓰지 않을 거라는 확신이 들었다. 이미 상서령을 향해서 무력을 행사했던 자가 아닌가? 저런 유형의 인간은 땅에 꿇리고 그 번쩍이는 갑옷을 벗긴 후에야 남의 말을 들을 것이다. 그렇게 생각하니 울리케는 우울해졌다. 폭력이 선행된 이후에 하는 말이란 게 과연 얼마나 가치를 지닐 수 있단 말인가.

"어떤 사람들은 폭력도 하나의 대화 수단이라고 생각하긴 합니다."

마치 울리케의 속을 읽기라도 한 듯, 도래까마귀의 시선을 쫓아 동쪽을 바라보던 크누드가 때맞춰 이렇게 말했다.

"……저는 그게 항상 최후의 선택지라고 생각해왔는데요."

"그러실 테지요. 그건 고결한 태도라고 생각합니다. 하지만 음…… 이 모든 것이 상호 투쟁의 연속일 뿐이라고 여기는 가치관도 있습니다. 자유도시의 규칙들은 내부 구성원 계층의 합의에 의해 조율됩니다. 하지만 그 규칙들이 복종해야 하는 더 상위의 법인 대헌장에, 자유도시민들은 직접적으로 동의한 적 없죠. 우리의 친애하는 오백장이 예전에 말했듯, 관점에 따라서는 이것도 폭력입니다. 파업도 그렇죠. 누군가는 이걸 저항이나 투쟁이라고 말합니다만."

"오백장이 확실히 그렇게 말한 바 있죠."

울리케는 그 이상한 재판을 떠올렸다. 그때 행동했던 바와 뱉은 말들을 떠올리자 어쩐지 부끄럽기까지 했다. 크누드는 여기에 대해 많은 생각을 해왔는지, 진지한 얼굴로 말을 이었다.

"구성원 간 갈등이 벌어질 때, 고블린들은 결투를 합니다. 우린 그걸 야만적이라고 말할 수도 있겠지만, 그들 입장에서는 상위의 공권력, 다시 말해 합의된 폭력의 정당함을 지닌 주체가 이 갈등의 결과를 결정하는 것도 결국 하나의 야만이라고 말할지 모릅니다. 우리는 대부분 태어나면서부터 이미 존재했던, 우리를 구성하는 사회의 질서들에 순응할 수밖에 없죠. 이 질서들을 모두 폭력이라고 인지한다면 저항할 수도 있을 거고요."

"……그런 관점에서 보자면 용은 폭력의 화신일지도 몰라요."

"아, 실로 그러합니다."

원래 유슬리스 곁에서 그들을 따르던 시야프리테는 이 공포스러운 대화로부터 어느새 멀찍이 뒤로 떨어져 모험가들과 걷고 있었다. 불쌍한 나귀만이 둘의 대화에 여지없이 노출되고 있을 뿐이다. 울리케는 아련히 말했다.

"이건 세계관에 대한 이야기군요. 모든 것을 폭력으로 여기는 관점이라니…… 그런 이들에겐 사소한 가격 흥정도, 거짓말도, 심지어는 아침 인사조차 일종의 대결처럼 여겨지겠어요."

"인사는 실제로 적의가 없음을 확인하는 의식으로부터 출발했다고 하죠. 그렇게 비관적이지만은 않습니다. 우리가 노상에서 만나는 모든 이들이 언제 칼을 꺼내 휘두를지 몰라 공포에 떨지 않는 이유가 뭘까요? 그보다 상위의 폭력인 공권력의 징벌 체계를 신뢰하기 때문일까요?"

"결코 아니죠. 단지 그뿐이라면 혹형주의가 유일한 질서의 열쇠일 테니. 하지만 제가 배운 바로는 그게 실제로 효과적이지 않다는 통계들이 있어요."

"……저는 평생 볼 일 없는 자료겠군요. 아무튼, 그래서요?"

"인간이 상호 폭력의 세계관을 유지하길 바랐다면 공동체를 형성하거나, 오늘날과 같은 언어를 가꿔오지도 않았겠죠. 비록 소속감은 공동체 내부에서 배타적으로 발전하긴 하지만……
영지민들이 영주에게 기대하는 것은 일차적으로 보호지요. 외
부로부터의 보호, 내부의 혼돈으로부터의 보호. 누구도 등 뒤에
감춘 칼을 끝없이 벼리며 살고 싶어 하진 않아요. 물론, 음……
어떤 책에 따르면 위정자는 자신의 질서 체계 내부의 구성원들
을, 마치 선의가 전혀 없는 존재인 것처럼 전제하고 모든 정책
을 추구해야 한다고 말하긴 했지만요."

"그것참, 원래라면 행정관님께서 볼 일이 없었을 책이었음이
분명하게 들립니다만."

크누드가 즐거워 미치겠다는 듯 말하는 바람에 울리케는 필
연적으로 기분이 나빠지고 말았다. 도래까마귀는 던지듯 대꾸
한다.

"……저는 책은 무조건 다 읽어요. 피어클리벤 성안의 장서
규모는 영 별로였으니까요."

"뉘른스에크 성안을 정리하다 보니 책이 참 많더군요. 이 겨
우내 보실 기회가 있었으면 좋겠습니다. 늦어지면 땔감이 되어
버릴지도 모르겠지만요."

이러느라, 앞선 대화는 좀 흐지부지되고 말았다. 하지만 둘
모두 그 이야기를 당장 이어 어떤 결론을 낼 생각은 없는 것 같
았다. 딱히 가엾은 시야프리테를 위한 건 아니었지만 말이다.

크누드가 이끄는 이 영현봉송 행렬은 시그리드의 모험가 셋
과 더불어, 일전 여기까지 울리케 일행을 이끌었던 뉘른스에크

령 소속의 순찰대원들 열둘이 붙어 다섯 대의 수레를 끌고 있었다. 나머지는 최대한 펠윈과의 충돌을 막고, 그림니르를 돌보는 일에 배정하기 위해 데려온 시야프리테와 나귀 유슬리스다.

"신목의 상태는 어떻죠?"

시야프리테쪽을 잠시 돌아보던 울리케가 물었다.

"그대롭니다. 펠윈 양이 성장을 완전히 억제하고 있으니까요. 문제는 한스죠. 며칠째 먹지도 못하고 나무 안에 갇혀 있는 셈인데, 펠윈의 말에 따르면 무사하기는 하답니다. 계속 그럴 거라는 보장은 없지만요."

"그렇군요……. 혹시 에파 쪽에서 접촉은 없었고요?"

"전혀요. 그게 좋은 일이겠습니까?"

도래까마귀는 대답하지 않은 채 생각했다. 황녀 닐스그림은 하그비르크의 권리를 내려놓겠다 했었지. 마목의 분노를 유지시키는 데 한스 대신 그 지팡이를 사용할 수 있으리라 여겼다. 그런데 정말 류그네라스를 그런 식으로 활착시켜도 좋은 것일까? 그건 결코, 울리케가 막연하게 상상해 왔던 신목의 형태가 아니었다. 용은 또 그 땅에 묻힌 전사자들의 유해가 거름이라는 식으로 말했었지. 여전히 자신이 인간이라 믿는 울리케에게 있어 그 말은 소름 끼치는 데가 있었으나, 자연의 섭리로 보자면 여기에 대해 윤리를 따질 만한 당위가 없긴 했다. 육식동물이 포식을 하듯, 식물은 토양의 비옥함에 기댈 따름이다. 그리고 시체는 땅을 기름지게 한다.

하지만 아이기네스가 허락하지 않는다면 이 모든 게 무의미해지기도 한다. 울리케는 펠윈에 대해 약간은 알고 있었지만 아직까지 대면하고 이야기를 나눌 기회는 없었다. 그를 설득해야 할까? 여기가, 정말로 신목이 뿌리 내릴 땅으로서 적절한 것일까? 그걸 도대체 누가 결정한단 말인가. 그들 스스로일까? 뤼드의 말에 따르면 지금 이 땅의 거의 모든 류그라들이 여기로 오고 있을 것이다. 울리케는 그들 앞에서 펠윈이 신목의 활착을 거부하는 광경을 상상해 보았다.

"전 한스가 도대체 여태껏 왜 그 상태로 버텨 왔는지 모르겠습니다. 마치 이런 귀결을 짐작이라도 한 것처럼 말입니다."

"……경은 혹시 내 생각이 들리기라도 하나요?"

"그럴 리가 있겠습니까?"

다행이다. 잘 작동하는 도래까마귀의 통찰력에 따르면 그는 진실을 말하고 있었다. 순간, 가까워진 아우스뉘르 진중 쪽을 살피고 있던 랄로프가 뒤에서 놀란 목소리를 내었다.

"어? 저거 그 꼬맹이 아니야? 이름이 뭐였더라?"

"베르벳!"

이건 브륀힐데의 외침이었다.

그리고 정말로, 이 전혀 기대하지 않았던 이름의 주인은 아우스뉘르 진중의 가장자리까지 그들을 마중 나온 드레스바르프의 삼남, 우스칼드의 곁에 나란히 서 있었다. 아이의 차림과 낯빛은 울리케나 모험가들이 기억했던 것보다 훨씬 좋아 보였기에 랄로프나 브륀힐데가 베르벳을 이토록 빨리 알아본 것은 조금 놀라운 일이었다. 더구나 이제 마력의 흐름을 알아볼 수 있는 울리케로서는 이 작은 아이의 내면으로부터 방사되는 이질적인 기운의 원천이 그 얼굴이나 복장보다 훨씬 강렬하게 느껴진 탓에, 모험가들이 아니었다면 훨씬 뒤늦게야 베르벳을 알아보았으리라.

"어서 오십시오, 다시 뵙게 되어 기쁘군요."

호위병들을 등 뒤에 두고 그들을 맞이한 우스칼드가 먼저 말했다. 여전히 유슬리스의 잔등에 올라 앉은 채 여기에 이른 도래까마귀, 울리케는 저 상투적인 인사말에 담뿍 담긴, 필요 이상의 진심을 읽어내고 잠시 의아해진다. 하지만 부리를 여는 데는 지체 없었고, 나온 것은 말이 아니라 낭랑히 울려 퍼지는 노래였다.

이들은 긴 대오를 지어왔다오. 비록 생전에는
누군가의 벗이거나 형제였던 듯,
어깨를 나란히 하는 고랑과 그 모든 전열에서
내년의 파종은 굽은 손가락 사이의 살촉이 되었소.

땅 위의 모든 대적들아, 나는 이름을 수습하는 자라.
기와에 그들의 노래를 새겨 구울 것이라, 이것이
너희와 우리의 사망을 지휘한 나의 의무이기를.

요새에서 고향으로, 더운 저녁과 찬술이 있는 곳까지.

이 갑작스런 도래까마귀의 노래는 모두를 조금 당황시켰고, 진중의 여러 막사에서 수군대며 이쪽을 구경하던 모든 병사들을 일제히 침묵시켰다. 하지만 단 한 사람, 우스칼드만이 살며시 미소짓더니 약속된 세 번째 연을 읊기 시작했다.

> 내 증오를 받는 이여, 참된 호적수여, 성진(腥塵)의 이 땅에서
> 오로지 나와 한사코 죽음을 논쟁하는 유일한 벗,
> 대오의 법도처럼 사망을 직조하는 죄인들아
> 창을 내리며 활을 풀어, 예절만이 내 최후의 병기이듯이.

"……역시, 아시리라 생각했어요."

"대제의 노래는 모두 알고 있습니다. 적전만가(敵前輓歌)는 특히, 제가 좋아했던 것이었습니다. 하지만 이걸 실제로 써먹게 될 날이 올 줄은 몰랐군요. 피어클리벤의 영현봉송단 모두를 진심으로 환영합니다. 이쪽으로 드시지요."

울리케는 영현봉송의 이야기를 들었을 때부터 대제가 남긴 이 노래를 생각해 왔다. 그의 생애 가장 치열했던 전투에서 마지막까지 저항했던 상대와 나눈 이야기였다. 앞의 두 연은 대제의 말이며, 세 번째 연은 그 적장 니벨라이의 답가에 해당한다. 대제의 사후 이 노래는 모든 영현봉송의 행렬에서 의례적

으로 사용되었지만 현재에 이르러서는 거의 불릴 기회가 없었던 만큼, 울리케는 이 노래에 어울리고 답가를 해 줄 만한 이가 과연 있을까 의심하고 있었다. 그러다 우스칼드를 보자마자 확신을 가지며 던져 본 것이며, 보다시피 울리케의 예상은 적중했다.

"좀 놀랐습니다……. 저도 어렴풋이만 기억하던 것인데, 이게 효과가 있군요."

다섯 대의 수레에 실린 전사자들의 주검을 향해, 눈길이 닿는 진중의 모든 병사와 지나치는 일꾼들 모두가 투구와 모자를 벗으며 경의를 표하고 있다. 그걸 확인한 크누드의 말이었다. 그런데 왠지 말투는 뾰로통하다.

"전장은 고양감을 갖는 만큼, 노래하기 좋은 곳이라고 생전 대제께서 남긴 말이 있죠."

울리케는 조용히 대답했다. 크누드는 쓴웃음을 짓는다.

"그 시절엔 무식해서는 싸움질도 못 했겠습니다."

"저는 지금도 여전히 그랬으면 좋겠는데요."

그때 군무관으로 보이는 한 사내가 순찰대장 길핀에게 다가와 뭔가를 묻는 게 보였다. 길핀은 울리케 쪽을 한번 쳐다보더니 다시 뭐라고 대꾸했고, 군무관은 고개를 숙이더니 진중 저편으로 달려간다. 순찰대장은 울리케에게 다가와 말했다.

"전사자들에 관해 물었습니다. 아름드리 강철단과 얼음 모루 용병단이라 알렸습니다. 두 용병단 모두 이 진중에 나머지가 집결해 있다고 합니다.”

“생각대로군요. 단장들이 오면 곧바로 인계하도록 하지요.”

우스칼드는 봉송단의 모두를 큰 막사로 안내했다. 길핀을 비롯한 순찰대원들이 그 앞에서 수레를 지키며 대기하는 가운데, 라그나는 만장기를 막사의 앞에 세우고 나머지 모험가들과 막사 안으로 들어섰다. 그들의 시선은 여기에 이른 내내, 우스칼드의 곁에 찰싹 달라붙어 있는 베르벳을 향하는 중이다. 특히 브륀힐데는 뭔가 말을 걸고 싶음에도 참는 눈치가 역력했다. 때문에 울리케는 가장 먼저 이 화제를 부리에 올린다.

“베르벳……. 이 아이가 우리와 안면이 있다는 걸 아시나요?”

“예, 알고 있습니다.”

하인을 시켜 모두의 앞에 차를 낸 우스칼드가 말했다. 막사 가운데 놓인 긴 탁자는 크누드와 울리케를 비롯한 모험가들과 우스칼드, 그리고 베르벳과 시야프리테를 모두 수용하고도 남았다. 물론 도래까마귀의 자리는 의자가 아니라 늘 그렇듯 탁자 위였지만. 영식의 말이 이어진다.

“오히려 여러분보다 제가 더 베르벳에 대해 잘 알고 있다고 단언합니다. 베르벳이 마신 류그네릭은…… 본래 드레스바르프가 확보하고 있던 것이죠. 그걸 헤르펠의 망령들이 훔쳐 내었고, 또다시 한스 일행이 훔쳐 낸 것입니다.”

한스의 이름이 나오자 울리케는 재빨리 베르벳을 쳐다보았으나, 아이는 차분히 앉은 채 차에 황갈색 설탕 덩어리를 꾸역 꾸역 집어넣고 있을 따름이었다. 우스칼드는 잠시 기다리다 말을 이었다.

"그런 논리로 좀 우습게 들리시겠지만 베르벳은 드레스바르프가 보호하는 것이 마땅합니다."

"……마치 드레스바르프가 어떻게 류그네릭을 확보했으며, 그것이 윤리적이었는가 여부는 여기서 다룰 화제가 아니라는 듯하시군요."

울리케의 말이었다. 우스칼드는 짤막하게 대꾸하며 묻는다.

"그렇습니다. 혹, 베르벳을 데려갈 이유가 있으십니까?"

"……아직 찾지 못했어요."

브륀힐데의 안타까운 시선을 물리치며, 울리케는 나직이 말했다. 뉘른스에크에 파마의 결계가 드리워진 이상 아이는 이 바깥에 머무는 편이 훨씬 낫겠지. 아니 물론, 어차피 이곳도 전장인 이상 아이가 있을 곳이 아니긴 하지만 말이다. 하지만 베르벳은 류그네릭을 마신 만큼 그 힘을 통제하기 위한 모종의 가르침이 필수이리라. 울리케는 그런 생각을 하며 이전과는 다른, 묘한 동질감과 연민을 가지고 베르벳을 보았다. 그 눈길을 추적하던 우스칼드가 말한다.

"앞선 우리의 논의에서 요청하신 바대로, 피어클리벤 측에게 매각할 물자들을 준비하기 위한 종군 상단들이 대기 중입니다. 대금은 충분히 준비하셨는지 모르겠습니다. 물론 저희 쪽에서 일전에 한차례 납세를 한 바 있습니다만."

"네, 그 금화 이만 장을 고스란히 가져왔습니다."

크누드의 말이었다. 우스칼드는 고개를 끄덕인다.

"그 정도면 충분하겠지요."

"영식, 일전의 논의들에 대해 드레스바르프 후작 각하의 반응은 어떠시던가요?"

울리케의 물음이다. 우스칼드는 곧바로 대답하지 못하고 망설이는 표정을 지어 보임으로써 도래까마귀를 초조하게 만들었다. 멍하니 시선을 흩어놓은 채 침묵하던 우스칼드가 말한다.

"글쎄요, 저로서는…… 송구하지만 뭐라고 말씀드릴 게 없습니다. 진중의 사기는 낮아졌고, 몇몇 용병단은 분열의 조짐마저 보이고 있죠. 각하의 의중을 헤아릴 수 없어 가신들과 다른 가문의 가주들 역시 불안해하고 있습니다. 황성도 역시, 뚜렷한 방침을 전해 주지 않은 모양입니다. 짐작하시겠지만, 파마의 결계가 발트부름 전체를 뒤덮은 이상 우리로서는 저 영역에 재래식 병력만을 투입해야 합니다. 하지만 저기엔 용이 있고, 여차하면 서리심도 있겠죠. 미스미르드군이 산성을 공격해 들어가면 우리는 막대한 소모를 각오하면서 여러분을 도울 수밖에 없게 됩니다. 그래서 차라리 먼저 치는 게 어떤가 하는 의견이 강세를 보이고 있고요. 문제는, 후작 각하께서 아직 아무런 결정도 안 하고 계시다는 거죠. 물론 용이 싸움을 금하는 언령을 내렸기도 하고요. 다들 역병을 두려워하고 있지요."

"용노포를 보았소만."

별안간 라그나가 끼어들었다. 베르벳에 집중한 랄로프나 브륀힐데와 달리, 라그나는 진중에 들어선 순간부터 시선을 넓게 유지하고 있었기에 가능했던 발견이었다. 우스칼드는 이 정체불명의 사내에 대해 한차례 경계하는 낯을 띄웠으나, 곧 복장과 무장을 통해 그가 모험가임을 알아보았다. 하지만 그것이 무례함의 변명이 되진 못한다. 우스칼드는 짐짓 턱을 세우며 묻는다.

"그래서?"

"후작은 빌러디저드를 상대할 생각인 거요?"

"말했다. 의중을 알지 못한다고."

"아니면, 아이비레인이오?"

"모른다니까? 아니…… 누군데 일개 호위가 여기서 입을 여는 건가?"

끝내 불쾌함을 누르지 못한 우스칼드가 이렇게 내뱉고 만다. 라그나는 당황한 울리케에게 눈짓으로 양해를 구하며, 다음과 같이 말했다.

"일개 호위이긴 하오. 하지만 나는 전사하신 길바드 뉘른스에크 변경백 각하의 서자이기도 하지. 그러니 작금의 사태에서 이 정도의 질문은 예절의 두서를 논하지 않고 던질 수 있으리라 보는데, 아니오?"

라그나는 끝내 억눌러 온 무언가가 폭발한 듯 말했으나, 그 음성은 여전히 침착하고 서늘했다. 그리고 다음 순간, 그는 마치 자책하듯 울리케를 향해 말했다.

"죄송합니다, 아가씨."

"아니…… 괜찮아."

울리케는 다소 놀라고 의외였으나 그를 탓할 마음은 들지 않았다. 사실 울리케는 라그나가 자신의 신분을 숨겨온 내막이나 여기까지 이르는 동안 심정이 어떠했을지 전혀 헤아리지 못했다. 너무나 많은 일들이 한꺼번에 벌어지는 통에 마땅한 애도와 공감은 계속해서 미뤄지고만 있는 것이다. 울리케는 그 사실을 다시 한번 깨달으며 우스칼드에게 말한다.

"저는 이번 일에 영현봉송관의 직책을 맡고 있어요. 그리고 이 자리에서 우리가 나눌 이야기는 사실 그것이 전부겠지요. 그러나 뉘른스에크의 생존자가 드레스바르프의 식솔에게 어느 정도의 분노를 내보이더라도, 그를 탓할 수는 없다고 생각합니다. 영식, 우리는 분명히 애도라는 공무를 수행 중입니다."

"……세 번째 직함을 갖게 되신 데 축하드립니다."

우스칼드는 라그나의 선명한 시선을 받아내며 담담히 말했다. 그의 말이 이어진다.

"면구하기 짝이 없습니다만, 그렇기에 제가 여러분을 응접한 것입니다. 저는 달리 직책도 없고 애매한 권한밖에 없으니까요. 현 상황에 대해 어떤 군사적 정보를 제공할 만큼 알고 있지도 않습니다. 저는 이곳의 명령 체계에서 벗어난 인물이죠. 그저…… 사전 교섭을 하고 갈 데 없는 아이를 돌보는 정도가 제할 일입니다."

우스칼드의 목소리엔 알기 쉬운 의기소침함이 깃들었다. 대화는 이 정도에서 마무리되었고, 우스칼드는 하인을 시켜 종군 상인들을 부르게 했다. 크누드는 출발 직전 하슈펠 레미크가 전해준 구매 물목을 상인들에게 전하고 곧바로 흥정에 돌입하였다. 울리케는 말하는 까마귀로서 구태여 상인들을 놀랠 필요가 없다고 여겨 크누드의 흥정 솜씨를 구경하며 조용히 있었지만, 이내 도래까마귀의 눈으로 기묘한 인물 하나를 포착하고 만다. 기억을 더듬던 울리케는 마침내 그가 서모 유레의 오라비이자 예툰드 상회의 상단주인 비드리임을 알아보았다. 울리케는 설탕 부스러기나 하릴없이 손가락으로 찍어 핥고 있던 시야프리테에게 모종의 지시를 내렸다. 시야프리테는 충실하게 그를 따른다.

"안녕하세요? 이쪽 상단주님은 영현봉송관 나리께서 따로 뵙자고 하십니다. 잠시 안내해 드려도 될까요?"

까마귀를 어깨에 얹은 류그라 소녀가 별안간 말을 걸어오자 식은땀에 번들거리는 이마를 빛내며 크누드를 상대하던 그가 순간 당황한다. 질투와 의아함이 뒤섞인 다른 상단주들의 눈길을 받으며, 비드리는 속절없이 시야프리테를 따라 막사의 바깥으로 나섰다. 라그나는 잠자코 호위로서 따라붙었다.

"영현봉송관이 어디 계시다는 거지?"

막사로부터 멀찍이 떨어져 진중의 북동쪽 경계까지 다다르자 못내 초조함을 감추지 못한 비드리가 마침내 묻는다. 시야 프리테는 돌아섰고, 그와 동시에 까마귀의 부리가 열린다.

"바로 여기 있답니다, 외숙. 또한 저는 피어클리벤의 행정관이자, 외숙껜 의미 없겠지만 고블린 대사이며 용의 사자이기도 하지요. 그러니 지금부터는 하시는 말씀을 아주 잘 고르셔야 할 거예요."

비드리는 도래까마귀가 울리케의 목소리로 말을 시작한 순간부터 눈이 튀어나올 듯 경악한 상태였다. 그는 반사적으로 두세 발짝 뒷걸음질을 쳤으나, 라그나의 튼튼한 가슴에 부딪히고 멈출 수밖에 없었다. 울리케는 날카롭게 추궁한다.

"그래, 서모께서는 안녕하신가요? 루디크와 유프리드, 요네는요? 감히 모른다고 하시지는 않으시겠죠!"

"자, 잘 있다! 모두 이실바프에 잘 있어! 나는 여기 데려오고 싶었지만 유레는 말을 듣지 않더구나!"

비드리의 시선은 데굴데굴 구르며 주변을 헛되이 할퀸다. 울리케는 쏘아붙이듯 다시 말했다.

"이 전장으로 동생들을 데려오려 하셨다고요? 제정신이신가요?"

"여기가 오히려 안전해! 내 판단에는 그게 최선이었다. 지금 이 북부의 사방천지, 저 먼 황성을 제외하자면 여기가 가장 강한 이들이 집결한 곳이란 말이다. 너는 이실바프의 음험함을 몰라!"

"음험함에 관해서라면야, 제가 어찌 감히 외숙을 따를까요!

그래, 헤르펠의 이름에 돈을 대는 건 즐거운 투자셨나요? 왜 여기 계시지요? 충분히 이득을 얻고 몸을 물리셨길 바랍니다만!"

비드리의 낯빛이 희게 질린다. 동시에 마치 목이라도 졸리는 듯, 그는 켁켁거리며 말했다.

"네……! 네가 생각하는 그런 일이 아니야! 내가 감당할 수 없는 일이 되었다! 이제는 나도 알아! 후회하고 있어! 그렇게 많은 이들이 죽을 줄 몰랐다……! 나도 반 협박을 받으며 동참한 일이었단 말이다! 내게 도대체 무슨 힘이 있었겠느냐!"

비드리는 양손으로 무릎을 짚으며 한숨과 함께 몸을 수그린다. 울리케는 차갑게 그를 내려다보지만, 동시에 그의 자책이 진심임을 읽어 내며 심정이 착잡해진다. 이를 알 리 없는 시야 프리테만이, 허리에 양손을 올리곤 의기양양하게 상인을 내려다볼 따름이었다.

"……외숙께서 이 상황을 과연 얼마나 파악하고 계신지 모르겠군요! 드레스바르프는, 이실바프에서 닐스그림 황녀 전하를 시해하는 데 거의 성공할 뻔했어요. 아룬드 오라버니는 그저 덤으로요! 헤르펠의 망령들에게 누명을 씌우려는 계획이었죠. 성공했다면 외숙이 그 죄를 빗겨날 수 있었을까요? 설령 헤르펠이 그들의 모든 목적을 이룬다 해도 예튠드 상회의 돈이 피어클리벤의 적장자를 죽게 만들었다는 사실 자체는 변하지 않죠! 자, 얼마나 대단한 야심과 뜻이 있으셨길래 이야기가 여기까지 흘러왔는지, 우선 제게 말씀해 보실까요? 아니면 당장, 드레스바르프에 이 사실을 알려 드릴까요? 참 소중한 정보 제공 자로 외숙을 소개해 드릴 수 있을 텐데요!"

"그것만은! 그래도 어떻게 그럴 수가 있느냐……!"

비드리는 절절매며 울리케에게 사정한다. 그 불쌍하도록 뻔한 꼴을 보자, 여태껏 많은 이들과 첨예한 논리를 주고 받으며 수렁을 헤쳐 나온 울리케로서는 신선하다 못해 참신함을 느낄 지경이었다. 맥이 빠져 버림과 동시에 분통이 터진 도래까마귀는 시야프리테가 깜짝 놀라 펄쩍 뛸 정도로 소리치기 시작했다.

"제가 도대체 왜 여기에 있겠습니까! 아무것도 아니었던 제가 어쩌다 여기까지 왔을까요! 외숙은 우리의 가족이신가요? 피어클리벤의 이름 아래 모두가 무사하길 바라며 저는 기꺼이 여기까지 왔답니다! 지금도 오로지 그 하나를 위해 있고요! 외숙은 어떠시지요?"

"나는, 나도…… 다르지 않다! 같단다!"

아니, 저것은 거짓말이다! 용으로부터 부여받은 진실의 눈이 그렇게 읽어 낸 순간, 울리케의 분노보다 빠르게 진중의 동편으로부터 요란한 경보가 울려 대기 시작했다.

긴장한 라그나가 비드리의 뒤 섶을 잡아당김과 동시에, 병사의 외침이 진중을 가로지른다.

"적들이 움직인다!"

제 15장

아우스뉘르 진중의 동편, 모두의 시선을 차단하며 발트부름의 산자락과 경쟁하듯 솟아 있던 눈구름의 장막이 마치 느릿한 폭포수처럼 냉기를 떨어트리며 서서히 회전한다. 단지 그것만으로도 평범한 인간이라면 무언가 완전히 잘못되었다는 느낌을 받기에 충분했다.

울리케는 내내 도래까마귀의 눈을 통해서만 이 모든 풍경을 보아왔기에 진중의 다른 이들이 공유하던 불안감을 몰랐을 따름이다. 병사의 외침이 스쳐 지나가자마자 비드리는 다리에 힘이 풀려 비틀거린다. 그 낯이 어찌나 창백해졌는지 그 이마에 송골송골한 땀들이 곧장 서릿발로 변해 얼어붙는 게 아닌가 생각될 정도였다. 그는 무언가를 떠올리듯 눈을 희번덕거리며 간신히 소리쳤다.

"용이……! 피, 피어클리벤의 용이 나서주겠지?"

"하! 꿈도 꾸지 마시지요!"

울리케는 자신이 왜 이런 말을 놀리듯 내뱉고 마는지 스스로도 의아해진다. 하지만 그런 자문과 상관없이, 도래까마귀는 부리를 계속해서 성실하게 놀린다.

"용이 싸움을 금했음을 모르시나요? 실제로 충돌이 벌어진다면 역려(疫癘)는 더 이상 엄포가 아니게 될걸요!"

"난 그날, 저 성 위에 있었다! 그 처참한 광경들을 봤어! 인간의 기사와 마법사로는 저것을 이길 수 없다! 절대로!"

"그런데도 무사히 살아 나와 제 앞에 계시다니, 참으로 어찌나 다행인지요!"

죽은 스벤과 피어클리벤의 종사들을 떠올리자 잠시 접어 두었던 분노가 날개처럼 활짝 펴진다. 아룬드가 전해 준 모든 이야기들이 생각났다. 비드리는 무얼 하려고 했을까? 그는 실록의 폐장 쪽에 자금을 대었던 것일까? 혹은 모종의 유통망을 제공했을까? 아니면 둘 다?

울리케로서는 당장 그의 멱살을 잡고 피어클리벤의 이름 아래 무릎 꿇려, 모든 행적을 낱낱이 조사해 재판하고 싶은 심정이었다. 게다가 실제로 이제 울리케에게는 그럴 권한까지 있었다. 하지만 이 긴급한 상황에 당장은 무리다. 기왕이면 철저한 준비와 모든 적법한 권한을 동원해 진행하길 바란다.

"무엇을 생각하셨건 간에 결코 그대로는 되지 않을 것입니다! 그리고 앞으로 어떻게 하시는가가 향후 예정된 재판에서 외숙의 처분을 결정하는 데 지대한 영향을 줄 테고요!"

"재판이라니……!"

"제가 말하고 있습니다!"

도래까마귀가 소리 지르자 그 격노는 유형의 권능처럼 비드리의 다리를 꺾는다. 진창이 된 바닥에 주저앉은 상인은 황망한 얼굴로 울리케를 올려다본다.

"예툰드 상회는 지금부터 동원할 수 있는 모든 것을 피어클리벤에 제공하시지요! 이 사태의 마지막 순간까지 최선을 다하시기 바랍니다. 오로지 미래에 있을 약간의 참작만이, 외숙께 지불할 저의 유일한 자산이니 이것이 온당한 거래가 아니라고 여기신다면 다른 사업을 구상하시는 게 좋겠습니다! 다만, 그 사업마저 실패하신다면 그때는 분명히 금이 아니라 목숨의 무게를 천칭에 달게 되실 거예요!"

비드리는 무어라 말하려 입을 달싹였으나 곧이어 터져 나온 북소리와 괴성에 묻히고 만다. 망루 위의 파수병들이 무어라 소리 질렀고, 또 한 무리의 병사들이 그들 곁을 달려간다. 전 진영은 일제히 부산스러워지기 시작했다.

"계속 여기 계실 거예요?"

시야프리테가 불안한지 귀를 막고 주변을 둘러보며 말한다. 울리케는 답했다.

"나는 좀 둘러볼 테니 라그나와 함께 막사로 돌아가 있어. 라그나, 외숙을 부탁해요."

"조심하십시오."

라그나가 비드리를 일으켜 세우는 걸 본 울리케는 지체하지 않고 시야프리테의 어깨로부터 날아올랐다. 이러다 아군의 심술궂은 화살에 맞을 수도 있겠건만, 울리케는 이제 자신이 그걸 막아낼 수 있으리라는 기묘한 확신이 있었다. 도래까마귀는 아우스뉘르의 진중 상공으로 높이 날아올라, 순식간에 이 전쟁터의 전역을 눈에 담았다. 쏟아져 내리는 눈구름의 가장자리, 얼어붙은 지면과 맞닿은 그곳으로부터 열둘의 그림자가 일제히 솟아오르는 게 보였다. 그와 동시에, 아래쪽 망루로부터 병사의 자지러지는 듯한 외침이 들려왔다.

"공성귀 출현! 열둘!"

울리케 또한 시우부름의 고블린 요새에 한 차례 본 적 있던 바로 그 오우거들이다. 하지만 그때와 달리, 이 오우거들은 그 체구에 맞추어 제작된 거대한 찰갑(挂甲)을 몸에 갖췄고 거대한 투구까지 뒤집어썼다. 그뿐만 아니라 강철로 된, 징 박힌 망치까지 들고 있었다. 저런 것이 무려 열둘이라니!

이제 아우스뉘르 진영의 움직임은 분주하다 못해 아예 끓어오르는 듯한 형국이었다. 거의 모든 병력이 동편 경계로 밀려들며, 안쪽에서는 사전에 훈련된 바대로 흐르듯 굴절하는 기마대들이 포착되었다. 울리케로서는 아직 각 부대의 편제나 역할까지는 한눈에 알아챌 수 없다. 하지만 그 가운데, 그렐카와 패스트리드가 소리치며 일단의 병력을 지휘하는 게 보인다. 분명히 특수전대일 테지.

올리케는 일전 드리츠 마을에서 두 마리의 오우거를 잡기 위해 크누드와 아그니르가 용병들과 함께 움직였던 바를 기억해 냈다. 열둘이라곤 해도, 다섯 가문과 여덟 용병단이 집결한 이 진중의 병력 규모를 생각하면 별것 아닐 것이다. 물론, 저 오우거들은 딱 보기에도 잘 훈련되어 있으며 저들만으로 공격해 오지도 않을 테니 마냥 쉽진 않겠지만. 그 순간 올리케의 이러한 생각을 거들듯 눈구름의 장막 너머, 와이번들의 그림자가 호수 아래 송어떼처럼 지나갔다. 아울러 그와 동시에 눈트롤 수백 마리가 오우거들의 뒤에서 으르렁대며 나타난다.

육왕의 서리심은 보이지 않았다. 미스미르드 측의 기병들 또한 전혀 보이지 않는다. 나타난 것은 오로지 그 주인의 적의를 착실히 구현하는, 일단의 마수들뿐이었다. 말이 통하지 않는 존재들. 그리고 아마 누구도 그 죽음을 애도해 주지 않을 존재들.

아까 우스칼드는 미스미르드 측이 뉘른스에크 산성으로 공격해 들어갈 경우, 아우스뉘르군을 투입할 수밖에 없기 때문에 불리한 전장을 피하기 위해서라도 선제 공격을 고려하는 의견이 앞서있다고 말했다. 하지만 올리케는 그 이야기를 듣자마자, 바로 그렇기에 오히려 미스미르드가 아우스뉘르를 먼저 공격할 가능성이 높다고 생각했다. 뉘른스에크가 파마의 술로 덮여 있다는 점은 분명 저들에게 이롭겠지만, 저기엔 팔왕과 그의 서리심이 있다. 더구나 용도 있지. 제아무리 거대한 도마뱀으로 추락해 버린 용이라 할지라도, 미스미르드는 모험을 할 것 같지 않았다. 게다가 뉘른스에크를 공격하면 아우스뉘르의 원군과도 싸울 가능성이 크지만, 아우스뉘르만을 공격한다면 뉘른스에크 쪽으로부터 원군이 올 가능성은 적었다. 미스미르드로서는 그렇게 판단하여 여기를 전장으로 골랐다.

'거기까진 제법 머리를 굴렸다고 생각하지만, 기왕 머리란 걸 쓸 거라면 아예 싸우지 않는 쪽으로 생각해주면 좋을 텐데!'

울리케는 이렇게 속으로 혀를 차며 진중의 상공을 한 바퀴 선회했다. 이따금 어떤 병사들이 자신을 올려다보고 손가락질하는 게 보였지만, 다행히 아무도 까마귀 사냥엔 관심이 없어 보였다. 울리케는 차분하게 바람을 느끼며 날개를 편 채 한동안 이 임전 태세의 추이를 관찰한다.

이로써 미스미르드 측은 용의 경고를 완전히 무시한 셈이었다. 울리케 또한 애초에 서리심이라는 존재의 비호 아래 있는 저들이 용의 경고를 심각하게 여기지 않을 거라 생각하긴 했다. 육왕이나 그 서리심의 성격을 생각해 봐도 그렇다. 다만, 안그라네스의 등장이 저들에게 어떤 변화를 일으키지 않을까 기대했던 건 있었다. 그러나 저들은 이제 그조차 무시하는 것 같다. 애초에 팔왕을 죽이려던 자들이 아닌가. 저들에게는 권력 싸움이 민족의 번영보다 중요하다는 것이겠지.

하지만 정말로 이게 승산이 있다고 여기는 것일까? 서리심이 강력한 존재이긴 하지만, 여기에는 그걸 충분히 무시할 수 있는 인간의 마법사들이 있다. 바로 그것을 두려워했기에 파마의 결계를 들고나온 게 저들 아니던가? 이제 실록의 폐장 측과 미스미르드는 더 이상 연계하지 않는 걸까?

울리케의 생각이 여기쯤 이르렀을 때, 미스미르드의 진영 측으로부터 바람이 토해 내는 듯한 울음소리가 터져 나왔다. 동시에, 그것은 마수들이 질러 대는 함성과 뒤섞여 가공할 만한 귀기를 전방으로 쏘아대었다. 거기에 아우스뉘르의 북소리가 완전히 묻혀 뭉개짐과 동시에, 오우거들이 망치를 들고 달려들기 시작했다. 자신의 아이들을 비호하는 서리심의 눈바람이 연막처럼 그들을 에워싸며 전진하였고, 오래지 않아 용의 불길이 만들었던 참호는 단단히 돋아난 얼음에 완전히 메꾸어져 오우거들의 진격을 견딜 다리가 된다. 울리케는 일단의 궁수대가 이미 신속하게 열둘의 무리로 나뉘어 중무장한 갑사(甲士) 대열의 후방에서 각각 하나씩의 오우거에 대한 조준에 들어간 걸 내려다보았다.

'활로는 무리야!'

도래까마귀는 기어이 비탈을 따라 쇄도하는 눈사태의 속도에 도달한 오우거들과 그들을 에워싸며 뒤따르는 눈보라의 기세를 본능적으로 계산하며 이렇게 결론 내렸다. 때마침 그 독백에 항의하듯, 수백 발의 화살들이 시위를 떠났으나 서리심의 의지에 복무하는 바람결은 그 예정된 경로를 사방으로 흩어 내고야 말았으며, 그나마 몇몇 직격한 화살들마저 오우거의 갑옷에 틀어막혀 속절없이 떨어질 따름이다.

하지만 궁수대는 쉬지 않고 계속해서 화살을 날려 대었다. 때문에 오우거들은 짜증이 난 듯 포효를 질러 대며 망치를 휘두르고 진격에 더욱 박차를 가한다. 울리케야 하늘 위에서 이 광경을 보니 괜찮았지만, 저 아래 지면에 발을 딛고 자신들을 향해 달려오는 거대한 마수의 위용이란, 어떤 기막힌 전술의 호언 아래 있다 한들 틀림없이 공포스러운 것이리라. 울리케는 그렇게 여기며 궁수대나 그 전방의 갑사대가 조금도 물러서지 않고 버티는 데 감탄했다.

그리고 마침내 수평으로 몰아치듯 다다른 그 눈사태의 최전방에서, 거대한 바윗돌처럼 육박한 오우거들 가운데 가장 먼저 도착한 녀석의 망치가 끔찍한 충격량으로 한 갑사대의 방패벽을 후려쳤다. 울리케는 돌담이 무너지듯 와해되는 대열의 모습에 경악하면서도, 그들 가운데 아무도 비명을 지르지 않는 데 대해 아예 감탄을 넘어 모골이 송연해졌다.

갑사들이 아무런 준비도 없이 그저 방패만을 믿고 있던 건 결코 아니었다. 뒤늦게 전열의 앞에 당도한 오우거 하나가 눈바닥 아래 깔려있다 기습적으로 들어 올려진 장창에 찔리며, 그 무식한 관성에 의해 앞으로 고꾸라지듯 방패벽에 몸을 처박았다. 그와 동시에 여기저기서 산발적으로 숨어 있던 장창들이 솟아오르며 달려드는 오우거들의 돌진을 저지하기 시작했다.

그러나 튼튼한 갑옷과, 기마병의 족히 열 배는 될 듯한 질량 앞에서 대개의 창들이 견디지 못하고 수숫대처럼 부러져 나갔다. 갑사들의 방패 전열이 마치 파도치듯 일렁이며 후퇴하는 가운데, 오우거들의 등 뒤를 따라 들이닥친 눈보라의 너울은 동편 전위의 전부를 집어삼키며 진영 안으로 침식해 들어가기 시작했다. 그건 다시 말해, 그 경계의 상공을 날고 있던 울리케에게도 서리심의 눈보라가 다다랐단 뜻이었다. 울리케는 자신을 움켜쥐려는 듯 내뻗는 겨울의 기세를 슬쩍 흘리며, 평범한 도래까마귀는 결코 흉내 낼 수 없는 속도로 진중 한복판을 가로질렀다. 마치 내리꽂히듯, 신속하게 만장기를 찾아 하강한 울리케는 그 위쪽 가로대를 횃대 삼아 내려앉는다. 그러자마자 상인들과의 대화를 일찌감치 마치고 막사 앞에서 초조히 기다리던 크누드가 버럭 소리쳤다.

"여태 뭘 하고 오신 겁니까!"

"싸움 구경요!"

울리케는 깃대 위에서 진중의 동쪽이 아우성치며 눈보라에 삼켜지는 걸 본다. 하지만 그 눈보라는 곧장 진영을 집어삼키지 못하며 여기저기서 기이하게 굴절되고 있었다. 울리케는 그것이 마법사들이 펼친 훈기의 방패임을 알아본다. 그리고 동시에, 별안간 똑같은 훈기가 울리케를 에워싼다.

"아니?"

이 전혀 예상하지 못했던 도움에 깜짝 놀라 뒤를 내려다 본 울리케의 부리가 열렸다. 무장한 호위대들과 함께 차분히 선 채 모두와 마찬가지로 동쪽을 바라보고 있던 우스칼드의 곁, 베르벳이 바로 이 마법의 주인이었던 것이다. 아이는 누구의 귀에도 들리지 않을 만큼 조용히 시무나리를 노래하고 있었다.

"대단하지요? 제가 가르쳤답니다."

우스칼드가 흐뭇한 듯이 말한다. 울리케는 더욱 놀라 외쳤다.

"영식이요? 아니, 그것보다, 베르벳이 가진 것은 류그네라스의 힘이 아닌가요? 그게 에다의 도리와는 다르다고 알고 있었는데요?"

"예, 그렇게 알려져 있지요. 하지만 신목의 힘도 파마의 결계에는 영향받아요. 이게 뭘 의미하는 것 같습니까? 왜 안그라네스에서 기원한 서리심은 파마의 술을 무시할 수 있을까요?"

"매우 흥미롭지만, 지금 하기에 좋은 이야기는 아닐 것 같습니다만!"

이건 크누드의 말이었다. 그리고 그의 말이 옳았다. 요란한 소리와 함께 진중 건너편 경계에서 한 오우거가 무너지는 게 보였다. 다른 쪽에서는 몇몇 예종사들이 마치 물수제비를 뜨는 돌처럼 지면을 튕겨 도약해서는 오우거의 관자놀이에 창을 박고 떨어지는 게 보였다. 진중의 여기저기에서 산발적으로 폭발하듯 피어오른 훈기의 방패 아래 병력들이 밀집해 들어오고 있었고, 그들은 모두 사전에 훈련된 듯 원형의 방진을 짠 채 땅과 하늘에 대한 경계를 곤두세운다. 그리고 마침내, 진중의 모든 영역이 눈보라에 뒤덮였다.

　이제 울리케는 뉘른스에크가 무너지던 그날 새벽, 바로 거기에 어떤 풍경이 도래했는지를 본다. 그리고 그건 이 순간 진중의 모두가 공유한 감상이었다. 사방이 완전히 차폐된 겨울의 감옥 안에서, 보이는 것은 백색의 공포뿐이며, 들리는 것은 마수들의 포효와 비명일 따름이다. 이 엄동을 지배하는 한없는 적개심만이 저 단말마들의 유일한 매질이다. 울리케가 없는 이를 깨무는 듯 부리를 부딪히는 순간 베르벳의 훈기가 한층 더 강렬하게 모두를 북돋웠다.

　"린트부름이시여!"

　하지만 그 순간 바람결을 뚫고 들려온 한 악다구니에 울리케는 의아해진다. 전혀 생각지도 못한 부름이, 그들로부터 가장 가까운 훈기의 방패 쪽으로부터 터져 나왔다.

　"린트부름의 자손께서…… 계신다!"

　"야, 닥쳐!"

　이건 또 다른 누군가의 외침이었다.

　"닥치라고? 너나…… 이 멍청한 놈! ……사자를 보지 못했냐? 저 빌어먹을 용노포를 당장 ……한다고! ……경! 어떻게 생각하십니까?"

　"마법사님께 말 시키지……!"

　울리케는 저들의 대화가 궁금해 계속 듣고 싶었지만 눈보라의 아우성이 너무 지독했다. 도래까마귀는 신경을 잔뜩 곤두세운다. 그러자 별안간 온 사방의 감각이 경험한 적 없는 밀도로 바뀌며 몸에 쏟아져 들어온다. 하마터면 깃대 위에서 떨어질 뻔했다. 모든 사물의 너머를 꿰뚫어 보고, 양털이 자라는 소리마저 들을 수 있을 것만 같은 통찰의 쾌감이 도래까마귀의 작은 몸에 흘러넘쳤다. 울리케는 보고 들은 바를 말한다.

"동쪽 전방! 눈트롤들이 온다!"

이제 진중 전역은 마치 겨울의 바다에 훈기의 방패들이 군도(群島)처럼 흩어져 각자 고립된 형국이었다. 일전 아우케트가 경험했듯이, 서리심의 눈보라는 그 적들의 감각을 차단하면서 아군의 감각은 확장시키는 편파의 권능을 지니고 있다. 그러니 이 눈보라의 영역 안에서 아우스뉘르의 대규모 병력이 갖는 이점은 완전히 사라진 것이나 다름없게 되었으며, 지휘 계통은 차단되어 각개 전투를 강요받고 있었다.

하지만 도래까마귀는 여전히 보고 들을 수 있다. 울리케는 무너진 군영의 경계로부터 쏟아져 들어오는 눈트롤들 가운데 한 무리가 정확히 이쪽을 향해 질주해 오는 것을 포착하였다.

"세 마리! 열 걸음 전방!"

그러자 그 말을 의심하지 않는 우스칼드가 짧은 지시를 외쳤고, 그의 등 뒤에 대기하고 있던 호위병들이 방패를 앞세우며 훈기의 영역 가장자리로 나섰다. 도래까마귀는 계속 외친다.

"……다섯 걸음! 네 걸음!"

크누드와 모험가들도 각자의 무기를 뽑아 들었고, 길핀의 순찰대들 역시 눈을 부릅뜨며 희뿌옇기만 한 전방을 주시한다.

"……두 걸음! 한 걸음! 충돌한다!"

마침내 백색의 장막을 찢으며 거구의 마수 세 마리가 들이닥쳤다. 그러자마자 차분히 조준되어 있던 브륀힐데의 쇠뇌와 순찰대들의 화살이 눈트롤들의 머리에 틀어박히고, 뒤이어 우스칼드의 호위대들이 앞세운 방패들로부터 요란한 파열음들이 터져 나왔다. 순식간에 뒤로 밀린 호위대들과 모험가들이 뒤엉키고 만다.

이렇게 울리케가 충돌의 순간을 미리 알려 주어 대비할 수 있었던지라, 이편의 상황은 다른 훈기의 방패에 소속된 이들에 비해 훨씬 낫다고 할 수 있겠다. 그럼에도 마법사가 전투에 포함되지 않은 채 이 정도 병력만으로 눈트롤 세 마리를 상대하는 것은 무리한 일이다. 하지만 베르벳이 다른 주문을 쓰기 위해 훈기의 방패를 거두는 순간 상황은 더욱 심각해질 것이다. 울리케는 낭패한 심정으로 깃대 아래 펼쳐지는 난장판을 보았다. 눈트롤들은 불붙은 털소들마냥 미쳐 날뛰며 그들의 눈 안에 들어온 모든 것을 후려치고 할퀸다. 몇몇 호위병과 순찰대원들이 들이받혀 나가떨어지는 와중에도 계속해서 방패를 세우고 지근거리에서 활을 쏘며 어떻게든 이 마수들을 쓰러뜨리기 위해 악전고투를 하고 있었다. 크누드와 모험가들은 베르벳과 시야프리테, 그리고 우스칼드를 중심에 두고 버틴 채 아직이 난전에 나서지는 않고 있다.

"이대로는 안 돼요! 병력이 더 필요하다고요!"

크누드의 등뒤에 있던 시야프리테가 발을 동동 구르며 외친다. 세 번째 화살을 막 쏘아낸 브륀힐데가 나직이 말한다.

"걱정 마. 할 수 있어."

"넌 다치지 않아."

랄로프도 씩 웃으며 거든다. 라그나는 그저 조용히 시야프리테와 베르벳을 돌아보곤 다시 전방의 혈투에 집중한다. 하지만 그들의 호언과는 달리 상황은 전혀 좋지 않았다. 울리케는 호위대와 순찰대 모두 각자 다치지 않기 위해 최선을 다하고 있다는 것을 눈치챌 수 있었다. 때문에 방어적이었고, 눈트롤들은 아직까지 뚜렷한 중상을 입지 않았다. 그래서일까, 서서히 힘의 균형이 무너지는 게 느껴진다.

그 순간 시야프리테가 기겁할 만한 비명을 내지르는 바람에 울리케는 소스라치며 뒤를 내려다보았다. 크누드와 모험가들 역시 깜짝 놀라긴 마찬가지다. 차가운 얼굴로 눈앞의 싸움에 집중하고 있던 우스칼드가 눈살을 찌푸리며 말했다.

"법석 피우지 말거라!"

"아니, 저…… 힉……!"

시야프리테가 가리킨 것은 그들이 여기까지 끌고 온 다섯 대의 수레였다. 아름드리 강철단과 얼음 모루단에 속하는 용병들의 유해가 실린, 바로 그 수레 말이다. 만장기 위에서 시선을 옮겨 수레를 바라본 울리케 또한 섬뜩함을 느끼며 부리를 딱 벌린다.

시체들이 일어나고 있었다.

덧씌워진 마포가 들썩이더니 젖혀진다. 여러 날을 엄동에서 보내 꽝꽝 얼어붙은 사지가 삐걱댄다. 채 벗겨 내지 못한 갑주들이 절그럭거린다. 다섯 대의 수레로부터 느린 듯하면서도 재빠르게 꿈틀거리며, 마흔 구의 시체들이 일어선다. 그 차디찬 손가락들은 수레에 같이 실려 있던 각자의 무장들을 다시 쥔다. 그들 모두가 수레로부터 내려와, 시퍼런 안광을 빛내며 서로를 차분히 쳐다보더니 바로 앞에서 벌어지는 전투가 흥미롭다는 듯 고개를 기울였다. 그러더니 그들 가운데 하나가, 모험가들 쪽으로 머리를 돌리고는 손으로 눈트롤들을 가리켰다.

"드, 드라우그르? 뭐야 저게."

랄로프조차 섬뜩한지 말을 더듬는다. 다음 순간, 울리케는 그들 모두의 시선이 다른 누구도 아닌 시야프리테를 향하고 있음을 간파하였다. 모종의 확신을 느낀 도래까마귀가 소리쳤다.

"시야프리테! 눈트롤들을 공격하라고 해!"

"예?"

"어서! 네가 말하면 들을 거야! 영식! 저들이 공격할 때 호위병들을 뒤로 물려요!"

이제 모험가들과 우스칼드 모두 시야프리테를 본다. 소녀는 영문을 모르면서도 다급하게 외쳤다.

"저거……! 저, 저것들을 패 주세요……!"

류그라 소녀의 손가락이 눈트롤들을 향하자마자 얼어붙은 시체들이 일제히 발을 구르며 돌격하기 시작했다. 생자(生者)는 필연적으로 지닐 수밖에 없는 모든 공포로부터 해방된, 오로지 생전의 훈련된 동작만을 반복하기 위해 작동하는 육신들이 진군한다. 우스칼드가 휘하의 호위대들에게 물러나라고 고함을 지르고, 울리케 역시 순찰대들에게 같은 명령을 내린다. 동시에 크누드와 모험가들은 땅에 쓰러져 있던 몇몇 부상자들을 끌어내는 데 손을 보태기 위해 몸을 날렸다.

순식간에 모두를 대신해 눈트롤들을 에워싼 생전의 용병들은 채이고 쓰러지면서도 기계적으로 그들의 병기를 휘두른다. 분노도 공포도, 어쩌면 마땅히 깃들어 있어야 할 복수심마저 없는, 오로지 텅 빈 전의만이 살해를 향한 얼개에 차근히 연역을 더한다. 마침내 눈트롤들은 자신들의 피로 진창을 이룬 바닥에 쓰러진다. 하지만 승리의 함성이 터지지는 않는다. 망자들의 입가에 서린 한숨 같은 냉기만이, 이 도살에 부연된 유일한 주석이었다. 모든 것이 끝나자, 망자들은 우두커니 선 채 다시 눈을 돌려 시야프리테를 본다.

"아니, 이, 이게 어찌 된 일입니까?"

순찰대장 길핀이 살았다는 안도 대신 눈을 희번덕거리며 크누드에게 묻는다. 천만다행히 우스칼드의 호위병이나 길핀의 순찰대 중에 중상을 입은 자는 아무도 없으나 그걸 기뻐하기엔, 눈앞의 광경이 너무나 기괴했다. 모두가 핼쑥해진 낯으로 이 기대하지 않았던 원군을 본다.

"……우려했던 일이 일어났군요. 그런데…… 이게 여전히 우려해야 할 일인가?"

크누드는 심경이 복잡한 듯 혼란스러운 표정으로 그렇게 말하며 드라우그르 용병들을 보았다. 울리케 또한 아연히 깃대 위에서 그들을 굽어보다 말했다.

"에파가 한 일이겠죠."

"……그런데 왜 시야프리테를 보는 겁니까?"

이건 라그나의 물음이었다. 울리케는 즉각 대답했다.

"에파는 류그라지. 여기 류그라는 딱 하나밖에 없고. 어쩌면 시야프리테를 보호하기 위해 저들이 일어난 것일 수도 있어. 아까 시야가 병력이 필요하다고 외쳤잖아? 그리고 에파가 여기 없는 이상, 누구 말을 들을지는 뻔하잖아?"

그러자 라그나는 팬시리 주위를 둘러보며 물었다.

"그 마왕이 여기 없는 게 확실합니까? 그럼 대체 어느 틈에 저들을 일으켜 세웠다는 겁니까?"

"거리 따윈 상관없을지도 몰라. ……아니 어쩌면 저들은, 죽었던 순간 이미 이렇게 되도록 예정되었을 수 있지 않을까."

그 대답을 들은 라그나는 마음에 들지 않는다는 듯 깊은 한숨을 내쉬었다. 산송장들을 쳐다보고 있던 크누드가 말한다.

"그렇다면…… 산 위의 나머지 모든 주검들도 이렇게 될 수 있다는 말씀이군요."

"확신할 수는 없어요."

울리케는 그렇게 말했다. 그러면서도 도래까마귀의 눈과 귀는 이 전장의 추이를 계속해서 살피고 있었다. 고함과 호령, 창과 뼈가 부러지는 소리가 들려왔다. 차분히 이야기나 나눌 계제는 결코 아니었다. 그런 가운데, 드라우그르들의 부담스럽기 그지없는 시선을 견디던 시야프리테가 문득 말했다.

"그러니까…… 저들이 제 말을 듣는다고요?"

그러자 모두가 불길한 눈길로 이 류그라 소녀를 본다. 순간 시야프리테는 냅다 소리 질렀다.

"방어 태세!"

이로써 확실해졌다. 드라우그르 용병들은 일사불란하게 움직이며 대오를 갖추더니 동쪽을 향해 몸을 향하고 병기를 세워들었다. 다음 순간 깃대 위에 있던 울리케는 시야프리테의 어깨 위로 달려들듯 내려앉고, 시야프리테는 신난 듯 외쳤다.

"아가씨! 절 사십장이라 불러주세요!"

"일개 영민에게 그런 권한은 없어!"

류그라 소녀의 귀를 쪼아댄 도래까마귀가 외친다.

"맙소사, 얘한테 군권이라니……! 네 멋대로 지시하기만 해봐! 이 난리통에 혼란만 더할 거야!"

"그나저나, 이래 가지고선 영현봉송 행렬이라 말하기도 어려워졌지 않습니까? 이제 언제든 벌떡 일어날지도 모르는 드라우그르 군단 수송 행렬이라고요?"

크누드가 기가 막힌 듯 말했다. 그 순간이었다.

백색의 겨울 장벽 너머, 별안간 하늘을 찢는 듯이 광포한 폭음이 군영의 한복판으로부터 터져 나왔다. 그리고 모두의 귀에, 나직하면서도 메마른 음성이 내리꽂힌다.

— 한심한 놈들. 훈기의 방패를 거둬라.

"각하군요. 베르벳, 준비하렴."

이 상황을 예상했던 듯 차분한 우스칼드의 말이었다. 베르벳이 고개를 끄덕이자, 천지사방을 메우던 겨울의 격랑이 일순 잔잔해지더니 흐느적거리며, 마치 썰물처럼 빠져나가기 시작했다. 하늘 위를 선회하며 낚아 챌 사냥감을 고르던 와이번들이 괴성을 지르며 흩어지고, 뿌옇게 식별되기 시작한 시계 너머 눈트롤들 역시 고함인지 비명인지 모를 소리를 질러대며 혼란스러워한다. 그 순간, 진중 전역에 달하는 규모의 여름이 펼쳐졌다. 채 물러나지 못한 겨울이 열기에 삼켜져 비로 변하고, 밀어낸 폭설이 진중의 경계 밖에서 헛되이 서성인다. 울리케와 모험가들은 일찍이 이러한 광경을 본 바 있다.

"이건……! 빌러디저드가 아우셀바프에서 펼쳤던 그거랑 거의 같은 게 아닌가?"

놀란 라그나의 말이었다. 멍하니 하늘을 올려다보던 울리케가 우스칼드에게 물었다.

"아니, 이 정도 훈기의 방패를 인간 마법사가 펼 수 있나요? 제가 알고 있는 마법사가 말하기를……!"

"불가능하다고 했죠."

별안간 울리케의 말을 잡아챈 것은 시그리드의 음성이었다. 모두가 고개를 휙 돌리자, 나귀 유슬리스가 어느 틈에 나타나 거기 있었다.

"유세트 경!"

하지만 시그리드의 관심은 이 여름의 광역보다 눈앞에 도열한 드라우그르 용병들에 더 기울어져 있는 듯했다. 그러다 고개를 돌려 베르벳의 모습을 확인한 마법사의 나귀는 말한다.

"여기는 어떻게 올 때마다 흥미 만점이로군요? 이번에는 전면전인가요? 누구 다치지는 않았는지?"

"괜찮아."

라그나의 대꾸다. 그 말을 확인하듯 모두를 한 바퀴 둘러본 나귀는 말했다.

"발리위그 드레스바르프의 이름이 허명이 아니긴 하군요. 진심으로 경탄했어요. 이 정도라니, 정말로 용의 날개 하나쯤은 꺾어 볼 수 있겠군요. 그런데 대관절⋯⋯."

"전방에 눈트롤! 전방에 눈트롤! 또 와요! 으랏차, 돌격!"

시야프리테가 별안간 마법사의 말을 잘라먹으며 소리 질렀다. 그러자 드라우그르 용병들은 충실히 앞으로 달려나가기 시작했고, 도래까마귀는 몹시 노여워하며 류그라의 귀를 쫀다.

"야, 함부로 명령 내리지 말랬잖아!"

나귀는 어처구니가 없는지 입을 다문 채 드라우그르 용병들이 돌격하는 뒷모습을 본다. 이제 시야는 깨끗하게 걷혀 군영의 모든 곳에서 벌어지는 격돌을 낱낱이 볼 수 있었다. 서리심의 원호가 물러가 버렸기 때문일까, 한풀 기세가 꺾이고 혼란스러워 하며 눈트롤들이 온 사방에서 무차별적인 폭력을 휘두르고 있었다. 그러나 그 결과는 이전과 같지 않다. 여태 훈기의 방패들을 거점으로 뭉쳐 있기만 하던 아우스뉘르의 모든 병력들은 그 제약으로부터 풀려나와 보다 적극적으로 대응했다. 화살들이 하늘을 가르고 마법사들은 저마다 자신들의 특기를 발휘하여 마수들을 제압한다. 기병들은 비로소 자신의 말들에게 달려간다.

"뭐야, 저게!"

한 소대의 지휘관이 눈트롤 두 마리를 쓰러뜨리는 드라우그르 용병들을 발견하고 비명처럼 소리를 질렀다. 울리케는 재빨리 시야프리테에게 외친다.

"모두 불러들여! 빨리!"

"돌아와!"

시야프리테가 신나게 명령을 내리자 산송장들은 신속히 복귀하여 아까와 같은 대오를 이룬다. 주변의 다른 병사들과 지휘관, 마법사들 모두가 그걸 볼 수 있었다. 모두가 경악한 표정인 게 빤히 읽힌다. 울리케는 심정적으로 살짝 식은땀이 났지만 이 혼란스러운 와중에 누가 와서 따지거나, 이쪽에서 변명할 시간은 다행히 없을 것 같았다. 그런 울리케의 마음을 읽은 듯, 크누드가 나직이 말했다.

"이걸 도대체 뭐라고 설명합니까? 아무리 도움이 된다고 해도, 누구나 이걸 엄청난 모욕으로 느낄 겁니다. 사술이라고요."

울리케는 내심 동의하며 주위의 눈치를 살피다 우스칼드에게 시선이 멎었다. 그는 시체들이 일어선 순간부터 매우 흥미롭게 이 상황을 관찰하고 있었다. 그러다 울리케의 시선을 느끼곤 내심을 감추듯 낯빛을 바꾼다. 그때, 나귀가 말했다.

"글쎄, 사령술이 보통 어떻게 이뤄지는지 모르니까 그렇겠지만, 기본적으로 이런 경우에는 망자의 동의가 없으면 안 돼요. 즉, 여기 이들은 술자의 의지에 모두 동의하여 자신의 몸을 내준 거죠. 에파의 멱살을 잡고 물어볼 일이긴 하지만, 일단은 그래요."

"동의라고요……?"

울리케가 묻는다. 나귀는 대답했다.

"그래요. 사령술의 마지막 단계는 결국 소혼된 망자와의 협상이니까요. 생전의 육신과 몸에 깃든 기억 일부의 권리에 대해서요. 강제로 그걸 취할 수도 있지만, 그런 경우 술자가 직접 매우 세세한 지시를 내려야만 해요. 하지만 보다시피, 저들은 지금 시야프리테의 단순한 지시를 자신들 나름의 역량으로 소화하고 있죠."

"우리가 저들과 대화를 할 수 있나요?"

나귀는 투레질을 한다.

"아뇨. 그건 술자만이, 오로지 소혼의 초기에만 가능합니다. 그리고 현재로서는 에파도 저들과 더 이상 대화할 일이 없어요. 계약은 이미 끝났을 테니까. 아마도요."

"누님은 어떻게 그런 걸 다 알고 있소?"

랄로프가 놀라우면서도 꺼림칙한 듯 묻는다. 시그리드의 음성이 대꾸했다.

"그런 걸 알아야 맞춰 상대할 것 아니야? 여태 우리 여정에서 산송장과 맞붙어 본 적이 없긴 했지만 말이야. 아가씨, 하지만 이들 역시 마법의 결과인 만큼, 제대로 된 파마의 술에는 속절없어요. 특히나 파마의 화살은 저들을 확실히 무력화시킬 거예요. 염두에 두시지요."

"알겠어요."

울리케는 이 마법사의 적절한 조언에 감사함을 느끼며 대답했다. 그때, 진중 저편으로부터 터져 나오는 소란이 감지되었다. 도래까마귀의 예리한 청력이 그쪽으로 확장된다.

"당장 저 용노포를 철거하겠소, 후작! 더 이상 린트부름의 노여움을 사지 말란 말이야! 우리의 잠재적 우군을 위협해서 어쩌자는 거요!"

귀족으로 보이는 한 사내가 발리위그 드레스바르프의 면전에 침을 튀기며 소리 지르고 있었다. 후작은 홀로 이 경이적인 규모의 마법을 펼치고 있으면서도 아무런 부담을 느끼지 않는지, 여상히 되묻는다.

"잠재적 우군? 확신하나, 백작?"

"우리의 대적(對敵)은 처음부터 저놈의 야만인들이었지, 용이야기는 한마디도 하지 않았잖소! 지금 이 진중의 병사들이 무슨 생각을 하고 있는지 모르겠소? 여기서 용을 적대할 명령에 과연 누가 따를 것 같은가? 어디, 잘난 드레스바르프 혼자 한번 해 보시지!"

"적전 분열이라. 훌륭하군."

후작은 비웃듯이 말했다. 그 면전에 있던 귀족은 사납게 얼굴을 구기더니 발리위그를 무시한 채, 곁에 있던 자신의 기사들에게 얼굴을 돌리며 외쳤다.

"당장 저놈의 용노포를 때려 부숴라!"

소란이 일어났다. 백작 측의 기사들과 후작 측의 기사들이 동시에 무기를 뽑으며 서로에게 소리를 질러 대었던 것이다. 그 와중에 후작은 아무런 상관없다는 듯 버티고 선 채 동편의 눈구름만을 응시할 따름이었다. 허나 이따금 그의 눈길이 북쪽의 뉘른스에크 산성을 올려다본다는 걸, 울리케는 알 수 있었다.

"개판이군."

"전쟁이니까요."

울리케가 나직이 탄식하자, 도래까마귀에게 어깨를 내주고 있는 시야프리테가 맞장구쳤다. 하지만 시야프리테는 주변의 혼전을 보고 한 말이었을 따름이다. 후작 쪽에서 일어나는 일을 여기서 보고 들을 수 있는 것은 오로지 울리케뿐이었다.

이제 싸움의 양상은 차츰 정리되고 있었다. 진중 깊숙이 들어왔던 눈트롤들은 거의 모두 죽거나 달아나고 있었고, 아우스뉘르의 병력들은 동쪽으로 방어선을 밀어내며 진지 내부의 혼란을 수습해갔다. 이따금 하늘로 불덩이와 작은 벼락들이 날아다니며 와이번들을 격추하기까지 한다. 이 이상 자신들 쪽에 위협이 오진 않으리라 생각한 울리케는 마침내 한시름 놓았다. 그러자 자연히 산송장들에게 마저 눈길이 간다.

"시야프리테, 저들에게 다시 수레에 고이 누워 달라고 명령해 봐."

"벌써 직위 해제라니! 아직 싸움 중인데요!"

"우리는 여기 싸우러 온 게 아니잖아!"

울리케의 말대로다. 영현봉송단의 기치를 내걸고 여기 온 것은 어디까지나 전사자들의 유해를 돌려주고, 아울러 뉘른스크에 필요한 물자들을 구입하기 위해서였다. 크누드가 거래를 마쳤으니, 이제 기다렸다가 종군상단들의 수레를 빌려 다시 돌아가면 되는 일이었다. 문제는 보다시피 내어 줄 유해들이 모두 벌떡 일어나 버렸다는 것이지. 전투가 정리되어 가면서 이쪽을 향한 시선이 점점 늘어나는 게 느껴진다. 시야프리테는 우물쭈물하다가 드라우그르 용병들을 향해 해산을 명령해 보았으나, 산송장들은 그저 고개를 살짝 기울일 뿐 명령을 듣지 않았다. 울리케는 심정적으로 이마에 손을 짚으며, 이 상황을 어떻게 정리해야 할지 고민했다. 그러자 때마침, 나귀 유슬리스가 입을 연다.

"뉘르뉴가 말했어요. 서리심은 스스로의 영역 안에서 절대적인 상주라고요. 다시 말해, 서리심은 자신의 영역 안에서 저 드라우그르들을 통제할 수 있대요. 다만, 이것은 사령술 같은 게 아니라 이미 고지된 죽음의 상기에 가까운 것이에요. 즉 무력화죠."

"그래요?"

울리케가 살짝 놀라며 묻는다. 나귀는 계속 말했다.

"뉘르뉴는 에파나 아이비레인이 뉘른스에크에 뿌려진 일만의 죽음을 안배했을지도 모른다는 암시를 하더군요. 그리고 자신만이 그것을 통제할 수 있을 거라고도 했어요."

"아니 잠깐, 그러면 육왕이나 팔왕의 서리심들도 가능한 게 아닌가요?"

울리케가 묻자, 나귀는 대답했다.

"아뇨. 제가 '자신의 영역'이라고 말했잖아요? 바로 서리심의 안그라네스가 이식된 땅에서, 이미 죽었던 존재들에 한하는 권능이죠. 그래서 뉘르뉴는 자신의 안그라네스를 뉘른스에크로 옮길 생각인 거고요. 물론, 아이비레인과 협상이 어떻게 되냐에 따라 달렸지만……."

"아이비레인? 그가 오고 있나요?!"

"네. 그러니 아가씨도 여기가 정리되는 대로 조만간 오셔야 해요."

말은 그렇게 했지만 시그리드 스스로도 웃기다고 생각했는지 나귀의 이를 드러내며 기묘한 소리를 뱉었다. 이 싸움이 언제 어떻게 정리가 될지 누가 알겠는가?

울리케는 라그나를 쳐다보며 우울한 목소리로 부리를 연다.

"라그나의 말에 따르면 에파는…… 이 계획들을 모른다고 했어요. 그 말을 믿는다면, 이 망자의 군대는 실록의 폐장이나 아이비레인이, 에파의 능력을 염두에 두고 계획했던 것이겠죠. 그리고 에파는 거기에 반발한 게 아닐까요?"

"그럼 저들은 뭡니까?"

에파의 마지막 모습을 떠올리던 라그나가 드라우그르 용병들을 가리키며 말했다. 울리케는 대답하지 못한다. 대신 산뜻하게 입을 연 것은 시야프리테였다.

"그냥 저를 지키기 위해 어쩔 수 없이 일어난 게 아닐까요?"

"넌 정말 대단해."

울리케는 진심으로 감탄한 듯 말한다. 드라우그르 용병들이 자신의 명령을 듣는다는 걸 깨달은 직후부터 시야프리테의 어깨에 실제로 힘이 들어가 있다는 것을, 도래까마귀의 발톱 아래로 느낄 수 있었으니까. 시그리드의 나귀가 말했다.

"아직은 섣부르게 판단하지 말기로 해요. 아무튼 시야프리테! 망동하지 말고 가만히 있어!"

진중의 동편 저 너머로부터 함성이 일어났다. 울리케는 마지막 오우거가 수많은 사슬들에 사지가 묶여 끝내 쓰러지고 예종사 란미르와 헤르미르가 그 목을 단칼에 잘라 내는 것을 보았다. 군영을 홀로 장악한 발리위그 후작의 여름이 병사들의 함성에 눅눅한 열기를 더한다. 도래까마귀는 결심한 듯 말했다.

"후작을 만나 봐야겠어요."

"저도 가죠. 시야프리테도요. 오해를 방지해야 할 테니, 아예 드라우그르 용병들도 데려가고요."

시그리드가 말했다. 우스칼드는 여기에 대해 아무런 말도 하지 않고 그저 기다리겠다고 했다. 크누드와 모험가들 역시 순찰대원들과 함께 남아 자리를 지키기로 했기에, 결국 도래까마귀를 어깨에 얹고 만장기를 든 시야프리테와 나귀 한 마리가 드라우그르 용병들의 호위를 받으며 걷는, 참으로 기이하기 이를 데 없는 행렬이 시작되었다. 그들을 목격한 진중의 모든 사람이 저마다 갖가지 방식으로 놀라움과 경계를 드러내었으나 섣불리 막아서거나 시비를 걸어오는 이들은 달리 없었다.

드라우그르 용병들은 모두 생전의 무구를 그대로 착용한 상태였으며 여기엔 털가죽이 두툼하게 덧대어진 투구도 포함되었다. 때문에 얼굴은 직접 드러나지 않았지만, 투구의 면갑 너머로 스며 나오는 시퍼런 안광과, 몸에서 쉴 새 없이 흘러내리는 기이한 냉기가 그들의 정체를 드러내고 있었다. 살아있는 류그라와 전혀 분간되지 않던 에파에 비해, 이들은 어느 모로 보나 있어서는 안 될, 꺼림칙한 존재로서 모두에게 인식된다.

그리 오래지 않아 별다른 방해 없이 군영의 중앙에 도달하자, 그때까지도 후작과 대립하고 있던 이름 모를 백작이 행렬을 발견하고 표정을 구긴다. 마침내 이쪽으로 고개를 돌린 발리위그드레스바르프가 행렬의 면면을 확인했다. 그가 미묘한 웃음을 입꼬리에 걸치며 말한다.

"귀한 손님이 오셨군."

"각하."

긴장한 시야프리테의 어깨에서 울리케가 부리를 뗐다. 마치 이 자리가 사교의 원유회라도 되는 듯, 여름의 한복판을 지휘하는 마법사가 말을 이었다.

"일전 만찬장에서 그대의 오라비를 본 적이 있지. 아, 이후에도 한 번 보았네만, 영식에게는 그리 유쾌한 자리가 아니었을 테지."

그러자 울리케는 천연덕스럽게 대꾸했다.

"놀랍게도 오라버니로부터 각하의 험담을 들을 일은 없었답니다."

"그건 영식의 성품 덕분이었을까, 아니면 영애가 디딘 단상이 지나치게 높아진 탓일까? 개인의 위상이 변하면, 보는 풍경과 들려오는 소리도 달라진다네. 끝내 고독은 오로지 호적수를 찾아야만 달랠 수 있지."

"넋두리는 삼가시지요, 후작 각하 나으리."

나귀가 참지 못하고 입을 연다. 그제야 시그리드의 존재를 감지한 듯 발리위그는 한동안 유슬리스를 안쓰럽게 쏘아보았다. 그러다 그가 말했다.

"빙의를 너무 자주 하지 않는 게 좋을 것이다, 시그리드 유세트 경. 별다른 수가 없긴 하겠지만."

"충고 감사합니다만, 각하께서도 결국 일종의 빙의를 하고 계시지는 않습니까? 그 남루한 육신이 각하의 능력에 어디 걸맞기나 한지요?"

"참신한 지적이로군. 부정은 못 할지도 모르겠어."

발리위그의 곁에 서 있던 이름 모를 백작은 이 난해한 한담에 울화가 치민 듯, 후작의 말이 끝나자마자 소리 질렀다.

"더 이상 날 무시하지 마시오, 후작! 용노포를 철거하겠다고 말했소!"

"용의 사자로서, 어떻게 생각하나?"

발리위그는 백작을 한번 쳐다보더니 다시 눈을 돌려 울리케에게 묻는다. 도래까마귀는 침묵했다.

발리위그 드레스바르프. 이 군대의 통수권자이자, 용을 상대로 유의미한 일격을 날릴 수 있을지도 모르는, 아마도 제국에서 가장 강대한 마법사. 용이 부재한 시대의 안정과 체제를 다듬어온 자이며 여전히 용이 필요하지 않은 세상을 준비하고 있는 자. 울리케 피어클리벤은 그 앞에 위축되지 않으려 애쓰며 마침내 부리를 뗀다.

"저 병기가 노리는 것이 과연 빌러디저드 님의 심장이겠습니까? 어쩌면 그토록 긴 세월 쌓여온, 초월적 권위에 기대는 인민들의 미몽이야말로 각하께서 노리시는 홍심(紅心)은 아니겠습니까?"

그러자 더운 바람이 한차례 그들 사이로 불었다. 후작은 눈을 빛내며 울리케를 보더니 재밌다는 듯 백작을 향해 물었다.

"들었나, 제이마르 백작? 도래까마귀가 자네를 놀리는군."

"제기랄, 헛소리 그만하시오!"

백작은 더 견딜 수가 없는지 그만 칼을 뽑으며 소리 질렀다. 그 주변의 호위들 역시 일제히 발검했으나, 주변을 돌아보는 시선들은 불안하게 흔들거린다. 발리위그는 태연히 말했다.

"지금 나를 칠 수 있겠나? 이 방패가 쓰러지면 겨울과 마수들이 다시 올 거야. 뉘른스에크에서 무슨 일이 있었는지, 결코 모르지 않을 테지. 무도한 적전 분열은 여기까지만 용납하겠네. 물러가 경계에 손을 보태게. 인간의 전쟁이라는 형식을 이나마라도 고수하고 싶다면 말이야."

제이마르 백작이라 불린 사내는 씩씩거렸지만 정말로 후작에게 무력을 행사할 생각은 없었는지 결국 뽑아 든 검을 땅바닥에 내던지고는 침을 뱉고 부하들을 거두어갔다. 조용히 그 꼴을 지켜보던 울리케가 말했다.

"각하께서는 어째서 이해를 구하지 않으십니까?"

하지만 후작은 대답하지 않았다. 울리케를 완전히 무시하며 동편을 응시하던 그가 어느 순간 기습적으로 말했다.

"우스칼드로부터 필요한 것들은 모두 들었다. 이 상황의 복잡성에 대해서는 나도 동의하지만, 아마도 그대와 내가 조율할 부분은 그리 많지 않을 듯하군."

"어째서입니까?"

울리케가 날카롭게 묻는다. 후작은 고개를 돌려 도래까마귀를 쳐다보며 말했다.

"방금 보았지? 나는 내부의 문제들을 단속하는 데만 해도 위력을 동원하고 협박을 일삼아야 할 지경이라네. 설령 그럴 수 있다 하더라도, 여기에 용을 참말로 죽이고 싶어 하는 이는 거의 없어. 건국의 설화는 이제 하나의 굳건한 종교지. 사람들은 저 용이 우리를 위협하는 무시무시한 폭군이기를 차라리 더 기대할지언정, 그 존재가 인간의 손에 굴욕을 당하길 바라지 않네. 세대에 걸친 망각과 계몽만이 이를 없앨 거야. 우리 사이의 어떤 극적인 타협도 그걸 앞당길 순 없네."

"맙소사, 여기 사람 껍데기를 쓴 용 한 마리가 더 있군."

나귀가 투레질을 하며 투덜거렸다. 울리케는 혼란을 느끼며 후작에게 묻는다.

"각하께서는…… 뭘 하려고 하십니까?"

"믿게. 나 또한 제국과 인간의 번영과 안녕을 꿈꾼다. 사감(私感)은 내 몫이 아니지."

"각하께서는 그럴지 몰라도, 저는 드레스바르프가 제 백부님을 살해했다고 알고 있습니다. 그런데도, 저 역시 사감을 거두어야 합니까?"

"화내도 좋네. 그럴수록 내게 유리하겠지."

울리케의 목소리에 노기가 실린다.

"……닐뵤른 마을의 주민들에게 일어난 일은요? 황녀 전하와 제 오라버니를 죽일 뻔하신 일들은요?"

"그 모든 사실에도, 피어클리벤은 드레스바르프를 마냥 적대하지 못할 텐데."

울리케는 멍하니 눈앞의 마법사를 본다. 이걸 도대체 어떻게 해석하고 받아들여야 할까. 때마침 나귀는 또다시 빈정거린다.

"이것 보시지요, 위대한 드레스바르프 후작 각하. 불민한 후학으로서 뭐하나 여쭙겠습니다. 강대한 마법사로서 그 나이까지 정정함을 처 잡수면 보통 그렇게 되는 건가요?"

후작은 전혀 화내지 않으며, 아니, 심지어 가볍게 웃으며 대꾸했다.

"이건 내 힘의 후유증은 아니다. 드레스바르프의 숙명 같은 거지. 그러니 달밤에 쏘다니기나 하는 유쾌한 모험가는 걱정하지 않아도 된다네. 설령 그게 전직(前職)일 뿐이라도 말이야."

"이야, 그렇군요."

나귀는 이를 드러내며 꺼엉꺼엉 울었다. 영락없이 비웃는 모양새였지만 여전히 후작은 전혀 화내지 않았다. 오히려 신선하다는 듯, 유슬리스를 내려다본 마법사는 물었다.

"일부러 그거 하려고 그 짐승을 골랐나?"

"알아 주십니까? 하지만 각하께는 별 효과가 없는 것 같습니다만."

그때였다. 남쪽에서 소란이 일더니 두 무리의 용병들이 각자 그들의 기치를 휘날리며 나타났다. 울리케는 그 깃발의 문장을 보는 순간 그들이 누군지를 알아챘다. 아름드리 강철단과 얼음 모루단이었다.

"후작 각하! 영현봉송단의 대표와 이야기하게 해 주시오."

얼음모루단의 단장으로 보이는 장년의 여성 기사가 먼저 나서서 외쳤다. 이쪽을 쳐다보는 용병들의 면면이 모두 하나같이 굳어 있다. 비통함과 노여움을 간신히 감춘 게 느껴졌다. 울리케는 그걸 알 수 있었다.

"허락한다. 다만 바로 여기서 이야기하라."

후작이 그렇게 말하자마자 두 용병단의 단장 두 사람이 각자 그들의 향사를 대동한 채 깃발을 들고 선 시야프리테의 바로 앞까지 다가왔다. 방금 전까지 맹렬한 전투를 치른 듯, 완전 무장을 한 그들의 무구엔 피와 털이 잔뜩 붙어 있었다.

"……대표가 이 아이란 말입니까, 각하?"

하지만 그들을 맞이한 건 아까부터 발리위그 후작의 눈길에 거의 얼어붙어 있던 가엾은 시야프리테와 그 어깨 위의 까마귀 한 마리, 그리고 나귀 한 마리가 전부다. 자연히 당혹스러운 표정으로 이 행렬을 둘러보던 얼음모루단의 단장이 재차 발리위그에게 물었다. 그러자 동편을 보고 뒷짐을 진 채 서 있던 후작은 돌아보지도 않고 대꾸했다.

"나귀일세."

"……예?"

"아니, 대표는 나입니다. 내게 말씀하시지요."

저 인간이 농담도 할 줄 아나? 당황한 울리케가 서둘러 부리를 열었지만, 불행히도 용병단장의 혼란만 더욱 가중될 뿐이었다. 의혹에 가득한 표정으로 말하는 도래까마귀와 나귀를 번갈아 보던 용병단장의 얼굴에 차츰 분노가 올라온다. 마침내 그의 이빨 사이로 으르렁대는 말이 튀어나왔다.

"이게 뭐 하자는 수작이지? 피어클리벤의 영현봉송단 대표가 누구냔 말이다!"

"나라니까요?"

용병단장은 고함을 지르고 말았다.

"까불지 마라!"

보다 못한 유슬리스가 입을 연다.

"까부는 게 아닙니다, 단장님. 그래 뭐, 동물하고 이야기하시는 게 별로 진지하게 느껴지지 않는다는 건 동의합니다만. 이쪽은 틀림없이 울리케 피어클리벤, 영현봉송관님이 맞습니다. 저는 시그리드 유세트, 마법사고요. 사정이 있어서 이 모양입니다만, 이쪽 사정에 대해 말씀하러 오신 건 아닐테지요."

용병단장은 기가 막히다는 듯 다시 후작을 쳐다보았으나, 그는 여전히 외면하고 있을 따름이다. 입술을 깨물며 한숨을 내쉰 그가 돌연 사납게 눈을 빛내며 드라우그르 용병들을 둘러보더니 고통과 분노를 담아 말했다.

"그렇소. 우리 형제들을 돌려받으러 왔지. 하지만, 이게 피어클리벤이 영령들을 받드는 방식인가? 우리가 이를 모욕으로 간주하는 데 도대체 어떤 무리가 있겠는가?"

"어째서 모욕입니까?"

그가 무슨 말을 하는지 뻔히 알면서도, 울리케는 짐짓 이렇게 묻는다.

"세상의 어느 예법에 망자가 일어나 걷게 한단 말인가!"

장년의 여성 용병단장은 마치 달려들듯 한두 걸음 다가오며 도래까마귀에 발작하듯 소리쳤다. 그 모습이 심히 위협적이었기에, 울리케는 아니었으나 시야프리테는 그만 어깨를 움츠리고 만다. 그러자 그저 묵묵히 서 있던 마흔 구의 드라우그르 용병들이 일제히 무기를 뽑아 들어 단장을 겨누었다. 그건 단장을 더욱 화나게 할 뿐이었다.

"집어치워! 당장 무기를 내리게 해! 아니, 더 이상 저들의 안식을 더럽히지 마라!"

"지금 아이를 겁주고 계시지 않습니까, 단장님?"

울리케가 차분히 지적했다. 단장의 시선이 도래까마귀와 시야프리테를 번갈아 오가며 흔들렸다.

"그래서?"

"현재 저들은 이 아이의 지휘를 받으며, 또 이 아이를 보호하기 위해 움직입니다. 하지만 우선, 이들을 일으켜 세운 건 결코 저희가 아니라는 걸 말씀드려야겠군요. 저희는 정말로 단지 전사자들의 유해를 돌려보내기 위해 왔을 따름입니다. 이 상황은 결코 저희가 계획한 게 아닙니다."

단장의 시선이 확인을 구걸하듯 재차 후작에게 머문다. 하지만 발리위그는 여전히 등을 보이고 섰을 뿐, 어깨조차 으쓱하지 않았다.

"……그럼 도대체 누가 이런 참담한 일을 벌였다는 거지?"

"그게 요점일까요? 저는 이들 모두가 스스로의 의지로 일어났다고 들었답니다. 그 참극에서, 그저 못다 한 일들을 하기 위해서요. 단장님께선 저들을 설득하실 수 있겠습니까? 눈앞의 원수를 두고 잠들라고요?"

이런 이야기를 하는 울리케의 마음은 더없이 불편했다. 만일 이 전멸이 정말로 계획된 것이었다면, 망자들의 복수심 또한 계산된 것이리라. 맹목적이며 지치지 않는 일만의 군대를 손쉽게 손에 넣을 방법이다. 도대체 여기 어디에 정의가 있단 말인가? 때문에, 울리케는 에파가 정말로 이 계획을 몰랐길 바랐다.

"저들은 죽었어."

메마른 음성으로 그렇게 선언한 단장은 드라우그르 용병들을 쳐다보는 것조차 괴로운 듯했다. 단순히 시신에 대한 혐오감이 아닌, 살아생전 공유했던 시간으로부터 반환된 고통이었다. 일어난 용병들의 절반이 얼음모루단의 표지장을 달고 있었으니까. 눈 안에서 꺼져가던 분노를 다시 지펴 올리며, 단장이 말했다.

"그게 아니라면 이름도 모를 이민족 아이를 지키기 위해, 감히 단장인 내게 검을 겨눌 리 없지! 저들이 일어난 것이 설령 망자들이 진심으로 바랐던 바라고 해도, 합리화할 수 있는 것은 없다! 지금 저들이 무얼 기억하고 무얼 판단하지? 이제 남아 있는 것은 한때의 동료이자 생존자인 우리의 기억뿐이며, 그것이야말로 유일하게 중요한 것이다!"

"지극히 동의합니다."

도래까마귀는 부리를 열었다. 울리케의 말이 침착하게 이어진다.

"그러니 저희에 대한 비난에 앞서, 이 상황을 정리하기 위해 같이 힘써 보시는 게 어떨까요? 저희는 저들에게 마땅한 안식을 되돌려주고 싶지만, 현재로서는 그 방법을 모른답니다. 다시 한번, 피어클리벤은 결코 전사자들을 모욕할 의도가 없음을 말씀드립니다. 저 위에는…… 저희 가문의 충성스러운 기사와 종사들도 있었습니다."

"그러니 단장님께서도 좀 더 예의를 갖춰주시지요. 영현봉송관을 하대하는 것이야말로 전사자들을 모욕하는 것이 됩니다."

시그리드가 이렇게 거든다. 얼음모루단의 단장은 침통한 얼굴로 잠시 동안 눈을 감고 있다가 뜨며, 나직하게 말했다.

"……실례했소."

"괜찮습니다."

단장은 곧바로 돌아서더니 서너 걸음 뒤에서 기다리고 있던 아름드리 강철단의 단장과 작게 몇 마디를 나누었다. 그러면서 그들의 시선은 계속해서 도래까마귀와, 그 주위를 둘러싼 드라우그르 용병들에게 가 닿는다. 울리케는 눌러 두었던 탄식과 짜증을 살짝 꺼내 보았다. 그나마 가장 무리 없이 수행할 수 있을 거라 여겼던 이 보직조차, 시작하자마자 이 모양이라니! 이런 데다 이제 피어클리벤으로 돌아가면 쉬지도 못하고 또 아이비레인과 한판 해야 한단 말이지?

"……까마귀의 몸이어서 좋은 것도 있네요. 눕고 싶다는 생각은 안 든다는 거요."

"새는 죽어야만 눕지요."

도래까마귀의 자조적인 탄식에 어울려 주는 나귀였다. 울리케에겐 그 말이 어쩐지 꼭 저주처럼 들리고 만다. 그리고 그때쯤, 이야기를 나누던 두 용병단장의 대화가 끝났다. 얼음모루단의 단장은 다가와 한동안 좌중을 둘러보더니 묵직하게 말했다.

"피어클리벤의 이름으로, 영현봉송관께서 결코 저들의 안식을 모욕할 의사가 없으셨다는 걸 보증하시오."

울리케는 차분하지만 단호하게 대답했다.

"보증합니다. 피어클리벤과, 용의 이름을 걸지요."

"이 일을 일으킨 자에 관해 알고 싶소만."

"아직 확실하지 않습니다. 분명해지면 알려 드리겠어요."

"……반드시 알려 주시오. 그리고 그때까지는…… 우리는 저들을 인도받을 수 없소."

"이해합니다."

용병단장은 뭔가 더 말을 하고 싶은 눈치였지만 끝내 내뱉지 못한 채, 비통한 표정으로 대화를 마무리했다. 그렇게 두 용병단은 떠났다. 물러가는 용병들 가운데 몇몇은 끝까지 이쪽에 던지는 시선을 거두지 못했다.

"왜 백룡의 대리인에 대해 언급하지 않았지? 정말로 단지 확실하지 않기 때문인가?"

그때까지 완전히 침묵한 채 서 있던 발리위그가 비로소 몸을 돌리더니 묻는다. 울리케는 한동안 그를 쏘아보다 되물었다.

"후작 각하께서는 저희가 여기 온 이후 이 문제를 아예 언급하지 않으셨죠. 등 뒤에 일만의 영령군(英靈軍)이 있을지도 모른다는 사실에 대해서 신경 쓰지 않으십니까?"

"영령군이라. 좋은 표현이군."

후작은 웃지도 않고 말했다. 그는 그제야 처음 본다는 듯, 드라우그르 용병들을 둘러보더니 돌연 목소리를 높여 외쳤다.

"내가 너희들을 죽게 했다!"

하지만 두 용병단장이 물러간 후 무기를 집어넣고 서 있는 드라우그르들은 전혀 반응하지 않았다. 후작은 재차 소리친다.

"뉘른스에크의 대패는 의도된 것이었지. 너희는 개처럼 헛되이 죽었다!"

울리케는 끔찍한 기분이 되어 부리를 살짝 벌린 채 그를 보았다. 못마땅한 얼굴로 잠잠한 용병들을 보던 후작이 다시 도래까마귀에게 눈을 맞추며 말했다.

"이들이 복수를 위해 일어난 게 맞나?"

"지금 대체…… 뭘 하시는 겁니까? 농담이라면 심히 불쾌하군요."

"자네가 아까 이 진중에 들어왔을 때, 대제의 적전만가를 읊었지. 우스칼드의 답가는 원래 적장의 것이었다는걸 알고 있겠지? 자네는 내심 드레스바르프가 피어클리벤의 적이 될 수도 있다고 여기는 게 아닌가? 아니, 지금까지 나에게 주어진 혐의들로도 이미 충분해 보이는데 말이네."

"그래서요?"

"왜 나를 적대하지 않지?"

"그럴 기회가 아직 없었다고 해 두죠."

"피어클리벤은 이 시국에서 정말 독특한 세력이 되었어. 이 개판 막장의 난리 속에서, 모든 세력과 관계되고 협력을 구할 수 있는 위치와 명분, 급기야 힘까지 갖추고 말았지. 어쩌면 순전히 자네의 판단과 세 치 혀만으로 이후의 사태를 결정할 수 있을지도 몰라."

"……절 매우 과분하게 평가하시는군요. 결코 그렇지 않습니다."

"길바드 뉘른스에크 변경백을 죽인 건 나다."

후작의 기습적인 선언에, 그것이 거짓이 아님을 간파할 수 있는 울리케는 순간 얼어붙었다. 발리위그의 눈에 도사린 광기가 아지랑이처럼 피어올랐다. 그는 말을 이었다.

"그러니 그의 권신이자 혈맹인 피어클리벤은 나를 응징할 명분을 갖게 되지. 어떤가?"

아니, 이것은 진실인 동시에 거짓말이다. 도래까마귀는 그의 목소리와 표정, 그리고 내면으로부터 피어오르는 가장된 위악의 기세를 꿰뚫어 보았다. 일종의 시험이었다. 그리고 더없이 불쾌한 시험이었다. 고개를 삐딱하게 기울인 채, 그를 노려보던 울리케가 말했다.

"이 개자식이라고 불러드릴까요?"

"외교 용어는 아니군."

발리위그는 시야프리테를 식은땀에 젖게 할 정도로 밀어 대던 기세를 거두며 우울하게 대꾸한다. 울리케는 냉랭히 말했다.

"저는 참 이상한 용을 한 마리 알고 있답니다! 모든 걸 힘으로 찍어누를 수 있음이 분명함에도, 결코 섣불리 그러지 않는 용을요. 한데 각하께서는, 아니군요."

"그 용이 가진 건 그저 힘이지 권력이 아니니까. 용이 패악을 부리면, 인간은 즉시 토벌대를 조직하지. 하지만 내가 패악을 부리면, 사람들은 내 눈치를 본다네."

"각하께서는 윤리를 생각하지 않으십니까?"

"내가 도대체 왜 여기 있다고 생각하나?"

울리케는 문득 발리위그가 즐거워 보인다고 생각했다. 그건 소름이 끼치는 감각이었다. 도래까마귀는 서둘러 말한다.

"제가 여기 온 것은 어디까지나 영현봉송관의 책무를 다하기

제15장 463

위해서였습니다. 하지만 보다시피 상황이 이렇지요. 그리고 어쩌면 저희는 일만의 영령군을 통솔할지도 모르겠습니다."

"봉송관은 윤리를 생각하지 않나?"

발리위그가 놀리듯 물었다. 울리케가 막 짜증을 내며 뭐라 말하려는 순간, 후작은 다시 입을 놀려 그걸 막는다.

"그리고 용은 또 이 전장에 역병을 소환했노라 협박했지. 그건 정녕 옳은 일인가?"

"싸우지 않으면 될 일이 아닙니까!"

"좀 실망스러운 대답이로군. 하지만 자부심을 가져도 좋네. 자네는 여기 와서 이제야 처음으로 날 실망시킨 거니까. 프로드나르도 좀처럼 못하는 일이지. 언젠가 우리에게 평화가 찾아온 후에 내가 자네를 가르칠 기회가 있어도 괜찮을 것 같군."

"사양합니다."

"……왜지?"

후작은 진심으로 이해가 가지 않는다는 표정으로 묻는다. 울리케는 침을 뱉듯 대답했다.

"제가 아까 개자식이라고 하지 않았던가요?"

"잊어버렸네."

"후작 각하."

보다 못한 나귀가 입을 연다. 발리위그가 그를 쳐다보자, 나귀는 이를 드러내며 말했다.

"개수작 좀 집어치우시지요. 모욕적입니다."

후작은 가벼운 웃음을 얼굴에 띄우더니 다시 정색을 하고 울리케에게 말했다.

"나 또한 이 상황을 정리하기 위해 최선을 다하고 있다. 가치관과 방법론의 차이에서 오는, 사소한 시비들은 나중에 얼마든지 다루어도 좋아. 하지만 그러려면, 피어클리벤이 그만한 역량을 갖춰야 할 테지. 저 용은 가난뱅이야. 그리고 책임져야 할 것도 딱히 없네. 윤리라고 말했나? 그럼 당장 가서 역병을 멈추라 하게."

도래까마귀는 쉽사리 대답하지 못했다. 용의 그 협박에 대해서는 울리케 역시 분노하고 따졌던 바다. 후작은 정확히 그걸 걸고 넘어지고 있었다. 염려했던 바대로.

"빌러디저드가 궁극적으로 무얼 바라는지, 봉송관은 알고 있나?"

울리케의 내심을 꿰뚫어보듯 응시하던 후작이 물었다. 도래까마귀는 말한다.

"알고 있다고 생각합니다. 하지만 이 자리에서 각하께 그걸 말씀드릴 것 같지는 않군요."

"왜지?"

"여기엔 많은 이들이, 실로 많은 것들을 걸고 있답니다. 심지어는 빌러디저드 님조차 스스로의 힘이 해체되는 걸 용납하셨죠. 각하께선 뭘 걸고 계시죠?"

"글쎄, 용이 한 것은 비가역적인 선택은 아니지. 저 용은 여전히, 도마뱀처럼 엉금엉금 기어서 결계 밖으로 나가 탈출할 수 있다. 저건 연기에 불과해."

"각하께서는 그 정도도 안 하시지 않습니까?"

울리케가 쏘아붙이자 후작은 물끄러미 도래까마귀를 응시해 왔다. 그러더니 그가 말했다.

"사지에 족쇄를 채우고, 용노포가 그 심장을 겨눈 상태로도 과연, 저 용이 여태까지의 태도와 가치관을 유지할까?"

"헛소리 마시지요!"

울리케는 바로 저 앞에 놓인 용노포를 쳐다보곤 목소리를 높여 말했다.

"마법사들로만 이루어진 지배의 체계를 설계하고 계시다 들었습니다! 허면, 마력의……"

하지만 미처 울리케는 말을 매듭짓지 못했다. 모든 것들이 너무나 순식간에 벌어졌다. 말을 이어가던 도래까마귀가 어느 순간 기묘한 오싹함을 포착한 그 순간, 마주 보고 있던 후작의 눈역시 동시에 크게 떠졌다. 진중의 하늘을 장악한 여름의 장막이 불길하게 너울거렸다. 울리케는 그 순간 이게 무슨 일인지를 깨닫는다.

"파마의 결계다! 어서……!"

다음 순간 속절없이 의식을 잃은 도래까마귀는 시야프리테의 어깨 위에서 앞으로 고꾸라진다. 당황한 시야프리테가 그를 받아들었으나 울리케의 의식은 이미 먼 피어클리벤의 땅으로 되돌아간 이후였다. 나귀 유슬리스 또한 마법사의 의식으로부터 풀려나 어리둥절한 듯 주위를 둘러볼 따름이다.

그리고 시야프리테는 한 발의 검은 화살이 후작의 가슴에 꽂히는 것을 보았다. 소녀는 비명을 지른다.

"이런, 세상에! 누가 도와줘요!"

마흔 구의 드라우그르 용병들이 무기를 뽑으며 시야프리테와 쓰러진 후작을 둘러쌌다. 여름의 기세가 꺼지며 갑작스럽게 쏟아진 겨울은, 마땅한 섭리를 거스른 데 대한 분노를 터뜨리듯 모든 걸 폭설처럼 뒤덮기 시작했다. 진중의 사방에서 이 상황을 감지한 모든 이들이 고함을 질러 대었고, 이윽고 모든 마법사들이 그 힘을 봉쇄당했다는 걸 깨닫자 그 소리는 비명으로 변해 갔다. 시야프리테는 도래까마귀를 품에 안은 채 쓰러져 헐떡이는 후작에게 다가가 살핀다.

"괜찮으세요?"

발리위그는 대답하지 않고 이를 악문 채 사위를 노려볼 따름이었다. 그의 호위병들이 다가오려 했지만 드라우그르 용병들이 무기를 겨누며 둘러싸고 있기에 접근하지 못한다. 그 가운데 하나가 소리 질렀다.

"후작 각하!"

"시야프리테!"

두 번째 외침은 전혀 다른 방향에서 날아왔다. 피부를 할퀴어 대는 눈보라를 뚫고 나타난 것은 시그리드의 모험가 셋과 크누드였다.

"무슨 일이야!"

크누드가 고함을 지르며 달려들었지만 피아를 무시하는 드라우그르 용병들이 그를 막아선다. 그걸 본 시야프리테는 외쳤다.

"통과시켜 줘요!"

그제야 무기를 거둔 용병들을 제치고 크누드와 모험가들이 달려든다. 시야프리테는 다급히 외쳤다.

"아가씨가 파마의 결계라고 말했어요! 지금 두 분 다 여기 안 계시고요! 그리고 후작님이 다쳤어요!"

"맙소사, 이게 어찌 된 일이야."

라그나가 후작의 가슴에 선명히 꽂힌 파마의 화살을 보곤 중얼거렸다. 시그리드에게 일어났던 일이 떠오른 까닭이다. 랄로프가 주위를 두리번거리며 외친다.

"진중 내부에 사수가 있었단 말이야? 그럴 수가 있어?"

"경계병들의 눈을 피해 파마의 결계를 펼칠 수 있었다면, 저격도 어려운 일은 아닐 테지요."

크누드가 심각한 얼굴로 말했다. 랄로프는 욕설을 내뱉는다.

"그 미친 새끼들이지? 틀림없이 그놈들일 거야!"

다음 순간 라그나가 외친다.

"이럴 때가 아니야! 이제 이 진중에 제구실을 하는 마법사가 없으니 저쪽 서리심과 마수들이 다시 들이닥칠 거야! 아까 한 번 겪어서 알겠지만, 마법사들 없이는 대응이 거의 불가능해! 우린 당장 여기서 빠져나가야 한다고!"

"후작님은요?"

시야프리테가 묻는다. 그러자 모두가 크누드를 보았고, 그는 즉각 대답했다.

"데려가죠. 우리에겐 아직 황녀 전하의 지팡이가 있으니까 각하를 살릴 수 있을 겁니다."

〈6권에서 계속〉

피어클리벤의 금화 5

1판 1쇄 찍음 2021년 12월 21일
1판 1쇄 펴냄 2022년 1월 7일

지은이 | 신서로
발행인 | 박근섭
편집인 | 김준혁
책임편집 | 정미리
펴낸곳 | 황금가지

출판등록 | 2009. 10. 8 (제2009-000273호)
주소 | 06027 서울 강남구 도산대로 1길 62 강남출판문화센터 5층
전화 | 영업부 515-2000 **편집부** 3446-8774 **팩시밀리** 515-2007
홈페이지 | www.goldenbough.co.kr

도서 파본 등의 이유로 반송이 필요할 경우에는 구매처에서 교환하시고
출판사 교환이 필요할 경우에는 아래 주소로 반송 사유를 적어 도서와 함께 보내주세요.
06027 서울 강남구 도산대로 1길 62 강남출판문화센터 6층 민음인 마케팅부

ISBN 979-11-7052-061-0 04810(5권)
       979-11-5888-545-8 04810(세트)

㈜민음인은 민음사 출판 그룹의 자회사입니다.
황금가지는 ㈜민음인의 픽션 전문 출간 브랜드입니다.